Christine Friedrich

Der Himmel jenseits der Mauer

Originalausgabe – Erstdruck

Für meine Mutter
in Dankbarkeit für unsere vielen interessanten Gespräche

Die Bresins sowie alle anderen im Buch vorkommenden Personen sind literarische Figuren. Schauplätze und Situationen sind erfunden. Ähnlichkeiten mit lebenden Personen sind zufällig.

Elbstadt, im Herbst 1989

„Liebes Schwesterherz Kerstin!

Ich weiß, es ist grausam.

Trotzdem bitte ich Dich, nicht so fürchterlich erschrocken zu sein, wenn Du heute nicht mich, Frank und die Kinder hier findest, sondern dafür die Schlüssel zu unserer Wohnung und diesen Brief.

Während Du liest, werden wir, wenn alles gut gegangen ist, schon im Westen sein! Ja, Du liest richtig: im Westen!

Frage nicht, warum wir gehen. Es ist eine lange Geschichte.

Bitte drücke uns die Daumen, damit wir mit unseren Kindern gut rüber kommen!

Liebe Kerstin, wenn Du alles gelesen hast, dann zerreiße bitte schnell diesen Brief oder besser noch, verbrenne ihn. Wenn die Stasi ihn findet, bist Du geliefert! Mitwisser bei einer Flucht – dafür kannst Du ins Stasigefängnis kommen!

Jetzt weißt Du auch, warum ich Dir das nicht am Telefon sagen konnte. Niemand kann heute sicher sein, daß er nicht abgehört wird.

Liebe Kerstin, nehmt euch aus der Wohnung alles, was ihr gebrauchen könnt. Ihr habt das ganze Wochenende Zeit. Wenn wir am Montag nicht zum Dienst erscheinen, wird im Laufe der Woche die Stasi in unsere Wohnung kommen und alles beschlagnahmen. Die Männer werden auch Dich aufsuchen. Dann sag ihnen, Du wüßtest nicht, wo wir sind! Das ist wichtig!

Glaub mir, es ist hart, euch allen Lebewohl zu sagen, weil niemand weiß, wie viele Jahre vergehen werden, bis wir uns wiedersehen.

Richte bitte unseren Eltern die herzlichsten Grüße aus und sag ihnen, daß sie sich nicht sorgen sollen. Wir werden es schon schaffen. Meine dringende Bitte an alle: Stillschweigen über unsere Flucht!

Grüße Deinen Mann und die Kinder ganz lieb, und behaltet uns im Herzen.

Ich umarme Dich
Deine Schwester Constanze
mit Frank und den Kindern“

7. Oktober 1989

Constanze, meine Schwester, was hast Du Dir dabei gedacht?

Hier sitze ich, heule, renne durch Deine kalte Wohnung, heule, laß mich fallen und heule!

Warum hast Du unser Land verlassen?

Sie nennen die Republikflüchtlinge Staatsverräter!

Ich habe große Angst um euch!

Wo ist sie, die Schwester von einst, die wir liebevoll Conny nannten, mit der ich im Chor die Lieder von den roten Matrosen sang? Wohin hat sie Dich geführt, die Straße Deines Lebens? Ach Schwesterherz, was ist nur aus uns geworden?

Ich denke an Berlin. Als wir in diesem Sommer mit Andreas aus der Gethsemane-Kirche kamen, sagtest Du plötzlich: „Wir leben hier alle wie Gefangene in einem großen Glashaus. Die Freiheit leuchtet herein, aber wir dürfen nicht zu ihr hinaus." Du führtest uns auf den französischen Dom am Gendarmenmarkt und batest uns, einen Blick auf die, wie Du sagtest, „perverse Grenzanlage" zu werfen.

Heute feiern sie in Berlin und der ganzen Republik den 40. Jahrestag der DDR; laufen jubelnd, singend und fahnenschwenkend an Honeckers Tribüne vorbei, während Tausende das Land verlassen. Es geht das Gerücht um, Gorbatschow will die Panzer nicht mehr rollen lassen, sollte es zu Ausschreitungen im Land kommen. Die Deutschen sollen ihr Ding jetzt alleine regeln. Er soll gesagt haben: „Wer zu spät kommt, den bestraft das Leben!"

Und ich? Ich sitze hier in Deiner kalten Wohnung, und ich war heute mit Dir verabredet. Was ich fand, war der Schlüssel unter der Fußmatte, leere Zimmer ohne Kinderlachen und klappernde Kaffeetassen. Dein lebloser Brief lag auf der Flurgarderobe.

8. Oktober

Mama ist furchtbar traurig. Wie lange wird es dauern, bis sie Nachricht von euch hat? Wie viele Jahre werden vergehen, bis sie euch wiedersehen kann?

Wir haben Deine Kleider, die Betten und den Fernseher aus der Wohnung geholt. Kleider darf man nicht in den Westen schicken, sagt Mama. Dafür hat sie alles Geschirr und Spielzeug der Kinder in Kartons gepackt. Sie wird es euch noch vor Weihnachten in den Westen schicken, sobald ihr dort eine Bleibe gefunden habt.

Conny, wenn Du wüßtest, wir sind hier nur am Heulen. Tränen fließen auf die Kartons, auf Deine Kleider, auf die Spielsachen. Klaus hat noch versucht, den Wohnzimmerschrank abzubauen. Dann fiel ihm ein, daß es ja auf gar keinen Fall so aussehen darf, als ob ihr abgehauen seid. Er hat den Schrank stehen lassen. Ein alter Mann stand dauernd hinter der Gardine im Parterre und beobachtete uns, als wir die Kartons in den Trabi luden. Ob er uns bespitzelt hat?

9. Oktober

Sie haben unseren Bruder Andreas vorgestern in Berlin verhaftet! Mehr wissen wir nicht. Wir haben große Angst um ihn!

10. Oktober

Franks Mutter hat uns angerufen. Die Stasi war bei ihr.

Sie haben geschimpft und gebrüllt: „Sagen Sie endlich, wo ihre Kinder sind! Sie müssen es doch wissen!"

Andreas soll Flugblätter vom Neuen Forum auf dem Alex verteilt haben. Das sagte uns einer seiner Mitstudenten. Unser friedliebender „kleiner" Bruder sitzt in U-Haft! Wir können nicht zu ihm. Unsere größte Befürchtung ist, daß man ihm Gewalt angetan hat und ihn psychisch fertig machen könnte. Wir werden hier fast verrückt!

11. Oktober

Franks Mutter ist aus Angst vor der Stasi zu Mama gereist.

Sie trösten sich nun gegenseitig.

Das Land steht Kopf! Angst und Mut verbrüdern sich!

Constanze, was passiert mit uns?

12. Oktober

Conny, meine Schwester, wie soll ich mich trösten?

Dein Gesicht so fern und noch kein Lebenszeichen!

Wenn du wüßtest, wie lang Nächte sein können, in denen man den Mond anstarren muß.

Um nicht in Depressionen zu verfallen, werde ich sie aufschreiben, unsere Geschichte. Ein weißes Blatt liegt vor mir, auf das der Mond sein bleiches Licht legt.

Warum fliehen sie zu Tausenden aus ihrer Heimat, demonstrieren in Leipzig, hoffen auf ein Stückchen Freiheit? Wie hat alles angefangen? Wie war das einst mit Dir und Andreas? Wie kann ich euch nur verstehen?

Constanze, große Schwester, ich werde unserer Geschichte nachgehen, werde sie noch einmal aufrollen, von Anfang an, werde sie dem Dunkel des Vergessens entreißen, damit ich vielleicht verstehen kann ...

Man schrieb das Jahr neunundsechzig, als unsere kindliche Seele das erste Mal eine Ahnung von dem erfaßte, was das Leben alles für uns bereithalten könnte. Ein unerklärliches Fernweh hatte von unserem Vater Besitz ergriffen und sich auf uns übertragen. Die Koffer waren gepackt für den neuen Anfang in einer unbekannten Stadt und wir zum Aufbruch in das Abenteuer bereit.

Es war in dem selben Jahr, als, von einem mysteriösen Fernweh getrieben, zwei Amerikaner auf dem Mond landeten, als langbeinige Mädchen in knappen Miniröcken die Alten schockierten, als Nacktheit und freie Liebe angepriesen wurden, als langhaarige Jungs von ihren Lehrern an der „Mähne" gezogen und wegen dieser „Haartracht" aus der Schule geschmissen wurden, als die Beatles sangen: „She Loves You, yeah, yeah, yeah!", und die Parteiführung eines kleinen Landes in Europa beschloß: Wir brauchen kein: „Jäh, jäh, jäh", sondern „das kämpferische Vorwärts im Sinne der Erfüllung der historischen Mission der Arbeiterklasse!" Kurz: es war ein Brodeln und Wirbeln in der Welt, ein Steuern und Gegensteuern, und ein mysteriöser Drang nach Selbstbestimmung und Freiheit erfüllte die Herzen der Menschen von der San Francisco Bay zu den Blue Ridge Mountains, von der Saine bis an die Spree.

Wir Kinder waren innerlich ganz durcheinandergewirbelt, fühlten uns zu langhaarigen Jungs, Miniröcken und dem „Yeah, yeah, yeah" hingezogen, was unsere Eltern regelmäßig zu verzweifelten Tobsuchtsausbrüchen brachte. Mit unseren neun und zehn Jahren glichen Constanze und ich einer fast noch unbeschriebenen Tafel, wir waren begierig auf jedes neue Zeichen. Unser Geist sog wie ein trockener Schwamm, der ins Wasser geworfen wird, alles auf, was sich ihm bot: ob Beatles, langhaarige Jungs oder Männer auf dem Mond.

Um zur Ruhe zu kommen, verließen unsere Eltern mit uns an den Sonntagen die Stadt und fuhren ans Meer, wo wir uns nach Herzenslust austobten. So konnte sich unser Vater von der Uniklinik und den Patienten und unsere Mutter sich von der Arbeit in der Dunkelkammer des Photolabors der Universität erholen. Am meisten aber suchten sie Erholung von uns, ihren quirligen und neugierigen Töchtern mit den fortwährend bohrenden Fragen. Sie ließen uns im Sand und im Wasser toben, sonnten sich in den Dünen, und nur wenn wir nach dem Baden Gänsehaut bekamen, sahen sie nach uns und warfen uns einen Bademantel um die Schultern.

Am letzten Abend vor unserer Abreise von der Ostseeküste gab das Abendlicht dem Meer einen leuchtend hellen, bernsteinfarbenen Ton, der bis zur Weite des Horizontes reichte. An den Dünen mischte sich der harzige Duft der Kiefern mit der salzigen Seebriese, und der tiefe Himmel leuchtete in aufregend rosa und blaugrauen Farben und ließ so viel Weite erkennen, daß man sehnsüchtig wurde. Ich erinnere mich, wie ruhig die See vor uns lag, als wolle sie sich schlafen legen. War das die Ruhe vor dem Sturm? Die Möwen schwiegen, und der Seewind hatte aufgehört, mit den Wellen zu spielen und gönnte selbst den Dünengräsern ihre Ruhe. Der Friede des Abends legte sich in unsere Herzen, während unsere Augen den Horizont ausmaßen, und die Unendlichkeit der Welt berauschte unsere Sinne. Unser kindlicher Geist hatte noch keine Worte für dieses Naturschauspiel, doch das Gefühl des Glücks und der Urgeborgenheit erfüllte uns ganz, und die unbekümmerte Freiheit des Geistes verlieh uns Flügel. Wenn ich heute an meine Schwester Constanze denke, rufe ich mir immer wieder dieses Bild in mein Gedächtnis zurück, weil wir bis zu jenem Tag im Garten Eden lebten, und danach der Auszug aus dem Paradies unaufhaltsam seinen Lauf nahm. Wortlos sah mich Constanze an und ich wußte, daß sie auf ihre Weise genauso Abschied nahm vom Meer wie ich.

„Sieh genau auf den Horizont", sagte sie. „Das Meer ist der Anfang und das Ende von allem."

Dann ergriff sie meine Hände und riß mich mit sich den Hang hinunter. Die Hündin Perli folgte uns fröhlich, und ihre Schlappohren flatterten lustig im Rhythmus ihrer Bewegungen. Wir liefen durch die Dünen, kullerten lachend über den hellen Sand und ließen die winzigen Sandkörnchen durch unsere Hände gleiten. Ich weiß nicht mehr, warum wir uns so freuten. Vielleicht glaubten wir, die Welt sei überall so schön wie hier oder gar noch schöner. Das Meer jedenfalls legte sich vor uns ganz still hin, als wollte es uns bitten, zu bleiben, weil wir Kinder des Meeres wären.

Die Sommersonntage unserer frühen Kindheit hatten wir in Koserow auf der Insel Usedom verbracht, wo unser Onkel Hermann eine kleine Fischerhütte in Strandnähe besaß. Er war Maler und fing die Stimmungen am Meer in seinen zauberhaften Bildern ein. Wind, Sonne, Sand und Meer waren unsere Elemente, vermischten sich miteinander, schmeckten salzig und körnig, klebten im Haar und auf der warmen Haut, und wenn meine Gedanken heute zu Constanze schweben, sehe ich sie immer noch dem Meer entsteigen, wie dem Element, aus dem sie geboren wurde. Ich sehe sie grazil und geschmeidig in der Taille, mit Augen wie aus dunklem Bernstein und sehe das feine, dunkelbraune, schulterlange Haar, mit dem der Wind nie aufhörte zu spielen.

Die Sommer am Meer schienen nie enden zu wollen, und sie lebten in unseren Seelen auch in den Wintermonaten am Ofen unserer Greifswalder Wohnung weiter und wurden in den Geschichten unserer Großmütter immer wieder zu neuem Leben erweckt.

Als dann eines Tages plötzlich der Umzugswagen vor der Tür stand, und unsere Hündin Perli bellte, begriffen wir so gut wie gar nichts. Wir glaubten mit unserem kindlichen Gemüt allen Ernstes noch, das Leben sei eine unbeschwerte, lange Reise. Wir ahnten nichts vom Schmerz des Abschieds, kannten nicht das Gefühl der Trennung von der Großmutter Hildegard, den Cousinen und von den Freunden aus der Straße. Weinend und winkend standen sie alle in der Steinstraße, als wir uns lachend im Wagen entfernten. Erst viel später wurde mir klar, daß wir an jenem Tag eine Welt verließen, die zwar keine heile, aber dennoch eine Welt im Gleichgewicht war. Die preußische Erziehungsmethode unseres Vaters, die Hiebe mit dem Rohrstock, nahmen wir hin, schworen Besserung und vergaßen alles am Abend, wenn wir von Mutter und Großmutter geherzt und geküßt wurden. Nun, da unser Vater seine Facharztausbildung für Kinderheilkunde beendet hatte, suchte er ein neues Betätigungsfeld. Aber der eigentliche Grund des Umzuges nach Havelberg war die Flucht aus der im Winter eiskalten Greifswalder Wohnung. In der Hanse- und Universitätsstadt herrschte wie fast überall Wohnungsnot, große Neubauviertel gab es noch nicht. In Havelberg dagegen wurde dem neuen Kinderarzt eine schöne alte Villa mit großem Garten zur Miete angeboten.

Als wir mit dem Wartburg in ein neues Leben brausten, lag die Straße vor uns, unendlich lang, so lang wie das Leben selbst uns damals erschien. Die Sonne brannte auf den Asphalt, und die frühen Apfelbäume hingen voller Früchte. In den Vorgärten blühten die Rosen und Dahlien. Die hohen Linden zu beiden Seiten der Straße bildeten ein endlos schattiges Dach über dem Auto, und die weiß getünchten Baumstämme leuchteten uns entgegen. Im Autoradio erklang: „If you`re going to San Francisco“. Das Pflaster war holprig und schüttelte mich und Conny im Auto hin und her, so daß wir Mühe hatten, den nächsten Song zu erkennen. Constanze war sich sicher, die Melodie schon irgendwo einmal gehört zu haben, nur eben nicht so. Wir lauschten konzentriert, und der Radiosprecher sagte: „Jimi Hendrix improvisierte die amerikanische Nationalhymne und imitierte Bombenexplosionen und Maschinengewehrfeuer und trat damit öffentlich gegen den Krieg in Vietnam auf."

Es war August, und genau in jenen Tagen fand in Woodstock das große Festival statt, und fast eine halbe Million Jugendlicher spendete Joe Cocker, Janis Joplin, Melanie, Jimi Hendrix und all den anderen frenetischen Beifall. Bei „With A Little Help From My Friends" rief der Vater:

„Immer diese Hippie-Musik! Das ist der falsche Sender!"

Sofort wechselte die Mutter den Sender und schimpfte:

„Furchtbar, diese Beatles und Hippies mit ihren langen, strähnigen Haaren und den schrillen Tönen!"

Sie hatten keine Ahnung, wie Jimi Hendrix und Joe Cocker aussahen.

Wir wuchsen als Kinder hinter dem Eisernen Vorhang auf, und wenn sich das Pendel der Weltuhr damals auch in einem anderen Takt bewegte, so schien doch die Sonne über das Mecklenburger Seenland und tauchte die hügeligen Felder und Auen in ein warmes und friedliches Abendlicht.

Bei den Mecklenburger Seen ging der Tag zur Neige, dabei schimmerte das verträumte Gewässer hellorange. Conny lag auf dem Rücksitz, mit dem Kopf auf meinem Schoß und blickte durch das offene Schiebedach in den endlosen Himmel. Ich erinnere mich, daß sie den Vater fragte:

„Siehst du das Flugzeug, Papa?"

„Nein, ich kann es nicht sehen."

„Ich möchte so gern einmal fliegen, Papa, weit weg nach Amerika."

Constanze hatte einen Traum. Sie erzählte mir, was sie sah, sprach von den vorüberziehenden Baumkronen, und hin und wieder, wenn die goldene Sonne durch das Laub blinzelte, sah sie leuchtende Edelsteine vom Himmel herunterfallen. Ich legte mich ebenfalls so hin, daß ich oben durch das Schiebedach sehen konnte. Hier flog ein Bussard über uns, und dort auf dem Kirchturm entdeckten wir ein Storchennest, aber Edelsteine sah ich nicht. Conny träumte davon, ein Zugvogel zu sein, und ihre Sehnsucht trug sie in ferne, geheimnisvolle Länder. Unsere Gedanken eilten mit den Wolken, und ein wunderbares Fernweh überflutete unsere Kinderseelen. Wir flogen mit dem Bussard und spürten den Wind im Gefieder. Constanze beschrieb mir, wie sie von oben auf den glitzernden See, die endlosen Felder und die dunklen Tannenwälder nieder blickte. Dann breitete sie ihre Flügel weit aus und ließ sich einfach dahingleiten. In die Ferne, in die Ferne ...

Sie konnte sich alles vorstellen und nahm mich mit in ihre geheimnisvolle Welt. Ihr Geist war durchdrungen von einer tiefen Sinnhaftigkeit, sie konnte Kontakt zu den Wesen der Vergangenheit aufnehmen, zu den Tieren, den Vögeln und dem Wind.

Ich kniff die Augen halb zu und blinzelte in die rotgoldene Sonne. Und wirklich! Da waren sie, die funkelnden Edelsteine, die zur Erde hernieder zu fallen schienen. Irgendwann schliefen wir ein, beseelt von der wunderbaren Schönheit der unendlichen Welt.

Als wir erwachten, war es schon dunkel, und der Vater öffnete die Autotür. Die Mutter nahm mich auf den Arm und rief: „Conny, Kerstin, wir sind angekommen!“

Der Vater kam aus dem Garten zurück und legte seinen beiden Töchtern etwas in die Hände: „Hier, ein Willkommensgruß von eurem neuen Zuhause. Es sind Birnen aus unserem eigenen Garten.“

Wir glaubten, im Paradies angekommen zu sein, und der süße Saft der Paradiesfrüchte tropfte auf unsere nackten Arme und bunten Kleider.

Conny fand es einfach faszinierend zu reisen und besonders umzuziehen. Die heimatliche Waterkant hatten wir hinter uns gelassen, und das unbekannte Havelland begrüßte uns offensichtlich sehr wohlwollend. Ob wir bald Heimweh bekommen würden? Ach was, es war ja schon beschlossene Sache, daß wir jeden Sommer zu Besuch nach Greifswald kommen würden, um gemeinsam mit der Großmutter ans Meer zu fahren.

Viele Jahre später, als mir zufällig beim Aufräumen die geheimen Dias meiner Eltern in die Hände fielen, wurde mir bewußt, daß Constanze wirklich einer Meerjungfrau, einer grazilen Wasserfee glich, die die Dinge so klar zu sehen im Stande war, als blicke sie auf den Grund des Meeres. Aus den Tiefen des Ozeans gewann sie Erkenntnisse, die anderen verborgen blieben. Als unsere Eltern sich zwischen Brandung und Düne liebten, halb im Wasser, halb an Land, von der See geküßt, von der Sonne gewärmt und vom ewigen Wind gestreichelt, zeugten sie ein Mädchen mit Augen wie zwei dunkle Bernsteine, den Steinen der Brandung, mit einer Seele so tief wie das Meer und mit einer unendlichen Sehnsucht, dem Wind zu folgen und so frei zu sein wie er.

Ich dagegen wurde in ihrem ganz normalen irdischen Ehebett gezeugt, ein paar Monate, nachdem meine Schwester geboren wurde. Wahrscheinlich lag sie daneben oder war sogar dabei, auf den Schultern meines Vaters schaukelnd. Die Tatsache meiner ganz normalen Zeugung verhalf mir möglicherweise zu einem normalen irdischen Leben mit einem tiefen Sinn für die Realität, was mich wiederum zu einer idealen Ergänzung meiner verträumten Schwester Constanze machte. Wie zwei Gegenpole kreisten wir umeinander, sogen den Geist der Zeit in uns auf, kämpften gegen die veraltete Wertewelt unseres Vaters, versuchten zu verstehen und blieben unzertrennlich, bis die Stürme des Lebens uns an die entferntesten Orte trieben.

Obwohl in Constanzes Augen das tiefe Braun dunkler Bernsteine leuchtete, während sich in meinen das Blau des Himmels zu spiegeln schien, sahen wir doch fast wie Zwillinge aus, und unsere Mutter kleidete uns meist gleich. Woher hatte Constanze nur ihr lebhaftes und leidenschaftliches Temperament und ihre unbeschreibliche Freiheitssehnsucht?

Die Legende von Constanzes braunen Augen, die sie von unserem Vater und dessen Großvater geerbt hatte, denn alle anderen Familienmitglieder haben blaue Augen, begann vor mehr als hundert Jahren, als der pommersche Seefahrer Karl Bresin einer schönen Spanierin namens Belisa begegnete. Es war auf dem Markt der alten andalusischen Hafenstadt Cádiz, wo Belisa die Früchte ihres Gartens verkaufte. Saftige Pfirsiche, sonnengereifte Orangen, gelbe Zitronen und merkwürdige dunkelrote Früchte luden den Gast aus dem fernen Norden zu einer Erfrischungspause ein. Ihr schwarzes Haar glänzte in der heißen Sonne, und ihre Augen waren so dunkel wie die schwarzen Oliven, die sie zum Verkauf anbot. Karl sah von weitem, daß sich gerade ein Kunde mit einem Netz voller Obst von ihrem Karren entfernte. Dann gönnte sich Belisa eine Pause und schnitt eine jener dunkelroten Früchte auf, die Karl noch nie in seinem Leben gesehen hatte. Neugierig näherte er sich ihrem Karren. In jenem Augenblick, als er vor ihr stehen blieb, probierte Belisa selbst etwas von dem rotglänzenden Inneren dieser merkwürdigen Frucht. Es sah so aus, als berge die Frucht lauter saftige Samenperlen hinter der Schale. Diese Perlen schienen aufzuplatzen, sobald Belisa sie mit der Zunge oder den Zähnen berührte, der fruchtige rosa Saft spritzte ihr auf Kinn und Arme und lief den Hals herunter zwischen ihre Brüste. Karl Bresin sah, wie sie mit der Zunge die fruchtigen rosaroten Samen herausschleckte und dann die letzten Safttropfen aus der ledernen Schale saugte. Plötzlich trafen sich ihre Blicke für Sekunden. Belisa errötete, schaute in den Obstkarren und bot ihm schnell auf sehr charmante Weise an, ebenfalls von der Frucht, die sie Granatapfel nannte, zu kosten. Karl Bresin sah zum ersten Mal einen solchen unscheinbaren Granatapfel mit diesem verführerischen Inhalt und konnte der Einladung nicht widerstehen. Das süße Fruchtwasser tropfte ihm auf Hemd und Hose, denn er stellte sich sehr ungeschickt an. Er fragte nach den Namen aller Früchte auf Belisas Karren, und so begann ihre erste Konversation auf Spanisch. Ein paar Brocken der fremden Sprache hatte er bereits auf dem Schiff gelernt und konnte nun ausprobieren, wie weit er damit kam. Wenn er die spanischen Worte so angestrengt deutlich aussprach, lachte sie immer wieder so herzhaft, und er amüsierte sich über ihr Lachen. Sogleich spürten beide eine innige Vertrautheit und eine Freude beieinander zu sein. Eine unbeschreibliche Wärme breitete sich von seinem Herzen über seinen gesamten Körper aus, und er hätte sie am liebsten sofort geküßt, doch sie redeten weiter und lachten dabei. Nach ein paar Sätzen blieb er stumm, die Schamröte stieg ihm ins Gesicht, denn er mußte unentwegt daran denken, wie gern er ihr die süßen Tropfen, die immer noch zwischen ihren Brüsten schimmerten, abgetupft hätte. Die Schönheit des Südens mit der rosa Kamelienblüte im schwarzen Haar hatte es ihm angetan, und er verspürte jenes Kribbeln im Bauch, mit dem die Liebe beginnt. Er bot ihr an, sie mitzunehmen in den hohen Norden. Sie schüttelte stolz den Kopf, um ihre wahren Gedanken zu verbergen. Ihr gefiel der kräftige nordische Matrose schon ein wenig mit seiner von rauen Stürmen und eisigem Schneetreiben gegerbten Haut, mit den himmelblauen Augen und den kräftigen Wikingerarmen. Vor Jahren, als sie noch ein kleines Mädchen war, lief sie oft morgens zum Hafen, um den auslaufenden Schiffen nachzusehen. Sie atmete die frische atlantische Briese ein, und ein unbeschreibliches Fernweh bemächtigte sich ihrer Kinderseele. Dann schickte sie ihre Träume mit den Schiffen auf die Reise. Cádiz war schon von jeher eine weltoffene Stadt mit liberalem Geist und freiheitlich-demokratischen Traditionen. Belisa stand allem Fremden und Neuen sehr aufgeschlossen gegenüber, und der nordische Matrose konnte wunderbar, wenn auch mit Händen und Füßen, von seiner Heimat berichten: vom rauen Wind, der die Dünengräser peitscht und sich in die Bäume legt, von den bizarren, mannshohen Eisgebilden am winterlichen Strand und vom aufgebrachten Schreien der Möwen, wenn im März die letzten Eisschollen schmelzen. Allein ihr Stolz verbot es ihr, sich mit ihm zu verabreden, und sie schickte ihn ohne Gruß fort, als die Siesta begann. Dann machte sie sich mit ihrem Karren auf den Weg nach Hause.

Am Abend, als die Luft sich abgekühlt hatte, suchte Karl in ganz Cádiz nach ihr. Es war in einer der Flamenco-Kneipen am Hafen, wo er sie schließlich tanzen sah. Stolz und feurig hob sie ihren Arm über den Kopf, schmetterte mit den Kastagnetten, senkte den Blick voller Leidenschaft, drehte sich plötzlich und schwenkte den dunkelroten Rock. Mit ihren kleinen Füßen stampfte sie klagend den Schmerz des Daseins aus sich heraus, hob den Blick dann voller Stolz und tanzte, tanzte zum Klatschen der Männer. Dann hob eine Männerstimme zu Singen an. Mit tiefen leidenschaftlichen Tönen das Leid der Welt beklagend, verlieh er dem Tanz Belisas eine besondere Tiefe und Sinnhaftigkeit. Belisa erklärte Karl später, daß ihr Bruder Juan als der beste Sänger des cante jundo im Viertel bekannt sei. Sein Traum war es, einmal eine eigene Gitarre zu besitzen, um als Gitano von Ort zu Ort und von Kneipe zu Kneipe zu ziehen bis nach Sevilla, Cordoba und Granada.

Karl hob sein Sherry-Glas, um mit Belisa anzustoßen und bat sie daraufhin, ihm von ihrem Leben zu erzählen.

Belisas Vater, Miguel Castellano, war, wie die meisten Männer von Cádiz, die nicht auf der Werft arbeiteten oder es als Kaufleute zu Reichtum und Ansehen gebracht hatten, Fischer. Er hatte das Fischen von Sardellen bis hin zu Thunfischen in seinem Heimatdorf Zahara gelernt. Belisas große Freude bestand schon als Kind darin, den Männern zuzusehen, wie sie die riesigen Thunfische in die Netze trieben mit ihrem lauten Schlagen der Ruder an die Boote, um sie dann mit Harpunen zu erlegen. Stolz war sie auf ihren Vater, wenn er den Fisch, der meist größer war als er selbst, an einem Strick aus dem Wasser zog. In Zahara gab es die Thunfischfabrik, aber in Cádiz gab es das abenteuerliche Leben, und die Bucht vor der Stadt wimmelte von Seezungen, Schollen, Steinbutten, Goldbrassen, Doraden und Thunfischen, und so zog es einst Minguel Castellano mit seiner jungen Frau Maria nach Cádiz. Der Fischfang lief sehr gut, und bald zogen die Castellanos vom ärmlichen Stadtrand in die Plaza San Francisco, wo Maria eine Fischbackstube betreiben konnte. Fünf Kinder wurden ihnen geboren und drei wieder genommen. Sie starben an Masern und Diphtherie. Die Geburt des sechsten Kindes überlebte die Mutter nicht. Kurz vor ihrem Tod schenkte Maria ihrer Tochter Belisa ein kleines Andachtsbild und weil Juan kein Andenken an seine Mutter hatte, stellte Belisa das Bild auf die Kommode und sagte zu ihrem Bruder: „Laß uns Leid und Freud von nun an bis in alle Zeit miteinander teilen. Es soll auch dein Andachtsbild sein." In der Nacht darauf starb auch das Baby. Nach dem Tod seiner Frau zog Minguel Castellano die Kinder Belisa und Juan alleine groß. Juan mußte dem Vater schon bald beim Fischfang helfen. Den kleinen Garten am Haus mit den Orangenbäumen pflegte Belisa. Die Fischbackstube mußten sie bald aufgeben. Einige Jahre gingen so ins

Land, und Minguel bewahrte das Andenken an seine Maria und heiratete kein zweites Mal.

Belisa ließ ihren Blick zu Boden gleiten und sprach voller Schmerz stockend weiter: „Vor nicht all zu langer Zeit gerieten die Männer beim Fischen in heftige Stürmböen, und während Juan sich mit letzter Kraft retten konnte, blieb unser Vater für immer auf See.“

Als sie das gesagt hatte, fing Juan klagend zu singen an, und Belisa stellte ihren Stuhl in die Mitte des Raumes, setzte sich und senkte ihren Kopf. Sitzend begann sie mit den kleinen Füßen zu stampfen, hob dann ihren Kopf, klatschte mit den Händen über ihrem Kopf, erhob sich langsam und stampfte, stampfte mit den Füßen. All ihren Schmerz legten die Geschwister des Abends in den Flamenco hinein, klatschten und stampften es aus, das Leid des Daseins, um gleich wieder stolz den Kopf zu erheben und es anzublicken, das traurige und gleichwohl herrliche Leben.

Karl, der von Pommern her ähnliche Familienschicksale kannte, bewunderte den leidenschaftlichen Ausdruck der Spanier, die sich die Möglichkeiten des Tanzes und des Gesanges zu eigen machten, um die Stimmen ihrer Herzen sprechen zu lassen, während die Pommern es gewohnt waren, das Leid in sich hinein zu fressen und zu schweigen. „Zeige niemandem, wie es in deiner Seele aussieht!“ Diese Worte hatte sein Vater so oft wiederholt, daß Karl sie nicht mehr hören konnte. Nein, er fand Belisas Art, mit dem Schicksal umzugehen, viel interessanter.

Nach drei romantischen Abendspaziergängen am Hafen machte er ihr einen Heiratsantrag. Belisa fühlte sich zerrissen, fühlte sich einerseits zu ihrem einzigen Bruder hingezogen, wußte jedoch, daß ein Leben mit ihm nicht ihr Schicksal sein konnte. Die Armut hatte begonnen, an ihre Tür zu klopfen. Die Fischbackstube gehörte ihnen schon lange nicht mehr und die Wohnung mit dem Orangen- und dem Granatapfelbaum davor würden sie in der nächsten Woche räumen müssen. Alle Häuser an der Plaza San Francisco werden abgerissen, hieß es, die Grundstücke seien schon verkauft an reiche Kaufleute, die dort moderne Häuser mit hellen Patios bauen würden.

Schließlich beschloß Belisa, dem Matrosen mit den klaren blauen Augen in das Abenteuer des Nordens zu folgen. Sie besprach sich mit Juan, und er senkte den Kopf. Schließlich blickte er hoch und sagte: „Ich bin froh, daß dieser kräftige pommersche Seefahrer mit dem Herzen eines Fischers meiner schönen Schwester Belisa ein Heim geben wird.“

An einem heißen Sommermorgen, als von Afrika ein Gluthauch von Hitze mit dem feinen Sand der Sahara herüberwehte, wurden sie in der Kirche San Francisco getraut. Anschließend fanden sich Juan und ein paar Freunde unter dem Granatapfelbaum zu einem bescheidenen Fischmahl ein, das zugleich das Abschiedsessen war. Es gab duftende, am Spieß über offenem Holzfeuer gegrillte Sardellen, gebackene Paprika und schwarze Oliven, dazu Brot und eine Creme aus Olivenöl, Anchovis und Käse. Nach der ausgiebigen Siesta wurde getanzt bis in den späten Abend hinein, und Karl Bresin war ganz benommen von den Klängen des „cante jondo", den schrillen Schreien der Sänger, von ihrer Musik mit dieser Elementargewalt aus Klage und Sinnlichkeit. Immer wieder führte er seine reizende Belisa zum Tanz und stellte sich nicht ganz ungeschickt beim Flamenco an, während sie ihn heiß und verlangend aus ihren brauen Augen ansah, verführerisch die bunten Röcke schwang und mit den Kastanietten schmetterte. Ein so heißes Verlangen hatte Karl bei noch keiner Frau empfunden, und es fiel ihm nicht leicht, bis zur Hochzeitsnacht zu warten, wie es der Tradition entsprach. Noch bevor die letzten Gäste gegangen waren, stieg das Brautpaar heimlich in die kleine Kammer hinauf. Karl Bresin atmete ihren Duft von Orangen und Lavendel, küßte ihre Brüste, die rund und fest waren wie Granatäpfel und liebkoste die dunkelrot leuchtenden Kirschen, die darauf prangten. Bei jeder Berührung durchzog ein Prickeln seinen gesamten Körper, und er wußte nicht, war es der Wein oder war es die heiße Lust, die ihn so trunken machten. Sie liebten sich heiß und innig bis zum Sonnenaufgang.

Am nächsten Morgen schon lief das Schiff nach Hamburg aus, mit Rioja, Sherry, Orangen, Kork und Oliven beladen. Karl Bresin hatte Belisas Überfahrt von Cádiz nach Hamburg und weiter bis Stettin bezahlt. Juan konnte sich gar nicht von seiner Schwester trennen, folgte ihr so weit er konnte, drückte ihr noch etwas in die Hand und rief ihr dann zu: „Paß auf dich auf, Schwesterchen, und vergiß mich nicht ganz! Ich gehe zurück zu den Thunfischfängern nach Zahara!"

Hat er doch seinen Stolz, dachte Belisa, nun will er nicht mehr Gitano werden, und erst dann öffnete sie ihre Hand. Sie sah das kleine Andachtsbild, das sie von ihrer Mutter vor deren Tod bekommen hatte. Es sollte neben den Kastagnetten ihr einziges Mitbringsel von Andalusien nach Pommern sein.

Damals, als sie die sich immer weiter entfernenden Häuser der alten Stadt Cádiz sah, die runde Kuppel der Neuen Kathedrale in die erbarmungslose Sonne des Vormittags getaucht, war sie froh, der Hitze für immer entfliehen zu können und ahnte nichts von der bitteren Sehnsucht späterer Jahre nach ihrer sonnigen andalusischen Heimat.

Karls Eltern und Geschwister staunten nicht schlecht, als ihr Seefahrer plötzlich nicht nur mit dem Seesack, sondern auch mit der schönen schwarzhaarigen Belisa vor ihrer Fischerhütte am Wieck in Wollin stand. Vater Bresin blickte erstaunt in die funkelnden braunen Augen der Andalusierin und ihm fiel nichts Besseres ein, als zu sagen:

„Uns Karl hat als uck schon immer sin Flusen im Kopf gehabt. Erst wüll em nich Fischer werden, wie all sin Vorfahren, mutt zur See, und nun bringt de Kierl uns uck noch ne Südländerin an, heidinei aber uck!"

Die Mutter blickte sehr argwöhnisch drein, beobachtete mißgestimmt, daß ihr Sohn mit seiner Angetrauten in einer fremden Sprache redete und fauchte ihn an:

„Dat kümmt my recht spanisch vor, min Jung. Wenn datt man gut gehen will, allhier upp Wollin?"

Die erste Zeit wohnten sie im Hause der Bresins, und Belisa fiel die Arbeit in Haus und Garten nicht schwer. Vor dem Morgengrauen stand sie auf und sah der Mutter beim Kühe melken zu, übte mit ungeschickten Fingern so lange, bis sie selber die Milch in die Eimer brachte. Nach dem Frühstück begann sie im Gemüsegarten das Unkraut zu jäten. Die angenehme Kühle des Sommerwindes tat ihr gut. Um ein wenig Geld dazuzuverdienen beschloß sie schon bald, beim Großbauern auf dem Feld während der Erntezeit zu arbeiten. Karl, der seine Belisa nicht mehr für lange Zeit allein lassen wollte, beschloß, nie wieder ein Handelsschiff zu besteigen, und so wurde er doch noch Fischer, wie sein Vater und der Vater von seiner Belisa.

Die spröde Nüchternheit des Vaters Martin Bresins stieß sich bald an der heißen Sinnlichkeit Belisas, die schon beim Auftragen der Speisen am Abend so viel Erotik versprühte, daß der Vater ganz kirre wurde. Mit trokkenen Sprüchen versuchte er ihrem Charme zu entfliehen:

„Horre nee, die Tüften sind viel zu heiß! Karl, sag ihr endlich, sie soll die Tüften ehr vom Herd nehmen."

„Wo soll dat als uck hinführen? De Dern versteht nich mal unsere Sprach", jammerte Mutter Anna Bresin.

Karl neigte den Kopf zu Belisa und flüsterte ihr etwas ins Ohr. Zornig schlug der Vater mit der Faust auf den Tisch, wie immer wenn er seine Position als Hausherr zu bekräftigen versuchte: „Karl, bring ihr endlich bei, daß bei uns deutsch gesprochen wird und hört beide gefälligst auf mit dem spanischen Getuschel! Bei uns herrschen Zucht, Ordnung und vor allen Dingen Gehorsam!"

Immer, wenn es ernst wurde, sprach Vater Martin Bresin plötzlich Hochdeutsch. Er hatte kein Verständnis für die Liebe seines Sohnes, allenfalls konnte er dessen Begehrlichkeit verstehen. Gefühle zu zeigen, hielt er eines Mannes gänzlich für unwürdig. Es war nicht nur das raue Leben an der Küste, was ihn hart gemacht hatte, Kriege und Entbehrungen hatten ihn gelehrt, standhaft und stark zu sein. Wo wäre er hingekommen, wenn er seinem Gefühl gefolgt wäre, damals als Soldat der preußischen Interventionsarmee in Baden, im Jahre 1849, jung wie er war? Viel hatte nicht gefehlt und er wäre wirklich übergelaufen. Sie marschierten von einer Anhöhe auf den Fluß Elsenz zu und stießen überraschend auf die Nachhut der Revolutionsarmee des Generals Sigel. Nach einem kurzen Geplänkel gaben die Offiziere den Befehl zum Rückzug. Man beschloß auf die preußische Division zu warten, die von Westen heranrückte. Einstweilen zog man sich in eine sichere Stellung nahe einer alten Mühle an der Elsenz zurück. Da waren diese Augen von dem badischen Mädchen bei der Pferdetränke. Sie rief: „Warum schießt ihr auf eure Brüder? Ihr seid doch auch Söhne des Volkes wie sie." Martin Bresin hörte sein Gewissen sprechen. Die Badenerin drehte sich um und ging. Er konnte die Verachtung in ihren Augen lesen. Dann kam sie aber noch einmal zurück, sah einem nach dem anderen eindringlich in die Augen und fragte: „Seid ihr nicht auch Bauern, Handwerker oder Fischer und liebt die Freiheit, wollt eure Waren verkaufen ohne Steuern?" Ihr durchdringender Blick blieb an ihm hängen: „Ich will dir was erzählen, du Preuße. Wir hatten letztes Jahr eine Mißernte, das ganze Korn war hin, und wir sind hier fast verhungert. Das Brot wurde so teuer, daß man es kaum bezahlen konnte. Und weißt du warum das alles? Wegen der Grenzen, der Steuern, der ganzen Polizei samt Amtmännern und der viel zu hohen Abgaben. Nein! Die Franzosen haben es uns doch vorgemacht, die haben eine Republik, und wir haben Grenzen über Grenzen!"

Sie hatte so schöne braune Rehaugen und sah ihn so bittend an, daß er ernsthaft anfing nachzudenken. Die Gefühle rüttelten an seiner Seele. Ob badischer Bauer oder pommerscher Fischer, was macht das für einen Unterschied? Sie hatte recht, und einen Moment lang fühlte auch Martin Bresin sein Herz für die Einheit und Freiheit Deutschlands schlagen. Fast wäre er übergelaufen.

Dann ertönten Signalhorn und Trommeln, und es kamen wieder die Befehle. Karl Bresin war es gewohnt, sie auszuführen. Wo wäre er auch hingekommen als Überläufer und Revolutionär? Nach der Schlacht von Waghäusel wurden an die hundert Revolutionäre erschossen.Tausende begaben sich auf eine lange entbehrungsreiche Reise nach Amerika, um dort ein neues Leben zu beginnen. Nein, Gefühle waren unnütz und verwirrten nur den Verstand, das wußte Martin Bresin bereits bei Waghäusel, als er dem badischen Dragoner mit dem Bajonett die Brust durchbohrte, seinem Pferd die Sporen gab, sein Zündnadelgewehr durchlud und auf den nächsten anrückenden Freischärler schoß. Eine Weile erinnerte er sich noch an ihre flehenden Blicke, aber mit der Zeit schob er die Erinnerung beiseite und überschüttete sie jeden Morgen in Wollin an der Pumpe im Hof mit einem Eimer kalten deutschen Wassers des Pflichtbewußtseins. Und hin und wieder holte er seinen Orden hervor, um ihn seinen Söhnen zu zeigen. Der Orden trug die Aufschrift: „Leopold Großherzog von Baden. Dem tapferen Befreiungsheer – 1849".

Gut hundertfünfzig Jahre später fand ich, Kerstin Bresin, seine Ur-Ur-Ur-Urenkelin, einen solchen Orden in einem Museum im badischen Sinsheim, dem Geburtsort von Franz Sigel. Es stand folgende Unterschrift darunter: „Im Volksmund von den Badenern *Brudermordmedaille* genannt. Als Auszeichnung den preußischen Soldaten verliehen, welche auf Befehl ihres Königs die erste deutsche Demokratiebewegung gewaltsam niederschlugen." Der Traum von Freiheit, Recht und Einigkeit zerbrach damals in ganz Europa und wurde von unzähligen Auswanderern mit in die USA genommen, wo er im Civil War wieder auflebte und Tausende dazu bewog, an der Seite der deutschen Generäle Sigel und Schurz auf der Union Site zu kämpfen.

Aber zurück zu Vater Martin Bresin, den der preußische Drill und der Kadavergehorsam hart gemacht hatten, der Gassenlauf und Peitschenhiebe überstanden hatte und der mit einem Orden und einer Knieverletzung aus preußischen Diensten entlassen wurde. Er und die Seinen waren es von frühester Kindheit an gewöhnt, das Leben so hinzunehmen, wie es kam. Die Menschen auf Wollin lebten immer gleich, ob unter schwedischer oder preußischer Herrschaft. Land und Meer waren seit jeher die prägenden Kräfte der auf Wollin ansässigen Pommern, und ihr Leben war alles andere als leicht. Ruhe und Beständigkeit waren notwendig, um der nicht immer freundlichen Natur den oft kargen Lebensunterhalt abzuringen. Kurzweil und Abwechslung gab es nicht und man vermißte sie auch nicht. Sich anzupassen und unterzuordnen, hielt Martin Bresin für den wichtigsten Überlebenstrieb des Menschen und Auflehnung gegen die Obrigkeit war für ihn nicht erst seit Waghäusel eine Todsünde. Man konnte Amboß oder Hammer sein, so war die Welt eingerichtet, und wenn er auch damals in der Armee der Amboß sein mußte, so wollte er doch wenigstens in der Familie der Hammer sein. Der schönen Spanierin wollte er schon zeigen, wo der Haussegen hängt!

Der Fisch stand gut in jenen Tagen, und so fuhren die Männer täglich mit ihren Kuttern zum Fischen hinaus und kehrten erst spät abends mit Kisten voller Heringen und Flundern heim. Auf dem Fischerkahn hatte der Vater das Sagen, und er gab seine Anweisungen im Befehlston. Karl, der die Strenge seines Vaters kannte, verstand es jedoch immer wieder, ihm den Wind aus den Segeln zu nehmen und die Schönheit und Liebenswürdigkeit seiner Belisa zu preisen. Am Abend daheim, als Belisa gerade das Abendessen auftrug, gab er ihr einen Klaps auf den Po und meinte: „Schau, Vadder, heut bün ik als uff See, deep in min Harten, denk ick an myn Belisa und ihre Tüftensupp."

„Wenn se die man als uck gut kochen will. Ist doch watt anneres als Cocidos und diese Tortilla espanola."

„Vadder, ick mutt jedenfalls nich sagen: Myne Frau, de Ilsebill, will nich so als ik wol will."

„Ne, myn Jung, mußt nich, un mußt uk nich sagen: Ilse Bilse, kener will se, kam den Koch, nam se doch, nich waahr?"

So spröde humorvoll ging es jeden Abend bei den Bresins zu. Man nahm jedes Familienmitglied irgendwann einmal aufs Korn oder machte sich auch über sich selber lustig, und wenn sich jemand zu sehr angegriffen fühlte, sagte die Mutter: „Humor ist, wenn man trotzdem lacht!" Die Bresins sprachen auch Hochdeutsch, aber an den Abenden, wenn sich „watt vertellt" wurde, dann „upp Platt" mit dem drögen Humor des Nordens:

„Is doch bäter, wenn't plattdütsch vertellt ward, wenn man secht, dat is schiet, dat stört dann keinen", sagte der Vater oft und seine Scherze waren mitunter so rau wie der Wind und die See des Nordostens. Wenn es jedoch ernst wurde, redeten plötzlich alle wieder Hochdeutsch.

„Mußt wissen, mein Kind", sagte Mutter Anna Bresin zu Belisa, „dein Karl war einst der Beste in der Schule. Wenn der Lehrer einmal das Klassenzimmer verlassen mußte, bat er immer unseren Karl, den Unterricht fortzuführen. In Rechnen war Karl besonders gut. Später meinte der Lehrer, wir sollten ihn auf die Hohe Bürgerschule nach Stettin schicken, solche wie er würden dort gebraucht." Dann blickte Anna Bresin traurig zu Boden und fügte hinzu: „Aber bald mußte er dem Vadder beim Fischen zur Hand gehen."

„Ja, Muddern, schon gut", sagte Karl und streichelte seiner Belisa übers Haar. „Wenn wir einmal einen Sohn haben, soll er etwas Anständiges studieren, Arzt oder Ingenieur vielleicht. Am besten, er geht auf die Stettiner Werft, das ist ein Brausen und Leben dort, das ist die Zukunft! Ihr werdet es erleben, wie die Zeiten sich ändern werden."

Karl Bresin hatte mit seiner Belisa so viele Pläne. In die große Stadt Stettin wollten sie ziehen, sobald Karl dort Arbeit finden würde. Mit ihrer Hände Arbeit wollten sie sich eine Existenz in der Großstadt aufbauen. Endlich fort von Wollin und dem ewigen Netzeeinholen mit den Armen im Wasser, mit den Stiefeln im Wasser und den Fischen, den Fischen, immer wieder den Fischen ...

Havelberg war eine verträumte, kleine Stadt inmitten einer grünen Auenlandschaft. Brücken und alter Dom, Spülinsel und Prälatenweg, Fliedertreppe und Weinbergstraße, alles wirkte auf uns Kinder sehr märchenhaft, und wir ergründeten unsere neue Umgebung im Handumdrehen.

Unsere Mutter aber meinte: „Havelberg liegt j.w.d.", eine Redewendung, die sie aus ihrer Berliner Kinderzeit kannte. Es hieß soviel wie „hinterm Mond" oder „Janz weit draußen". Unser Vater hatte sie damals nicht lange gefragt, ob sie mit nach Havelberg wollte. Seine neue Stellung als Kreiskinderarzt rechtfertigte alles. „Da wird nicht lange gefackelt", meinte er, „und Schluß, aus und basta!"

Nach dem Umzug lebten sich Conny und ich sehr bald in der unbekannten Umgebung ein, immer die Neugierde im Gepäck mit uns tragend. In der Schule fanden wir schnell Freundinnen, und an den Nachmittagen vergnügten wir uns im großen Garten, staunten, wenn die Kinder der Straße zögernd an den Zaun traten, bis wir sie heimlich hereinriefen. Irgendwann bekamen wir heraus, daß der verwilderte Vorgarten mit den hohen alten Bäumen und dem großen Springbrunnen schon vor unserer Ankunft der Spielplatz der Kinder unserer Straße gewesen war. Das sollte sich bald ändern. Unser Vater begann mit dem Bau eines neuen Zaunes und dem Anlegen von Rosenbeeten. Er hatte es nicht gern, wenn fremde Kinder in unseren Garten kamen. Wir schauten dem Vater bei der Arbeit zu, versuchten zu helfen und hielten uns fast die ganzen Nachmittage des zur Neige gehenden Sommers draußen im Garten an der Lindenstraße auf; beäugt von den neugierigen Blicken der Nachbarskinder. Manchmal traten wir an den Zaun heran und machten einige Anfreundungsversuche oder liefen heraus aus dem Garten. Ende der sechziger Jahre gab es noch wenig Verkehr in unserer Straße, und so war die Straße mit ihren breiten, von Linden gesäumten Gehwegen für uns bald ebenso ein idealer Spielplatz wie der Garten.

Aber es gab noch andere, faszinierende Abenteuer. Ich erinnere mich an einen Herbsttag, als die Nebel vom Tal her aufstiegen. Unser Vater setzte Conny und mich ins Auto und meinte: „Heute zeige ich euch die Havel von der anderen Seite." Seine braunen Augen sprühten, wie immer in solchen Momenten, vor Begeisterung, und sein emsiges Packen machte uns ganz neugierig. Wir saßen beide auf dem Rücksitz des Wartburgs und rätselten darüber, was der Vater mit uns vorhaben könnte. Gespannt ergründeten unsere Augen die unbekannte Landschaft.

Als das Auto endlich an der Havel hielt, holte der Vater plötzlich eine Angelrute aus dem Kofferraum, dann noch eine und eine dritte. Wir kannten seinen Sinn für Überraschungen und staunten nicht schlecht, als seine flinken Hände die Ruten zusammensteckten, er die Wassertiefe auslotete und die Fische anfütterte. Dann gab er jedem von uns eine Angel, einen Wurm für den Angelhaken und erklärte uns die Technik des Auswerfens. Wir Mädchen holten so weit aus, wie wir es konnten und platzierten die Pose auf dem Wasser. Eine Weile standen wir still und sahen gespannt auf die rot-weißen Punkte auf dem Wasser. Sie bewegten sich nicht. Aus der Ferne näherte sich ein Schiff. Als die Motorengeräusche lauter wurden, fragte ich:

„Wohin fährt das Schiff, Papa?"

„Nach Hamburg, das steht auf dem Schiff drauf."

Ich war begeistert: „Können wir auch einmal mit so einem Schiff nach Hamburg fahren, Papa?"

„Nein, das geht nicht."

„Aber warum denn nicht?"

„Sei still, Kerstin, sonst kommen die Fische nicht", flüsterte der Vater. Nach einiger Zeit wagte Conny einen Blick in den Himmel. „Siehst du das Flugzeug, Papa?"

„Ja, ich kann es sehen."

„Wohin fliegt es?“

„Hm, vielleicht von Berlin nach Amerika?“ sagte der Vater und warf in hohem Bogen seine Angel aus.

„Dorthin möchte ich auch einmal mit dir fliegen.“

„Das geht nicht.“

„Warum nicht?“

„Weil dazwischen eine Grenze ist.“

„Was ist eine Grenze?“

„Eine Mauer, Stacheldraht und Soldaten, die aufpassen, daß niemand rüber kommt.“

„Warum soll niemand über die Grenze kommen?“

„Ach Kind, du fragst mir Löcher in den Bauch ...“

„Was muß man tun, damit man über die Grenze kommt?“

Der Vater holte die Angel aus dem Wasser und sagte: „Niemand, hörst du, niemand kommt über die Grenze. Wer es versucht, landet im Gefängnis oder wird erschossen. Und jetzt sei still, sonst verjagst du die Fische.“

Der Himmel über der Havel war weit und blau. Die Wolken spiegelten sich im Wasser, und die Pose bewegte sich nicht. Ob der Himmel jenseits der Grenze auch so blau ist, fragten wir uns.

In der Zeitung hatten Conny und ich vor einigen Wochen ein Photo von der ersten Landung der Menschen auf dem Mond gesehen. Conny war begeistert von Neil Armstrong und Apollo 11 und sprach oft davon. Jetzt erinnerte sie sich offensichtlich daran.

„Du Papa, darf ich dich noch einmal etwas fragen?“

„Ja, aber leise.“

„Wenn man doch heute schon auf den Mond fliegen kann, dann müßte man doch auch über eine Grenze fliegen können?“

„Das ist doch etwas ganz anderes, Conny, hörst du. Niemand kommt heute über die Grenze, niemand.“

„Und wenn ich einmal groß bin, kann ich dann mit so einem Flugzeug nach Amerika fliegen?“

„Nach Amerika nicht. Was willst du auch dort? Die Amerikaner führen Krieg mit Vietnam, was willst du in so einem Land? Du kannst nach Moskau fliegen. Und jetzt sei still und schau auf deine Pose.“

Ein endlos weiter Himmel spannte sich über das Havelland. Der Wind blies schon kühl und holte das bunte Laub von den Bäumen. Längst hatten die Störche ihren weiten Flug in den warmen Süden angetreten.

Lange stand unser Vater mit uns, seinen Töchtern, schweigend an der Biegung der Havel, die Angelposen beobachtend. Die Strömung war hier gering und trieb die Posen nur sehr langsam ab. Wir mußten die Ruten immer von neuem auswerfen, und das machte Conny besonders viel Spaß. Ich sehe sie noch, wie sie immer wieder weit ausholte und versuchte, den Haken noch weiter hinaus zu werfen.

Als die Dämmerung hereinbrach und kein Fisch anbeißen wollte, beschloß der Vater, die Angeln aus dem Wasser zu ziehen und aufzubrechen. Wahrscheinlich stehe ein Witterungsumschwung bevor, meinte er, was die Beißlust der Fische mindere. Er erzählte uns dann seine Geschichten vom Stettiner Haff und von den Fischen, die er als Junge für ein Taschengeld auf dem Fischmarkt verkauft hatte. Vor vielen Jahren hatte der Vater am Dammschen See bei Stettin und an der Westoder von seinem Großvater, Ernesto Bresin, das Angeln erlernt: „Was hatten wir alles aus dem Wasser gezogen: große Karpfen, Brassen, Barsche und delikate Aale."

Er dachte daran, wie gut sich sein Großvater Ernesto mit dem Fisch auskannte, und wie er ihn damals in die Geheimnisse der Fische und des Angelns einweihte, als er seine Angelrute in die Einzelteile zerlegte und sein Blick ließ etwas von der Tiefe seiner Seele erkennen.

Da bäumten sich weit hinter dem Fluß die dunklen Wolken auf, und während an der Biegung der Havel die Abendsonne schien, begann es am Horizont zu regnen. Plötzlich fing der Abendhimmel in allen Farben zu schimmern an. Ein großer prächtiger Regenbogen erhob sich über dem Havelland und verzauberte die Natur. Wie besessen blickten wir Kinder zu dem Naturwunder. Unser Vater, der unser kindliches Erstaunen bemerkte, erzählte uns, daß der Regenbogen schon immer als Zeichen der Hoffnung galt. Wir konnten uns nicht satt sehen an diesem Wunder, welches leider schon nach wenigen Minuten vorbei war.

„Papa, ich möchte noch nicht nach Hause. Du hast doch gesagt, die Fische beißen besser in der Dämmerung und besonders bei leichtem Regen", sagte Conny und warf ihre Angel noch einmal aus.

„Ja schon ... aber für heute machen wir Schluß!" Der Vater hatte inzwischen den Eimer mit den Würmern in das Auto gestellt, als meine Schwester rief: „Meine Pose, sie bewegt sich!"

Sie zog einmal kurz und kräftig an der Angel, wie es der Vater uns gezeigt hatte. Dann glaubte sie, den Fisch herausziehen zu können. Aber was war das? Der Fisch ließ sich nicht wie die anderen Fische langsam an Land ziehen. Conny fühlte, daß es ein schwerer Fisch sein mußte. Kräftig steuerte er gegen die Strömung. Dann plötzlich war er nicht mehr zu spüren. War er vom Haken gerissen? Sie drehte die Spule langsam und holte die Angelschnur ein. Es gab keinen Widerstand. Plötzlich war es nicht mehr möglich, die Angelschnur einzuholen. Der Fisch, er war wieder da und machte sich stark. Der Fisch kämpfte mit dem Mädchen.

„Das muß ein Aal sein", rief der Vater, „laß mal sehen!"

Er ergriff die Angel, gab Leine nach, holte Leine ein und gab wieder nach. Er wußte genau, wie man einen Aal an Land holte.

„Der Aal schlängelt sich um Steine und Schlingpflanzen. Es ist sehr schwer, einen Aal an Land zu ziehen. Der Aal ist schlau. Er überwindet so viele Hindernisse, um an seinen Laichplatz, das Sargassomeer zu gelangen. Eigentlich müßte ich sagen, sie, die Aalin, denn es ist ein Weibchen."

„Wo liegt das Sargassomeer?"

„Irgendwo vor den Küsten Amerikas, im Atlantischen Ozean." Geschickt dirigierte der Vater den Fisch in die Nähe des Ufers. Dann gab er Conny die Angel und sagte: „Den Rest schaffst du alleine. Ich muß den Kescher holen."

Conny drehte die Spule, und der Fisch kam aus dem Wasser. Tatsächlich, der Vater hatte recht, und ich konnte es sehen, es war ein Aal.

Meine Schwester hüpfte vor Freude und rief: „Ein Aal! Ein Aal! ... Ich hab einen richtigen Aal gefangen!"

„Das ist ja ein Prachtexemplar, fast einen Meter lang", sagte der Vater stolz.

Als der Aal im Kescher lag, faßte Conny nach ihm, um ihn in den Eimer zu legen. Der Fisch glitt ihr jedoch immer wieder aus den Händen. Er wand sich und schlängelte sich zwischen ihren Fingern hindurch. Jetzt spürte sie die Kraft des Tieres und bekam Respekt davor.

„Papa, woher wußtest du, daß es ein Weibchen ist?" fragte sie.

Der Vater stülpte den Kescher mitsamt dem Fisch über den Eimer und sagte dann: „Nur die Weibchen haben so viel Kraft, daß sie bis in die Flüsse schwimmen können. Die Männchen bleiben in der Nähe der Küste oder im Brackwasser."

Dann holte er seine Angelrute wieder aus dem Auto, steckte sie zusammen und tat es der Tochter gleich. Er warf seine Angel erneut aus.

An jenem Abend fingen wir gemeinsam weitere sechs Aale. Wir standen noch an der Biegung der Havel, als der Mond schon sein fades Nachtlicht über die dunklen Wiesen schickte, und die Kälte uns in die Glieder kroch. Ein Gefühl von vertrauter Gemeinsamkeit erfüllte unsere Kinderherzen in jener Herbstnacht, und es war, als wären wir schon immer Fischer gewesen, irgendwann, lange vor unserer bewußten Zeit. Ich habe in meinem späteren Leben immer wieder versucht, mir dieses Bild in mein Gedächtnis zurückzuholen, um mich daran zu wärmen: Wir Schwestern mit unserem Vater an der Biegung der Havel im Mondlicht, die Aale aus dem Wasser ziehend. Um dieses Bild dem ewigen Vergessen zu entreißen, malte ich es noch in derselben Nacht in mein kindliches Büchlein, was mir jetzt hilft, den Zugang zu jener fernen Zeit wiederzufinden, in der meine Seele noch genährt wurde von den uralten Eingebungen des Universums. Und als die neuen Bilder, die meine Seele begierig kostete, sich damals mischten mit den alten Eingebungen, begann mich dieses einmalig zauberhafte Gefühl zu umgeben, daß ich als Urvertrauen beschreiben würde. So sehr ich auch suchte, ein solches Gefühl der innig vertrauten Gemeinsamkeit wie an jenem gemeinsamen Abend an der Havel fand ich in meinem späteren Leben niemals wieder.

Im klammen Auto schaltete der Vater gleich die Heizung an, und nach einer Weile sagte er: „Ich bin sehr stolz auf euch Mädchen, und eure Mutter wird sich über die Aale sehr freuen." Der Vater fing an zu pfeifen: „Das sind die Kinder von Piräus, sie lieben den Hafen, die Schiffe und das Meer". Der Wartburg holperte über das Kopfsteinpflaster, und Vaters fröhliche Stimme erklang: „Ein Schiff wird kommen, la, la ..."

Nach einer Weile schaltete er das Autoradio ein. „Make love, not war, fordern die Blumenkinder von Los Angeles und San Francisco", sagte der Radiosprecher und kündigte Janis Joplin an.

„Oh, das ist der Rias, den sollt ihr nicht hören. Das würde euch in der Schule nur in Schwierigkeiten bringen." Er suchte eine Weile, hatte jedoch immer wieder schlechten Empfang wegen der Oberleitungen und schaltete schließlich das Radio wieder aus.

In der Nacht träumte Conny von der Aalin, wie sie mir am Morgen erzählte. Sie schwamm mit der Aalin flußabwärts, immer weiter, schlängelte sich durch Schleusen, schwamm von der Havel in die Elbe und dann der Mündung entgegen. Im Fluß spürten sie keine Grenze, keine Mauer und keinen Stacheldraht. Das Wasser allein trug sie weiter, und sie ließ sich einfach von der Strömung treiben. In der Nordsee traf sie auf hundert andere Aale und schwamm gemeinsam mit ihnen zum Atlantik und dann in Richtung Amerika. Endlich lag die Küste vor ihr. Amerika, ein schöner Traum ...

Karl Bresin kehrte, wie die meisten Fischer der Insel Wollin, im Sommer meist mit mäßig vollen Netzen zurück. Aale, Barsche und Flundern gab das Stettiner Haff eigentlich genügend her und auch in der Dievenow waren die verschiedensten Fische zu fangen, die die Frauen gleich am nächsten Morgen auf dem Fischmarkt lebend verkauften. Allein, es liefen jeden Morgen so viele Fischerboote aus und die Konkurrenz war groß. Im Stettiner Haff hatte Vater Martin Bresin seit Jahren einen Platz für seine Reusen. Was war das einst für eine Freude, als durch irgendein Wunder an die hundert Aale in die Reusen getrieben wurden. Die Fische brachten damals so viel Geld ein, daß Martin Bresin einige Zeit auf die Hilfe seines Sohnes Karl verzichten konnte. Das war dann der Startschuß für das Anheuern Karls auf dem Schiff Esmeralda nach Spanien. Damit ging für ihn ein Traum in Erfüllung und die Familie war neugierig auf seine Erzählungen, denn bisher hatte noch kein einziges Familienmitglied Pommern verlassen. Wie stolz war Karl Bresin auf seine Abenteuer in Andalusien und wie stolz war er erst auf seine schöne Belisa mit den feurigen Augen. Hier war vieles neu für sie und er erklärte ihr: „Nicht zu jeder Jahreszeit ist das Fischen im Haff ein leichtes. Im Winter, wenn das Haff zugefroren ist, muß der Fischfang oft wochenlang ruhen. Manche Männer, die es wagen, zu früh auf das Haff hinauszufahren, bringen ihr Fischerboot zwischen den Eisschollen in große Gefahr. Die Wolliner wußten ihre Geschichten davon zu erzählen.“

Im ersten Ehejahr von Karl und Belisa Bresin war der Fischfang nur mit mäßigem Ertrag gesegnet. Während die Männer bis Anfang Januar auf das Haff hinaussegelten, ging Belisa der Mutter zur Hand, versorgte die Milchkuh, bestellte den kleinen Kartoffelacker hinterm Haus und bangte an stürmischen Tagen mit den anderen Frauen von Wollin um die Rückkehr ihres Mannes. Im Februar ging dann gar nichts mehr, das Haff war zugefroren und der Fischfang unter diesen Umständen nicht möglich. Trotzdem versuchte einer der Männer schon Ende Februar auf das mit Eisschollen übersäte Haff zu segeln. Der Fischer blieb auf See, sein Fischerboot versank zwischen den Eisschollen und keine Leiche konnte bestattet werden. Die Bewohner von Wollin gingen im Trauerzug mit dem Pfarrer zur Dievenow, und sie gedachten angesichts von Gischt, Eis und Möwengeschrei des Toten und warfen Blumen ins Wasser. Dann nahmen sie sich seiner Frau und der Kinder an, denn sie spürten alle eine starke innere Gemeinschaft. Nur die schwarzhaarige Belisa empfanden die Wolliner als einen Fremdkörper, weil sie weder die pommersche Sprache richtig beherrschte noch die uralten Bräuche kannte. Nie hätte Belisa gedacht, daß der Norden so rau und die Winter so grausam und lang sein könnten.

Eines Tages zerschmetterte der Schneesturm ein Fenster des Häuschens, und die eisige weiße Masse türmte sich bald auf ihrem Bett, dem Fußboden und dem Tisch. So etwas hatte Belisa bisher noch niemals erlebt, und sie holte ihr kleines Andachtsbild hervor, das die einzige Erinnerung an ihre Mutter war, stellte es auf die Kommode und sah die Mutter Maria mit ihrem gekreuzigten Sohn lange an. Sie bekreuzigte sich, kniete nieder und sprach ein Gebet, welches sie noch von ihrer Mutter gelernt hatte. Dann stand sie wieder auf und seufzte. Ihr fehlte die Andachtsecke in diesem Haus, aber damit mußte sie nun leben, seit sie sich darauf eingelassen hatte, einen Mann evangelischen Glaubens zu heiraten. Tolerant, wie Belisa war, wußte sie dem auch wieder seine guten Seiten abzugewinnen, denn sie mußte nun auch nicht mehr der lästigen Pflicht im Beichtstuhl folgen und dem Beichtvater alle Peinlichkeiten ihres Lebens erzählen. Oh, wie sie es als Kind gehaßt hatte, alles zu offenbaren, was noch unausgegoren während ihrer erwachenden Jugendlichkeit in ihr vorging. Sie verabscheute es, zu reden, wenn sie gefragt wurde, ob und wie viele Male sie ihren Körper berühre und ob sie rachsüchtige oder wollüstige Gedanken quälten. Auf solche Fragen antwortete sie lieber nicht. Um überhaupt etwas zu sagen und für irgendeine Sünde büßen zu müssen, erfand sie Geschichten von Diebstählen und Schlägereien mit ihrem Bruder. Es war alles erfunden. So hatte sie wenigstens eine Sünde begangen, die der Lüge. Hier in Pommern war das alles anders. Karl hatte ihr beigebracht, daß ihr eigenes Gewissen ihr Richter werden müsse. Er meinte, kein Mensch könne in Gewissensfragen über einen anderen richten, das könne nur Gott allein. Sie möge nur jeden Tag so leben, als müsse sie abends vor den höchsten Richter treten, dann werde alles gut. Außerdem sollte irgend so ein alter Fritz gesagt haben, es möge hier jeder nach seiner Fasson selig werden. Das gefiel ihr.

Anna Bresin sprach viel vom Reformator Bugenhagen, und Belisa gefiel der Spruch, den Mutter Bresin bei vielen Gelegenheiten parat hatte: „Wer Gott vertraut, hat wohlgebaut."

Bald konnte jeder in Wollin, der Augen dafür hatte, sehen, daß die schöne Spanierin Belisa sich verändert hatte. Die Wolliner blickten in ihre leuchtenden Augen und wunderten sich. Bald sahen sie, wie Belisa beim Gehen so anmutig die Schultern nach hinten schob und damit ihre Körperhaltung voller Würde veränderte. Dann gab es keinen Zweifel mehr, Belisa war guter Hoffnung und Karl schien im siebten Himmel zu schweben, wenn er sie sonntags stolz in die Kirche führte.

Wenn die Männer einen guten Fangtag hatten und mit Netzen voller Aale, Hechte, Zander und Barsche heimkehrten, bereiteten sich die Frauen am nächsten Morgen auf den Fischverkauf auf dem Markt vor. Haushalt und Garten ließen sie an solchen Tagen ruhen. Belisa ging Anna gern auf dem Markt zur Hand, obgleich sie die Kunden noch nicht bedienen konnte, weil sie Plattdeutsch recht schlecht verstand, geschweige denn sprechen konnte, aber auf dem Markt gab es keine andere Sprache. Belisa hörte aufmerksam Anna und den Kundinnen zu und grübelte manchmal noch lange darüber nach, was die Frauen eigentlich gemeint haben könnten. Manchmal dauerte es lange, bis ihr nach einigem Überlegen ein Licht aufging, wie bei der dicken Kundin in der schwarzen Schürze, die unbedingt Flundern kaufen wollte. Anna Bresin gab barsch zur Antwort: „Flunnern, nee, de heww ick hüt nich. Un üm Ehretwillen kann ick de Borrs nich dörch de Mangel dreihn."

So ging der Herbst dahin, und bald holte der Sturmwind die gelben Blätter des Ahorns vor dem Haus herunter. Noch ehe die letzten Rosen im Vorgarten verblüht waren, begann es zu schneien. Wie verzuckert sahen die rosa Blüten an ihren langen blattlosen Stielen aus.

Ihr erstes Kind brachte Belisa in einer kalten und sehr stürmischen Winternacht im Haus der Bresins zur Welt. Karls Mutter war die einzige, die ihr zur Seite stand, denn die Hebamme konnte nicht im furchtbaren Schneesturm durch die halbe Stadt laufen. Ein Pferd besaßen nur wenige in der Gegend. Die Leute waren froh, wenn Kartoffeln, Mehl und Schmalz über den Winter reichten. Mutter Bresin besaß genug Kenntnisse, um der Gebärenden zu helfen, hatte sie doch ihre sechs Kinder ohne jegliche Komplikationen zur Welt gebracht und so manche Kniffe von der Hebamme gelernt. Vorsorglich hatte sie Kräuter zur Beschleunigung der Geburt und Balsam für die Brustwarzen besorgt. Sorgfältig richtete sie das Zimmer für das zu erwartende Kind her und legte ausgekochte weiße Leinentücher bereit. Als die Wehen ins Stocken gerieten, gab sie Belisa Rizinusöl, um den Darm zu säubern und die Wehen wieder voranzutreiben. Einen halben Tag später brachte Belisa einen kräftigen Jungen mit braunen Augen, dunklen Augenbrauen und pechschwarzem Haar zur Welt. Nachdem Anna das Neugeborene abgenabelt hatte und sich endlich die Zeit nahm, den Winzling genauer zu betrachten, war sie so gerührt, daß sie in Freudentränen ausbrach. Alle Vorurteile hatte der kleine Erdenbürger beiseite geschoben allein mit seiner Existenz. Sie wusch und küßte den Jungen liebevoll, ehe sie ihn Belisa in den Arm legte. In Belisas Gesicht konnte Anna Bresin die Spuren der gewaltigen Kraftanstrengung lesen. Die Lippen hatte Belisa sich zerbissen. Anna holte feuchte Tücher, um sie der jungen Mutter auf die Stirn zu legen, die ermattet und glücklich in den Kissen lag. So sehr sich Anna auch zurückhalten wollte, in diesem Moment überkam sie ein so inniges Zusammengehörigkeitsgefühl mit der jungen Mutter, die ihr soeben ein Enkelkind geschenkt hatte, und sie ließ es geschehen, daß ihre Arme Belisas Schultern umfaßten. Minutenlang lagen sich die Frauen in den Armen, das Neugeborene geschützt zwischen sich, weinten und schluchzten, bis der Tränenfluß versiegt war. Dann stand Anna auf und rührte ein rohes Eigelb in Malzbier und reichte das Getränk, welches für die reichliche Milchbildung sorgen sollte, Belisa.

Die Männer, die mehrere Tage auf See zum Fischfang waren, bekamen das Baby erst zu Gesicht, als es schon alle Runzeln eines Neugeborenen verloren hatte. Das Stettiner Haff war noch nicht zugefroren, als sie hinausfuhren, aber der Schneesturm hatte die Männer beim Fischen erwischt, sie nach Neuwarp getrieben und so waren sie gezwungen, am anderen Ende des Haffs abzuwarten, bis die Unwetter sich legten. Die Segel und Schiffstaue waren in ungewöhnlicher Schnelligkeit vereist, Eisschollen bildeten sich auf dem Wasser. Plötzlich verhakten sie sich quietschend und krachend ineinander, und dann ging nichts mehr. Die Fahrrinne mußte durch den Eisbrecher erst wieder freigelegt werden. Viel Fisch war an diesen Wintertagen nicht aus dem Stettiner Haff zu holen. Martin Bresin hielt seinen Sohn fortwährend an, aufzupassen, daß die scharfen Kanten des Eises nicht das Netz aufschlitzten.

Die Gesichter der Männer waren von der Kälte gezeichnet, als sie in das Haus eintraten. Karl stand erst regungslos an der Tür, bis er voller Stolz über seinen Stammhalter in Freudentränen ausbrach. Dann trat er zu Belisa, küßte sie und schließlich faßte er das Neugeborene an, als wäre es aus Porzellan. Der frischgebackene Großvater Martin Bresin holte die eigens für dieses Ereignis aufbewahrte Flasche Doppelkorn aus dem Schrank. Bei jedem Schluck schwand die Kälte aus den Knochen der Männer. Nach einer Stunde vernahmen die Frauen nur noch ein Singen und Lallen aus der Küche. Mutter Anna Bresin nahm schließlich die Flasche und versteckte sie. Martin Bresin stotterte: „Mien, du weißt dat doch: Supp di dun und frett di dick und holt din Mul von Poletick!“ Er hatte heute so gute Laune, daß er die Mutter gewähren ließ und schaute ihr nur traurig nach, als sie mit der Flasche verschwand.

Sie tauften den Jungen auf den Namen Ernst, und als der Pfarrer ihm das Weihwasser auf die Stine träufelte und ihn hoch hielt, staunte die Gemeinde in der Kirche von Wollin. So ein Kind hatte noch niemand auf der Insel gesehen. Martin Bresin hatte jedoch seine Probleme mit dem Baby. Obwohl der Junge bildschön war, wurde Belisa von ihm mitunter wie eine Außerirdische behandelt. Sang sie dem Kind fremde Lieder mit andalusischem Klang vor, schaute Martin voller Groll zu ihr hinüber. Er sah, wie sie das Feuer in ihren Augen tanzen ließ, wenn sie zu ihm sprach, und daß sie Reime von einer fremden Welt kannte. Einmal ertappte er sie dabei, wie sie das Baby Ernesto nannte und schmorte vor Groll. Bald fing er an, sie zu hassen. Er hielt seine Frau an, dem Baby die alten Weisen der Insel und deutsche Wiegenlieder vorzusingen und sie tat, wie ihr befohlen wurde.

Anna Bresin war eine geborene Cencier, deren Familie zu Zeiten Friedrich des Großen als verfolgte Hugenotten aus Frankreich nach Preußen gekommen waren, und die sich zuerst als Händler in Berlin und als Bauern im Oderbruch niederließen. Dankbarkeit gegenüber Preußen war ihr von Kindesbeinen an eingetrichtert worden, genau wie Gehorsam, Pflichtbewußtsein und bedingungslose Treue. Die Cenciers hatten es im Laufe der Jahre durch ihren Fleiß und ihre Sparsamkeit sehr weit gebracht. Ihr Vater baute schließlich einen Stoffhandel in Stettin auf und wurde aufgrund seiner Wirtschaftlichkeit sehr erfolgreich. Einer ihrer Brüder, Albert, stieg in das Geschäft mit ein..

Anna Cencier lernte Martin Bresin an der Wasserkunst auf dem Rossmarkt in Stettin kennen, als ihr neuer schöner Hut von einer Windböe erfaßt wurde, beinahe in den Brunnen fiel und von Martin Bresin zufällig aufgefangen wurde. In dem Augenblick, als er ihr mit einer liebenswürdigen Geste den Hut brachte, wußte sie, daß jener nette Herr ihr Ehemann werden würde. Gemeinsam setzten sie sich auf den Rand des Brunnens und betrachteten verlegen die Masken, die das Wasser in die großen Muscheln schütteten. Irgendwie bewunderte damals jeder die vom preußischen König Friedrich Wilhelm I. gestiftete Wasserkunst, und man sprach in Stettin sehr wohlwollend über den sonst so sparsamen Soldatenkönig, der immer sehr freigiebig war, wenn es um die Verschönerung Stettins ging. So fanden auch die beiden jungen Leute bei dem Brunnen schnell ein Gesprächsthema, bewunderten den preußischen Adler mit seinen ausgebreiteten Schwingen auf der Wasserkunst und sprachen von der genialen Wasserleitung von den 10 Kilometer entfernten Warsower Höhen.

Inzwischen hatte Anna Bresin ihrem Ehemann sechs Kinder geschenkt, von denen nur drei überlebten, die anderen starben früh an Diphtherie und Keuchhusten. Aus den feinen blonden Haaren der verstorbenen Kinder flocht sie Haarbilder, die noch immer die Wände der guten Stube schmückten, um an die kleinen Seelen zu erinnern, die der Herrgott so früh zu sich genommen hatte. Karl, der älteste, wurde Fischer. Hans ging zu Großvater Cencier in die Handelslehre nach Stettin, und Emma war inzwischen mit einem Fischer in Wollin verheiratet.

An einem sonnigen Junitag beschloß Karl, seiner Belisa die große Stadt Stettin einmal ausgiebig zu zeigen. Pommerns Hauptstadt kannte sie ja bisher nur von der Ankunft des Schiffes her. Karl wußte, daß der Kaufmann aus der Nachbarschaft jeden ersten Dienstag im Monat zum Großeinkauf nach Stettin fuhr und zwar mit dem Pferdewagen. Für ein kleines Trinkgeld nahm er die beiden mit, die sich somit die teure Postkutsche ersparten.

Die Sehnsucht nach den großen Städten war Karl irgendwie mit in die Wiege gelegt worden. Waren sein Großvater und sein Urgroßvater Kaufleute in Berlin und Stettin, so zog es ihn hin und wieder auch in diese Städte. Hätte ihn der Vater nicht von frühester Jugend an dazu überredet, ihm beim Fischfang zu helfen, er wäre auch lieber in die Kaufmannslehre zu seinem Großvater nach Stettin gegangen. Ganz im Gegensatz zu seinem Vater Martin Bresin, der einer alten pommerschen Fischerfamilie aus Wollin entstammte und nie seine Heimat verlassen hatte, war Karl allem Neuen gegenüber sehr aufgeschlossen. Je älter Karl wurde, um so mehr geriet er in Konflikt mit der hausbackenen und allem Fremden ablehnend gegenüberstehenden Haltung seines Vaters. Mit der Heirat der Spanierin Belisa hatte sich Karl nun endgültig durchgesetzt, und Martin Bresin mußte seine Schwiegertochter akzeptieren, ob er wollte oder nicht.

Der Junitag bot sich regelrecht an für einen Ausflug nach Stettin. Der Himmel über Pommern war klar und blau. Wie kleine Wattebäuschchen hingen die Wolken tief über dem Land. Karl pfiff fröhlich: „Hab mei Wage volgelade ...“ Wenn sie durch ein Dorf kamen, liefen weiße Gänse schnatternd dem Pferdefuhrwerk hinterher. Belisa war begeistert von der Schönheit der Landschaft an der Dievenow, von dem möwenumschwärmten Gewässer und von den frischen Buchenwäldern, die sich mit der Weite der Felder abwechselten. Während der Fahrt erzählte Karl ihr die Geschichte von der wohlhabenden und stolzen Stadt Vineta, die für ihren Hochmut mit dem Untergang in den Fluten des Meeres bestraft wurde. „Weißt du, vielleicht war einst Wollin das wirkliche Vineta. So genau weiß das heute niemand mehr.“ Die Bürger von Wollin wollten es eigentlich gar nicht so genau wissen, denn das würde ein schlechtes Licht auf die Stadt werfen und so sagten die Wolliner, das sagenumwobene Vineta sei heute nicht mehr auffindbar. Eine ähnliche Geschichte wußte Belisa von der Stadt Atlantis in ihrer alten spanischen Heimat zu berichten, und sie entdeckten viele Gemeinsamkeiten während der Fahrt nach Stettin. Sie küßten und herzten sich hinten auf dem Pferdefuhrwerk, während der Kaufmann vorne die Zügel fest in der Hand hielt und die Peitsche lustig knallen ließ.

In Stettin zog es Karl erst einmal zum Hafen, wo immer wieder die großen Schiffe aus aller Herren Länder zu sehen waren und in ihm ein gewisses Fernweh hervorriefen. Er erzählte Belisa alles über die große Schiffswerft, sprach vom schwedischen Eisenerz und der schlesischen Kohle, die er selbst schon geschippt hatte, bevor er auf dem Schiff nach Spanien anheuerte. Belisa beobachte die Kohlenschipper mit den schwarzen Gesichtern und den kräftigen Armen und stellte sich vor, wie anstrengend es wohl war, den ganzen Tag diese Arbeit verrichten zu müssen.

„Hier verdiente ich einst im Winter, wenn der Fischfang ruhte, das Geld für deine Überfahrt, Belisa. Ich habe den ganzen Tag lang an nichts anderes gedacht als an die südlichen Länder und an ein schönes Mädchen wie dich, Belisa. Du bist mein Goldschatz, den ich freigeschaufelt habe, und du bist noch viel mehr für mich.“ Karl hatte von seinen hugenottischen Vorfahren mütterlicherseits ein wenig Poesie mitbekommen. Aber die pommerschen Vorfahren seines Vaters besaßen nicht gerade eine romantische Ader, und so blieben Karls ehrlich gemeinte poesievolle Ansätze meist im Keime stecken. Seine Komplimente an Belisa waren immer etwas spröde, jedoch so liebenswürdig spröde, daß sie Belisa jederzeit erheiterten und erfreuten.

An jenem Tag bekam Belisa viel von Stettin zu sehen. Karl zeigte ihr das Bollwerk, das Schloß mit dem merkwürdigen Uhrenturm, die alte Wasserkunst mit dem Adler und vieles andere. Für Belisa sah hier oben im Norden alles so ganz anders aus, als in ihrer alten andalusischen Heimat mit den weißen Häusern. Außer dem Fischfang und der Geschichte von Atlantis fiel ihr nichts ein, was sie miteinander hätte vergleichen können. Bald fand sie wirklichen Gefallen an den Ortschaften, besonders an den alten Backsteinkirchen, und sie meinte: „Die wirken wie gutmütige alte Großmütter, die schützend die Stadt unter ihre ...“, und sie machte so eine Bewegung, als würde sie mit den Flügeln schlagen. „Wie sagt man in deutsch?“

Es sah so komisch aus, daß Karl herzhaft lachen mußte: „Fittiche, du meinst, daß die Kirchen die Stadt unter ihre Fittiche zu nehmen scheinen.“

„Ja, das meine ich. Warum lachst du?“

Belisa war in sprachlichen Dingen sehr begabt und konnte bald das Hochdeutsche recht gut sprechen, nur mit dem Plattdeutschen, da haperte es immer noch.

Wie Verliebte in den Flitterwochen reiste das Paar durch Stettin, jedoch nicht ohne einen Besuch beim Kaufmann Onkel Albert zu absolvieren, Mutter Bresins Bruder. Hier trafen sie auch Hans, Karls Bruder, der schon seit geraumer Zeit im Geschäft mitarbeitete und es zu einigen Erfolgen gebracht hatte. Von ihm wurden sie ausführlich und akribisch in die Kunst des Seidenhandels eingeführt. Belisa bemerkte sofort, daß Hans, zart gebaut und mit so feingliedrigen Händen ausgestattet wie Mutter Bresin, gänzlich ungeeignet war für den Fischfang. Wenn sie die Brüder so verglich, so gefiel ihr der Karl doch besser mit seinen starken Wikingerarmen. Oft hatte er ihr erzählt, daß seine Urvorfahren väterlicherseits ganz sicher Wikinger gewesen seien. Belisa mußte dann immer lachen und meinte, er solle nicht so angeben. Dann sagte er: „Vielleicht sind deine Vorfahren ja vor langer, langer Zeit aus dem germanischen Stamm der Vandalen, die in die iberische Halbinsel einwanderten, hervorgegangen? Vor Zeiten wurde nämlich aus Al-Vandalus das Al-Andalus und vielleicht sind wir alle miteinander verwandt?“ Lachend und scherzend, mit dem Kopf voller Geschichten und Erlebnissen, kamen sie wieder in Wollin an, wo das Einerlei der Tage auf sie wartete und sie noch lange Zeit von der Zerstreuung in jenen Junitagen des Jahres 1870 in Stettin zehren sollten.

Als einen Monat später der Deutsch-französische Krieg ausbrach, setzte sich Martin Bresin mit seinen Söhnen Karl und Hans zusammen, um sie für „die große Sache“ zu begeistern, wie er sagte und fügte an: „Alles, was wir sind, verdanken wir Preußen! Hans, du kennst aus der Schule noch das Freiheitslied von Ernst Moritz Anrät: ‚Was ist des Deutschen Vaterland.‘ Denkt nur an eure Mutter und deren Familie, denkt daran, daß eure Kinder die Schule besuchen können, ach, was rede ich, ihr wißt es selbst, die Stein-Hardenbergschen Reformen, die Bauernbefreiung ... Es ist die Pflicht meiner Söhne, Preußen zu dienen und ich sage, es wird Zeit für euch im Namen der Familie zurückzugeben, was ihr so großzügig empfangen habt. Denkt daran, was Moltke sagte: ‚Geschichte – das ist Krieg!' Der ewige Friede ist nur ein Traum, und nicht einmal ein schöner! Ich erwarte, daß meine Söhne in die Armee eintreten und für Preußens Ehre kämpfen!"

Am Abend, bevor die Söhne ausrückten, gab die Familie Bresin ein kleines Festessen. Nach dem Mahl bat Karl seine schöne Belisa, noch einmal für ihn den Flamenco zu tanzen. Vater Bresin war so gut aufgelegt, daß er es nicht verbieten konnte. Sie rückten Tische und Stühle beiseite und sahen Belisa und Karl zu, sahen, wie das Paar sich drehte, über den Boden mal hüpfte, mal schlich, sich tief in die Augen sah, um sich dann blitzschnell umzuwenden. Belisa stampfte mit den kleinen Füßen, sang mit der typisch andalusischen Mischung aus Klage, Heiterkeit und Schwermut, schwang ihre bunten Röcke, und Karl klatschte die Synkopen. Sie tanzten, um alles zu vergessen, stampften den Schmerz des Abschieds aus sich heraus, tanzten bis in den Morgen hinein, tanzten noch, als die anderen schon gegangen waren, und mit dem Sonnenaufgang liebten sie sich leidenschaftlich. Ohne die Nacht geschlafen zu haben, zog Karl in den Krieg.

Für Belisa begannen nun Tage, die angefüllt waren mit Arbeit. Morgens noch vor Sonnenaufgang ging sie in den Kuhstall, dann auf den Fischmarkt und am Nachmittag auf den kleinen Kartoffelacker der Bresins. Es waren Tage der Entbehrung und des Wartens auf eine erste Feldpostkarte, die sehr lange auf sich warten ließ.

Allmählich verstummten Belisas Lieder, versickerte ihre dunkle leidenschaftliche Stimme ganz. Ihr fehlten die warme Sonne Andalusiens, die weißen Häuser, die blühenden Oleanderbäume, die Zitronen, der Duft des Lavendel, die Feste der Semana Santa, der „cante jundo" und der Flamenco. Nur wenn die Bresins des Abends bei den Nachbarn waren, sah man Belisa durch das hellerleuchtete Fenster mit ihrem Baby tanzen, Klagelieder mit wehmütiger Stimme singen und mit den Kastagnetten schmettern, denn sie gab ein Fest allein für ihr Söhnchen, nach andalusischer Art, damit er nicht vergessen möge, daß es außer der blaß-kalten Sonne Pommerns auch noch die feurig-heiße Sonne Andalusiens gab. Einige Frauen des Dorfes, die gerade am hellerleuchteten Fenster vorbeikamen, hielten sie gar für eine Hexe, und diese Nachricht wurde weitergetragen bis an die Ohren der alten Bresins. Oh, was mußte sich Belisa am folgenden Tag alles anhören, Worte voller Zorn und Groll, und ihr Herz schien zu zerspringen. Vater Bresin fand Worte voller Verachtung. Er sagte, sie solle sich disziplinieren und ihrem Kinde nicht solche verruchten Tänze vorführen. Und trotzdem, niemand und nichts auf der Welt konnte sie so rau machen, wie es die Menschen an den Küsten Pommerns waren. In ihrer Seele lebte die heiße Sonne Andalusiens und die feurige Leidenschaft der Spanierin. In ihrem Herzen brannte das Feuer der Liebe zu Karl, und in den Nächten träumte sie von seinen heißen Küssen. Sie sah seine starken Arme, die nicht müde wurden, die Kohle zu schaufeln für ein wenig Geld, damit er nach Spanien reisen konnte, um sie zu holen ...

Der erste Herbst in unserer neuen Heimat Havelberg verging viel zu schnell. Conny liebte es, das Laub von dem großen, alten Magnolienbaum zusammenzuharken. Wenn wir unserer Mutter halfen, gestattete sie es, daß wir uns in die zusammengeharkten trockenen Laubberge fallenließen. Das bunte Laub fühlte sich so gut an, und es roch nach Herbst und raschelte unter unseren Körpern. Der Vater hätte es niemals erlaubt, daß wir das Resultat seiner Arbeit wieder auseinander stiebten. Wir Mädchen aber hatten große Freude daran, die bunten Blätter hoch in Luft zu werfen und sie sanft auf unsere Köpfe rieseln zu lassen. Alles, alles wollten wir Kinder fühlen, riechen, schmecken und anfassen.

Erst als das letzte Laub unter der Magnolie zu faulen begann und sich das Sommerparadies unseres Havelberger Gartens in ein dunkles, gespenstisches Reich verwandelte, holten wir Mädchen unsere Rollschuhe heraus und tummelten uns auf der Straße.

Der Winter brach in unserem ersten Jahr in der Fremde sehr früh über das Havelland herein. Der November zählte erst wenige Tage und es gab schon den ersten Frost. Im Garten hinter unserem Haus ließen die blühenden Dahlien ihre Köpfe hängen, noch bevor die Mutter daran gedacht hatte, sie abzuschneiden und in die Vase zu stellen. Vor der alten Villa aus der Gründerzeit konnte der aufmerksame Spaziergänger jetzt an der Stelle, wo sich einst der große Springbrunnen befand, ein großes Rosenbeet sehen. Als Konrad Bresin nirgends den Wasserhahn für den Springbrunnen finden konnte, ließ er den Teich zuschütten. Inmitten der steinernen Umfassung des einstigen Springbrunnens pflanzte er Rosen in allen Größen und Farben, duftende und solche ohne Duft, zarte und kräftige, rote und gelbe, weiße und lachsfarbene. Conny und ich sahen in jenem Herbst allerdings erst einmal nur stachelige Büschchen. Bald stand nur noch der hohe Gingkobaum in seinem prächtigen Gelb und überstrahlte den Garten. Er war immer der letzte, der sein Laub verlor, und in jenem Jahr hob sich sein leuchtendes Sonnengelb vom ersten weißen Schnee ab, der eines Morgens leicht wie Puderzucker den Boden bedeckte und schon am Mittag wieder verschwunden war.

Ein Kaufmann hatte unser Haus um die Jahrhundertwende bauen lassen und sich exotische Pflanzen aus aller Herren Länder kommen lassen, um seinen Garten damit zu schmücken. Diese Bäume waren mit den Jahren zu einer stattlichen Größe herangewachsen. Die Libanonzeder war weit größer als das Haus und wurde irgendwann vor langer Zeit zusammen mit dem Gingkobaum unter Naturschutz gestellt. Der allerschönste Baum war allerdings die große Magnolie. Wenn sie im Frühjahr ihre ganze weißrosa Blütenpracht entfaltete, kamen die Leute aus Havelberg und der ganzen Umgebung, um staunend vor dem Wunder der Natur zu stehen. Wann auch immer die Leute vom „Haus mit dem Tulpenbaum" sprachen, jeder wußte, daß das Haus vom Doktor Bresin gemeint war. In der Tat habe ich nie wieder in meinem Leben einen so prächtigen und zauberhaften Magnolienbaum mit einer riesigen Krone gesehen wie den vor dem Fenster meiner Jugendzeit. Oft habe ich mich im Frühjahr in den blühenden Baum hineingesetzt, um einfach nur in der weißrosa Pracht zu träumen.

Das Haus war groß und geräumig, und wir Mädchen bewohnten das schönste Zimmer im oberen Stockwerk mit den drei hellen Fenstern und dem Blick zwischen Magnolie und Zierkirsche hindurch zum neu angelegten Rosenbeet über dem ehemaligen Springbrunnen. Im Winter war jedoch die Heizerei für alle eine Plage. Ich erinnere mich an eine Begebenheit, die mich der Frage nach Connys eigentümlichem Wesen ein wenig näher bringt: In jenem erstem Jahr in Havelberg haben wir besonders lange auf den bestellten Koks warten müssen. Koks war Mangelware. Sparsam, sehr sparsam ging unsere Mutter mit der letzten Kohle um. Es war Braunkohle, von der es zwar genug gab, die jedoch eigentlich nur zum Anheizen der Zentralheizung oder für Kachelöfen verwendet wurde, da sie zu schnell durchbrannte, zerfiel und durch den Schornstein verschwand. Sie war es auch, die für den typisch beißenden Geruch des Winters in den DDR-Städten verantwortlich war und die den Schnee immer recht bald mit einem braunen Mantel überzog. Damals dachten wir noch, Schnee wird immer und überall so schnell braun.

Wochenlang hatte die Mutter bei jedem haltenden LKW einen Eilmarsch zum Fenster angetreten. Dann endlich, gerade noch rechtzeitig vor dem ersten langen Frost, wurde der riesige, schon lang bestellte Koksberg vor dem Haus abgeladen. Sofort machten sich Vater und Conny, die als älteste immer zu solchen Arbeiten herangezogen wurde, ans Werk. Der Vater schaufelte die Schubkarren voll mit den schwarzen, krunksligen Stücken, wie die Mutter den schwarzen Koks nannte, der später im Heizungskessel glühen würde, um durch die Zentralheizung eine wohlige Wärme nach oben zu geleiten. Conny mußte die Karren zum Kellerfenster fahren. Über ein Rutschbrett sollten die Koksstücke dann in den Keller gelangen, vorausgesetzt, Conny verfügte über die nötige Kraft, die Schubkarre vor dem Rutschbrett ein wenig anzuheben und den Koks auszuschütten. So sehr sie sich auch bemühte, die Schubkarre hob sich unter ihren dünnen Ärmchen keinen Zentimeter. Der Vater kam und sie tauschten die Rollen. Das Beladen der Schubkarre fiel Conny leichter.

Conny machte sich aus jeder Arbeit einen Spaß. Sie stellte sich vor, ein böser Riese hätte diesen Koksberg hierher geschmissen, damit die Menschen nicht an den Goldschatz herankämen, der darunter lag. Plötzlich kam die Mutter aufgebracht aus dem Haus gelaufen: „Komm schnell, Konrad, das mußt du hören: Willy Brandt ist neuer Bundeskanzler! Ach, und noch was, ehe ich es vergesse, du mußt noch einmal fort, ein Hausbesuch.“ Ich hörte vom Flur aus, was der Vater sagte, während er sich die Hände wusch und sich umzog: „Endlich gibt es einen Wandel!“ Laut sprach er mit der Mutter, und die Bilder des vergangenen Jahres rauschten offensichtlich an ihm vorbei. Er redete von Studentenunruhen, von Protestkundgebungen und der Antwort der Polizei mit Wasserwerfern. Er glaubte, daß mit Willy Brandt ein gewaltiger Schritt in die richtige Richtung gegangen wäre, und daß sich nun bald die sozialistische Idee auf der ganzen Welt durchsetzten würde. Ich verstand von all dem noch nicht viel, schnappte jedoch die Worte neugierig auf. Dann verließ der Vater schnell das Haus.

Ich sah ihm nach und dann erkannte ich Conny in der Dämmerung. Nun stand sie allein mit den Kohlen da und schippte. Faul, wie ich damals war, machte ich, daß ich schnell wieder ins Haus kam, um ihr nicht helfen zu müssen. Es dunkelte und Conny wurde nicht müde zu Schippen. Ich weiß nicht, wie sie das anstellte, ich an ihrer Stelle hätte schon längst die Schaufel fallengelassen. Als mich die Neugier packte, ging ich nach dem Spielen noch einmal in den Keller. Da hatte Conny schon den halben Koksberg allein reingeschippt, und sie erzählte mir eine neue Geschichte über den Koks: „Kerstin, kannst du den Lärm hören, siehst du die Kräne? Noch heute Nacht soll das Schiff auslaufen und da muß die Ladung gelöscht sein. Wenn wir uns nicht beeilen, bekommen wir nicht rechtzeitig unseren Lohn und das andere Schiff dort drüben geht ohne uns nach Spanien. Schnell, hilf mir, nimm dir eine Schaufel! Du willst doch mit nach Spanien, oder?"

Als ich meine Schwester so sah, dachte ich, sie hätte schon immer Kohle geschaufelt in ihrem Leben. Ihr Gesicht war schwarz und ihr ganzer Körper hatte sich der Arbeit hingegeben. Ohne aufzusehen schaufelte sie weiter. Irgendwie erschien sie mir in diesem Augenblick ein wenig verrückt, aber das war es gerade, was ich an ihr mochte. Ich nahm mir eine Schaufel und begann, wie in Trance zu schaufeln. Nach einiger Zeit versagten mir die Kräfte und meine dünnen Arme machten schlapp. Wir stützten uns auf unsere Schaufeln und nach einer kurzen Weile hatte Conny wieder eine andere Geschichte parat: „Kerstin, hilf mir, wir müssen die Stadt retten ..." Sie erzählte mir die ganze Geschichte von dem Riesen und von dem Goldschatz unter dem Koksberg. „Das Gold aber brauchen wir, um im Winter die Kartoffeln zu bezahlen. Die Bauern haben eine so schlechte Ernte eingefahren und ohne das Gold werden wir alle verhungern. Du mußt helfen!"

Wir versuchten, uns vorzustellen, was wir machen würden, wenn der grausame Riese käme. Die Schaufel ..., ja, mit der Schaufel würden wir uns verteidigen. Wenn wir dann unseren ganzen Mut zusammennehmen würden, dann ..., dann würde das passieren, was wir in einem russischen Märchenfilm gesehen hatten: Die Schaufel würde sich in ein Zauberschwert verwandeln!

Jetzt nahm ich die Schaufel, schippte und glaubte, eine unsichtbare Kamera würde uns filmen. Ich hörte zu gern Connys Geschichten, und gemeinsam erfanden wir immer neue Einzelheiten. Ich schippte die Karre nur halb voll, so daß Conny sie mühelos hinunterkippen konnte.

Aber was war das? Die Kohlen rutschten nicht mehr hinunter. Conny sah in das Kellerfenster hinein. Der schwarze Berg war bereits so angewachsen, daß nichts mehr darauf Platz hatte. Dann rutschte Conny über das Brett in den Keller und landete auf dem Koks. Begeistert von diesem herrlichen Gefühl, rief sie mich und bat mich, ihr nachzufolgen. Aber ich war zu vorsichtig, ich traute mich nicht gleich.

„Stell dir einfach vor, der Riese wäre im Anmarsch!" rief meine Schwester nach oben. „Komm, ich fang dich auf!"

Schließlich rutschte auch ich über das Brett in den Keller. Dann taten wir es immer wieder, bis wir genug vom Rutschen hatten, und machten uns wieder an die Arbeit. Ich schippte den Koks in die Karre, und Conny schaufelte erst einmal den Koksberg im Keller auseinander, um Platz für den Rest zu haben. Als sie meinen Kopf an der Kellerluke sah, rief sie:

„Wie viel Koks ist es noch, bis wir an den Goldschatz herankommen?“

„Nicht mehr viel. Hoffentlich kommt der Riese nicht, sonst rutsche ich in den Keller.“

Allmählich spürten wir, daß wir erschöpft waren. Der Koksberg war breitgeschaufelt und bis zum Fenster war wieder genügend Platz für den Rest vorhanden. Die Arme wurden uns schwer, aus der Nase floß pechschwarzer Rotz und die Füße und Hände fingen an zu schmerzen. Gerade wollte Conny den Keller verlassen, um den Rest reinzuschaufeln, als ich plötzlich gewahr wurde, daß der Vater im Anmarsch war. „Hilfe, der Riese kommt!“ rief ich ganz aufgebracht durch das Kellerfenster hinunter. „Bahn frei, ich rutsche runter!“ Im nächsten Moment saß ich auch schon auf dem Brett und rutschte in den Keller.

Ich hörte nicht mehr, wie Conny rief: „Halt! Die Kohlen sind weg. Ich muß dich jetzt fangen!“ Vor Schreck muß ihr das Herz in die Hose gerutscht sein, und sie sah die Katastrophe nahen. Sie glaubte, ich würde mir den Hals brechen und sie wäre daran schuld. Als ich in ihr Gesicht blickte, war sie bleich vor Schreck und ich wurde es auch. Vor mir war kein Kohleberg mehr, den hatte Conny inzwischen beiseite geschaufelt, vor mir war, tief unten, der blanke, kalte Kellerboden.

Plötzlich spürte ich etwas in mein Hinterteil pieksen und ich schrie: „Au!“ Ich blieb stecken. Meine Arme und Beine schwebten in der Luft und zappelten, ich hing irgendwie mit dem Hinterteil fest. Es sah sicher zum Piepen aus. Conny konnte nicht anders, sie mußte herzhaft lachen und prusten. „He, hält dich der unsichtbare Riese fest?“

„Der Riese, der Riese ... Hilfe! Der Vater kommt!“ Ich zappelte verzweifelt mit den Armen und Beinen in der Luft umher und mir wurde augenblicklich bewußt, daß der Vater toben würde, wenn er das sähe. Bei der Arbeit durfte schließlich nicht gelacht oder gar gespielt werden! Das hatte er uns beigebracht. Arbeit war Arbeit, und die mußte pünktlich und ordentlich erledigt werden!

„Warte, ich helfe dir! Ich werde die Leiter suchen“, rief Conny.

In meiner Angst aber zappelte ich so sehr, daß der Nagel, an dem ich hing, sich weiter und weiter in meine Hose bohrte. Schließlich riß die Hose und ich purzelte auf meine Schwester drauf. Da lagen wir nun übereinander im schwarzen Dreck! Nachdem wir wieder aufgestanden waren, sah Conny wohl, daß das Loch in meiner Hose einer Triangel glich und da mußte sie erneut lachen. Wir lagen uns in den Armen und kicherten und wisperten vor Freude und Erleichterung.

„Du siehst aus wie Prinzessin Triangelhose“, prustete Conny.

„Und du wie Madam Schwarzkoksnase“, rief ich kichernd.

In diesem Moment trat der Vater in den Keller, und wir beiden Mädchen standen brav neben dem schwarzen Haufen. Ich hielt die Hände über der Triangel in meiner Hose, und Conny war froh, den Riesen besiegt zu haben. Aber wo war das Gold?

Conny mußte niesen, und der Vater reichte ihr sein Taschentuch. Nach dem Nieser war das Taschentuch kohlrabenschwarz. Sie war eben Madam Schwarzkoksnase!

Der Vater lobte seine Töchter, und die Mutter hatte uns schon ein warmes Bad in die Wanne gelassen. Als wir beide gemeinsam erschöpft in der mit Fliederschaum gefüllten Wanne saßen, spürten wir die Geborgenheit im Elternhaus, und kein Gold der Welt hätten wir eintauschen mögen gegen des Vaters Lob und der Mutter Wärme. Prinzessin Triangelhose und Madam Schwarzkoksnase fielen erschöpft in die Betten, schliefen sofort ein und schickten ihre Träume auf eine weite Reise.

In der Nacht darauf schneite es so gewaltig, daß unsere Mutter am Morgen Mühe hatte, den Weg frei zu schaufeln, damit wir Mädchen in die Schule gehen konnten.

„Kinder, ihr habt uns vor dem Winter gerettet“, sagte sie froh und schaute auf den gewaltigen weißen Schneeberg an der Stelle, wo gestern noch ein schwarzer Kohleberg gelegen hatte.

Der Fischfang brachte in jenem Jahr 1870 nicht so viel ein, daß Martin Bresin die ganze Familie davon hätte ernähren können, denn Karl fehlte. Doch Martin Bresin fluchte nicht auf den Krieg, er nahm alles geduldig hin. Er rechnete. Zwei Hände fingen weniger als vier, und so schickte er Belisa, als sie gerade abgestillt hatte, zum Gutsherren von Prittkow in den Dienst, damit sie sich dort ein Zubrot verdienen sollte. Während Mutter Bresin den einjährigen Ernst betreute, machte sich Belisa vor Tagesanbruch auf den Weg zum Hof derer von Prittkow, um nach Arbeit zu fragen. Der Gutsherr, ein Mitvierziger, besah sie sich von oben bis unten, hieß sie den langen Rock anzuheben, damit er die Kräftigkeit ihrer Beine beurteilen konnte, prüfte ihre Zähne, griff nach ihren Armen. Belisa schüttelte sich und sendete ihm die giftigen Feuerblicke andalusischer Frauen, mit welchen sie Haß und Ekel zum Ausdruck brachten. Diese eindeutige Ablehnung jedoch reizte Ferdinand von Prittkow noch mehr. Er konnte sich der mediterranen Erotik Belisas nicht entziehen. Der Gutsherr meinte, im Juli gäbe es noch keine Arbeit auf dem Felde. Der Juni war zu kühl gewesen. Erst wenn zur Mitte des Monats August früh um drei Uhr die Dengelgeräusche aus der Sensenschmiede zu hören wären, sei die Zeit der Ernte gekommen und sie solle sich an jenem Tag schleunigst auf dem Gutshof einfinden, weil dann jede Hand gebraucht würde.

Bald starb die einzige Kuh der Bresins an einer unbekannten Krankheit, und nun mußte Belisa ihren kargen Lohn auch noch für ein wenig Milch hergeben, damit ihr Söhnchen satt wurde. Der Gemüsegarten war oft die einzige Ertragsquelle in jenen Sommermonaten. Da wuchsen Kohlrabi, Möhren für die heiße Suppe und Johannisbeeren für die kalte Suppe mit Grießklößchen, die an schwülen Sommertagen besonders gut schmeckte. Abends, wenn die Gartenarbeit endlich ruhte, kochte Anna pommersche Kliebensuppe, eine Milchsuppe mit Mehlklümpchen. Der kleine Ernst war ganz versessen darauf, schmatzte und schnalzte mit der Zunge. Wenn Anna ihn fragte „Wie gut schmeckt's?“ rieb er sich das Bäuchlein. Ernst war wild und lernbegierig, turnte auf der Ofenbank und auf Stühlen umher, trommelte auf den Kochtöpfen und versteckte sich im Schrank. Er hatte früh das Laufen gelernt und versuchte sich bald im Sprechen. Sah er den Milchtopf, rief er begierig: „Lch!“ und streckte den Arm nach der Großmutter aus. Er riß ihr am Rockzipfel und wenn sie ihn ansah, lachte er fröhlich. Das Kind brachte so viel Fröhlichkeit in das Haus. Anna mußte zugeben, daß Ernst anders war als die Kinder ihrer Tochter Emma. Wilhelm war meistens bockig und dumm und Hermine eine richtige Heulsuse. Emma, die früh den Fischer Otto Malchow geheiratet hatte, lebte schon seit einigen Jahren nicht mehr im Haus der Bresins. Ein eigenes reetgedecktes Fischerhäuschen hatten sie sich gebaut, flach und mit schikken blauen Fensterläden, wie es erst wenige Häuser auf Wollin gab. Das Abzahlen des Kredits, den Otto Malchow von seinem Vater bekommen hatte, erforderte äußerste Sparsamkeit, und so half Anna Bresin ihrer Tochter oft mit einem Glas Marmelade oder mit Kohlrabi aus, brachte Kartoffelsuppe vorbei oder selbstgeschlagene Butter. Ein Stückchen Butter tat Anna auch in die Kliebensuppe.

Immer wenn es am Abend Kliebensuppe gab, wurde Belisa schlagartig bewußt, wie sehr sie die leckeren Gerichte Andalusiens vermißte, die in Olivenöl gebratenen Sardinen, die Oliven, die Reisgerichte mit Krabben und Gemüse und Suppen aus Paprika, Tomate und Aubergine. Von Mutter

Anna Bresin lernte sie allmählich, Kartoffelpuffer zu backen und pommersche Kartoffelsuppe zu kochen mit viel Petersilie, Milch und Würstchen. Am liebsten bereitete sie jedoch frischen Karpfen zu, der auf mit Butterflöckchen garniertem Gemüse, Möhren und Porree, im Ofen gebacken wurde. Mutter Bresins Backofen war Gold wert. Nicht jeder in Wollin hatte so einen bewährten Backofen. Man mußte ihn nur gut anfeuern und er zauberte die besten Kuchen und gebackenen Fische hervor. Einen solchen Backofen hatte Belisa noch nie gesehen. Sie träumte vom eigenen Herd in der eigenen Wohnung mit Karl und dem Kind und des abends, wenn sie zur Ruhe kam, grub sich die Sehnsucht nach Karl tief in ihr Herz. Seit er in Frankreich war, wartete sie lange auf ein Lebenszeichen von ihm. Sie nahm ihren Ernesto in den Arm und erzählte ihm von seinem Vater. Sie war überzeugt davon, daß der Kleine doch schon ein wenig von dem verstehen würde, was sie sagte. Sie hatte ihn gelehrt, „Papa" zu sagen und zeigte ihm dabei die einzige Photographie, die sie von Karl besaß.

Mitte August hörte Belisa eines Morgens um drei Uhr aus der Schmiede den Dengelhammer lustig klingen. Sense und Sichel wurden geschärft zur Ernte. Flink sprang Belisa aus dem Bett, zog sich an, gab ihrem Ernesto ein Küßchen und Mutter Bresin ein Zeichen. Die nickte verschlafen, und schon machte sich Belisa auf den Weg zum Gutshof. Gerade noch rechtzeitig kam sie an und konnte auf den Erntewagen aufspringen. Es gelang Belisa nach einer Weile durch ihre Aufgeschlossenheit, sich mit den Frauen anzufreunden. Sie ließ einfach nicht locker damit, auch die allersturste Frau anzusprechen und mit ihr einen Plausch über die Ernte zu beginnen. Bei Sophie sprang der Funke am schnellsten über, und bald schwärmte ihr Sophie von der Erntezeit vor, vom Garbenbinden und Korneinfahren. Für Belisa war das alles neu. Die Frauen folgten den Mähmännern und mit flinker Hand mußten sie die Halme zu einer Garbe raffen und sie mit einem Seil aus Halmen zusammenbinden. Belisa liebte den Sommer auf dem Feld, die Erntelieder und die Geschichten von Sophie. Sie freute sich auf das Erntefest und auf den letzten, mit Blumen geschmückten Erntewagen, auf dem die jungen Frauen dann in die Stadt fahren durften. Bei der Arbeit wurde sie nun nicht mehr wie eine Außerirdische betrachtet, sie fühlte sich allmählich dazugehörig. Die Frauen hörten ihr gerne zu, wenn sie von den blühenden Orangenbäumen erzählte, vom Thunfischfang und vom Stierkampf der stolzen spanischen Männer, von ihrem Tanz und ihrer unbändigen Leidenschaft. Bald mußte Belisa ihnen versprechen, irgendwann einmal Flamenco für sie zu tanzen.

An einem Oktobertag bei der Kartoffelernte ritt der Gutsbesitzer Ferdinand von Prittkow auf seinem stolzen Trakehnerhengst über den Acker, um seine Leute bei der Arbeit zu kontrollieren. Sophie hatte ihr Töchterchen dabei, weil niemand daheim war, um auf sie aufzupassen. Sie lag bei der Arbeit weit hinter den anderen zurück, mußte fortwährend ihr Töchterchen auf dem Rücken mit sich tragen, dann wieder die Kartoffeln in ihrer Reihe auflesen. Da sah Belisa, wie der Gutsherr seine Peitsche nahm und auf Sophie herunterschlug. Die Frau stürzte und legte sich schützend auf ihr Töchterchen. Stumm blickten die anderen Frauen zu ihr hinüber. Dann sagte der Gutsbesitzer zum Vorarbeiter: „Wenn sie morgen nicht schneller ist, soll sie nicht mehr wiederkommen!"

Am nächsten Tag wechselten sich alle Frauen mit dem Tragen des Töchterchens ab, so daß die Sophie genauso schnell war wie die anderen Frauen. Als der Gutsbesitzer auf seinem Trakehner angeritten kam, sah er gerade Belisa, das Töchterchen der Sophie neben sich sitzend. Er schrie: „So habe ich mir das nicht gedacht! Was denkt ihr, wer ihr seid? Lumpenpack! Schweinegesindel! Bei mir bekommt nur Lohn, wer genug gearbeitet hat!"

Plötzlich knallte er mit seiner Peitsche auf Belisa herab. „Du kommst nach der Arbeit zu mir! Hast du gehört?" Dann ritt er schnell davon. Sophie schlug sich die Hände vors Gesicht, und die anderen Tagelöhnerinnen blickten zu Boden.

„Es tut mir leid", sagte Sophie, nachdem sie langsam die Hände vom Gesicht genommen hatte.

„Was tut dir leid? Ich habe es gern ausgehalten für dein Kindchen und für dich. Ich habe doch auch einen kleinen Sohn."

„Das meint sie nicht", flüsterte eine andere Frau, „welche der Gutsbesitzer sich ausgeguckt hat, die ..."

„Los, weiterarbeiten!" brüllte der Vorarbeiter.

Belisa tat, wie ihr geheißen wurde, was blieb ihr anderes übrig. Nach der Arbeit fand sie sich beim Gutsbesitzer von Prittkow ein. Der kam schmatzend die breite Treppe vom Gutshaus herabgestiegen, wischte sich mit der Serviette den Mund und musterte Belisa lüstern. Dann packte er sie mit grobem Griff bei den Armen und führte sie in den Pferdestall. Er band sie mit einem Strick an den Pfosten, die Arme nach oben und holte seine Reitpeitsche hervor. Er schlug ihr auf den Rücken, schlug so lange, bis der Rücken blutete und die Bluse zerfetzt war. Dann drehte er sie um und grinste: „Na, das Püppchen will wohl tapfer sein, heult nicht und blickt dreist?“

Belisa konnte ihre stummen Tränen nicht mehr aufhalten, sie rannen ihr nun doch übers Gesicht. Noch nie im Leben hatte sie so viel Bitterkeit in ihrer Kehle verspürt.

„Zeig her!“ grunzte von Prittkow. „Ich will dem Täubchen das Blut lecken.“ Dann riß er ihre Bluse auf und begab sich daran, heftig über ihre Brüste herzufallen. Belisa verspürte nur noch Schmerz und Demütigung. Er biß in ihre Brüste und stieß in sie hinein, als wollte er sie umbringen, immer wieder. Als von Prittkow sie endlich losband, sank sie ausgezehrt in sich zusammen. Dann trat er mit dem Fuß nach ihr: „Los, hau ab, eh ich mich vergesse, Hure!“ Sie kam wieder zu sich und fühlte sich wie von einem wilden Tier überfallen und angegriffen. Auf allen Vieren kroch sie aus dem Pferdestall. „Laß dir ja nicht einfallen, morgen zu spät zu kommen, dann wirst du entlassen!“ schrie von Prittkow ihr hinterher. Rot vor Scham lief Belisa in ihren zerfetzten Kleidern durch die abendlichen Straßen nach Hause und wurde von den Greisen auf ihren Bänken vor den Häusern argwöhnisch beäugt.

Daheim erzählte sie niemandem, was wirklich vorgefallen war, zu sehr schämte sie sich.

Martin Bresin meinte zu den Wunden: „Mußt eben ein bißchen tüchtiger zupacken, min Dern. Unser Gutsherr ist streng. Aber das lernst du auch noch. In Preußen herrschen Zucht und Ordnung!“

„Muß er sie doch nicht gleich so schlagen“, sagte Anna, als sie Belisa den Rücken salbte.

Im November kam der erste Feldpostbrief von Karl aus Orleans, mit dem er auch ein wenig Geld schickte. Das Geld reichte für einen Monat, und Belisa konnte es sich leisten, der Arbeit auf dem Gutshof für einige Zeit zu entsagen.

In Havelberg war die Zeit irgendwann stehengeblieben, und alles Neue fand nur sehr langsam seinen Weg in diese verträumte kleine Stadt.

Meine Schwester Conny und ich erlebten noch die Zeit der alten dampfenden Eisenbahn, mit der wir nach Glöwen zum Umsteigebahnhof fuhren, um die Großmutter vom D-Zug abzuholen. Die kleine Eisenbahn, die mit Holzsitzen ausgestattet war, fuhr so langsam, daß die Leute sagten: „Während der Fahrt aussteigen und Blümchen pflücken ist hier verboten!“

Der Zugverkehr wurde bald eingestellt und so sollten fortan die großen Weltläufe an der einstigen Hansestadt mit dem ehemals bedeutenden Sitz des Bischofs vorbeigehen. Zu der Zeit, da die Wasserstraßen im Havelland noch die Hauptadern des Handels und Verkehrs waren, blühte die Stadt, und die Havelberger Fische und Krebse wurden besonders in Hamburg und Berlin sehr geschätzt. Vor langer Zeit, so wurde erzählt, soll sich auf der kleinen Werft der russische Zar während seiner Reise nach Holland versteckt haben. Man sagte auch, daß findige Mönche versucht hätten, am Südhang des Domberges Wein anzubauen, wovon noch der Name Weinbergstraße Zeugnis ablege. Ob dieser Wein des Nordens allerdings genießbar gewesen sei, bezweifelten die späteren Bürger Havelbergs. Jedenfalls war der Weinanbau längst in Vergessenheit geraten, als wir die Straßen der Stadt durchquerten, und an den Hängen der Weinbergstraße wucherten Gestrüpp und Brombeeren. Die Legende sagt, daß einst vor undenklichen Zeiten die Brockenhexe argwöhnisch zusah, wie der mächtige Dom auf der Höhe an der Havel gebaut wurde. Weil der Dom so stolz über das gesamte Land blicken konnte, wurde die Hexe eifersüchtig und warf einen riesengroßen Stein in der Walpurgisnacht vom Harzer Brocken zum Dom über die Havel. Sie verfehlte jedoch den Dom, kein Wunder, bei der weiten Strecke. Der riesige Findling aber liegt heute noch unweit des Doms und bezeugt die Wahrheit dieser Geschichte.

Conny und ich liebten solche Legenden, die wir von der Mutter unserer Freundin Birgit erzählt bekamen, wenn wir ihr in der Küche beim Backen zusahen.

Der Umzug nach Havelberg brachte uns auch unseren Großeltern näher, die nach dem Krieg aus Stettin umgesiedelt wurden, und die in Potsdam eine neue Heimat gefunden hatten. Endlich war die Reise für die Großeltern nicht mehr so weit wie bis nach Greifswald, und sie kamen uns oft besuchen. Wenn wir an den lauen Sommerabenden im Garten zusammen saßen, wurden die Geschichten aus dem alten Stettin und von der Insel Wollin wieder lebendig. In Gedanken sah ich unsere Großeltern an der Hakenterrasse oder am Stettiner Schloß vorbeischlendern, erblickte meine Großmutter auf dem Rand der Wasserkunst am Rossmarkt sitzen und sah meinen Großvater am Dammschen See mit der Angelrute stehen und auf den Fisch warten.

Die Heimat unserer Großeltern kam uns wie eine imaginäre Welt vor, da wir bei den Erzählungen von der Insel Wollin und beim Namen Stettin immer auf unsere Phantasie angewiesen waren, um die Bilder zu vervollständigen, die unsere Großeltern andeuteten. So entstand in unseren Köpfen des Abends, wenn wir beide im Bett lagen und die am Tag erzählten Begebenheiten aus Pommern Revue passieren ließen, ein buntes Phantasieland. Die Gestalten begannen zu leben, die Möwen schrien, die Geräusche des Stettiner Hafens drangen in unser Kinderzimmer, die Gischt schäumte und der weiße Strandsand wehte über unser Bett. Ich sah meine Großmutter Paula als Kind die Gaslaternen in der Stettiner Brüderstraße hochklettern und sah, wie sie sie mit aufgeplusterten Backen ausblies. Was die Großmutter erzählte, stellte ich mir bildlich vor, sah sie auf den Laternenanzünder warten und bemerkte, wie Paula hinter der Hauswand verschmitzt kicherte, wenn der Laternenanzünder nach einer Weile zur Kontrolle zurückkehrte und verwundert und kopfschüttelnd feststellte, daß die Laterne nicht mehr brannte. „Ick weiß man uck nich, dat mött doch hier ein doller Wind sin hüt?“ soll er immer gesagt haben. Doch die freche Großmutter Paula erwischte er nie.

Wenn wir abends im Bett lagen, malte Conny alles noch bunter aus und dichtete einiges hinzu. Ich weiß nicht, woher Conny die Phantasie nahm, sie fing einfach an zu erzählen und plötzlich waren wir mitten drin. Wir standen an der Brandung und sahen den Leuchtturm. Wir warteten auf die Rückkehr unserer Männer mit den Fischerboten. Ich sah die Bilder unserer Großeltern im Wohnzimmer vor mir, sah die Segelschiffe in Seenot, die stürmische See. Ich sah Männer in Uniform marschieren, und Conny sagte: „Wir müssen jetzt ganz stark sein. Unsere Männer kehren nicht zurück. Dein Mann ist auf See geblieben und meiner ist im Krieg gefallen.“

„In welchem Krieg?“

„Das ist lange, lange her.“

Dann schliefen wir ein und träumten von der fernen Welt vor unserer Geburt, und ich werde es nie vergessen, welches Gefühl mich umgab, wenn ich mit Conny des morgens wieder erwachte, immer noch beseelt von ihren Geschichten. Wir erwachten in das Heute hinein, aber wir waren irgendwie schon immer auf dieser Welt. Im Traum spazierten wir durch die erlebten Zeiten. Der Traum war unser Zugang zur Ewigkeit, und wir hatten die fernen Zeiten irgendwie anders erlebt, nicht als Constanze und Kerstin, nicht als handelnde Menschen, sondern vielmehr als stumme Zuschauer im Geist unserer Vorfahren: fühlend, erkennend, aber noch nicht handelnd. Handeln konnten nur unsere Vorfahren selbst, wir konnten indes allein Erkenntnisse gewinnen durch die Gefühle, die wir mit unseren Vorfahren teilten. Wir waren winzige Teile in unseren Vorfahren, die durch

Zeugung immer wieder weitergereicht wurden. Wenn wir aber morgens erwachten, waren wir Conny und Kerstin, die handelnden Menschen und begriffen das Jetzt als unsere einzige Chance. Wir waren damals der Welt unserer Vorfahren und der Ewigkeit so nahe, wie nur Kinder es sein können.

Pommernland mit Wollin und Stettin war das Land unserer Großeltern Paula und Emil Bresin, es war weit weg und unerreichbar, lag hinter der Grenze, war Phantasieland.

Havelberg war konkret, und weil wir uns dazu geschaffen fühlten, die Welt um uns herum zu ergründen, erforschten wir voller Neugier das Havelland. Aus der Schule wußten wir, daß die Geröllmassen der letzten Eiszeit genau bis Havelberg reichten und so entstand der eigenartige Berg, der eigentlich kein Berg ist, sondern ein Höhenrand. So oft wir auch mit den Fahrrädern das Ende des Havelberges nach Norden erkunden wollten, wir fanden es nicht. Reichte der Berg vielleicht bis nach Pommernland? War etwa auch Pommernland im Zuge der letzten Eiszeit entstanden? Wir wußten es nicht und fanden auch nichts darüber in unseren Schulbüchern. Ja, nicht einmal das Wort „Pommern" fanden wir in den Büchern, es gab nur den Bezirk Rostock und es gab die Volksrepublik Polen und die Oder-Neiße-Friedensgrenze.

Wo war es, das Land von Großvaters und Großmutters Kindheit und wie sah es wirklich aus? Wir fanden die Antwort nicht in der Wirklichkeit. Dafür liebten wir es, auf dem Berg zu stehen und nach Süden zu blicken auf die Havel, die die Altstadt umschloß. Die alte Stadtinsel lag dann malerisch vor unseren Augen, und wir konnten auf die Dächer der Häuser schauen. Bei diesem Anblick, so sagte mir Conny, fühle sie sich wie ein Vogel. Sie sog dabei eine Luft ein, die nach Freiheit schmeckte. Manchmal kletterte sie auf den großen Findling, den Stein der Brockenhexe, um von dort einen noch schöneren Blick auf das Havelland zu haben. Der Vogel der Freiheit sei der Adler, sagte sie und breitete dabei ihre Arme weit aus, als hätte sie Adlerschwingen und sprang vom großen Stein, als könne sie fliegen.

Sie war ein neugieriges und verspieltes Kind. Alles nahm sie auseinander und zerlegte es, um seinen tieferen Sinn zu verstehen.

Unsere Schule lag auf der Höhe über der Havelaue, und wenn im Herbst das Laub von den Bäumen gefallen war, konnten wir Schüler von manchen Plätzen aus durch die Baumkronen hindurchsehen auf die malerische Landschaft. Es kam vor, daß Conny während des Unterrichts pausenlos aus dem Fenster hinunter auf die Havel sah und sich ihre Gedanken über die Welt machte. Einmal entdeckte sie eine Möwe, die mit einem Schiff in das Havelland gekommen sein mußte. Sie hatte sich bei der Schule verirrt. Plötzlich war die Erinnerung an die Ostsee wieder da. Die unendliche Weite des Meeres ... Da wurde sie vom Lehrer aufgerufen: „Wovon sprachen wir gerade, Conny Bresin?“

Sie blickte nach vorne und sagte eintönig: „Von der Armut der Kinder in den kapitalistischen Ländern und vom Krieg in Vietnam.“

Connys Gedanken eilten weit voraus und konnten bei zwei Dingen gleichzeitig sein. Der Lehrer sah sie sehr ernst an und sagte:

„Woran du auch immer gedacht hast, Conny, wir sind jetzt bei einem wichtigen Thema. Wir sprachen über den Aggressor Amerika. Bitte erkläre uns, warum wir für die armen Kinder in Vietnam Altstoffe sammeln!“

Conny hatte keine Lust, auf diese Frage zu antworten und trotzdem wußte sie, daß sie es tun mußte.

„In Vietnam ist Krieg. Wir wollen den Kindern durch unsere Spenden helfen“, sagte sie traurig.

Schon viele Male hatte der Lehrer über den ungerechten Aggressionskrieg gegen das vietnamesische Volk gesprochen, und im Musikunterricht sangen sie „Tung ring ring ...“, das vietnamesische Laternenlied, und „Kleine weiße Friedenstaube“. Jeden Tag beim Abendessen hörten wir im Radio die grausamen Meldungen über diesen Krieg. Wir Kinder konnten unsere Ohnmacht gegenüber der Politik der großen Mächte noch nicht in Worte fassen, und manchmal wollten wir dem traurigen Gedanken an den Krieg einfach entfliehen. Wir spürten, daß sich in unserem Innersten etwas regte, was sehr schmerzte. Es war uns, als hätte ein verschütteter Teil unserer Seelen den Krieg schon einmal in seiner grausamsten Form erlebt und als würde sich dieser Teil unserer Seelen so sehr dagegen wehren, der Realität des Krieges erneut ins Auge sehen zu müssen.

Im Oktober brachte Belisa beim Gutsherren die Kartoffeln ein, und im November rückte Leutnant Ferdinand von Prittkow ins Feld.

Der Landwehrmann Karl Bresin lag indes vor Verdun. Die Novembernacht drohte eisig zu werden, denn Nebel stiegen von der Maas her auf und verdeckten die Sterne. Zerschlagen und müde versuchte sich Karl unter dem Zelt auszustrecken, jedoch fand er keine Ruhe. Den ganzen Tag waren die Männer durch das schlammige Gelände marschiert und hatten über die letzten schweren Kämpfe gesprochen. Während das Marschgepäck auf dem Rücken schmerzte, gedachten sie der Freunde, die auf „dem Feld der Ehre“, wie der König es nannte, ihr Leben gelassen hatten. Karls Gedanken eilten zu Belisa und zu seinem Sohn, und er sah sich schon in einigen Jahren, den großen Buben auf dem Schoß, vom heldenhaften Kampf erzählen. Insgeheim aber hoffte er, dem Sohn möge das Soldatenleben erspart bleiben. Die Bilder der letzten Tage hatten sich tief in seine Seele gegraben: die armen Verwundeten, die sich die blutenden Eingeweide festhielten, die furchtbaren Schreie und der Geruch des Krieges nach faulendem Fleisch. Als der Morgen graute, blies die Trompete zum erneuten Kampf. Die Männer stürzten sich unerschrocken in die Schlacht, und Karl wurde von der Menge mitgerissen, drängte vorwärts und immer weiter, sprang über die Liegengebliebenen hinüber, schoß auf Kommando und als er keine Munition mehr hatte, stieß er mit dem Bajonett zu, während er den Leutnant brüllen hörte: „Weiter, Jungs, Angriff! Stürzt euch auf den Feind!“ Bald spürte er sich selbst nicht mehr, spürte nicht seine schmerzenden Glieder, nicht die halberfrorenen Hände und nicht die blutende Wunde am Arm. Er war eins mit der Menge, wurde mitgerissen von ihr und getragen von ihr. Er war zu einer Sense geworden, die alles niedermähte, was sich ihr in den Weg stellte, doch das Feld wollte nicht enden. Immer neue Halme tauchten auf bis es endlich irgendwann, er hatte kein Gefühl mehr für Zeit, allmählich still wurde. Da erst begannen seine Sinne wieder lebendig zu werden, und als erstes nahm er einen beißenden Geruch wahr, einen Geruch nach Brand und Fleisch.

Am 8. November kapitulierte Verdun und nachts fand der geordnete Rückzug statt. Die Einheit, in welcher Karl Bresin kämpfte, wurde nach Belfort verlegt, wo die Badener zu ihnen stießen. Bald kämpften die Mecklenburger und Pommern gemeinsam mit den Süddeutschen, die nicht müde wurden, sich dem Feind entgegenzuwerfen. Miteinander fühlten sie sich einig und stark und hofften, der König würde bald die Kaiserkrone annehmen, damit auch das Reich seinen Ausdruck von Einigkeit und Stärke nach außen hin würde tragen können. Karl schrieb an seine Eltern und an Belisa:

„Wir standen zusammen mit den tapferen Badenern und die Welt weiß, was für Kämpfe wir dort durchmachen mußten. Die Landwehr kann ein Lied davon singen, so lange sie besteht. Ein Lied in höchstem Tone verdienen aber unsere badischen Kameraden. Was diese an uns getan, sollte wohl von der ganzen Nation in Ewigkeit gepriesen werden. So oft es zu einem Gefecht kam, wo ein aufreibendes Feuer drohte, drängten die Badener sich vor uns, sie litten es nicht, daß wir vorausstürmten. „Ihr preußischen Brüder von der Landwehr“, sagten sie, „ihr habt Weib und Kind zu Haus! Erst wenn ihr seht, daß wir zu schwach sind, da, Kameraden, eilt herzu und packt mit an!“ Und vorwärts marschierte sie, diese tapfere Wacht am Rhein, und immer teilten sie mit uns die Ehre des Sieges, diese mit Tapferkeit und Treue gleich groß gesegnete badische Division. Möge den braven Badenern dafür mit derselben Liebe gelohnt werden, wie sie sie so großherzig ausgeteilt haben.“

Vater Martin Bresin liefen die hellen Tränen über die Wangen, als er den Brief in den Händen hielt. Schell rannte er nach draußen zum Brunnen, um sein Gesicht zu kühlen, und er schob sogleich alle Gefühle in die gleiche Schublade, wo er auch schon die Erinnerung an das Gefecht gegen die badische Revolutionsarmee bei Waghäusel abgelegt hatte. Wie abgekühlt betrat er die gute Stube und nörgelte: „Belisa, da is nun man all wieder zu wenig Petersilie an der Tüffelsupp!“ Er sah gerade noch, wie sich die Mutter und Belisa in den Armen hielten und schimpfte weiter: „Hurtig, eilt euch, im Garten wächst Petersilie genug!“ Und zu dem kleinen Ernst sagte er: „Komm, min Jung, setzt dich bei deinem Großvater auf den Schoß. Bald kauft er dir Zinnsoldaten und dann zeigt er dir, wie ein Mann tapfer kämpft!“

Mit der Zeit fiel Belisa die Arbeit auf dem Gutshof immer schwerer und die morgendliche Übelkeit überfiel sie des öfteren. Im Dezember verbarg sie ihren dicker werdenden Bauch unter weiten Schürzen und Strickjacken.

In Belfort gingen die Kämpfe weiter. In den kalten Nächten, in denen Karl nicht schlafen konnte, weil seine Glieder schmerzten, dachte er an die Seinen daheim. Er hörte den leisen Atem seiner schlafenden und schnarchenden Kameraden im Zelt und neben ihm. Nur in eine Decke gehüllt schlief sein Kamerad Artur. Er beneidete sie alle um ihre friedliche Ruhe und ging nach draußen, um sich auf den feuchten fremden Boden zu setzten. Die Dezembernacht war so finster, daß kein Stern zu sehen war und der Nebel seines Atems in der Dunkelheit verschwand. Karl hatte ein ungutes Gefühl vor der nächsten Schlacht. Er dachte an seine schöne Belisa, an ihre Augen aus dunklem Bernstein, ihren Duft von Zitronen und Lavendel und sah das lange dunkle Haar, mit dem der Ostseewind nie aufhörte zu spielen. Voll Anmut kam sie auf ihn zu, das Kind auf dem Arm, und er sah sie mit ihrem Lächeln, das wie ein Sonnenstrahl auf ihn niederfiel. Dann legte er sich wieder auf sein Nachtlager im Zelt und fühlte ihr duftendes Haar auf seiner Stirn tanzen. Sogleich spürte er die schmerzenden Knochen nicht mehr. Übermüdet schlief er ein und träumte einen Traum aus Liebe und Schmerz, bis ihn am frühen Morgen die Trompete plötzlich zum erneuten Gefecht weckte.

Wenn an kalten Tagen das Korn beim Gutsbesitzer von Prittkow gedroschen wurde, stand Belisa den anderen Frauen in nichts nach. Frau von Prittkow führte jetzt das Kommando, und sie ließ nichts durchgehen. An jenem Morgen faßte Belisa den Dreschflegel fester denn je und schlug im Takt mit den anderen Tagelöhnern auf die auf der festen Tenne liegenden Halme ein. Sie schlug mit ganzer Kraft, so als wolle sie den gehaßten von Prittkow erschlagen. Von Karl kam bisher erst ein einziger Feldpostbrief aus Belfort, und er hatte noch nicht einmal auf Urlaub kommen können. Insgeheim hoffte sie, eine leichte Verletzung möge ihn nach Hause bringen, dann wieder schämte sie sich für diesen Gedanken. Wie gerne hätte sie ihm alles erzählt, glaubte, er würde sie trösten, würde ihr Mut machen und das Kind als sein eigenes ansehen, aber die Hoffnung auf sein Verständnis schwand mit jedem Tag, denn es wurde immer unmöglicher, die Peinlichkeit zu verbergen. Wie würde ihn jetzt der Schock treffen, käme er nach Hause und würde sehen, daß seine Belisa schwanger war? Nein, sie wollte so ein Kind nicht! Nein! Und nochmals nein! Immer kräftiger wurden ihre Schläge auf das Getreide, und sie schlug sich die Seele aus dem Leib, schlug ihre Angst nieder, doch ihr banges Geheimnis wollte nicht verschwinden. In jenen letzten Tagen des Januars wurde es immer schwerer, den Bauch zu verbergen. Bisher hatten weder die von Prittkows, noch die Bresins etwas bemerkt. Wehe dem Tag, an dem alles ans Licht kommen wird! Wehe! Plötzlich spürte sie, daß Karl bei ihr war, er wollte ihr etwas sagen und schon verschwand sein Bild. Wie besessen schlug sie auf das Korn ein und plötzlich sank sie benommen in sich zusammen. Die Frauen konnten sie gerade noch rechtzeitig unter den wütenden Dreschflegeln hervorziehen, bevor sie unweigerlich getroffen worden wäre. Eine Frau gab ihr Wasser, und der Vorarbeiter gönnte ihr eine kurze Pause. Dann mußte sie sich zu den anderen Tagelöhnern scheren und die Spreu vom Weizen trennen.

Am Abend nach der mühseligen Arbeit auf dem Gutshof freute sie sich auf ihren kleinen, lebendigen Ernesto. Der kam ihr mit ausgestreckten Armen ungelenk entgegengetippelt und rief: „Mama, Lch!“ Sie gab ihm die Milch gleich aus dem Milchkannendeckel und er trank, ohne etwas zu verschütten.

Am nächsten Tag gab es keine Arbeit auf dem Gut der von Prittkows. Die Hochzeit der ältesten Tochter des Hauses Magdalena mit einem angesehenen Feldmarschall stand ins Haus. Man munkelte überall, die junge, korpulente Dame sei bereits schwanger und deshalb müsse der Urlaub des Generalfeldmarschalls für die Trauung genutzt werden, aber niemand von den Dienstmägden wagte es, das laut auszusprechen. Die Tagelöhner haßten Magdalena von Prittkow seit dem Tage, als sie als Fünfzehnjährige mit ihren Eltern in einer Kutsche den Feldweg entlangfuhr, aufgeputzt und einparfümiert, und als sie den Vorarbeiter zu sich bestellte und schrie: „Dieses Lumpengesindel arbeitet viel zu langsam. Benutz er die Peitsche und erteile er dem Pack eine Lektion, lehre er den plumpen Bauerntölpeln, was Arbeit heißt! Na wird's bald! Auf Preußens Äckern wird nicht gefaulenzt!"

Daraufhin konnten die gebückten Tagelöhner in den Augen des Herrn von Prittkow eiskalte Bewunderung sehen, während sie mit gebückten Rücken die Kartoffeln aus dem Acker gruben. Wenn sie auch nicht wagten, sich auf ihre Hacken zu stützen, so hörten sie doch des Herrn von Prittkows Worte „Du bist ein kluges Töchterchen, dich hat mir der Himmel geschickt!" und die Herrin wedelte mit dem seidenen Fächer und ergänzte in kaltem Ton: „Seht, Vorarbeiter, den da, den krummen Drecksbauern nehmt ihn euch zuerst vor und statuiert ein Exempel!"

Dem Vorarbeiter blieb nichts anderes übrig, als dem alten Mann ein paar Peitschenhiebe zu verpassen, so daß des alten Tagelöhners zerlumptes Hemd in Fetzen riß. Nun mußte der ausgepeitschte Alte sich frierend an die Arbeit machen und für die feinen Herrschaften die Kartoffeln aus dem Acker holen, während sie, in Samt und Seide gehüllt, lüstern dem Spektakel aus der Kutsche zusahen und höhnisch lachten.

Belisa haßte die von Prittkows alle miteinander, und sie war froh über jeden Tag, an dem sie nicht auf dem Gut arbeiten mußte. Sie sehnte sich nach der Friedenszeit, wenn die Männer mit vollen Booten vom Fischfang kommen würden. Dann hätte sie, Belisa, es nicht mehr nötig auf dem Felde der von Prittkows zu schuften.

An jenem Tag, nachdem das Korn gedroschen war und Tauwetter einsetzte, machte sie sich mit Mutter Bresin an das Flicken der Fischernetze am Wieck. Sie flickten eine ganze Woche lang und genau so lange brauchte ein Feldpostbrief. Während Mutter Bresin und Belisa an den Netzen standen und mit flinken Nadeln hantierten, klopfte jemand an die Haustür. Weil die Frauen draußen beim Netzeflicken waren, lief Ernesto fröhlich und neugierig zur Tür und ließ einen Mann eintreten, der den Jungen mit ernstem Blick ansah. Der kleine Ernesto wurde beiseite geschoben, und er bekam Angst vor den dicken Stiefeln des Mannes. Eine unheilvolle Ahnung legte sich plötzlich über das kleine Kinderherz. Ernesto lief nach draußen zu den Frauen an den Netzen, und der Mann folgte ihm. Als der Mann vor den Frauen stand, schlug er mit den Stiefeln plötzlich zackig die Hacken zusammen und las etwas vor: „Mit großer Ehrfurcht ... ist es meine Pflicht, Ihnen folgenden Feldpostbrief aushändigen zu müssen: ‚Auf dem Felde der Ehre den Heldentod gestorben, bei Belfort im Dezember 1870: Der Landwehrmann Karl Bresin.‘“

Alles, was der kleine Ernesto noch sah, war der Schrei der Großmutter und das Schluchzen seiner Mutter, die mit einem Ruck das Fischernetz von sich schmiß, aufsprang und ihn auf den Arm hob. Dann rannte sie mit ihm an den Netzen hin und her, und er spürte, wie sie ihn mit festem Druck an sich preßte, ihn auf das Haar küßte und immer wieder küßte. Dabei wurden seine Haare ganz naß, und etwas Salziges lief ihm bald übers Gesicht. Er spürte ihren warmen Atem und das Schlagen ihres Herzens, und er fühlte sowohl das Unheil als auch einen zerbrechlichen Schutz, den sie ihm geben wollte. Diese zerrissenen Gefühle wollten ein Leben lang nicht von ihm weichen, und jener Tag grub sich in sein kleines Kinderherz ein wie ein Diamant in Metall. Noch existierte seine Seele jenseits der vielen Worte der Erwachsenen, noch lebte er von Gefühlen, die mächtiger waren als alle Worte der Welt. Noch vermochten die Empfindungen seines Herzens sich ehrlich und unverfälscht in seinem Gesicht zu spiegeln, und bald weinte er mit seiner Mutter und wußte noch nicht warum. Er weinte mit ihr, wie er sonst mit ihr lachte, wenn sie zum Scherzen aufgelegt war. Nun aber fühlte er die kalte Angst und ohnmächtige Trauer mit ihr, und dieser bewegende, nonverbale Augenblick blieb ihm ein Leben lang erhalten.

In den ersten Schuljahren waren Conny und ich einfach faul, und das spielerische Untersuchen und Begreifen der Welt um uns herum nahm den größten Raum in unserem Kinderleben ein. Hausaufgaben wurden schnell hingekliert, und dann ging es mit den Freundinnen in den Garten. Conny liebte die blühende Magnolie vor unserem Fenster und die Rosen im Springbrunnen, und sie steckte ihre Nase in all die herrlichen Blütenkelche, die roten, gelben, lachsfarbenen und weißen. Sie kletterte in die Magnolie hinein und baute sich dort ihr Haus. Die Blütenblätter sammelte sie und fertigte daraus ihren Zaubertrank. Am liebsten spielten wir Hexen im Mittelalter oder Krieg und Frieden. Conny mixte aus den verschiedenen Pflanzen Zaubergetränke und verkaufte sie mit irgendwelchem anderen alten Kram auf dem Markt in unserem Garten. Mit den Kindern aus der Straße schlossen wir schnell Freundschaft. Es schien uns, als wäre unser verwilderter Garten Ute und ihren Brüdern, Peter und Swen, schon immer vertraut gewesen. In den Haselnußbüschen baute ich mir mit Ute eine Behausung, und auf dem Walnußbaum war der Wachturm für Peter. Conny fand es reizend, die Hexe zu sein, und mit allerlei Hokuspokus verzauberte sie die kleineren Kinder, um sie vor der bösen Welt zu retten, wie sie sagte. Dann lief sie, in alte Röcke und Tücher gehüllt, durch den wilden Garten, drehte das alte Dreirad um und machte es zu ihrer Zaubermaschine. Ihr Eifer steckte alle an und uns war dann, als wanderten unsere Seelen in eine andere Zeit. Wir waren berauscht von dem Gedanken, früher schon einmal gelebt zu haben.

In jenen Tagen hatten wir im Radio etwas von den Blumenkindern aus San Francisco gehört, und wir steckten uns und den anderen Mädchen Blumen ins Haar. Weil die Blumenkinder im Radio so schöne Lieder sangen, stimmte auch Conny eine Melodie an, irgendeine Melodie, die ihr gerade einfiel, und von der sie meinte, daß sie passen könnte. Sie sang: „Die Gedanken sind frei". Mir kam das Lied „In dem Schneegebirge" in den Sinn, und wir sangen es anschließend aus voller Kehle. Diese Lieder hatten wir von der Großmutter Paula gelernt.

„Das sind nicht die richtigen Lieder!" rief Peter und sang „Yellow River".

Ich nahm mir vor, ganz schnell groß zu werden und Englisch zu lernen, damit ich die Lieder der Blumenkinder verstehen würde. Unsere Haare ließen wir schon einmal wachsen. Conny schnitt ein großes Loch in Mutters Tischdecke und steckte den Kopf durch. So hatte sie ihren ersten Poncho. Unsere Mutter fiel fast in Ohnmacht, als sie Conny sah. Ein verbales Donnerwetter brach über Conny herein. „Das ist ja furchtbar! Was soll nur aus dir werden?"

„Ich weiß schon was", meinte Conny lachend, „ich werde ein Hippie!"

„Auch das noch! In was für einer Zeit leben wir eigentlich? Werde erst einmal ein ordentlicher Jungpionier, und erledige deine Pflicht beim Altstoffsammeln!"

Die Mutter war verzweifelt, und als der Vater nach Hause kam und uns in Tücher gehüllt mit offenen Haaren sah, lästerte er über uns und nannte uns „Pfingstochsen“. Aber wir machten uns nichts daraus. Conny erdachte sich immer neue Geschichten und Spiele, so daß sich bald an den Nachmittagen die Kinder der gesamten Lindenstraße in unserem Garten einfanden, um Krieg und Frieden zu spielen. Mitunter verwandelte sich unser alter Garten in ein Schlachtfeld, wo Trommeln geschlagen, Fahnen geschwenkt und Gefechte ausgetragen wurden. Wir Kinder verspürten die unbändige Lust, den Urerlebnissen unserer ewigen Seelen Gestalt zu verleihen, wir kämpften heldenhaft, wir erlitten Verwundungen, wurden gepflegt und fühlten uns aufs engste verbunden mit der großen ewigen Menschheit. Wir trauerten und starben und blieben aber doch immer Teil der lebendigen Welt.

Der alte Herr, dem das Haus einst gehörte, besaß schon lange vor unserem Einzug nicht mehr die Kraft, den großen Garten zu pflegen, und so wucherten Sträucher, Bäume und Blumen im Laufe der Jahre zu einer zauberhaften Wildnis heran, welche die Phantasie von uns Kindern auf das Bunteste anregte.

Conny liebte Märchenfilme, besonders „Die Prinzessin mit dem goldenen Stern“, und sie hatte ihre kindliche Freude daran, dieses Märchen mit mir nachzuspielen. Ich war der Kameramann und setzte mich mit der selbstgebastelten Pappkamera auf die Mauer, welche Hof und Garten trennte. Die üppige Blumenpracht des beginnenden Juni mit seinen duftenden rosa Pfingstrosen, bunten Akelei, blauen Lilien und stolzen Ritterspornen leuchtete uns entgegen. Alles, was die Natur zu bieten hatte, breitete sie vor uns aus, und das helle Grün der Bäume hob sich wunderbar gegen das leuchtende Blau des Himmels ab. Ich hob die Pappkamera und filmte im gleißenden Licht der Sonne meine tanzende und singende Schwester, die mit den Wasserstrahlen aus der Gießkanne spielte. Ich sah, daß die Wassertropfen mitunter für Sekunden in allen Farben des Regenbogens schillerten. Ich werde diesen Augenblick von elementarer Lebensfreude nie vergessen, und mir ist heute noch so, als hätte mein Pappkameraauge ihn für immer in meine Seele gelegt, um ihn festzuhalten für die Ewigkeit: Meine Schwester Conny mit der weiten geblümten Tischdecke als Poncho, mit offenem Haar und mit einem goldenen Stern auf der Stirn lief unbekümmert und freudestrahlend durch die Blumenbeete, umgeben von den segensreichen Wassertropfen, und sie drehte sich dabei wie eine Tänzerin und schwenkte die Gießkanne hoch durch die Luft. Das Wasser spritze aus der Kanne auf die Blumen, auf ihre Arme und Füße, und bei jeder Drehung überkam sie eine riesige, kindliche Freude. Sie sah nur noch die Blütenkelche der Blumen und das Wasser, und sie summte jene Melodie der Prinzessin mit dem goldenen Stern. Das war die Schönheit des Lebens, das war das glückliche Bild der Kindheit, welches man ein Leben lang bei sich behält.

Doch plötzlich wurden die Filmarbeiten abrupt unterbrochen. Der Vater rief vom Gartentor: „Was soll das? So gießt man doch keinen Garten! Das ist Wasserverschwendung! Hört sofort mit dem Unsinn auf!"

Conny war schockiert, und ich sah, wie ihr Herz stehen zu bleiben schien und sie unfähig war, etwas zu sagen. Augenblicklich schwand ihre kindliche Freude dahin, und ich kann mich nicht daran erinnern, sie je wieder in einem solch freudigen Gefühlsrausch gesehen zu haben, wie beim Gießen der Blumen an jenem Junitag. Es war, als wäre das Buch ihrer Kindheit von jenem Augenblick an zugeschlagen gewesen.

Ich setzte die Kamera ab und sprach: „Wir drehen einen Film, Papa."

„Schnickschnack, alberne Gänse! Ich zeige euch jetzt einmal, wie man ordentlich einen Garten und vor allen Dingen die trockenen Erdbeeren gießt. Paßt auf!" Mit preußischer Genauigkeit, Reihe für Reihe, Beet für Beet führte der Vater die Wasserkanne über die Pflanzen. „So wird das gemacht, haben wir uns verstanden?!" Seine Stimme hatte einen ernsten und harten Ton und seine Augen blickten zornig.

Ich spürte, daß etwas meine Kehle zuschnüren wollte, und wir konnten beide immer noch nichts sagen. Da wurde der Vater noch zorniger, gab Conny die Kanne und befahl ihr, ordentlich zu gießen.

„Ja, Papa", stammelte sie und führte die Kanne Reihe für Reihe über das Beet, langsam, eintönig und gelangweilt. Ich konnte sehen, daß in ihr an jenem Tag etwas zerbrochen war. So ging der helle Juni dahin, und ein verregneter Sommer begann.

Am ersten November 1895 sah Klara Reinecke mit ihrer Freundin im Berliner Wintergarten die erste öffentliche Vorführung mit einem Bioscop. Max Skladanowskys' bewegte Bilder begeisterten sie derart, daß sie das Boxen und Strampeln in ihrem Leib für die fünfzehn Minuten der Vorstellung völlig vergaß. Wenige Monate später kam in der Utrechter Straße Nummer fünf in Berlin beim Feilenhauer Hermann Reinecke ein Junge zur Welt mit blauen Augen und kräftiger Stimme. Klara Reinecke war voll des Stolzes auf ihren zweiten Sohn, nicht zuletzt deswegen, weil nun die Existenz der Reineckeschen Feilenhauerei gesichert schien. Sie gaben dem Neugeborenen den Namen Richard und feierten Namensgebung in der

Tradition der SPD, zu der sich Hermann Reinecke seit frühster Jugend hingezogen fühlte und dessen Mitglied er jetzt war. Richard wuchs heran und wurde ein aufgewecktes Kind mit vielen Dummheiten im Kopf, und er hatte immer dieses verschmitzte Lächeln auf den Lippen. Er sog mit der Muttermilch sozusagen Berliner Witz und Humor ein und lernte später auf der Utrechter Straße und in der „Elektrischen" Berliner Herz und Schnauze kennen. Als er gerade vier Jahre alt war, fuhren seine Eltern mit ihm mit der S-Bahn zum Zoologischen Garten. Plötzlich meldete sich in ihm etwas. Gut erzogen, wie er war, machte er seine Mutter dezent auf sein dringendes Bedürfnis aufmerksam. Klara Reinecke sah ihren Sprößling an: „Warte, Junge, wat globste denn, hier jibt det keen Kloo nich! Nachher draußen suchen wir die nächste Bedürfnisanstalt auf."

„Mußte dir so lange verkneifen, Bengel!" Hermann Reinecke machte eine eindeutige Geste.

Klein Richard trat von einem Bein auf das andere: „Ick muß mal!"

Die Leute in der vollen Bahn sahen sich betroffen an, bis plötzlich ein Fahrgast rief: „Mensch Leute, kiekt nicht so bedeppert! Nu reicht doch mal den Kleenen rüba! Und ihr da vorne macht de Tür eenen Spalt uff, daß er seinen Schniepel an de Luft hängen kann!"

So wurde Klein Richard über die Köpfe gereicht und konnte sein dringendes Bedürfnis durch den Türspalt der fahrenden Berliner S-Bahn erledigen.

In den darauffolgenden Jahren bekam Richard Reinecke weitere sieben Geschwister, darunter fünf Schwestern. Er fühlte sich für die Kleinen verantwortlich und nahm sie alle, sobald sie laufen konnten, mit hinunter in den Hinterhof oder auf die Straße, wo sie mit den anderen Kindern Verstecken, Blinde Kuh oder Murmeln spielten. Kam der Hunger, so rief er nach oben: „Mutter, bitte schmeiß uns mal 'ne Schmalzstulle runter!" Weil er und sein Bruder die größten unter den Kindern waren, und von ihm mehr als von seinem Bruder eine Lebhaftigkeit und ein unbändiger Tatendrang ausging, organisierte er die verschiedenen Straßenspiele. Er fühlte sich dafür verantwortlich, daß die Jüngeren sich nicht stritten, daß keiner ausgeschlossen wurde, er stellte die Gruppen und Reihen zusammen, wenn sie „Herr Fischer, wie tief ist das Wasser" oder „Ziehen durch, durch die goldne Brücke" spielten. Am liebsten mochte er das Spiel: „Auf der Donau woll'n wir fahren, wo das Schiffchen sich dreht und das Schiffchen heißt Ingrid und die Ingrid muß mit". Da hoffte er jedesmal, er würde von der schönen Emmi mitgenommen werden. Die Emmi konnte so wunderbar lachen, und sie hatte lustige Sommersprossen, lange blonde Affenschaukeln und ein Grübchen auf der linken Wange, welches sich nur zeigte, wenn sie eben so lustig schmunzelte.

Eines Tages kam ein Photograph in die Utrechter Straße und ließ alle Kinder, die in Nummer fünf wohnten, vor dem Haus Aufstellung nehmen, Richard neben Emmi. Es entstand jenes Photo, welches, so lange Richard denken konnte, auf dem Vertiko in der guten Stube seinen Platz hatte. Immer, wenn Besuch kam, und vor allen Dingen an Weihnachten, wurde das Photo heruntergeholt und herumgezeigt. Richard wuchs heran, doch auf dem Photo blieb er klein. Als er zwölf Jahre alt war, konnte er das Photo auf dem hohen Vertiko selbst sehen, ohne auf Zehenspitzen zu stehen. Es war faszinierend. Das kindliche Lachen der Emmi mit dem Grübchen auf der Wange, ihre langen Zöpfe und all die barfüßigen Geschwister: ein Augenblick im Leben; eingefangen von so einem Photoapparat. Es war ihm, als hörte er die Kinder singen: „Auf der Donau woll'n wir fahren ..." Eines Tages stand für ihn fest: „Ick werde Augenblickfänger!"

„Junge, wat willste werden?" rief die Mutter.

„Ick werde Photograph!"

„Das wirst du nicht!" schrie der Vater. „Hier in der Feilenhauerei ist Platz für alle meine Söhne. Die habe ich für euch aufgebaut."

„So ein Bratenbengel! Knipser will er werden, ne aba ooch! So'n quatschiger Modeberuf hat doch keene Zukunft nich!" schimpfte Mutter Klara beim Abendessen.

„Handwerk hat joldenen Boden, merk dir dat! Und nach de Schule fängste wie dein Bruder in meene Feilenhauerei an, ham wa uns varstan'n!"

Berlin glich zu Beginn des 20. Jahrhunderts einer wundervoll pulsierenden Maschinenhalle, die fortwährend Neues hervorbrachte. Die Droschkenkutscher und Pferdeomnibusse wurden mehr und mehr von Automobilen, Doppelstockbussen und von der Untergrundbahn ersetzt, die „Elektrische" fuhr klingelnd über den Moritz-, Alexander- und Oranienplatz, so daß die Fußgänger zur Seite sprangen. Herrliche Springbrunnen zierten mit ihren Wasserfontänen die Plätze. Die großen Normaluhren kündeten von einer neuen Epoche, die nach Arbeits- und Freizeit gemessen wurde. An den Sonntagen warteten die Biergärten, Parks, der Zoologische Garten, die Jahrmärkte und die Strandbäder Wannsee und Rummelsburg auf ihre Gäste. Viele Ausflugslokale hatten mit dem schmalen Geldbeutel der jungen Familien ein Einsehen und schrieben auf ihre Tafeln:

„Hier können Familien Kaffee kochen!" Es gab neben Kuchen also auch heißes Wasser für den mitgebrachten Muckefuck, denn Bohnenkaffee aus der Kolonialwarenhandlung konnte sich nicht jeder leisten. Die Männer trafen sich zum Kartenspiel beim Bier, und die Frauen plauderten beim Kaffeekränzchen über ihre frechen Gören, den unlängst getätigten Einkaufsbummel bei Wertheim am Leipziger Platz oder am Spittelmarkt, oder sie redeten über das neue Medium Kino. Die Kinder spielten in den großen Parks vor den Gartenlokalen mit Murmeln und Springseilen oder fuhren, in Weiß gekleidet, die jüngeren Geschwister im Kinderwagen aus. Berlin war an den Sonntagen eine einzige Festspielwiese mit Platzkonzerten, Leierkastenmännern und feierlich gekleideten Menschen. Abends erstrahlten die Hauptstraßen der Metropole im hellen Kunstlicht und luden die Menschen zum nächtlichen Bummel ein. Das Leben Berlins schien das eines Kinematographentheaters zu sein, virtuos konstruiert zu einem einzigen Gesamtkunstwerk.

Es war die Zeit, als die Jahrmarkt- und Wanderkinos an gesellschaftlicher Bedeutung gewannen, und sich erste Scharen von Kinoliebhabern bildeten. Das Publikum, das früher in die Lunaparks gepilgert war, um sich vom arbeitsreichen Alltag abzulenken, und um sich hier und da die spektakulären Künste der Schausteller anzusehen, lenkte seine Schritte nun direkt in die Kinematographentheater, um in den Genuß der bewegten Bilder zu kommen. Kein Berliner kam daran vorbei. Die neue Attraktion hatte einen besonderen Vorteil: Sie war, anders als das Theater und die Oper, billig und allen zugänglich. Auch wenn das Jahrmarktkino noch keine Filmkunst darstellte, so bot es doch ein lebendiges Schauspiel mit einer Unterhaltung, die schon die Faszination des Kinos der Zukunft ahnen ließ. Der junge Richard Reinecke war begeistert von den bewegten Bildern und vom Zusammenspiel der technischen und künstlerischen Möglichkeiten. Bald entstanden die ersten Lichtspielhäuser und Filmpaläste. Richard war ihr ständiger Gast. Ihn faszinierte die Welt der Filmemacher. Diese rastlosen und sensiblen Geister der Zeit setzten ihre ganze Experimentierfreudigkeit, ja oft ihr ganzes Vermögen, für den Film ein. Diese in ihren Beruf vernarrten Photographen waren auch Künstler auf anderen Gebieten. Die ersten Filmproduzenten waren sowohl Schauspieler als auch Regisseur, Kameramann, Bühnenbildner und Beleuchter zugleich. Er hörte Namen wie Lumière, Skladanowski und Méliès und bewunderte die dänischen Filme mit Asta Nielsen. Bald besuchte er Max Reinhardts Theater und war fasziniert von seiner „Lichtregie".

Richard sah vor seinem geistigen Auge eine harmonische Symbiose aus Literatur, Theater, Architektur, Technik und lebendiger Photographie, und wie sich dies alles zu einem nie da gewesenen Kunstwerk formierte: dem großen Filmerlebnis. Die Träume der Dichter, Maler und Musiker, die ihre Werke im Schauspiel, in Bildern und in Tönen sprechen ließen, würden nun bald in einem einzigen Kunstwerk zusammenfließen.

Man schrieb das Jahr 1910 als Richard begriff, daß es noch viel zuverbessern gab, um den Film der Jahrmarktkinos zu einem richtigen Kunstwerk werden zu lassen.

Dann hörte Richard von der Eröffnung eines neuen Lichtspieltheaters am Nollendorfplatz. Endlich bekam der Film einen dem Theater adäquaten räumlichen Rahmen!

Richard hatte einen dreisten Plan: Der letzte Schultag war kaum vorbei, und das Zeugnis hatte er in der Tasche, da flüchtete er von Zuhause. Zwei Tage lang suchten die Eltern nach ihm, bis er am Abend des dritten Tages, kurz bevor sie die Polizei einschalten wollten, endlich wieder in der Tür stand: „Morgen fange ich bei einem Photographen in der Oranienstraße an!“ rief Richard, kaum, daß er in der Tür stand.

„Unser Richard muß doch immer seinen Dickkopf durchsetzten“, schimpfte der Vater und hatte schließlich nach langem hin und her doch ein Einsehen mit den Bestrebungen seines Sohnes. „Aber komm mir nachher nicht an, von wegen mit der Photographie sei kein Geld zu verdienen. Bei mir ist der Ofen dann aus!“

Richard lernte schnell, wie man eine Kamera bedient, wie man die Photoplatte einlegt, und er begriff, daß die Seele der Photographie das Licht ist. Er bekam ein Gefühl für Konturen und Schatten und erfuhr, wie man einen Film entwickelt, und dann Abzüge anfertigt; helle, weiche Abzüge, die man retuschieren konnte, um die Gesichter der Damen noch schöner wirken zu lassen, oder harte, schattige Abzüge für ausdrucksstarke künstlerische Aussagen der Photographie. Bald machte er seinen Photographenmeister und begann sich nach neuen Herausforderungen umzusehen.

Abends zog es den jungen Richard Reinecke fort aus der Dunkelkammer hin zum pulsierenden Leben der Großstadtmetropole, die er wie seine Westentasche kannte. Bei seinen Eltern pflegte er sich mit den Worten zu verabschieden: „Ick geh Berliner Luft schnappen“ oder „Ick muß mir mal meene Westentasche jenauer bekieken.“ Während Richards Jugendzeit schossen immer mehr Kinos in den großen Städten aus dem Boden: in Paris, London, in den Metropolen Italiens, Dänemarks und in New York. Italienische, amerikanische und dänische Filme waren in Deutschland sehr beliebt. Von all den Filmdarstellern liebte Richard die dunkelhaarige, grazile Asta Nielsen mit diesen erotischen Augen, von Sinnlichkeit und Intelligenz durchtränkt, am meisten. Er konnte sie sich wieder und wieder ansehen, die herrlichen Streifen mit ihr.

Filmvorführer wurden auch in Berlin gesucht. Richard erlernte dieses Handwerk schnell, sah er darin doch eine gute Möglichkeit, sein mageres Lehrlingsgeld aufzubessern und Asta Nielsen zu sehen. Der Film steckte noch in seinen Kinderschuhen, als Richard Reinecke mit ihm in Berührung kam. Anfangs waren es kleine Kurzfilme, die dem Publikum Zerstreuung boten. Filme, die von Helden, Schurken in schwarzen Umhängen, von Armut und Reichtum und von der Liebe erzählten. Sie endeten meist in einer prächtigen Kulisse oder vor einer schönen, handkolorierten Landschaft. Die Zuschauer stillten ihren Hunger nach Heiterkeit, Bestürzung und Bewunderung, ja, sie hungerten förmlich nach künstlerischen Erlebnissen, sie hungerten nach Geschichten. Dieses ewige, nie gestillte Verlangen, die Welt kennenzulernen mit ihren Legenden, Intrigen und Kämpfen, mit großen Siegen und leidenschaftlichen Romanzen, nahm das Kino auf und emanzipierte sich so allmählich vom Jahrmarktspektakel zum eigenständigen Genre.

Filme drehen und vorführen war damals oft noch ein und dasselbe. Richard lernte also Filmvorführer und gleichzeitig auch das Filme drehen, was mit einer Handkurbel geschah, die immer schön gleichmäßig gedreht werden mußte. Er war ein interessierter junger Mann und ein „Hans Dampf in allen Gassen", der überall dabei war, wo es etwas Ausgefallenes in Puncto Photographie oder Filmerei gab. Er fuhr mit der „Elektrischen" oder mit der Untergrundbahn vom Wedding zum Tiergarten, vom Alexanderplatz zum Zoologischen Garten, vom Gesundbrunnen zum Lunapark, besuchte Ausstellungen und Filmvorführungen, Theater und Jahrmärkte, wenn er nicht selbst hinter der Kamera oder dem Filmvorführgerät stand.

Noch immer genoß der Film beim gebildeten Publikum keinen hohen Stellenwert. Sie taten ihn in die Ecke der Jahrmarktsunterhaltung ab. Richards Eltern sahen in ihrem Sohn einen Spinner, den sie irgendwann einmal würden durchfüttern müssen, wenn er sich nicht endlich eines Besseren besinnen und die Feilenhauerlehre beginnen würde.

An einem Tag im Jahre 1912 wurde Richard von Hans Heinz Ewers, dem Besitzer des Kinos, für welches er gerade als Filmvorführer arbeitete, gefragt, ob er sich vorstellen könnte, an einem größeren Film mitzuwirken. Ewers machte gerade seine ersten Schritte auf literarischem Gebiet und versuchte, seinen Stoff irgendwo unterzubringen. Sein Szenarium war kein Meisterwerk, aber Ewers konnte den dänischen Regisseur Stellan Rye dafür gewinnen, den er schon mehrmals zu Filmpremieren in seinem Kino zu Gast hatte. Die dänischen Filme von Stellan Rye mit Asta Nielsen waren sehr erfolgreich. So erfuhr Richard, daß Rye einen Kameraassistenten brauchte und suchte ihn im Glasatelier der Deutschen Bioscop GmbH in der Stahnsdorfer Straße in Babelsberg auf. Noch nie hatte er ein solches, von Sonnenlicht durchflutetes Gebilde gesehen. Die scheinbar schwerelos wirkende Konstruktion schien den Tag nach innen zu holen und beflügelte sofort seine Phantasie. Wie ein durchsichtiger Zeppelin schwebte der Glaskasten neben den schweren Bauten der Gründerzeit. Richard platzte mitten in eine Diskussionsrunde mit dem Kameramann Guido Seeber hinein und wurde willkommen geheißen. Sie standen beisammen und redeten über die neuen Möglichkeiten des Mediums Film: Ewers, Rye, Seeber und der junge Richard Reinecke. Sie sprachen von der Bedeutung des Lichts und des Schattens, von den Mitteln der Tricktechnik und darüber, daß der Schauspieler endlich keine Grimassen mehr ziehen sollte, um seine Gefühle wirkungsvoll im Film rüber zu bringen. Sie waren sich einig darüber, daß Gefühle einzig mit den Mitteln erzeugt werden sollten, die dem Film eigen waren. Das hatte bisher noch niemand geschafft, und sie wollten es ausprobieren. Sie hatten alle die Nase voll von der übertriebenen Gestik der Schauspieler in den Stummfilmen und von den Pianisten, die mit ihren lauten und oft unpassenden Klängen die Filme begleiteten und damit Stimmungen erzeugen sollten, die im Film nicht spürbar wurden. Sie wollten dem Film seine besondere, ihm eigene Note geben, wollten Neues ausprobieren. Weil Richard Reinecke mit seinen 17 Jahren schon die erstaunlichsten Argumente hatte, wurde er Kameraassistent von Guido Seeber. Doch zu einem gelungenen Film fehlte das Wichtigste: Der Schauspieler, der zu ihren Intuitionen fähig war, und der möglichst noch einen Namen hatte. Schließlich konnten sie für die Hauptrolle Paul Wegener, Schauspieler bei Max Reinhardt, gewinnen. Es entstand der Film „Der Student von Prag“, und damit gelang dem deutschen Film der absolute Durchbruch. Der Erfolg dieses Filmes lag vor allem in der harmonischen Zusammenarbeit seiner Schöpfer: des Drehbuchautors, des Regisseurs, des Kameramannes und des Schauspielers. Paul Wegener brauchte keine Grimassen, sein Spiel war voller Finessen und Nuancen, die wie vorbeihuschende Schatten auf seiner unbeweglichen und immer natürlichen Maske erschienen. Offenbar hatten Regisseur und Kameramann die plastische Seite des Films, die Mimik der Schauspieler, die sparsam verwendeten Zwischentitel zu einem Ganzen vereint, und Richard Reinecke besorgte den Filmschnitt und klebte die Enden in Absprache mit Seeber wieder zusammen. Die Ausgewogenheit eines gut zusammenarbeitenden Schöpferteams, die Liebe zum Detail und gut durchgestaltete Szenen haben der Filmkunst zum Durchbruch verholfen. Mit dem Film „Der Student von Prag" war der deutsche Film salonfähig. Die zeitgenössische Presse hat Regie und Schauspieler hoch gelobt, niemals aber erwähnten sie den Kameramann Guido Seeber, und nirgends findet sich eine Notiz zu seinem Assistenten, dem jungen Richard Reinecke, der hier seine ersten Erfahrungen mit der Filmerei machte.

Im Winter, wenn die kalten weißen Flockenwirbel durch die Havelberger Lüfte tanzten, saßen wir an den langen dunklen Abenden mit unserer Großmutter Hildegard, die oft im Winter zu Besuch war, weil ihr Lehmhäuschen in Greifswald nie so richtig warm wurde, am mollig-warmen Ofen, den Duft von Bratäpfeln in der Nase, und hörten begierig ihre Geschichten von unserem Großvater, der Kameramann in Berlin gewesen war, vom Beginn seiner Kinoleidenschaft, von den berühmten Filmpionieren und Schauspielern, mit denen er zusammengearbeitet hatte. All die Namen konnten wir uns noch nicht merken, aber es umgab uns eine Aura, die nach großer weiter Welt duftete, nach Abenteuer und Mut. Zu später Stunde sanken wir in einen wohligen Schlummer, der die Bilder vom Filmen in unsere Träume projizierte.

Am Morgen, wenn die Sonne wieder strahlte, und der Schnee seinen dichten weißen Schleier über die Havelauen gelegt hatte, gingen wir zum Rodeln auf den Nußberg, wo sich die Kinder des ganzen Städtchens auf den großen und kleine Rodelbahnen tummelten. Wir banden unsere Schlitten aneinander und nahmen die lange Bahn oder sausten die schnellen Hügel alleine hinunter. Wenn wir Glück hatten, war die Havel zugefroren, und man konnte bis weit hinaus auf den Fluß rodeln. Meistens bemerkten wir dabei nicht, daß es dunkel wurde. Conny zog unseren Schlitten immer wieder den Berg hinauf, um dann mit mir die steilsten Hügel hinabzufahren.

„Diese Bahn ist nur etwas für ganz Mutige", sagte eine Stimme hinter uns. Conny drehte sich um und sah einen Jungen mit grüner Mütze. Jetzt erst recht, dachte sie, setzte sich mit mir auf den Schlitten, und schon rodelten wir runter. Als wir unten angekommen waren und aufstehen wollten, wurden wir mit Schneebällen beworfen. Zuerst glaubten wir, es sei ein Spaß, wollten uns wehren und kämpfen wie Gojko Mitic im Indianerfilm, hart und zäh! Wir Mädchen nannten die Jungs „Weiße Wölfe“ und zielten mit Schneebällen auf die Feinde. Doch dann wurden wir zu Boden geworfen und über und über mit Schnee eingeseift. Conny stand auf und wehrte sich verbissen. Ihr wurde der Arm umgedreht, und es gelang ihr, sich wieder rauszuwinden. Das war ihre Spezialität! Niemand konnte sie so zu Boden zwingen. Als sie sah, daß sich zwei Jungs über mich, ihre kleine Schwester, hermachten und mich mit Fußtritten traktierten, wurde sie wild. Doch es half nichts, auch sie wurde zu Boden geworfen und mit dem Kopf in den Schnee getaucht. Ich rang im Schnee nach Luft, und als ich fühlte, daß meine Kräfte schwanden, drückte ein bitteres Gefühl meine Kehle zu. Ohnmächtige Wut füllte meinen Bauch, und die schlimme Schmach, die Unterlegene zu sein, erfüllte mein Herz. Plötzlich ließen die Jungen von mir ab, und als ich hochblickte, sah ich den Jungen mit der grünen Mütze. Ich hörte, wie er sagte: „Die Mädchen stehen unter meinem persönlichen Schutz!“

Er hatte einen der Jungen am Kragen gepackt, und die anderen beiden lagen schon im Schnee.

„Verzieht euch augenblicklich, oder ich werde euch durch den eiskalten Schnee schleifen, wie man Red Fox durch das harte Gras geschleift hat, und ihr Bleichgesichter werdet nicht wieder aufstehen, das verspreche ich euch!“

Conny sah ihn an und sah den Sohn der großen Bärin mit freier, rothäutiger Brust und Indianerfedern auf dem stolzen Haupt. Der Junge nahm die Mütze ab, und sein Haar kam zum Vorschein: Es war rot. Die Bleichgesichter suchten augenblicklich das Weite.

„Ich bin der Hannes und werde euch nach Hause bringen“, sagte der Sohn der großen Bärin.

„Weißt du denn wo wir wohnen?“ fragte Conny und ich fügte hinzu: „Es ist ein ganzes Ende.“

„Ich glaube, ich kenne euer Haus. Ihr seid die Töchter vom neuen Kinderarzt Dr. Bresin und wohnt in der Villa mit dem Tulpenbaum.“

Hannes wohnte nicht weit davon entfernt, und an jenem Winterabend entstand eine Freundschaft, die viele Jahre anhalten sollte.

Am nächsten Morgen wartete er an der Ecke auf uns. Auf dem Schulweg besprachen wir dann die neuesten Kinofilme, und bald verabredeten wir uns für einen Kinobesuch. Zuerst gingen wir nachmittags für fünfundzwanzig Pfennig in die 14 Uhr Vorstellung und sahen uns „Hatifa“ und „Der kleine Muck“ an. Nach einiger Zeit begriffen wir jedoch, daß das keine Filme mehr für einen Jungen wie Hannes waren, und daß er nur unseretwegen mitkam. Auch wir fühlten uns bald jenem Alter entwachsen, in welchem man die 14 Uhr Vorstellung besucht. Wir näherten uns langsam dem Teeniealter, und ich versuchte es zu vermeiden, mir die rutschende Wollstrumpfhose unter dem Faltenrock in Hannes Gegenwart hochzuziehen, und dabei unweigerlich den Rock hochzuheben. Gewiß, manchmal geschah es noch, besonders dann, wenn ich so sehr in ein Gespräch mit ihm vertieft war, zum Beispiel über den neuesten DEFA-Indianerfilm. Seit „Die Söhne der großen Bärin“ brachte die DEFA jeden Sommer einen neuen Streifen heraus, und in diesem Winter freuten wir uns besonders auf das Sommerkino mit Hannes. Zwischendurch gingen wir mit ihm in die anderen 17 Uhr Vorstellungen für fünfzig Pfennig und sahen uns die französisch-italienischen Filme mit Anni Giradot und die Streifen mit Romy Schneider an. Über „Die Olsenbande“ und über die „Balduin-Filme“ mit Louis de Funès lachten wir uns halb tot. Das Schönste an den Filmen aber war die französische Riviera, von der wir heimlich zu träumen begannen.

Nachmittags wartete Hannes an der Ecke Lindenstraße, bis wir Mädchen zum Rollschuhlaufen herauskamen. Ich konnte Pirouetten drehen, doch Hannes lief lieber mit Conny um die Wette, als mir zuzusehen. Wenn wir eine Pause machten, erzählte Hannes uns den neuesten Indianerfilm aus dem Fernsehen. Einmal fragte Hannes verwundert: „Kennt Ihr nicht Pierre Bries?“

„Nein, wir haben noch keinen Fernseher. Unser Vater meint, wir hätten jetzt so lange keinen Fernseher gehabt, da könnten wir auch warten, bis es die ersten Farbfernseher zu kaufen gibt.“

Wir lebten im Elb-Havel-Winkel und nicht im „Tal der Ahnungslosen“, wie jene Gebiete genannt wurden, in denen der Empfang von Westfernsehen nicht möglich war. Unser Vater vermied es akribisch, über den Westen und das Westfernsehen zu sprechen. Er sagte immer, er wolle uns nicht in Konflikte bringen. Doktor Bresin ahnte dabei nicht, daß seine Töchter Conny und Kerstin somit in einem „ahnungslosen Tal“ aufwachsen sollten, und in gewissem Sinne blauäugig bleiben mußten.

Die Kindheitserfahrungen von Eva Reinecke und Konrad Bresin waren von Hitlerjugend, Weltkrieg, Bombennächten, Flucht und Entbehrungen geprägt. Wenn ein Außenstehender sah, welche wunderbaren Geschenke sie ihren eigenen Kindern zu deren Geburtstagen oder zu Weihnachten machten: Puppenstuben, Roller, Puppenwagen, Eisenbahnen, Autos, dann mußte er glauben, sie holten die eigene, verlorene Kindheit nach, so sehr freuten sie sich des Friedens und ihrer Kinder. Liebevoll spielten sie mit uns und hielten schützend ihre Hände über uns Mädchen, um uns vor jeglicher Art von Konflikten und Problemen abzuschirmen.

Zudem hatte noch etwas anderes der Generation meiner Eltern einen prägenden Stempel aufgedrückt. Es war etwas, was auch schon in den Seelen unserer Großeltern unbemerkt Platz genommen hatte: das Über-Ich. Je älter ich wurde, umso mehr nahm ich es in ihnen wahr, das Ich, welches über dem Ich stand, und das ihnen bei jedem Gedanken sagte, was richtig und was falsch war. Sie brauchten nicht zu überlegen, nicht zu zweifeln, sie brauchten sich nur an das Über-Ich zu halten, und der Weg stimmte. Im Kaiserreich war das Über-Ich die Kaisertreue, der Gehorsam, das Pflichtbewußtsein, die Pünktlichkeit und die Disziplin. Daran mußten sie sich halten. Im Nazireich waren es die Ziele der HJ und des Führers. Wer zweifelte oder nicht mitmachen wollte, wurde abtransportiert. Sowohl Eva als auch Konrad hatten als Kinder schreckliche Bilder von Menschen gesehen, die sich dem System widersetzten. Ein Mann aus der Swinemünder Straße in Berlin wurde verhaftet, weil er in einer öffentlichen Gaststätte im Jahre 1942 gesagt hatte: „Wir haben den Ersten Weltkrieg verloren, und wir werden den Zweiten auch ..." Plötzlich wurde er sich der Gefahr bewußt, die von seinen Worten ausging und sprach nicht weiter. Es war zu spät. Zeugen denunzierten ihn. Nach seiner Verhaftung soll er in ein Konzentrationslager gekommen sein. Niemand hat ihn je wieder gesehen.

War es in den siebziger Jahren wieder das Über-Ich, das den Eltern sagte: Laßt eure Kinder kein Westfernsehen gucken, ihr bringt sie sonst in Konflikte?

Tausende Eltern scherten sich nicht darum, ob ihre Kinder von den Lehrern gerügt wurden, weil sie sich im Unterricht verplapperten, wenn sie von den „Rauchenden Colts", von „Am Fuße der blauen Berge" oder von „Ivanhoe" erzählten.

Ende Januar 1871 redeten die alten Fischer am Wieck von Wollin von nichts anderem, als von der großen militärischen Kaiserhuldigung in Versailles und von der Proklamation ihres Königs Wilhelm bei der Annahme der Kaiserwürde. „Mehrer des Reiches“ in Friedenswerken wolle er werden, und mancher Fischer war stolz darauf, daß des Kaisers Krone nun keinen Ludergeruch der Revolution besaß. Andere stritten und meinten, schon in den vierziger Jahren, als der Stettiner Literat Robert Prutz seine Verse schrieb „So merkt denn auf! Das Vaterland soll fest zusammenhalten, vom Rhein bis an den Ostseestrand, selbständig, ungespalten ...“, wäre eine Einigung Deutschlands nützlich gewesen, ohne „Blut und Eisen“. Nun aber hatte mancher der alten Fischer einen Sohn im Krieg verloren, irgendwo im fernen Frankreich, wohin nie ein Wolliner vorher je einen Fuß gesetzt hatte. Andere Söhne kehrten, mit Orden geschmückt, heim, wieder andere lagen noch im Feld.

In jenen Wintertagen, als das Haff zugefroren war und den Fischern beim Netzeflicken die Finger klamm wurden, trafen die Männer sich schon am frühen Nachmittag in den Gaststuben beim Grock, um die politische Situation auszudiskutieren, um zu trauern, zu schimpfen oder stolz zu sein.

Mitte Februar legte sich der Frost, und Ende des Monats fuhren die Fischer wieder hinaus. Als die Frauen Wollins am letzten Februartag des Jahres 1871 endlich wieder mit ihren Karren voller Fische auf den Markt zogen, kamen sie an der Litfaßsäule vorbei, vor der sich bereits eine Menschenansammlung gebildet hatte. Anna und Belisa Bresin konnten zwischen die Schaulustigen hindurch nur Bruchstücke des Anschlages erkennen.

Belisa las: „Friedensschluß ratifiziert ... Dank der Tapferkeit, Hingebung und Ausdauer unseres unvergleichlichen Heeres und der Opferbereitschaft unseres Vaterlandes ... Der Armee und dem Vaterland mit tiefstem Herzen meinen Dank. Wilhelm“

Spontan umarmte Anna Bresin ihre Schwiegertochter Belisa, weil sie sich jetzt auf die baldige Heimkehr ihres nun einzigen Sohnes Hans freuen konnte. Der spontane Freudenausbruch ihrer Schwiegermutter brach Belisa fast das Herz. Freude und Trauer mischten sich in ihr. Mutter Bresin bemerkte ihre eigene Ungeschicklichkeit schnell. Dann lagen sich die Frauen für Minuten weinend in den Armen, bis die Vernunft in ihnen siegte, sie die Gefühle „in der Schürzentasche verschwinden ließen“ und sich auf den Fischmarkt begaben. Intensive und ausgiebige Gefühlsausbrüche waren nicht die Sache der Pommern, das hatte Belisa schon lange begriffen, und auch Anna hatte recht früh gelernt, sich der rauen Mentalität der Pommern anzupassen.

Im Haus Bresin herrschte seit dem Bekanntwerden von Belisas Schwangerschaft eine gespannte Atmosphäre. Für Martin Bresin stand eindeutig fest, daß sich Belisa mit dem Betonen ihrer körperlichen Reize die Gunst des Gutsbesitzers erschleichen wollte. Er schrie: „Hat sie hier in der Stube getanzt und ihre Röcke geschwungen? Hat sie! Erzähl mir keine Märchen, Frau, genau so wird sie vor dem Herrn von Prittkow die Röcke geschwungen haben, und dann wird sie haben die Bluse vom Arm gleiten lassen, so datt der feine Herr kunt sehen ihrn nackates Fleisch an de Schulter!"

Vor lauter Zorn verhedderte sich Vater Bresin beim Sprechen, und um seinen Zorn zu bekräftigen, schlug er mit der Faust auf den Tisch:

„Wie soll ein ehrenwerter Mann da widerstehen?"

„Woher willst du denn datt so genau wissen?" fragte Anna.

Es half alles nichts, Vater Bresin schaffte es, daß Belisa sich unendlich schuldig fühlte. Früh am Tag begann sie, wie besessen zu schuften, um die Sünde abzutragen, wie sie glaubte. Sie putzte Haus und Küche blitzblank und rannte dem Schmutz mit dem Putzlappen nach, den die Männerschuhe ins Haus getragen hatten. Sie säuberte den Garten von Unkraut und stand schon auf der Lauer, um jegliches ungebetene Kräutlein sofort an der Wurzel zu packen. Sie putzte immerfort das Plumpsklo und wusch so oft die Wäsche aller Familienmitglieder, daß ihr die Hände wund wurden. Sie hoffte so sehr, mit demütigenden und gebückten Arbeiten die Sünde abtragen zu können, aber es gelang ihr nicht. Jede Nacht spürte sie mehr das Leben in ihrem Leib, spürte es strampeln, und der Bauch wölbte sich über den sich streckenden Gliedern des Kindes. Am Tag bei der Arbeit vergaß sie, daß sie schwanger war, kannte kein Leiden und keine Zipperlein, aber in der Nacht schmerzte der Rücken und die Gedanken. Oft geschah es, daß sie in ihren Träumen nach Karl suchte, und manchmal fand sie ihn mitten im Schlachtgetümmel und schreckte auf. Dann nahm sie das kleine Andachtsbild ihrer Mutter aus dem Nachtschrank und begann ein Gebet zu sprechen. In diesen Momenten sah sie ihren Karl zur Tür hereinschauen und leise lächeln, als spräche er ihr Segen zu. Sie glaubte ihn sagen zu hören: „Du darfst nicht aufgeben, Belisa, sonst stirbt deine Seele vor der Zeit."

Noch vor Sonnenaufgang stand sie auf, wusch sich von Kopf bis Fuß und bereitete das Frühstück in der Hoffnung, wenigstens an diesem Tag Vater Bresin gütig stimmen zu können. Als er dann endlich rasiert in der Küche stand, hatte Belisa schon die Fischkisten gesäubert, die er spät am Abend heimgebracht hatte. Vater Bresin sah, daß die Arbeit schon erledigt war, und ein kurzes Leuchten erschien in seinen Augen, doch schnell besiegte er seine Neigung zum Gefühlvollen, der er sich schämte, als wäre sie ein Zeichen von Schwäche. Er fing wieder an, an Belisa herumzunörgeln und alle Wut über den Tod seines Sohnes an ihr auszulassen: „Ein Mann spürt, wenn seine Frau ihm nicht treu ist, und dann haben die feindlichen Kugeln ein leichtes Spiel. Sie treffen ihn blitzschnell! Bist du dir darüber im Klaren gewesen, Belisa, als du dich mit dem von Prittkow eingelassen hast? Oder war dir unser Karl etwa zu wenig? Wolltest lieber ein blaublütiges Kind, was? Rede, wenn ich dich etwas frage!"

Er griff ihr unters Kinn, um ihren gesenkten Kopf anzuheben und schlug dann mit der Faust auf den Tisch. Seine ganze ohnmächtige Wut über den Verlust seines geliebten Sohnes ließ er an Belisa aus, und Anna stand dazwischen und versuchte, alles zu glätten. War ihr Sohn auch gefallen, so blieb ihr mit Belisa und dem Enkel doch wenigstens ein Teil von ihm, und der kleine Ernst würde heranwachsen und immer an Karl erinnern. Fast jedesmal stellte sie sich mit ihrer gütigen Art zwischen die Fronten, selbst auf die Gefahr hin, in diesem Zweifrontenkrieg möglicherweise umzukommen. Fast immer endeten solche Auseinandersetzungen damit, daß Vater Bresin fort lief und kein Wort sprach. Nach einigen Tagen kam er dann vom Fischen heim und redete wieder nicht. Er ignorierte einfach die Familie und sprach nicht einmal mit dem kleinen Ernst, wenn dieser sich an seine weiten Hosenbeine hing. Der Junge konnte sich nicht erklären, warum der sonst so fröhliche Großvater, der ihn bei jeder Gelegenheit hoch auf den Arm nahm, plötzlich so abweisend sein konnte. Mitunter lief er weinend fort, wenn der Großvater seiner Anhänglichkeit mit einem jähen Schubser ein Ende machte. Mutter Bresin verfiel dann ebenfalls in Schweigen, und Belisa gab sich ganz der Arbeit hin. So vergingen schweigsame Wochen und Monate, bis sich Belisa eines Abends in ihrer Kammer, als Ernesto endlich schlief, hinsetzte und begann, ein Erinnerungskästchen an Karl zu basteln, aus Myrte, in welche sie kleine Rosenblüten bettete. In ein Papierherz wollte sie einen Spruch schreiben, aber müde von des Tages Mühe, fielen ihr an jenem Abend die Augen zu.

Am nächsten Abend setzten die Wehen ein, und Belisa nahm die Schmerzen hin wie einen Segen, auf welchen sie schon lange gewartet hatte. Endlich konnte sie ihre ganze Depression herauslassen, endlich litt sie nicht nur seelisch, sondern auch körperlich! Der Schmerz, der wie ein langersehnter Regen über sie kam, brachte die Urkräfte des Lebens zu ihr zurück, und plötzlich erhob sich aus ihrem Inneren, wie aus dem Inneren der Erde, eine wahnsinnige Kraft, begleitet von einem lauten Stöhnen, einem Schrei der Ewigkeit, und ein neuer Erdenmensch wurde in die Welt hineingeboren. Naß und frierend glitt er in die Hände der Hebamme, entkam dem schmerzhaften Quetschen und Drücken, und als er endlich wieder Platz verspürte, riß es seine Lungen auseinander, und ein neuer Schmerz erhob sich aus dem Inneren des Babys und ließ ein Wimmern aus seinem Mund erklingen. Das kleine Stimmchen wurde heller, kräftiger, lebendiger und durchdrang bald den ganzen Raum. Als Belisa immer noch schmerzverzerrt die Augen geschlossen hielt, rief die Hebamme: „Machen sie die Augen auf und schau'n sie mal, wer da ist!“ In diesem Moment begriff Belisa, daß sie nicht allein diesen Kampf geführt hatte, doch sie wollte das Kind nicht sehen. Anna Bresin nahm das Mädchen in den Arm, wischte ihm das Blut vom Gesicht und liebkoste es, als wäre es ihr eigenes. „Was kann das kleine Ding dafür?“ sagte sie immer wieder, während sie den unschuldigen Winzling badete, und ihre Augen sich mit Tränen füllten.

Aus Belisas Leib ergossen sich Ströme von Blut. Anna brachte alle Handtücher und Bettücher herbei, die sie finden konnte. Die Hebamme verabreichte ihr einen Tee aus Brennesseln, Rosmarin und Thymian und gab ihr verschiedene Tinkturen. Schweißgebadet rannte Anna durch das Haus, wusch die Bettücher in abgekochtem Wasser, versorgte das Baby und kochte Hühnerbrühe, damit Belisa bald wieder auf die Beine käme. Niemand bemerkte in jenen Stunden den kleinen Ernst, der sich mal hinter der Tür des Schlafzimmers und mal unter dem Küchentisch verkroch, um die Szenerie zu beobachteten. Er hörte die Schreie seiner Mutter, sah das Kind aus ihrem Leib gleiten, und das viele Blut erschreckte ihn sehr. Die Hebamme beruhigte die Wöchnerin und mußte sich jedoch innerlich gestehen, noch niemals solche Ströme von Blut bei einer Gebärenden gesehen zu haben. Sie leuchtete Belisa mit der Öllampe ins Gesicht und stellte fest, daß deren Lippen kreideweiß geworden waren. Wo war die Schönheit und Frische dieser Frau, welche die Wolliner so sehr bewunderten, wenn sie sich beim Kirchgang in ihren farbigen andalusischen Röcken zeigte, wo war das feine Rot ihrer Wangen?

Am Morgen besserte sich Belisas Zustand etwas, und die Hebamme beschloß zu gehen, denn sie konnte nun nicht mehr für die Wöchnerin tun, als ihr absolute Bettruhe anzuraten. Sie sah die junge Frau bei Mutter Bresin in den besten Händen, verordnete weiterhin Hühnerbrühe und Brennesseltee und wünschte gute Besserung. Am nächsten Tag wolle sie wieder nach der Wöchnerin schauen.

Als Vater Bresin am Abend das Haus betrat, hofften die beiden Frauen, er würde ein Wort der Freude über seine Lippen bringen, ein Wort der Achtung vielleicht, aber er beachtete das Neugeborene nicht einmal und verlangte nur nach dem Abendbrot.

„Bitte schau doch einmal in Belisas Kammer, sag ihr was Liebes", bat Anna Bresin inständig.

„Ich denke gar nicht daran!"

„Sie hat doch niemanden hier außer uns. Vielleicht kannst du dem Kind ein guter Großvater sein."

Das war zuviel für Vater Bresin, und er schlug mit der Faust auf den Tisch: „Jetzt langt's aber! Was bildet ihr euch ein? Das Kind ist und bleibt ein Bastard! Ich dulde es in meinem Haus nicht! Legt es meinetwegen dem von Prittkow vor die Tür oder bringt es sonstwo hin! Ich werde unter meinem Dach keinen Bastard ernähren!"

Ein letztes Mal versuchte Mutter Bresin einzulenken: „Es handelt sich um ein unschuldiges kleines Mädchen, was für den Umstand seiner Zeugung nichts dazukann ..." Weiter kam sie nicht, denn Vater Bresin schubste sie unsanft zur Tür hinaus, lief zum Tisch und schmiß den Teller mit den Bratkartoffeln auf den Boden, so daß er zersprang. Mutter Bresin hörte das Scheppern des Geschirrs, und ihr liefen die Tränen über die Wangen.

Als Vater Bresin so allein am Tisch saß, schnürte es ihm plötzlich die Kehle zu, und auch seine Augen füllten sich mit Tränen. So weinte jeder für sich, und die Tür zwischen den Eheleuten blieb verschlossen. Vater Bresin dachte für Sekunden daran, daß er Belisa nicht zum verhaßten von Prittkow in den Dienst hätte schicken sollen, denn sein Ansehen war das eines Tyrannen. Blitzschnell schob er diesen Gedanken wieder von sich, denn schließlich arbeiteten die anderen Frauen von Wollin auch auf seinen Feldern, um sich ein Zubrot zu verdienen, und Frauen wollen streng behandelt werden, damit sie ordentlich arbeiten, dachte er. Es war die Trauer um Karls Tod, die an ihm nagte. Er fehlte ihm beim Fischen, es fehlte ihm sein trockener Humor, seine Stimme, sein immerwährender Optimismus, wenn sie morgens auf die See hinausfuhren, und es tröstete ihn nicht, daß im Rathaus eine Gedenktafel hing mit seinem Namen darauf. Nein, nichts, aber auch gar nichts konnte ihm seinen Sohn zurückgeben. Als Hans vor einigen Wochen heimkehrte, was war das für eine Freude! Aber Hans war nicht Karl. Hans kam nach seiner Mutter und ging nach ein paar Tagen der Erholung wieder nach Stettin, um im Geschäft des Onkels zu arbeiten. Er war eben Kaufmann, Seidenhändler und kein Fischer. Und dann diese Belisa, dachte Martin Bresin, wäre sie dem Karl doch wenigstens treu geblieben, denn Karl hatte es verdient, daß ihm seine Frau treu bleibt bis in den Tod. Das war es doch auch, was Karl seinem Vaterlande gegeben hatte: Treue bis in den Tod. Er stopfte sich eine Pfeife, denn der Appetit war ihm gründlich vergangen, und dann verließ er das Haus.

Anna Bresin hingegen war überzeugt von Belisas Unschuld. Sie war ein Kind der Großstadt, hatte viel gesehen, und wenn sie sich auch anfänglich gegen Belisas Anwesenheit gesträubt hatte, so gefiel ihr das südländische Mädchen bald immer mehr. Sie hatte ein feineres Gespür für die Zwischentöne des Lebens als ihr Mann, und sie sah wohl die Verliebtheit der beiden jungen Leute, die, seit beide das erste Mal nach Karls Heimkehr von der Seefahrt in der Tür standen, keinen Tag nachgelassen hatte. Belisas liebevolle Art, mit Karl umzugehen, ihm das Essen aufzutragen, seine Wäsche in den Schrank zu legen und vor Freude zu singen, wenn sie wußte, daß Karl jeden Augenblick vom Fischfang zurückkommen und in wenigen Minuten zur Tür hereintreten würde, waren der Mutter nicht verborgen geblieben. So eine Frau war ihrem Manne treu, da war sich Mutter Bresin ganz sicher.

Daß Belisa ihr die Peinlichkeit anfangs verschwiegen hatte, hielt Anna Bresin für das Natürlichste der Welt; wer sprach schon über derlei Dinge? Körperliche Liebe, das war kein Thema für eine Konversation. Sie hielt es für möglich, daß Belisa geschändet wurde, und darüber sprach eine Frau erst recht nicht. Erst, als der veränderte körperliche Zustand der Schwiegertochter ihr unabwendbar ins Auge stach, als Belisa wegen der warmen Witterung die dicken Strickjacken weglassen mußte, um nicht darunter zu ersticken und im Schweiß zu zerfließen, da ahnte Mutter Bresin etwas von der Schande, denn rechnen konnte sie gut. An dem Tag, als Belisa in Annas Augen erkannte, daß sie Kenntnis von der Schwangerschaft genommen hatte, vertraute sich Belisa in ihrer Not Anna an, denn diese hatte sie in den letzten Monaten immer wie die eigene Tochter behandelt.

Anna hatte früh gelernt, das Leben so zu nehmen, wie es nun einmal ist und sich Gottes Willen zu fügen, wie sie sagte. Sie wußte jede Last heiter und mit Geduld zu tragen und ging ganz darin auf, der Familie ein angenehmes Heim zu schaffen und sich ihrem Mann zu beugen. Demut war keine Schande sondern eine Freude, und Sanftmut umgab ihr Herz und breitete sich in dem Raum aus, den sie durchschritt. War Anna im Haus, so war es, als ob immer die Sonne scheinen würde. Heiter und gelassen versuchte sie auch diesmal die Unabänderlichkeit der Schwangerschaft, als etwas Schicksalhaftes hinzunehmen und hieß Belisa, sich dem zu fügen, was nun einmal geschehen war. Die Zuneigung und Solidarität der beiden Frauen wuchs in jenen Tagen mehr und mehr.

Drei Tage nach der Entbindung verbesserte sich der Zustand Belisas immer noch nicht, und die Hebamme machte ein besorgtes Gesicht, als sie das Zimmer der Wöchnerin verließ.

„Am besten, sie bestellen den Pfarrer. Beten ist das Einzige, was jetzt noch helfen kann.“

Anna nahm all ihre Kraft zusammen und versuchte noch einmal, den Vater mit der Schwiegertochter auszusöhnen, schämte sich ihrer Tränen nicht, und als Vater Bresin dennoch hart blieb, fiel sie demütig vor ihm auf die Knie. Jedoch alles Flehen half nichts, der Mann war wie versteinert und zeigte keine Gefühle. Von da an wußte sie, daß es ihr bestimmt war, diesen Weg allein zu gehen. Liebevoll nahm sie sich der Kinder an, trug das Baby zu seiner Mutter, nahm den kleinen Ernst an die Hand und führte ihn ebenfalls in das Zimmer der Sterbenden. In dem Moment als Belisa ihre Kinder bei sich sah, erhellte sich ihr Blick, und einen Moment lang glaubte Anna, das Leben würde zu ihr zurückkehren. Jedoch die Farbe von Belisas Gesicht blieb blaß, und die Lippen zeigten sich fad. Tränen füllten Belisas Augen, und sie hieß den kleinen Ernst sich auf das Bett setzen. Dann nahm sie das kleine Mädchen und drückte es fest an sich: „Paß auf, Ernesto. Dies ist deine Schwester Marie, und so lange du lebst, wirst du sie beschützen, versprich mir das!“ Dann küßte sie ihren Sohn auf die Stirn, holte aus ihrem Nachtschrank das Erinnerungskästchen hervor und legte es Anna in die Hände mit den Worten: „Du bist mir wie eine Mutter gewesen, und nun nimm dieses Geschenk zum Gedenken an deinen Sohn, meinen geliebten Mann!“

Es war das Glaskästchen, mit grünem Samt ausgelegt, in welches sie ein Herz aus Rosen und Myrte geklebt hatte. In dem Herz stand handschriftlich geschrieben:

„Ihr Eltern gebt euch doch zufrieden,
Und stillet eurer Tränen Fluß,
Weil euch ein lieber Sohn verschieden.
Ihr wißt ja nicht, warum's Gott tut.
Er ist schon bei den Cherubinen
Und jauchzet mit den Engeln schon.
Sein junges Haupt trägt eine Krone,
Die ihm kein Feind mehr rauben kann.
Gewidmet von seiner ihn
innig liebenden Frau Belisa
im Jahre 1871"

Niemand vermag zu ermessen, was in jenem Augenblick in Anna vorging.

Wenige Minuten später trat der Pfarrer ins Zimmer der Sterbenden. Belisa duldete es nicht, daß die Kinder hinausgeschickt wurden. Sie wollte sie bei sich haben bis zum Ende. Auch Mutter Bresin blieb im Zimmer und versprach immer wieder, für die Kinder zu sorgen. Alle tröstenden Worte des Pfarrers reichten nicht aus, um das Leid zu mildern, das die beiden Frauen empfanden. Belisa blieb wachen Verstandes und ließ den Blick nicht von ihren Kindern, bis in einem Augenblick, in dem sie sich unbeobachtet fühlte, die Seele aus ihrem Körper wich.

An den langen Havelberger Sommerabenden war der schönste Ort zum Geschichtenerzählen die rote Bank unter unserem Apfelbaum. Hier saßen Conny und ich bei Großmutter Paula Bresin und hörten die Geschichten aus Pommern, der Heimat unserer Vorfahren. Wir vergaßen, daß es dunkel wurde, legten unsere Köpfe auf Großmutters Schoß, und unsere Phantasie malte die Bilder zu den Geschichten dazu. Paula konnte so wunderbar über all die Menschen berichten, die das Leben der Familie Bresin bestimmt hatten, daß wir wirklich glaubten, die Zeiten und die Menschen leibhaftig vor uns zu sehen, ja wir tauchten ein in die fernen Welten. Obwohl sie Belisa nicht persönlich kennengelernt hatte, vermochte Großmutter Paula ausführlich über ihre Schönheit, ihre Leidenschaft und ihren Charakter zu berichten. Auch dichten konnte Paula, und ich erinnere mich noch an ihr blaues Gedichtbüchlein, welches sie immer bei sich führte und in welchem sich die Eintragungen über Geburtstag und Sterbetag aller Familienmitglieder bis in die vierte Generation zurück befanden. Paula schrieb Gedichte zur Hochzeit ihres Sohnes, zur Geburt ihrer Enkelkinder, und ich wußte genau, daß noch einige Gedichte folgen würden.

Doch von einem verstand Paula gar nichts: vom Sozialismus.

Spielten wir „Partisanen vom Amur", meinte sie, daß sei nicht gut, wir sollten lieber Räuber und Gendarm spielen. Fragten wir sie, ob sie denn auch so richtig ausgebeutet wurde, als sie Lehrmädchen in einem Stettiner Blumengeschäft war, wußte sie nicht, was die Frage sollte, und vom Klassenkampf hatte sie auch noch nichts gehört. Dabei, so erklärte Conny ihr, war der Herr von Prittkow doch der übelste Ausbeuter. Conny und ich verglichen die Welt unserer Großmutter mit den Weisheiten aus der Schule, und die waren eindeutig ideologisch geprägt. Die Welt war bunt und voller geistiger Anregungen, wenn eine unserer Großmütter zu Besuch war, und sie verlor ihren magischen Glanz, wenn wir wieder allein unter dem Apfelbaum saßen. Dann warteten wir auf die Geschichten unserer Mutter, aber die hatte nur selten Zeit zu solchem Zeitvertreib, und so erschien uns die Zeit, bis uns die Großmütter wieder besuchen konnten, unendlich lang. Ja, wir maßen das Jahr nicht nach Monaten und Jahreszeiten, sondern nach den Wiedersehen mit unseren Großmüttern. So gesehen war der Herbst unendlich lang, und im Dezember keimte endlich neue Hoffnung auf einen Weihnachtsbesuch einer unserer Großmütter.

Unsere Mutter Eva war eine elegante, schlanke Frau, die immer noch die Frisur der Miss Germany von 1961 trug, schick und hochgesteckt. Sie liebte enge, knielange Röcke und hohe Pumps. Und sie war schön, sehr schön. Die Leute drehten sich auf der Straße nach ihr um, wenn sie mit ihren Mädchen den Berg hinunter in die Stadt ging. Conny allerdings wollte nicht mehr fein brav die Hand der Mutter fassen. Sie wollte hüpfen und springen und überredete mich, gleiches zu tun.

„Conny, bitte", flehte die Mutter, „erzähl uns lieber, was heute in der Schule los war!"

„Wir haben einen Sitzenbleiber neu in die Klasse bekommen. Kerstin, stell dir vor, einer von den Bleichgesichtern vom Nußberg."

„Meinst du, der kann dir noch was?" fragte ich.

„Weißt du, was ich ihm dann unter die Nase halten werde? Meine Faust!" Dabei fuchtelte sie energisch mit ihrer kleinen Faust vor meiner Nase herum und fuhr fort: „Wonach riecht die Faust, werde ich ihn fragen, und wenn er nicht antwortet, sage ich: nach Veilchen!" Und schon landete ihre Faust sanft auf meinem Auge.

Die Mutter mußte lachen, doch ich entgegnete sehr ernst: „Weißt du, was ich sagen würde? Die Faust riecht nach Friedhof! Eine andere Sprache verstehen die Bleichgesichter doch nicht.“

Conny überlegte: „Du Kerstin, darf ich dich etwas fragen? Hast du das von Hannes?“

„Ja, von Hannes.“

Genau das hatte sich Conny gedacht. Sie wußte nun also, daß ich in ihrer Abwesenheit mit Hannes redete. Zum ersten Mal spürte sie ein kleines piekendes Gefühl: Eifersucht. Wir beide mochten den gleichen Jungen, und diese Tatsache hatte den Ursprung in unserer Seelenverwandtschaft. Ich war Hannes mehrere Male auf dem Schulhof begegnet, während Conny im Sportunterricht war, der in der letzten Stunde auf dem schneebedeckten Nußberg stattfand. Im Winter wurden die schneereichen Tage für das Schlittenfahren genutzt, oder wir begaben uns mit den Lehrern auf die Spritzeisbahn hinter der Turnhalle und liefen Schlittschuh. Dann gab es keine Zensuren, dafür aber eine Riesengaudi.

Der Schnee war indes wieder geschmolzen, und der Dezember begann ohne die weiße Pracht, dafür aber mit einem geheimnisvollen Paketschein in Mutters Tasche, den wir nun zur Post trugen. Ein Paket von Mutters Tante Elli aus Westberlin. Hurra, dachte ich, das erste Westpaket der Familie Bresin. Vielleicht waren Filzstifte darin, solche wie sie Angela, unsere Schulfreundin, hatte und mit denen sie pausenlos angab. In der DDR gab es damals noch keine Filzstifte, und Angela bekam sie aus Köln geschickt.

Auf der Post mußte unsere Mutter ihren Ausweis vorzeigen, bevor sie das Paket mitnehmen durfte. Oh, es war groß, das Paket, und es war viel Platz für Filzstifte darin. Rote dünne Stifte zum Unterstreichen, und um eine glatte, saubere Linie zu zeichnen, und dicke lila Stifte und solche in türkis und pink zum Ausmalen. Conny sah vor ihrem geistigen Auge die herrlichsten Farben, die noch nie ein Buntstift in Ostdeutschland gesehen hatte. Ach Hannes, ich könnte dir die schönsten Herzen malen, dachte sie, und der Weg mit dem Paket nach Hause erschien ihr unendlich lang.

Unsere Mutter Eva Bresin wußte nicht recht, ob sie mit dem Öffnen des Paketes warten sollte, bis der Vater von der Sprechstunde heimkommen würde, schließlich handelte es sich um ein Paket vom Klassenfeind, und Konrad war eindeutig gegen den Klassenfeind. Andererseits war es ein harmloses Geschenkpaket, so stand es darauf: „Geschenksendung, keine Handelsware". Warum also sollte sie seine Existenz verleugnen. Sie entschied sich für das Warten.

Conny und ich wurden immer ungeduldiger und malten uns mit zunehmender Phantasie aus, was in dem Paket sein könnte. Da wir das Jeans-Alter noch nicht erreicht hatten, träumten wir von Filzstiften und Schokolade. Endlich kam der Vater, und die Mutter bangte darum, ob Konrad das Paket ablehnen würde. Indes, er tat es nicht. Neugierig umringten wir den großen, eingewickelten Karton, der nun auf dem Küchentisch stand.

„Wollen wir nicht warten bis Weihnachen?" fragte Konrad mit der Schere in der Hand.

„Vielleicht ist etwas Verderbliches darin", meinte Eva und hatte indes blitzschnell alle Schnüre durchgetrennt. Nachdem Conny das Einwickelpapier beiseite getan hatte, konnte der Karton geöffnet werden. Die Mutter hob den Deckel, und just in diesem Moment schossen Connys und mein Kopf zur Mitte. Dabei stießen wir so heftig zusammen, daß es krachte. Ich wollte gerade losheulen, da sah ich Conny an, und die gab mir das Zeichen der tapferen Indianersquaw und ich verstand. Den Schmerz unterdrückend, packten wir das erste Westpaket unseres Lebens aus. Da stieg uns ein Duft in die Nase, den wir noch niemals zuvor geschnuppert hatten. Rosa Seife kam zum Vorschein sowie duftender Kaffee, Spekulatius, kuschelweiche türkisfarbene Handtücher, Schokoladenweihnachtsmänner, Schokolade in lila Papier, blaue Pelikan-Füller, kleine bunte Pixi-Büchlein und herrliche Apfelsinen.

Wenn der Westen so duftet und so bunt ist, dachte ich, sollte er nicht unser Klassenfeind sein. Außerdem sollte man mit Leuten, die einem solche schönen Geschenke machen, nicht Freundschaft schließen?

Wir kamen darüber hinweg, daß keine Filzstifte im Paket waren. Dafür hatten wir noch nie eine derartige Schokolade genossen. Sie zerging auf der Zunge, schmeckte fein und nach großer weiter Welt. Tage, bevor das Weihnachtsfest heranrückte, war meine Schokolade aufgegessen, nein, aufgelutscht. Ich ließ jedes einzelne Stück auf der Zunge zergehen, denn es wäre wirklich traurig, dachte ich, auch nur ein einziges Stück mit den Zähnen zu zerkauen und sich somit um den Genuß zu bringen. Conny hingegen spielte mit ihrem Schokoladenweihnachtsmann und wollte sich das Schönste für zuletzt aufheben. (Sie spielte noch am Neujahrsmorgen mit ihrem Weihnachtsmann und Ostern immer noch.)

Kurz vor dem Fest kam die Greifswald-Oma Hildegard Reinecke mit dem Zug angereist. Sie war eigentlich die Berlin-Oma und wußte an die hundert Geschichten aus dem alten Berlin zu erzählen. Zum Beispiel, wie sie als junge Schriftsetzerin von gerade zwanzig Jahren auf eigene Faust in die große Stadt zog und mit ihrer Schwester Elli, die Köchin in einem großen Hotel war, das nächtliche Berlin der zwanziger Jahre unsicher machte und wie sie den Kameramanngroßvater Richard kennenlernte. Während des Krieges jedoch, wurde die Familie zweimal ausgebombt und zog sich zurück nach Greifswald, der eigentlichen Heimat der Großmutter. So kam die Greifswald-Oma zu ihrem Namen.

Die ganze Familie fuhr mit dem Wartburg nach Glöwen zum Bahnhof, um die Großmutter vom Zug abzuholen, denn die Blümchenpflückeisenbahn nach Havelberg gab es nicht mehr. Wir Mädchen freuten uns so sehr, daß wir fast die Großmutter umwarfen, als wir ihr um den Hals fielen. In Glöwen am Bahnhof gab es ein Spielzeuggeschäft, und die Großmutter wollte nicht in den Wartburg steigen, bevor sie nicht in diesem Laden gewesen war. Jede ihrer Enkelinnen durfte sich eine Puppe mit langen Haaren aussuchen. Die waren damals ganz modern und neu. Conny nahm eine Schwarzhaarige und nannte sie Jenny, nach Jenny Marx, von der sie in der Schule gehört hatte, und die sie sehr bewunderte. Ich suchte mir eine Blondine aus und nannte sie Natalie, nach meinem Lieblingssong von Gilbert Bécaud aus dem Radio.

Die Greifswald-Oma durfte in meinem Zimmer schlafen, und das war die beste Gelegenheit für ein langes Nachtgespräch. Auch Conny kam heimlich in unser Zimmer und kroch unter meine Bettdecke.

„Bitte Greifswald-Omi, erzähl uns von früher und vom Kameramanngroßvater und wie der Himmel aussieht, wo der Großvater jetzt sein soll“, bat ich sie in meiner kindlichen Neugier.

„Euer Großvater war ein herzensguter und bezaubernder Mann, der seine Kinder über alles liebte und mit ihnen scherzte und die besten Geschichten erzählen konnte. Er war ausgesprochen kreativ und ein richtiger Urberliner mit Herz und Schnauze. Wie ich euch ja schon erzählte, erlernte er nach der Schule den Beruf des Photographen, übrigens gegen den Willen seiner Eltern. Photograph war damals durchaus noch ein künstlerischer Beruf, und dein Großvater kam bald mit dem jungen Film und dessen Avantgarde in Berührung. Der Durchbruch des Films setzte erst ein, als die Großen der Bühne vor der Kamera standen. Zwei solcher Filme hatte euer Großvater mit dem berühmten Paul Wegener gedreht. Laßt mich überlegen: ‚Der Student von Prag‘ und ‚Der Golem‘. Paul Wegener bekam damals die sagenhafte Tagesgage von fünfzig Reichsmark. Zuerst war euer

Großvater bei der Bioscop und später bei der Deutschen Lichtspiel-Gesellschaft, kurz Deulig, beschäftigt. Ich habe ihn ja zu der Zeit noch gar nicht gekannt und wohnte noch bei meinen Eltern in Greifswald. Euer Großvater wurde im Ersten Weltkrieg Frontberichterstatter und hatte in Frankreich gefilmt. Richard war aber kein Mensch für den Krieg, und er verabscheute das Töten aus tiefstem Herzen. So schnell wie möglich wollte er von der Front fort."

In diesem Augenblick bewegte sich die Türklinke, und Conny huschte vor Schreck wie ein Blitz unter meine Bettdecke. Der Vater Konrad betrat das dunkle Zimmer und beendete jäh die Vertrautheit zwischen uns. In sehr ernstem Ton sagte er: „Jetzt ist aber Schluß mit der Erzählerei. Das Kind muß endlich schlafen!"

Als er das Zimmer wieder verlassen hatte, flüsterte ich: „Bitte Omi, erzähl weiter. Es ist so spannend. Hat der Großvater später auch Gojko Mitic kennengelernt?"

Conny schob die Bettdecke von ihrem Ohr, um wieder zuhören zu können. Großmutter Hildegard rückte ganz nahe an uns heran und flüsterte: „Aber nein, Kinder, das war doch alles viel, viel später. Der letzte Film, den dein Großvater drehte ... laß mich überlegen ... das war 1936 zur Olympiade in Berlin. Leni Riefenstahl rief ihn in ihren Kreis für den Olympia-Film. Er war skeptisch, konnte jedoch nicht frei entscheiden, denn es war seine Pflicht, dort zu arbeiten, wo man ihn hinstellte. Außerdem glaubte er, einen Film nur über den Sport zu drehen. Leider kann ich dir keine Photos aus jener Zeit zeigen, weil alles beim Bombenangriff auf Berlin verlorengegangen ist. Schon während der Dreharbeiten, wurde ihm schmerzlich bewußt, daß er eigentlich nicht an einem reinen Sportfilm mitarbeitete, sondern einen Propagandafilm für die Nazis drehte. Später sollte dein Großvater noch mehr Filme für die neuen Machthaber drehen, und man bot ihm eine hohe Gage an. Er lehnte jedoch aus Gewissensgründen ab. So blieb er ein einfacher Photograph. Als die Filme: „Fest der Völker" und „Fest der Schönheit" zwei Jahre später ausgestrahlt wurden, wußte er, daß es richtig war, sich während dieser Zeit generell gegen die Mitarbeit an Filmen entschieden zu haben. Die wahren Gründe seiner Entscheidung durfte er jedoch niemandem sagen. Stattdessen gab er gesundheitliche Gründe an. Unser Arzt schrieb ihm ein Attest. Kinder, wir mußten damals schnell lernen, etwas anderes zu sagen als wir dachten. Dann brach der Krieg aus, und Großvaters Asthma wurde, wie schon 1916, sehr schlimm. Er wurde nicht eingezogen. Ach, Kinder, als Hitler Rußland angriff, saßen wir beide, dein Großvater und ich, vor der großen Landkarte, und wir durften unseren Kindern nicht sagen, was wir dachten: Das ist das Ende! Kaum jemand wagte es damals, das zu denken. Dein Großvater Richard hat jedoch gesagt: ‚Du wirst sehen, Hildegard, auch das Stärkste zerbricht, das für die Ewigkeit Geschaffene nimmt ein Ende, und der Weltenlauf schreitet unerbittlich voran, denn nichts währet ewig unter der Sonne.'"

Wir hörten aufmerksam zu, bewahrten all die neuen Namen und Worte in unserem Gedächtnis.

„Omi, das heißt jetzt Sowjetunion, weißt du", sagte ich nach einer Weile leise.

„Ja, Kind, ja."

„Erzähl uns vom Himmel und wie es dort aussieht, Omi. In der Schule sagen sie, es gibt keinen Gott, und die sowjetischen Kosmonauten haben im Himmel keinen Gott gefunden, sagen die Lehrer."

„Den lieben Gott, mein Kind, kann man im Himmel nicht einfach so finden, denn man kann ihn überhaupt nicht sehen." Die Großmutter fing an von Jesus und seinen Jüngern zu erzählen und vom Glauben, der ihr im Leben schon sehr viel Kraft gegeben hatte, und ohne welchen sie sich ein Leben nicht mehr vorstellen konnte. Und zum ersten Mal hörte ich etwas vom Leben nach dem Tod und von Jesus Christus, und es kam mir wirklich so vor, als würde der Großvater uns vom Himmel aus zuhören und ganz nahe sein.

„Morgen, am Sonntag, wenn ihr möchtet, Conny und Kerstin, und die Eltern es erlauben, nehme ich euch mit in die Kirche", sagte Großmutter Hildegard.

An jenem Abend schlief ich erfüllt und geborgen mit Conny ein, und die Erzählungen der Großmutter nahmen tief in meiner Seele Platz und setzten sich nieder, um nach vielen Jahren, wenn ich danach suchen würde, wieder hervorgeholt zu werden.

Beim Decken des Frühstückstisches am dritten Advent halfen wir Großmutter Hildegard. Aus ihrer Tasche holte sie kleine Engel heraus und steckte ihnen jeweils ein Licht in die Hände. Vor jeden Teller durften Conny und ich ein Engelchen stellen. Als Mutter und Vater hereinkamen, wollte Großmutter Hildegard mit dem feierlichen Anzünden der Kerzen beginnen. Plötzlich holte der Vater aus und fegte mit jäher Handbewegung alle Engel vom Tisch. „Jahreswendflügelfiguren! Wir brauchen solchen

Schnickschnack nicht!“ schimpfte er. „In der Schule lernen die Kinder heute zum Glück nicht mehr derartigen Quatsch von Engeln!“

Deprimiert und still setzten sich alle an den Frühstückstisch und nahmen stumm ihr Frühstück ein. Conny und mir wollte das Marmeladenbrot an jenem Morgen gar nicht schmecken. Ich schluckte alles stumm herunter, ohne aufzusehen, und die Mutter ließ das Frühstücksei stehen. Hildegard brauchte den Vater nicht mehr zu fragen, ob sie Conny und mich mit in die Kirche nehmen durfte. Das erübrigte sich nun. Conny sah die Großmutter traurig an und brachte keinen Bissen mehr herunter.

„Iß dein Brot, Conny“, brüllte der Vater, „vorher verläßt du nicht den Tisch!“

Einen kleinen Bissen würgte sie noch hinunter. Sie brauchte sehr lange dafür, unendlich lange, und dann ging gar nichts mehr.

„Gut, dann bekommst du zu Mittag den restlichen Teil des Marmeladenbrotes, was anderes gibt es nicht! Und solltest du es heute mittag auch nicht essen, gibt es das Marmeladenbrot heute abend noch einmal. Wir wollen dir schon deine Mäkelei austreiben!“ schimpfte der Vater. „Merk dir eines: Bei uns wird aufgegessen, was auf dem Teller liegt!“

Die Kirche besuchte Hildegard alleine.

Am Nachmittag ging die Großmutter in den Keller, um Holz zu hakken. Das tat sie jedesmal, wenn sie hier war und Wut im Bauch hatte. Ich folgte ihr nach einer Weile, sah zu, wie sie den Koks in den Ofen schippte und schaute in die rote Glut. Das Feuer faszinierte mich, und ich mußte an Connys Geschichte von dem Goldschatz des Riesen denken, an unsere vom Kohleschippen schwarzen Nasen und daran, wie ich mit der Hose in der Kellerluke festhing und Conny mich Prinzessin Triangelhose nannte. Ich erzählte es der Großmutter, und wir beide schüttelten uns vor Lachen.

Bei den Zeitungen, die zum Feueranmachen bestimmt waren, fand die Großmutter ein kleines Bild von Lenin und riß es heraus.

Am nächsten Morgen war der Frühstückstisch schon gedeckt, als ich ins Wohnzimmer trat. Aber was war das, was sahen meine Augen? Vor jedem Teller stand ein Engel, und die Kerzen in den Händen der Engel waren schon angezündet. Was sollte das bedeuten? Was, wenn der Vater ... Da kam er auch schon herein und sah sich den Frühstückstisch genauer an. Mißgestimmt musterte er die Engel mit den angezündeten Lichtern vor jedem Teller. Vor seinem Teller blieb er stehen. Da aber war kein Engel. Er traute seinen Augen nicht: Da stand Lenin mit einem roten Fähnchen. Die Großmutter hatte das Bild des Führers der russischen Revolution auf Pappe geklebt und vor den Teller des Vaters gestellt; so erstürmte Lenin den weihnachtlichen Tisch der Familie Bresin, wie einst das Winterpalais in St. Petersburg im Jahre 1917.

Der Zorn grub in Vaters Stirn zwei dicke Furchen, und alle glaubten, er würde gleich losbrüllen. Aber Vater konnte sich gerade noch beherrschen. Augenblicklich verschwanden die Zornesfalten über seinen Augen, dann kamen seine weißen Zähne zum Vorschein, und unwillkürlich mußte er laut und ausgelassen lachen.

Glaubt der eine an Gott, dachte ich, so glaubt der andere an die Revolution. Das Lied aus der Schule fiel mir ein: „Im Oktober brach der rote Sturmwind los und der fegte den Himmel uns blank, und der Friede folgte seinem Siegeslauf, Genossen, wir sagen euch Dank! Die Heimat liegt im hellen Sonnenschein und will von uns erobert sein ... Wir tragen den Sturmwind der Revolution ins neue Jahrtausend hinein."

Im Solidaritätskonzert der Schule wurde dieses Lied in jenem Dezember fleißig gesungen, obwohl bis zur Jahrtausendwende noch einige Jährchen ins Land gehen würden. Die Erwachsenen lehrten ihren Nachwuchs, die Zukunft zu erstürmen, und niemand kam auf die Idee, daß sie eigentlich so was von gestern waren! Sie wähnten sich in ihrer Zukunftsstürmerei so sicher und glaubten, alles müsse die ganzen dreißig Jahre hindurch, die noch fehlten bis zur Jahrtausendwende, so bleiben wie es war. Die Partei würde bleiben: „Die Partei, die Partei, die hat immer Recht", sangen sie am ersten Mai. Der Arbeiter- und Bauernstaat würde bleiben: „Da sind wir aber immer noch", schmetterten sie am siebten Oktober. Und die Sowjetunion wird immer da sein: „Buswjkda budjet sonze, buswjekda budjet njewa ... buswjekda budu ja", lehrten sie ihre Kleinen singen.

Jedes Jahr kurz vor Weihnachten fand ein Solidaritätskonzert in der Schule statt, und dabei wurden Spenden gesammelt für Kindergärten, Schulen und Krankenhäuser in Vietnam oder in Ländern der Dritten Welt. Diese Konzerte, in der altehrwürdigen Aula des ehemaligen Gymnasiums aus der Gründerzeit, waren immer sehr gut besucht. Die Aula war riesengroß, prunkvolle Stukkaturen schmückten die Decke, Kronleuchter erhellten festlich den Saal und beinahe alle Klassen der Schule fanden darin Platz. Bei den Proben, wenn das Tageslicht durch die farbigen Jugendstilfenster fiel, sah man die schönen Putten, wie sie ihre vollen Gabenkörbe in die goldenen Füllhörner schütteten, als wollten sie allen, die auf der Bühne standen, sagen: „Bitte schüttet eure Gaben hier vor dem Publikum aus!

Laßt eure Talente erkennen, fürchtet euch nicht, das Publikum wird dankbar annehmen, was ihr zu schenken im Stande seid!"

Der große festliche Raum mit der Orgel auf der Bühne glich in vielem einer Kirche, was ich erst viele Jahre später feststellte, da ich während meiner gesamten Schulzeit immer am Betreten einer Kirche gehindert wurde.

Unsere Chorleiterin hatte eine Leidenschaft für deutsche und russische Volkslieder, und sie besaß ein Händchen für Kinder. Sie wußte, wie man einen Kinderchor zu höchsten Leistungen bringt und wurde dafür mehrmals ausgezeichnet. Der mehrstimmige Chorgesang stand bei ihr im Mittelpunkt, und unsere Auftritte gelangten zur Vollkommenheit, durch die Begleitung von Flöte, Trompete und Klavier. Sie selbst spielte Akkordeon, und das Lied vom Schneegebirge stand bei ihren Sprößlingen ebenso hoch in der Gunst wie „Katjuscha" in deutscher und russischer Sprache.

Conny liebte besonders „Sag mir wo die Blumen sind", und ich sang am liebsten „Unsre Heimat". Conny konnte schon Russisch, und ich bewunderte, wie sicher sie die fremden Worte formulierte. Das Solidaritätskonzert war immer etwas Besonderes, und unsere Kinderseele blühte auf, wenn durch die Lieder eine Verbindung hergestellt wurde mit anderen Kindern auf der Welt. Als die kleinen Erstkläßler das Lied von der Friedenstaube sangen, wurden Conny und ich immer aufgeregter, denn nach jenem Lied kam unser Sologesang an die Reihe. Im Publikum saß auch Hannes mit seinen Eltern. Seinen Vater erkannten wir schon von weitem, denn er war der einzige Mann in der ganzen Stadt, der einen Vollbart trug. Er war Naturforscher, genauer gesagt Ornithologe, und wir nannten ihn und alle Männer mit Vollbart fortan kichernd: NTF.

Conny trat gemeinsam mit mir nach der Ansage an das Mikrofon. Wir hörten gerade noch, wie die Schülerin in der FDJ-Bluse durchs Mikro sagte: „Wir verurteilen die amerikanische Aggressionspolitik und den grausamen Krieg gegen das vietnamesische Volk, wir verurteilen die Napalmbomben und die Taktik der verbrannten Erde. Unsere Solidarität gilt den Kindern von Vietnam."

Nach kurzem, heftigem Beifall begann Conny mit der ersten Strophe des Vietnamesischen Laternenliedes. Sie hatte eine wunderbare, klare und helle Stimme, und die Melodie entführte mich in die ferne Welt Indochinas. Ich sah die Bilder von den napalmverseuchten Dörfern aus der Zeitung vor mir und mußte an das nackte, um ihr Leben laufende Mädchen denken, welchem die Kleider auf den Leib verbrannt waren, und meine Augen füllten sich augenblicklich mit Tränen.

Plötzlich kam mir in den Sinn: Was sollte Hannes von mir halten, wenn ich jetzt mit tränenerstickter Stimme und völlig aufgewühlt zu singen anfangen würde? Da sah ich Großmutter Hildegard an, die zwischen Vater und Mutter im Publikum saß. Die Greifswaldgroßmutter blickte mich an, dann sah ich nach oben, und da spürte ich eine unsichtbare Macht, die mir Kraft gab. Ich hob den Kopf und fing an zu singen. Mein Gesang war klar und stark, und wenn auch meine Stimme dunkler klang als die meiner Schwester, so fügte sie sich wunderbar in dieses Lied ein. Der Chor nahm den letzten Ton der Strophe auf und sang den Refrain. Flöten und Triangeln erklangen und bildeten ein ergreifendes Finale der Kinder.

„Wie hast du das gemacht?" rief Hannes mir am Ausgang zu.

„Was habe ich gemacht?" fragte ich und blickte Hannes mit großen Augen an. Ich hatte es geschafft, mich unauffällig so weit durch die Menge zu schieben, daß ich nun direkt neben ihm stand.

„Na, du warst gar nicht aufgeregt. Wie hast du das gemacht?"

„Es sind alles Kohlköpfe!" sagte ich lapidar.

„Was?"

Ich begriff, daß es mir gelungen war, seine Neugier herauszufordern, und ich wollte ihn noch ein wenig auf die Folter spannen, wurde aber von den Eltern und Kindern, die die Aula verlassen wollten, beiseitegeschubst.

„Das ist ein Trick", rief ich und machte dabei so eine Handbewegung nach oben.

„Was für ein Trick?" wollte Hannes wissen und drängelte sich neben mir zur Tür.

„Na, der Trick mit den Kohlköpfen. Ist uralt. Hab ich von meiner Großmutter Hildegard."

„Könntest du vielleicht mal etwas deutlicher werden?"

Ich nahm Hannes beiseite und schob mich mit ihm aus der Menge heraus in den Gang. Hier am Fenster war endlich Platz zum Reden.

„Paß auf", sagte ich. „Wenn du auf der Bühne stehst, blickst du einfach über alle Köpfe hinweg, ungefähr so ..." Ich hob den Kopf und lugte durch die halboffenen Augenlieder geradeaus. „Und dann stellst du dir vor, du bist auf einem Kohlfeld und vor dir liegen lauter Kohlköpfe."

Hannes blickte mich verwundert an und fragte: „Und der Trick funktioniert?"

„Nur, wenn du ganz fest davon überzeugt bist, daß du das kannst, was du auf der Bühne tun mußt“, sagte ich und lief zum Wartburg. „Tschüs Hannes! Ich ... Sie warten schon alle auf mich.“ Ich hätte ihm unmöglich von meinem Kameramanngroßvater erzählen können, der mir vom Himmel aus beistand. Er hätte mich für dumm und abergläubisch gehalten. Nein, die Sache mit dem Himmel, die war Großmutters, Connys und mein Geheimnis.

Artig stieg ich in das Auto, und da brach auch schon ein Sturmgewitter über mich her. Ich mußte mir vom Vater eine Moralpredigt anhören, weil ich eine Minute später gekommen war als meine Schwester Conny, aber Mutter und Großmutter lobten mich und meinten, wir Schwestern hätten sehr klare und schöne Stimmen. So redeten alle durcheinander auf uns ein, bis der vollbeladene Wartburg endlich losfuhr.

Am nächsten Tag wartete Hannes nicht wie gewohnt auf der Straße, bis wir Mädchen zum Rollschuhlaufen rauskamen. Nein, er klingelte an der Haustür. Ich sah ihn vom Küchenfenster aus kommen und hatte das Gefühl, er wollte die Wundergroßmutter kennenlernen. Conny rannte die Treppe hinunter, Vater war aber vor ihr an der Tür, und als er den Jungen sah, fragte er verblüfft: „Was willst du denn hier?“

„Ich wollte fragen, ob Conny und Kerstin rauskommen zum Rollschuhlaufen“, sagte Hannes bestimmt.

„Merk dir eines: Jungens haben bei uns noch niemals geklingelt, und das wird auch in Zukunft so bleiben“, sagte der Vater trocken, sah ihn sehr ernst an und machte dabei einen spitzen Mund, wie er es immer tat, wenn er verärgert war.

Hannes wollte noch etwas sagen, wurde jedoch vom Vater sanft aus der Tür heraus in den Flur gedrängt. Wir hörten die Tür zufallen und dann war es still. Mist, dachten wir. Schnell schnappten wir uns unsere Rollschuhe, warfen die Anoraks über unsere Schultern und rannten raus.

An diesem Nachmittag hatten wir Mädchen viel mit Hannes zu besprechen. Plötzlich ging dann Connys Rollschuh kaputt. Hannes machte sich sogleich ans Reparieren. Er bekam es wirklich hin, daß Conny wieder laufen konnte, und wir glitten in unseren Rollschuhen über die glatten Pflastersteine und verspürten so viel Freude, daß wir nicht bemerkten, wie es dunkel wurde. Oh je, wir sollten schon längst zu Hause sein! Hannes brachte uns bis zur Haustür und verabschiedete sich dann. Conny und ich hatten Angst, daß der Vater schimpfen würde, aber wir sagten Hannes nichts davon. „Bis morgen!“ rief Conny.

„Bis morgen dann“, sagte Hannes. „Kommt ihr mit zur Christenlehre?“

Ich war überrascht, wußte aber, daß der Vater das niemals erlauben würde und sagte: „Das geht leider nicht. Wir sind unterwegs.“

Wenn Hannes zur Christenlehre geht, dachte ich, ist er vielleicht weit und breit der einzige Mensch, mit dem ich doch über die Seele des Kameramanngroßvaters im Himmel sprechen könnte, und in meinem Kopf schwirrte wirklich das Wort „Seele“ herum, und es kam mir unendlich fremd vor.

Als wir in den Flur traten, war es zum Glück Großmutter Hildegard, die uns empfing, und sogleich erzählten wir ihr davon, wie Hannes die Rollschuhe repariert hatte.

„Der Hannes, der kann es“, sagte die Greifswald-Großmutter, und als der Vater kam und uns tadelnd ansah, nahm sie uns vor ihm in Schutz. „Wenn man schon mal so einen guten Rollschuhmechaniker an der Hand hat“, meinte die Großmutter, „darf man einfach nicht auf die Uhr schauen. Das ist doch genauso, als wenn man Kohlen bekommt. Man schickt das Kohlenauto auch nicht wieder fort, bloß weil es schon dunkel ist. Oder?“

Bei so viel Logik konnte der Vater einfach nicht böse sein.

Die Großmutter hatte wieder einmal die Situation gerettet und uns die schreckliche Angst vor dem Vater genommen, denn wir hatten unseren Vater auch schon anders erlebt. An einem Tag in Greifswald nämlich, Conny ging noch nicht zur Schule und besaß keine Uhr, hatte der Vater sie fürs Zuspätkommen einen halben Tag lang in den Kohlenkeller eingesperrt, bei trockenem Brot und Wasser. Sie war noch sehr klein und hatte kein richtiges Gefühl für Zeit. Im dunklen, feuchten Keller fühlte sie sich total verlassen, ausgegrenzt und hilflos. Eine schreckliche Angst machte sich in ihrer Kinderseele breit, eine Angst, die später einfach von Zeit zu Zeit immer wiederkehrte. Von dem trockenen Brot im Keller bekam sie keinen Bissen herunter. Es war ihr so bitter in der Kehle. Sie versuchte, mit den Kohlen zu spielen, aber das half nichts. Nach einer Weile rannen dicke Tränen über ihre kindlichen Wangen, und es war niemand da, der ihr Schluchzen hörte, niemand, der sie da herausholte. Oh, ein halber Tag ist für ein kleines Kind so unendlich lang, und das bittere Gefühl der hoffnungslosen Verlassenheit grub sich einen tiefen Platz in ihr kleines Herz, als wolle es ein ganzes Leben lang dort sitzenbleiben. Es verdrängte seinen Gegenpart, das Urvertrauen, auf alle Ewigkeit.

Der Vater rechtfertigte sich damit, zu sagen, eine harte Erziehung forme die besten Charaktere. Das wäre schon bei Friedrich dem Großen so gewesen, denn wäre der nicht für seinen pubertären Fluchtversuch so derart hart bestraft worden, was für ein jämmerlicher Herrscher wäre er sicherlich geworden.

Belisa wurde genau an jenem Tag zu Grabe getragen, an dem der Gedenkstein zur Erinnerung an die im Krieg gefallenen Soldaten aufgestellt wurde. Am Morgen wohnten die Bresins der Denkmaleinweihung bei, lasen mit Stolz und Trauer den Namen ihres Sohnes Karl auf dem hohen Stein, den der Adler krönte. Am Nachmittag warfen sie Blumen in das Grab von Belisa. Die früh verwaisten Kinder, Ernst und Marie, wurden zunächst von Anna Bresin großgezogen, die sie bald liebte, als wären es ihre eigenen.

Eine Zeitlang hüllten sich die Bresins in Trauer, schwiegen tagelang, und nur Anna redete mit dem kleinen Ernst die allernötigsten Worte. Martin Bresin vergrub sich gänzlich in seinem Kummer, und nur wenn Sohn Hans oder Tochter Emma zu Besuch kamen, hellte sich sein Gesicht ein wenig auf.

So vergingen drei Jahre, und allmählich wich die Trauer aus Anna Bresins Gesicht. Sie kümmerte sich rührig um ihre Enkelkinder und erlebte noch einmal das Muttersein. Martin Bresin konnte zusehen, wie sich seine Frau, durch die Kinder, regelrecht verjüngte. Den Jungen nannte sie in Gedenken an die spanische Herkunft seiner Mutter heimlich Ernesto. Sie sang und hüpfte mit dem Jungen und wiegte das Mädchen tanzend im Arm. Bei der Küchenarbeit erzählte sie Ernesto die Geschichte von der versunkenen Stadt Vineta, vom Reichtum und Hochmut der Bewohner und vom Untergang der allzu begüterten Stadt. Sie liebte den neugierigen Ernesto, sein verständiges Zuhören und besonders mochte sie seine fortwährende Fragerei. Der Kleine konnte singen und tanzen wie seine Mutter Belisa, und Anna hatte ihre helle Freude an dem Jungen. Er behielt alle Lieder in seinem Gedächtnis und konnte sie noch nach Monaten originalgetreu nachsingen. Er lachte mit ihr, wenn sie scherzte und weinte fast, wenn sie die traurigen Märchen mit ihm nachspielte. Am liebsten hörte er die Geschichte von Hänsel und Gretel und konnte nicht oft genug die Großmutter in den Schrank werfen, den sie für den Hexenofen hielten. Wenn Martin Bresin vom Fischfang heimkehrte, wußte sich Anna jedoch zu beherrschen. Sein Groll und seine Trauer saßen immer noch sehr tief in ihm. Er versuchte, sich selbst gegen rohe Zornesausbrüche zu schützen, indem er einfach schwieg und die Kinder nicht beachtete. So konnte dem kleinen, aber schon sehr verständigen Ernesto nicht verborgen bleiben, daß, immer wenn der Großvater die Küche betrat, die Lieder und Märchen der Großmutter verstummten und das große Schweigen begann.

An einem Märztag, als die Frühlingssonne endlich die letzten Eismassen am Rande des Stettiner Haffs schmelzen ließ, machte sich Anna mit ihrem Handkarren auf zum Fischmarkt; Ernesto an der Hand und das Mädchen auf dem Karren. Die Straßen waren vom Schmelzwasser so naß, daß Anna nicht darauf achtete, ob einige schattige Stellen noch von Eis überzogen waren. Plötzlich stürzte sie und riß Ernesto mit sich zu Boden. Als der Junge wieder zu sich kam, lag seine Großmutter immer noch bewußtlos am Boden. Mariechen auf dem Handkarren spürte, daß etwas Furchtbares geschehen war und fing an zu weinen. Da raffte sich Ernesto auf, um Hilfe zu holen. Die erste Frau, die er auf dem Fischmarkt antraf, riß er am Arm und bat sie, mitzukommen. Inzwischen war Mutter Bresin wieder zu sich gekommen, konnte jedoch nicht aufstehen. Sie legten Mutter Bresin auf den Handkarren und brachten sie nach Hause. Der Arzt stellte später einen komplizierten Hüftbruch fest, der die Frau für lange Zeit an das Bett fesseln sollte. Vater Bresin ließ seine Tochter Emma Malchow kommen, damit sie sich der Kinder annehme. Von da an begann eine andere Zeitrechnung für Ernesto und Mariechen.

Im Haus des Fischers Otto Malchow herrschten rohe Sitten. Aus dem deutsch-französischen Krieg mit einer Knieverletzung heimgekehrt, hinkte der große Mann etwas, und wenn ihn die Wut über seine Gebrechlichkeit ankam, ließ er sie an seinen Kindern aus. Wilhelm, der Älteste, ging schon seit ein paar Jahren in die Schule, hatte jedoch keine Freude am Lernen. Er war immerfort damit beschäftigt, seine Mitmenschen zu ärgern, schüttete in einem unbeaufsichtigten Moment reichlich Salz in die Suppe, so daß diese ungenießbar war oder legte einen kalten, glitschigen Fisch in das Bett seiner jüngeren Schwester Hermine, die daraufhin sofort laut zu heulen anfing. Emma war meistens mit einer Holzkelle bewaffnet, um den Jungen gehörig zu verdreschen. Wenn Otto vom Fischfang heimkehrte, erzählte sie ihm alle Sünden des ungezogenen Sohnes Wilhelm, damit der noch einmal eine ordentliche Tracht bekommen sollte. Der Junge hatte sich so sehr an dieses Spiel gewöhnt, daß es für ihn die einzige Art der Kommunikation mit seinen Eltern darstellte. Otto Malchow war ein sturer Mann, der nicht viel Worte machte und nicht lange fackelte. Er hieß den Jungen, sich über den Tisch zu legen, holte sodann den Rohrstock vom Schrank und schlug auf den Jungen ein. Doch das machte Wilhelm nur noch zorniger, und er dachte sich während der Prügelorgie schon die nächsten Gemeinheiten aus. Meistens mußte seine kleine Schwester Hermine daran glauben, die einzige, die ihm bis zu der Zeit, bevor Ernesto und Mariechen in das Haus kamen, unterlegen war. Von Hermine waren es alle gewöhnt, daß sie immer gleich losheulte, und darauf hatte Wilhelm nur gewartet. Er fühlte sich erst so richtig wohl, wenn sie wegen ihrer Stoffpuppe plärrte, der er einen fetten Frosch oder eine Spinne in das Kleid gesetzt hatte. Einmal schrie sie sogar ganz laut und wie von Sinnen, als er ihr eine fette Kaulquappe auf das Butterbrot gedrückt hatte. Was machten ihm da schon die Hiebe seiner Mutter mit der Kelle aus? Das war nichts gegen Hermines Aufschrei. Wütend brüllte er: „Ich war es nicht!“ und stampfte mit dem Fuß auf. Er hatte seine Freude daran, seine Mutter aus Herzenslust anzubrüllen und ihr davonzulaufen. Er kicherte, wenn sie versuchte, ihn einzuholen, flitzte um den Küchentisch, und manchmal gelang es ihm, auf die Straße zu laufen, wohin sie ihm aus Pietät nicht folgen wollte. Nur wenn der Vater daheim war, wurde er still und verkroch sich in einer Ecke der Küche, denn der Vater duldete kein Gezeter. Wenn die Eltern zusammenhielten, waren sie stärker als der Junge und konnten ihn im Laufen festhalten. Dann gab es kein Entrinnen. Das wußte er.

Während Emma es allerdings nicht übers Herz brachte, den Jungen einen Tag lang zu verstoßen und ihn immer irgendwann wieder aus seiner Ecke herausholte, um ihm das Essen vorzusetzen, verstand sich der Vater darauf, ihn im Kohlenkeller einzusperren und ihn einen ganzen Tag lang allein dort unten schmachten zu lassen. Das war das einzige, was der Junge wirklich fürchtete. Wenn er dann wieder in die Wohnung hochkam, war er einige Tage lang zahm wie ein Lamm. Meistens stritten sich die Eltern, wegen der Erziehung ihrer Kinder, und Vater Otto brachte es fertig, auch seine Frau in einer hitzigen Auseinandersetzung zu ohrfeigen.

In diese Atmosphäre platzten nun Ernesto und seine kleine Schwester Marie hinein wie Lämmer in ein Rudel Wölfe. Emma wies ihnen beiden einen Platz auf der Küchenbank zu, schloß die Kellerluke auf, damit Wilhelm heraufsteigen konnte und holte Hermine aus der Kammer, in die sie sich in letzter Zeit immer öfter verkroch. Dann erteilte ihnen Otto eine ordentliche Lektion in Sachen Ordnung und Gehorsam, zeigte seinen Rohrstock auf dem Schrank, redete von Disziplin und verwies auf den Kohlenkeller als Gefängnis für Verstöße und Ungehorsam. Das einzige große Bett in der Kammer mußten sich die vier Kinder nun teilen, die Jungen lagen am Kopfende und die Mädchen am Fußende. „Das wärmt im Winter“, sagte Otto grinsend, „die Kammer wird nie geheizt. Und wenn ihr nicht spurt, werde ich euch persönlich einheizen!“

Beim Essen war es den Kindern streng verboten zu reden. Emma trug des abends schweigend die Kliebensuppe auf und reichte jedem Kind ein Stück Brot dazu. Dann wurde gemeinsam das Tischgebet gesprochen, und der Hausherr wünschte guten Appetit. Von nun an hatten alle zu schweigen, der einzige, der sprechen durfte, war der Hausherr. Plötzlich fragte Emma schüchtern ihren Mann: „Darf ich dich etwas fragen, Otto?“

Erst nachdem er ihr die Erlaubnis zum Reden gegeben hatte, sprach die Ehefrau weiter: „In Misdroy werden jetzt günstig Grundstücke angeboten, ganz in der Nähe der Dünen. Man sagt, in ein paar Jahren soll dort ein richtiges Bad entstehen, ein Badeort mit vornehmen Touristen aus Berlin und Stettin.“

„Ja, und?“ fragte Otto spröde, seine ganze Gleichgültigkeit in diese beiden Worte legend.

„Wir könnten doch einmal hinfahren, und es uns ansehen. Das Wetter ist gut, und die Kinder könnten das Meer kennenlernen und vielleicht baden.“

„So ein neumodischer Zirkus kommt mir gar nicht in die Tüte! Baden? Was das soll? Das Leben ist ernst und will nicht verbadet werden! Und wer soll das Pferdefuhrwerk bezahlen? Oder will die feine Dame vielleicht mit dem Dampfer oder mit der Postkutsche reisen? Ne, Emma, das schlag dir gleich aus dem Kopf! Und du iß deine Suppe auf, Hermine!“

Während die Erwachsenen redeten, kommunizierten die Kinder unter dem Tisch mit den Füßen. Wilhelm ließ nichts unversucht, um Ernst zu stoßen und sich das größere Terrain unter dem Tisch zu erobern. Ernst hingegen verteidigte das Seine auf das Lebhafteste.

„In die Ecke, Ernst!“ herrschte Otto den Jungen an, und so war der erste Abend für Ernst gelaufen. Bis zum Sonnenuntergang durfte er sich nicht von der Stelle rühren. Im Bett gingen die Kämpfe der Jungen weiter, hingegen die Mädchen kitzelten sich und kicherten, wobei die Bettdecke hin und her gezogen wurde. Da kam Ernst auf die Idee, Geschichten zu erzählen, um diesem Gezeter ein Ende zu bereiten, und er fing einfach irgendwie an, die Geschichten von Großmutter Anna zu erzählen. Bald entwickelte er so viel Phantasie, daß selbst der sture Wilhelm gefesselt war und ihm zuhörte. Immer neue Geschichten holte der Junge aus seinem Gedächtnis hervor, und er kannte wahrlich viele Märchen von der Großmutter. Außerdem spann er hier und da neue Fäden hinzu, und so wollten die

Geschichten nie enden. Unter der Bettdecke wurde es ruhig, und zu später Stunde schliefen endlich erst die Mädchen und dann auch Wilhelm ein. So waren sie sich am ersten Abend im großen Bett schon etwas näher gekommen.

Conny und ich lagen auf dem Bett und dachten nach. Die Greifswaldgroßmutter hatte uns vom Christkind erzählt, welches an Heiligabend, wie sie sagte, vom Himmel auf die Erde kommen würde. Der „Vierundzwanzigste", wie die Eltern diesen besonderen Tag nannten, hieß bei der Greifswaldgroßmutter: „der Heilige Abend". Für uns klang das sehr fremd, und daß die Großmutter so andere Worte hatte, machte uns neugierig. Viel Gutes und Geheimnisvolles hatte sie uns vom Christkind erzählt. Conny und ich redeten die halbe Nacht über Gott und das Christkind. Die pure Neugier bemächtigte sich unser immer mehr, und wir beschlossen, die Großmutter bei der nächsten Gelegenheit auszufragen.

Am darauffolgenden abend war der Vater nicht zu Hause, und die Mutter besorgte die Bügelwäsche. Das hielten wir für eine willkommene Gelegenheit und baten die Großmutter Hildegard, uns alles zu erzählen. Nach dem Abendbrot-Abwasch setzten wir uns mit Hildegard wieder an den Küchentisch, und so erfuhren wir die ganze Geschichte von der Geburt des Jesuskindes und dem Wunder, welches geschehen war vor fast zweitausend Jahren.

Wir hüteten dieses Geheimnis in unseren Herzen und nahmen uns vor, in der Schule niemandem davon zu erzählen, denn die Gefahr, von Lehrern oder Mitschülern ausgelacht zu werden, war sehr groß. Auch vor dem Vater wollten wir dieses Geheimnis hüten, jedoch das Unvermeidliche geschah trotzdem. Hatte unser kindlicher Geist schnell gelernt zu reden, wenn es sein mußte und zu schweigen, wenn es Not tat, so hatte auch Großmutter Hildegard in jungen Jahren etwas gelernt, was sich tief in ihre Seele eingepflanzt hatte: hingebungsvolles Gottvertrauen. Sie war so gutmütig und der christliche Glaube so fest in ihrem Herzen verankert, daß sie in der Vorweihnachtszeit nicht schweigen konnte. Sie sprach einige Male vom Jesuskind, wobei der Vater die Großmutter spöttisch belächelte. Schließlich hatte er es für besser befunden, daß Hildegard das Weihnachtsfest bei einem anderen ihrer fünf Kinder und zahlreichen Enkel verbringen möge. Die liebevolle und fröhliche Greifswaldgroßmutter war bei allen gern zum Fest gesehen und konnte sich ohnehin schwer entscheiden, zu wem sie fahren sollte. So reiste sie schon kurz vor dem Fest wieder ab.

Conny und mich stimmte das sehr, sehr traurig. Nun würde sie den Cousins und Cousinen vom Christkind erzählen, dachten wir und hatten doch noch so viele Fragen.

Das Land, in welchem wir aufwuchsen, war ein Land der Atheisten. Den Kindern des Ostens wurde frühzeitig beigebracht, an Karl Marx und Wladimir Iljitsch Lenin zu glauben, und vor allen Dingen an die Überlegenheit des Sozialismus gegenüber dem Kapitalismus. Die Erwachsenen studierten das Kommunistische Manifest, die ökonomischen Gesetze des Kapitalismus und Sozialismus und schrieben immer neue Abhandlungen über Marx und Engels. Sie meinten, ihre Weltanschauung sei kein Glaube, sondern die einzig richtige wissenschaftliche Weltanschauung überhaupt. Das Ziel der Mächtigen dieses Atheistenlandes war der Weltkommunismus, und die meisten glaubten wie unser Vater fest daran, daß in dieser neuen Gesellschaftsordnung jeder nach seinen Fähigkeiten arbeiten würde und sein Bestes zu geben bereit wäre. Sie begründeten dies mit dem gesellschaftlichen Eigentum an Produktionsmitteln. Sie meinten, weil es kein Privateigentum gäbe, sondern allen alles gehöre – die Fabriken, die Maschinen und das Material – müßte die Motivation jedes einzelnen so enorm sein, daß er für sein Land, und in weiterem Sinne damit auch für sich selbst, Höchstleistungen erbringen würde. Dabei beriefen sie sich auf das Gesetz von der Steigerung der Arbeitsproduktivität von Karl Marx. Spätestens 1989 sollte sich herausstellen, daß dieses Gesetz der reinste Irrsinn war.

Konrad Bresin war, aus tiefer Überzeugung mit achtzehn Jahren, in die SED eingetreten. Loyalität gegenüber seiner Partei und dem Staat war für ihn oberstes Prinzip. Schließlich war er Preuße durch und durch. Sein Vater hatte ihm vorgelebt, was Treue gegenüber seinem Lande bedeutet, als er während des Zweiten Weltkriegs im heiß umkämpften Stettin blieb und nicht, wie Tausende andere, in Richtung Westen vor den Russen floh, sondern seine Pflicht an seinem Platz im Kraftwerk erfüllte. „Die große Stadt brauchte doch ihren Strom, und ich war unabkömmlich“, sagte unser Großvater Emil Bresin, wenn wir ihn fragten, warum um Himmels Willen er blieb. Pflichtbewußtsein, Pünktlichkeit, Treue und Disziplin waren ihm von Kindesbeinen auf anerzogen worden, ja, sie lagen der Familie mit den pommerschen und preußischen Vorfahren quasi in den Genen. Mit eiserner Härte hielten schon die Ahnen daran fest und waren davon überzeugt, daß ihnen ein angenehmeres Leben in dieser kühlen und an Bodenschätzen armen Region mit den kargen Sandböden nur blühen könne, wenn sie die preußischen Werte achten würden, und sie blickten mit Stolz auf ihren Großen Kurfürsten und auf Friedrich den Großen, zurück.

Der Fischer Otto Malchow herrschte mit eiserner Hand in seinem Heim, er duldete weder Widerspruch noch Ungehorsam, und wenn er es für angebracht hielt, züchtigte er die Kinder mit dem Rohrstock, während Emma tatenlos zusehen mußte. Einmal versuchte sie, dazwischen zu gehen, als Ernst beschuldigt wurde, das gesamte Brot aufgegessen zu haben, dabei war es dem Bäcker ausgegangen, und Emma war gerade dabei, Hermine noch einmal nach Brot loszuschicken. Otto schlug so wütend auf den Jungen ein, als wollte er ihm die Finger brechen. Da stellte sich Emma dazwischen, und als Otto nicht aufhörte zu schlagen und pausenlos auf seine Frau einhub, fingen die Mädchen fürchterlich an zu heulen. Da erst erschrak Otto Malchow über sich selbst und beendete das fürchterliche Treiben.

Ernst und Mariechen hatten bald gelernt, sich in der Kammer zu verkriechen, wenn Otto Malchow vom Fischfang kam. So vergingen die ersten Jahre für Ernst und Marie im Haus der Malchows in immer demselben Trott. Am Tag stritten die Kinder sich, wenn aber der Hausherr vom Fischfang kam, begann das große Schweigen und das ängstliche Verkriechen in der Kammer. Im Stillen freuten sich die Kinder auf das große Bett, wenn Ernesto seine phantasievollen Geschichten erzählte, und sie kamen nicht mehr auf den Gedanken, sich gegenseitig mit den Füßen zu treten. Marie wuchs heran, erlernte aber das Sprechen nicht. Das hatte seinen Grund, denn die Malchows hatten einfach kein Interesse an dem kleinen Mädchen und sprachen auch nicht mit ihr. Marie lief einfach unauffällig mit herum, bekam ihr Essen und fertig. Ernesto war in jenen Jahren der einzige, der sich um das kleine Mädchen kümmerte, er sprach zu ihr, aber Marie blieb lange Zeit stumm, bis eines nachmittags: Marie war schon vier Jahre alt, die Malchow-Familie sich zu einem Besuch bei Großmutter Anna aufmachte. Wie freute sich Anna immer, wenn die Kinder kamen. Sie rieb sich die Hände und humpelte, von den Kindern gefolgt, in die Küche, um den von allen geliebten und köstlichen Pflaumenkuchen zu holen. Das Laufen fiel ihr schwer, und der Schmerz nagte an ihr, doch sie ließ es sich nicht nehmen, für die Ihren zu backen und die Kinder zu verwöhnen. Von ihrem Leiden ließ sie sich an solchen Tagen nichts anmerken, und die Kinder freuten sich schon auf die Märchenstunde bei der Großmutter. Als sie mit dem Kuchen in die gute Stube trat, fing Otto sogleich an, sich über die Kinder zu beschweren. Er meckerte über Ernst, beklagte sich darüber, daß der Junge einfach zuviel Appetit habe und daß er angeblich fortwährend mit seinen Kindern Streit anfangen würde. Plötzlich stand Marie vom Tisch auf und sagte in klarem Ton: „Das ist doch alles gar nicht wahr, was du hier erzählst."

Die Erwachsenen waren baff! Das hatten sie nicht vermutet. Nur Ernesto freute sich riesig und war sehr stolz auf seine kleine Schwester, die in einwandfreiem Hochdeutsch zu sprechen verstand. Er hatte schon immer bemerkt, daß sie nie eine Babysprache besaß und nur zu ihm manchmal ein Wort sagte, nur dann, wenn sie es für unvermeidlich hielt.

Otto Malchow war außer sich vor Wut, doch er war gezwungen, im Haus seiner Schwiegereltern seinen Zorn im Zaum zu halten.

Die Jahre vergingen und Wollin veränderte sich sehr. Wie in vielen deutschen Städten wurde unaufhörlich gebaut: Häuser mit hohen Zimmern, Stuck an den Decken, verspielten Außenfassaden und großen Erkern. Sie konnten in nichts mit den kleinen Häuschen am Wolliner Wieck verglichen werden. Die Straßen und Gehwege wurden neu gepflastert und Parks angelegt. Ernst kam in die neu erbaute, große Schule und wurde von Anfang an ein guter Schüler, dem das Lernen außergewöhnlich leicht fiel. Marie wurde zur Hausarbeit herangezogen, mußte schwere Eimer mit Wasser schleppen, die große Wäsche waschen und bügeln, und das schon mit knapp sechs Jahren. Ihr Gesichtsausdruck blieb stets ernst und nachdenklich, obgleich ihre dunkelbraunen Augen wie Kastanien leuchteten und etwas von der Tiefe ihrer Seele erkennen ließen. Jeden Morgen flocht sie sich ihre dunklen Zöpfe selbst, suchte sich aus der Truhe das Nötigste zum Anziehen heraus und machte sich an die Arbeiten, die ihr Emma aufgetragen hatte. Wenn sie am Abend todmüde ins Bett fiel und ihre Glieder schmerzten, wartete sie immer gespannt auf die Geschichten ihres Bruders. In letzter Zeit sprach er oft von Belisa. Obgleich Marie auch die Augen zufielen, so hörte sie doch Ernestos Worte und malte sich im Geiste die Bilder zu seinen Erzählungen aus. Es war ihr dann, als wäre ihre Mutter Belisa im Zimmer und wiege sie sanft in den Schlaf. Sie hörte die Musik, tanzte mit der Mutter Flamenco, roch den Duft von Zitronen und Lavendel, ging durch die Straßen der uralten Stadt Cádiz und spürte die Gluthitze von Afrika herüberwehen. Ernesto erzählte so, als könnte er sich an alle Geschichten der Mutter erinnern, und in Gedanken tanzte sie noch immer den Flamenco für ihn und schmetterte die Kastagnetten. Die Liebe Belisas erwachte in jenen Abendstunden und füllte die kleine Kammer der

Kinder mit wärmenden Sonnenstrahlen. In Wirklichkeit war es Großmutter Anna, die einst, als die Kinder noch bei ihr wohnten, die Erinnerung an Belisa wachgehalten hatte mit ihren Geschichten, an die Ernesto sich jetzt erinnerte. Anna war nicht zu stolz, um von Belisas Schönheit, ihrem unvergleichlichen Duft und ihrer einzigartigen Heimat Andalusien zu berichten. Das war die Solidarität der Frauen, die Liebe der Mütter des Lebens, die so alt war wie das Leben selbst und die fortbestehen wird bis in alle Zeiten.

An einem dieser kalten Novembertage, an denen Otto Malchow wieder einmal nicht auf seine Frau Emma hören wollte, als diese ihn wegen des stürmischen Wetters vom Fischfang abzuhalten versuchte, brach der Sturm über Wollin herein mit Macht und Gewalt. Dächer wurden abgedeckt und Bäume entwurzelt. Wie Küken unter den Fittichen der Glucke hockten die Kinder und Emma unter dem Reetdach im Haus und beteten zu Gott, das Dach möge halten, und die Fischer mögen alle wohlbehalten wiederkehren. Ohnmächtig den Gewalten der Natur ausgesetzt, hielten sie sich aneinander fest, als vom Sturm die Fenster aufgerissen wurden und der Regen hereinpeitschte. Emma holte Bretter und Nägel, und es gelang ihr mit Ernestos Hilfe, das Fenster wieder zu schließen. Als der entsetzliche Sturm nachgelassen hatte, warteten sie auf Ottos Rückkehr. Sie warteten drei Tage lang und länger, bis einer der Fischer in das Haus trat und berichtete, er habe ein gekentertes Fischerboot draußen auf offener See gesehen. Emma ließ es sich beschreiben und wußte dann, daß es Ottos Boot war. „Glauben Sie mir, Frau, niemand kann einen solchen Sturm auf offener See überleben. Die einzigen beiden Boote, die draußen waren, sind gekentert. Mein Beileid, Frau Malchow.“

Emma saß der Schreck in den Gliedern, und sie dachte die ganze Zeit nur daran, wie sie nun die vier Kinder ernähren sollte. Ernst und Marie müssen fort, entschied sie, aber was sollte aus den eigenen Kindern werden? Das Weihnachtsfest stand vor der Tür. O, es wird ein karges Fest werden.

Es war merkwürdig, aber weder Emma noch die Kinder weinten um den auf See geblieben Otto Malchow.

Da geschah kurz vor Heiligabend etwas Eigenartiges. Ein Mann klopfte an die Tür der Malchows, offenbar ein Bote, und händigte Emma, als Vormund von Marie Bresin, eine gewisse Summe Geld aus. Er kam im Auftrage des Gutsherren von Prittkow. Emma war außer sich vor Freude, besorgte den größten Weihnachtsbaum, den sie je hatten, behängte ihn feierlich mit allerlei Schmuck und Süßigkeiten, während die Kinder ihn nicht berühren durften. Nach dem Kirchgang waren Martin und Anna Bresin zum Essen geladen, und es gab den knusprigsten und fettesten Gänsebraten gefüllt mit Boskopäpfeln, an den sich Ernst je erinnern konnte. Großvater saß stundenlang nachdenklich vor dem Weihnachtsbaum und starrte in das Licht der Kerzen. Ernesto sah die Falten auf Großvaters Stirn und das von Wind und Wetter gegerbte Gesicht. Die Sorgen des alten Mannes, den das Schicksal durch so viele Höhen und Tiefen des Lebens geführt hatte, riefen in dem Jungen einen tiefen Eindruck hervor. Doch trotz duftendem Gänsebraten und festlichem Weihnachtsbaum, war die Stimmung an jenem Heiligabend eher gedrückt. Dies sollte sich schlagartig ändern, als zur Überraschung das Christkind mit seinen zwei Englein an die Tür klopfte. Die so verkleideten Mädchen aus der Nachbarschaft verteilten an die kleinen Kinder süße Gaben und sangen mit der Familie die alten Weihnachtslieder, wie es seit Urzeiten auf Wollin Tradition war. Nun füllten sich auch Großvater Bresins Augen mit feierlichem Glanz, und er sang aus voller Kehle die altbekannten Lieder, die er schon mit seiner Mutter und Großmutter gesungen hatte.

Einige Tage nach Weihnachten sprach sich in Wollin eine Nachricht in Windeseile herum: Herr von Prittkow war gestorben. Manche Leute sagten, es war die Gicht, andere behaupteten, es war das Herz. Die Beerdigung wurde mit großem Aufgebot gefeiert, und es kamen einige Rittergutsbesitzer Ostelbiens. Während der Landadel unter sich war, ging so mancher Seufzer durch die Stuben der einfachen Leute von Wollin. Auch wenn sie wußten, daß das Leben während der Erntezeit nun nicht etwa leichter werden würde, denn sowohl sein Sohn als auch die verhaßte Tochter Magdalena würden mit eiserner Knute auf den Feldern der von Prittkows weiterregieren, so war der Alte doch so verhaßt, daß manche junge Frau froh war, ihm nie wieder begegnen zu müssen.

Das Geld, welches der Bote kurz vor Weihnachten Emma Malchow brachte, versetzte die Witwe nach dem Fest in einige Grübeleien. Sie machte zwar ihren Eltern gegenüber eine Andeutung, jedoch die wahre Höhe der Geldsumme verschwieg sie ihnen. Anna und Martin Bresin ahnten, daß das Geld vom Herrn von Prittkow kommen mußte und offensichtlich für Mariechen bestimmt war. Hatte der alte Herr sich kurz vor seinem Tode doch noch besonnen? Anna und Martin redeten nicht darüber und schon gar nicht über den Herrn von Prittkow, und sie sagten auch zu Emma kein Wort von ihren Vermutungen. Für Emma war Mariechen die

Tochter ihres Bruders Karl. Was wirklich vorgefallen war, wurde von den alten Bresins peinlichst verschwiegen. Da Emma noch nie gut im Rechnen war und auch nicht mitzählte, wie oft und wann ihr Bruder auf Urlaub vom Militär gekommen war, schöpfte sie zu keiner Zeit Verdacht, ja, sie kam gar nicht auf den Gedanken, Marie könnte nicht von ihm sein. Sie nahm das Geld dankend an, in dem Glauben, es sei für sie, die arme Witwe, und ihre eigenen Kinder bestimmt. Ihr Glaube an eine Gerechtigkeit im Leben war wiederhergestellt, und sie ertrug ihr Dasein als Witwe mit Kindern recht gern unter diesen Umständen.

Am Abend nach dem Fest setzte sich Emma mit ihren Eltern zusammen und sagte: „Es wird Zeit, daß wir für Ernst und Marie eine neue Bleibe finden. Ich habe genug mit meinen zwei eigenen Kindern zu tun.“

„Emma, sie sind Waisen und die Kinder deines Bruders“, sagte Anna. Große Enttäuschung war in ihren Augen zu lesen.

„Wo sollen sie hin?“ rief der alte Bresin fragend. „Wie du siehst, kann deine Mutter nur noch an Krücken gehen und sich kaum noch bewegen nach ihrem fürchterlichen Sturz.“

Emma protestierte inständig dagegen, die beiden Kinder länger in ihrem Haus zu versorgen. „Das Leben ist doch schon hart genug für mich. Wie soll ich sie ernähren?“

Ernesto und Mariechen bekamen von all dem Gerede über ihr weiteres Schicksal noch nichts mit. Sie lagen im großen Bett in der Kammer, Ernesto mit Wilhelm am Kopfende und die Mädchen am Fußende. Wilhelmine begann gerade wieder ihre Heulorgie, weil Willhelm sich das größere Terrain unter der einzigen Bettdecke mit den Füßen erobern wollte, als Ernesto fragte: „Welche Geschichte wollt ihr heute hören?“

„Aschenputtel, erzähl uns von Aschenputtel“, baten die Mädchen inständig.

Wilhelm ließ seine Füße unter der Bettdecke ruhen und rief: „Meinetwegen, aber vergiß nicht, so schrecklich zu heulen wie die beiden bösen Schwestern, wenn sie mit abgeschnittener Ferse vor dem Prinzen stehen.“

„Bitte erzähl, wie sie tanzen kann und wie schön sie ist“, bat Mariechen.

Ernesto fügte jedesmal etwas Neues zu seinen Geschichten hinzu, um die Spannung zu erhöhen und um die Heulsuse Wilhelmine und den Streithammel Wilhelm zu besänftigen. In der kleinen Schlafkammer kehrte augenblicklich Ruhe ein, als Ernesto begann: „Es war einmal ...“

Anfang 1970 war es noch nicht Mode, daß eine Frau, wenn sie schwanger war, die Schönheit ihrer Leibesfülle für alle sichtbar zeigte. Schwangere Frauen verhüllten ihren Bauch mit schwarzen Kleiderröcken, die möglichst gerade geschnitten waren, und trugen darunter bunte Blusen. Der Blick des Betrachters war stets auf die farbigen Ärmel und großen Kragen der Blusen gerichtet. So war erklärlich, daß auch Conny und ich gar nicht bemerkten, was mit unserer Mutter vorging. Die Tatsache der Schwangerschaft selbst wurde von Eltern und Großeltern peinlich vor uns Kindern verschwiegen.

Eines Tages im Sommer wurden Conny und ich jeweils zu den Großmüttern gebracht. Mich fuhr der Vater mit dem Auto nach Potsdam zu Großmutter Paula und Großvater Emil Bresin, und meine Schwester Conny kam nach Greifswald zu Großmutter Hildegard Reinecke. Wir dachten allen Ernstes noch, das wäre einzig und allein so gewollt, damit wir schöne Ferien haben sollten. Und in der Tat fuhren meine Großeltern mit mir oft nach Caputh zum Baden. Und ich liebte es, die Weiße Flotte zu besteigen und auf den malerischen Havel-Gewässern um Potsdam herumzufahren. Großmutter Paula nahm zu allen Gelegenheiten ihr Häkelzeug mit, um auf dem Schiff, am Strand oder auch auf der Bank im Park von Sanssouci zu häkeln. Ich bemerkte recht bald, daß sie eine gelbe Wagendecke für einen Kinderwagen häkelte und fragte neugierig, für wen die Wagendecke bestimmt sein sollte. Zur Antwort bekam ich: „Für ein Baby in der Nachbarschaft." So sehr ich auch bohrte, ich fand nie heraus, welche Frau in der Nachbarschaft ein Baby hatte, für das diese wundervolle, hellgelbe Wagendecke bestimmt sein sollte.

Paula hatte die Angewohnheit, sich jeden Nachmittag, nach dem Mittagsabwasch, in ihren Sessel ans Fenster zu setzen und zu häkeln oder zu dichten, während Großvater Emil seine Mittagsruhe hielt. Es gab Kaffee und Gebäck, und Paula brachte mir das Stricken und Häkeln bei. Sie zeigte mir ihre wundervollen Spitzentaschentücher und holte eine niedliche Babyausfahrgarnitur heraus, ein weißes Jäckchen mit hellgrünen Bändchen und ein Mützchen dazu. Ich brauchte gar nicht erst zu fragen, für welches Baby dies wohl bestimmt sein würde, die Antwort kannte ich bereits. So schlürfte ich lieber den Kaffee aus den kleinen Mokkatässchen und hörte Paula zu. Das waren für mich immer die schönsten Stunden. Paula kramte in ihren Erinnerungen und zauberte die besten Geschichten aus einer geheimnisvollen und für mich fernen Zeit hervor. Während ich ihren Gedichten und Erzählungen lauschte, sah ich die Bilder Wollins und Stettins vor mir. Die meisten Bilder entsprangen meiner Phantasie, und nur die Stettiner Hakenterrasse nahm für mich Gestalt an, denn ein solches Bild hing im Flur der Großeltern. An den Nachmittagen spazierten wir durch den Park von Sanssouci, erklommen die Treppen zum Schloß und lustwandelten im Sonnenpavillon, den ich besonders liebte.

Angeregt von den vielen neuen Eindrücken, schrieb ich an einem dieser Tage mein erstes Gedicht über die Wonne des Lebens und über die lebenspendende helle Sonne.

Der Sommer in Potsdam verging viel zu schnell, und als ich wieder in Havelberg ankam, war Conny schon aus Greifswald zurück und noch jemand war da: ein kleines Baby! Angeblich hatte der Klapperstorch es während unserer Abwesenheit vor das Fenster gelegt. Aber uns Schwestern konnte man nicht für dumm verkaufen. Das Baby hatte ein weißes Jäckchen an mit hellgrünen Bändchen und auf den Kinderwagen wurde die hellgelbe Wagendecke gelegt, die Paula gehäkelt hatte. Conny und ich waren bitter enttäuscht. Wie ein fremdes Wesen war das Baby zu uns gestoßen, war einfach plötzlich da, und wir mußten uns damit abfinden! Abends in unseren Betten redeten wir noch lange über die Ankunft dieses kleinen, geheimnisvollen Wesens, das aus dem Nichts gekommen zu sein schien, bis Conny eines Morgens erwachte und, einer Eingebung folgend, an das Bett unseres kleinen Bruders trat und sprach: „Willkommen Baby. Ich kenne dich schon lange, denn wir haben einst im gleichen Haus gewohnt."

Ich war geschockt! Dann erzählte sie mir ihren geheimnisvollen Traum von der Welt vor unserer Geburt, von dem Haus aus Licht und Wärme, von der Schwerelosigkeit und von dem Weiß der Räume. Plötzlich wußte ich, daß ich diese hellen Räume und das Gefühl von Wärme und Schwerelosigkeit bereits kannte. Man muß sich nur darauf einlassen und sich ganz fest konzentrieren und dann kann man sich an alles erinnern, was gewesen ist, dachte ich. Einst gab es eine Zeit ohne Worte, eine Zeit aus Wärme, Schwerelosigkeit und Musik – einer Musik, die aus dem Kosmos kam. Und ich war dieser nonverbalen Zeit, damals als Kind und zu der Zeit, da unser kleiner Bruder das Licht der Welt erblickt hatte, noch sehr nahe, so nahe, wie nie wieder als junges Mädchen oder als erwachsene Frau, nachdem das Wort zum alles beherrschenden Maßstab geworden war.

Sie nannten das Baby Andreas, und es gab, wie es damals in der DDR üblich war, weder eine Taufe noch irgendeine andere Feier. Die Eltern freuten sich einfach über die Existenz des Kindes und staunten über jede neue Regung, über sein erstes Sitzen und Krabbeln und besonders über seine großen braunen Augen.

Für uns wurde unser kleiner Bruder erst interessant, als er anfing zu laufen und zu sprechen. Wir brachten ihm die unmöglichsten Wörter bei, verdrehten den Sinn und freuten uns, wenn er alles klar und deutlich falsch nachsprach. Von uns lernte er Wörter wie Eichenhörn, Luftelbong und Gutelate, anstelle von Eichhörnchen, Luftballon und Schokolade. Unser Vater regte sich jedesmal auf, wenn sein Sohn falsch sprach, und er konnte ihn überschwenglich loben für komplizierte, aber richtig ausgesprochene Worte. Aber so sehr er sich auch Mühe gab, daß Andreas bei ihm das Sprechen und Laufen lernte, er tat es nicht. Wir hatten einfach ein höheres Zeitkonto als er und damit das Plus auf unserer Seite. Wenn Andreas nicht im Laufgitter war, hatten wir die Aufgabe, ihn an der Laufleine festzuhalten und zu führen, so wie es damals üblich war. In einem von den Eltern unbeaufsichtigten Moment schnallten wir ihm die Laufleine ab, was wir eigentlich nicht durften, und lockten ihn mit Schokolade. Da plötzlich ließ er mich los und torkelte mit drei Schritten Conny in die Arme. Dieses Kunststück wurde nun jeden Tag wiederholt. Erst, als Andreas zehn Schritte frei laufen konnte, führten wir es den erschrockenen und erstaunten Eltern vor, mit dem Resultat, daß sie ganz eifersüchtig auf uns wurden.

Ich erinnere mich an jenes eigenartige Weihnachtsfest, als Andreas gerade drei Jahre alt war. Mit dem Vater fuhren wir in den Wald, um einen Tannenbaum auszusuchen. Unser Vater war Jäger und kannte sein Revier genau, und so wußte er auch von der Stelle mit den besten Fichten. Wir suchten den schönsten Tannenbaum aus. Er kostete ganze fünf Mark, die wir dem Revierförster gaben. Dann halfen wir, die Rehe mit den Kastanien zu füttern, die wir im Herbst gesammelt hatten und durften zur Belohnung einen Blick vom Hochsitz auf die Lichtung werfen. Der Winter hatte in jenem Jahr noch nicht eingesetzt, und so lag die Natur vor uns mit ihren Farben des Spätherbstes, und der Nebel stieg sanft empor, als wir heimwärts fuhren.

Endlich kamen die Potsdamer Großeltern zu Besuch, und am Vierundzwanzigsten wurde der Baum aufgestellt. Das Schmücken des Baumes war stets die Aufgabe von Großvater Emil. Conny durfte ihm als einzige beim Schmücken des Baumes helfen, und das auch nur, weil sie ganz lange gequengelt hatte. Großvater Emil duldete es nicht, wenn ihm bei der Arbeit ein Kind zwischen die Beine sprang. Das Schmücken des Tannenbaumes war schließlich eine festliche Angelegenheit, meinte er. Conny, die ihm dabei zusehen und die Kugeln reichen durfte, begriff bald, daß es sich wirklich um eine geheimnisvolle Zeremonie handeln mußte. Sehr ernst blickte der Großvater den grünen Baum an und überlegte, wo die nächste Kugel ihren Platz finden sollte. Conny hingegen traute sich nicht, beim Reichen der Kugeln zu husten, und nur ganz vorsichtig berührte sie die Glöckchen. Als er die letzte Wachskerze an den Baum gesteckt hatte, setzte sich Großvater Emil in den Sessel und begann, sich seine Pfeife zu stopfen. Zwischendurch blickte er immer wieder auf und sah den Tannenbaum an. Nun stand er da in seinem Glanz mit all den Kugeln, Glöckchen und dem Lametta, der Baum, den sie mit dem Vater zusammen im Wald aus hundert anderen Bäumen ausgewählt hatten. In wenigen Stunden würden sie die Kerzen anzünden und Weihnachtslieder singen. Von der Küche her kam schon der Geruch von Gänsebraten durch die halboffene Tür herein und vermischte sich mit Tannenduft.

Plötzlich ging die Tür sanft auf, und der kleine Andreas schaute neugierig in das Weihnachtszimmer.

„Andreas, du mußt noch draußen bleiben", rief Conny dem Kleinen zu und schloß die Tür wieder.

Conny sah den Baum und dann den Großvater an. Sie hatte mit ihm bei der Arbeit kein Wort gesprochen. Jetzt zog er an seiner Friedenspfeife, und sein stummer Blick lag wie gebannt auf dem Tannenbaum. Der würzige Rauch stieg in Connys Nase, und sie spürte, daß da irgendetwas Geheimnisvolles in dem Großvater vorging. Sie blickte in sein Gesicht und hielt diesen Augenblick fest. An was dachte er? Warum sagte er nichts? Für Sekunden kam es ihr so vor, als hätte sie diese Situation schon einmal erlebt, bloß wann? Warum saß er wie verzaubert da? Worauf wartete er?

So sehr Conny auch nachdachte, sie konnte es nicht herausfinden. Plötzlich kam ihr ein Gedanke: der Weihnachtsmann! Ja, der Weihnachtsmann, dachte sie. Vielleicht freut sich Großvater auf den Weihnachtsmann? Nein, ausgeschlossen. Warum soll sich ein Großvater auf den Weihnachtsmann freuen? Außerdem glaubte nur noch der kleine Bruder Andreas an den Weihnachtsmann. Und auch der Kleine hatte diesen besonderen Mann noch nie gesehen. Er kam ja immer dann, wenn die Mutter mit den Kindern einen Spaziergang machte oder wenn sie gerade alle oben im Kinderzimmer spielten. Dann polterte es und niemand durfte sich mucksen, sonst würde der, der gemuckst hatte, etwas mit der Rute bekommen. Die Kinder glaubten, der Weihnachtsmann sei groß und grob, denn er kam in schweren Stiefeln aus dem Wald und polterte jedesmal sehr laut im Flur. Er kannte alle bösen Taten der Kinder und konnte sehr zornig werden, so wurde erzählt.

Conny erinnerte sich an das erste Schuljahr. Ein wirklicher Weihnachtsmann in rotem Mantel kam damals in das Klassenzimmer und stellte die einzelnen Schüler vor der ganzen Klasse zur Rede für ihre schlechten Noten oder Missetaten. Jedes Kind wurde dazu angehalten, allein nach vorne zu gehen. Für manchen Knirps war das eine ziemlich peinliche Situation. Jeder mußte versprechen, sich zu bessern. Erst dann verteilte der Mann in dem roten Mantel und mit dem weißen Bart seine Geschenke. Es flößte Conny Angst ein, daß dieser Mann, der aus dem Wald kam, dazu im Stande sein sollte, alles über die Faulpelze und Störenfriede in der Klasse zu wissen. Der Weihnachtsmann war ihr unheimlich, und deshalb war sie auch nicht traurig, wenn sie diesem Geschöpf daheim nicht begegnen mußte. So warteten wir Mädchen jedes Jahr geduldig oben in unseren Zimmern und lauschten dem unheimlichen Klopfen und Poltern unten zwischen Flur und Wohnzimmer. Erst wenn die lauten Stiefeltritte vorbei waren, kamen wir aus dem Kinderzimmer herunter und siehe da, die Geschenke lagen unter dem Weihnachtsbaum.

Während Conny nachdachte, saß Großvater Emil immer noch schweigend und wie verzaubert vor dem Tannenbaum und blickte ihn versonnen an. Woran mochte er nur denken, und warum war er so verzaubert? Nur noch wenige Stunden sollten bis zur Bescherung vergehen. Da kam Conny eine Idee. Irgendwie mußte sie diese ganze verzauberte Festlichkeit bis zum Abend erhalten, und dazu dachte sie sich etwas ganz Besonderes aus.

In ihre Pläne einweisen wollte sie nur die Großmutter Paula. Der richtige Zeitpunkt für diese geheimen Pläne war der Mittagsabwasch, den sie jeden Tag mit der Großmutter allein durchführte. Die Mutter durfte sich dann von der Hausarbeit ausruhen, und ich mußte den kleinen Bruder zu Bett bringen oder ihm Geschichten vorlesen.

Die Großeltern verbrachten fast jedes Weihnachtsfest bei ihrem einzigen Sohn Konrad und dessen Familie. Für Conny und mich war es immer eine große Freude, denn wir liebten die langen Gespräche über das, was die Erwachsenen alle mit „Früher“ bezeichneten. Die vielen Geschichten aus dem alten Stettin hörten wir zu gerne. Großmutter Paula wischte mit dem Küchenlappen über die Wachstuchdecke auf dem Tisch und sang dabei eines ihrer Lieblingslieder: „Letzte Rose in meinem Garten ...“ Ihr Gesang klang wehmütig, aber auch kräftig. Dann legte sie den Lappen aus der Hand und sagte: „Wo man singt, da laß dich ruhig nieder, böse Menschen haben keine Lieder!“ Sie brühte in der kleinen Kanne Kaffee auf und setzte sich an den Tisch. „Siehst du, mein Kind: geteilte Arbeit ist halbe Arbeit! Ich danke dir, mein fleißiges Mädchen!“

Nun war auch Conny mit dem Abtrocknen fertig und hängte das Küchenhandtuch über die Heizung. „Paula, ich muß mit dir etwas besprechen“, sagte sie und registrierte, daß die Großmutter ganz neugierige Augen bekam.

„Na, dann schieß mal los, aber vorher genehmigen wir uns schon einmal ein Tässchen Kaffee. Du bekommst ein Mokkatässchen voll, das darfst du heute schon einmal.“

Das erste Tässchen Kaffee, das Conny in den Sommerferien bei der Großmutter in Potsdam genießen durfte, hatte sie in sehr angenehmer Erinnerung. Trotz oder gerade weil der Vater ihr das Kaffeetrinken noch untersagt hatte, schmeckte dieses Getränk erst gerade doppelt so gut. Sie tat nur ein klein wenig Milch hinzu, und schon verwandelte sich das Schwarzbraun in der Tasse in ein schönes cremiges Hellbraun. Diese heiße und angenehm duftende Flüssigkeit schmeckte bitter und unglaublich gut, fand sie. Das war eine Entschädigung für die vielen Tassen, Teller, Bestecke und die nicht enden wollenden Töpfe und Schüsseln, die sie abtrocknen mußte für die große Familie. Und doch liebte Conny den Mittagsabwasch mit der Großmutter, weil sie dabei jedesmal eine der unglaublichsten Geschichten von „Früher“ zu hören bekam oder einen der Sprüche, die die Großmutter kannte. Und wirklich, zu jedem Anlaß hatte die gepflegte alte Dame einen passenden Spruch auf Lager oder einen Witz, der selbst die trübsten Tage erhellen konnte. „Mach es wie die Sonnenuhr, zähl die heitren Stunden nur! Ohne Fleiß keinen Preis ... Erst die Arbeit, dann das Spiel, Vergnügen gibt es viel zu viel ...“ Ganz eingeprägt hatte sich schon: „Was du heute kannst besorgen, das verschiebe nicht auf morgen!“ Immer, wenn Conny keine Lust hatte, ihr Zimmer aufzuräumen, kam ihr dieser Vers in den Sinn, und sie besann sich darauf, daß es morgen noch einen größeren Berg Möle geben würde und machte sich an die Arbeit. Einen von Paulas Sprüchen allerdings mochte Conny ganz und gar nicht: „Sei wie das Veilchen im Moose, bescheiden, sittsam und rein und nicht wie die stolze Rose, die nur bewundert will sein ...“ Mir hingegen gab damals besonders ein Spruch zu denken: „Wende deinen Blick der Sonne zu, dann werden die Schatten hinter dich fallen.“

Wenn eine unserer Großmütter im Haus war, erhellte die Sonne jeden Raum. Beide schienen bei allem, was sie erlebt hatten, nur die heiteren

Stunden in ihrem Leben zu zählen, jedenfalls empfanden wir es damals so. Die beiden Frauen hatten so viel durchmachen müssen im Leben: den Krieg, die Bombardierungen ihrer Heimatstädte Berlin und Stettin, den Verlust der Heimat und der Freunde, Hungersnöte ... Und doch besaßen sie die unglaubliche Kraft, Licht in jedes Dunkel zu bringen und den Alltag mit ihren Weisheiten, Sprüchen und Geschichten zu erhellen.

Conny hatte während des Plauderns schon fast vergessen, was sie eigentlich mit der Großmutter besprechen wollte.

In den frühen Abendstunden verschwand dann Vaters alter grüner Lodenmantel, den er sonst nur noch zur Jagd trug, aus dem Kleiderschrank. Mutters alte Lederstiefel, Vaters Lederhandschuhe und seine Russenmütze aus Pelz und Leder wurden in die Küche gebracht. Paula trug einen großen leeren Kartoffelsack aus der Küche und kam nach einiger Zeit mit ihm wieder, nur war er jetzt dick und voll bis zum Rand gefüllt. Der kleine Andreas wurde mit Bauklötzen so beschäftigt, daß er nicht auf den Gedanken kam, in die Küche zu gehen. Watte und Klebstoff wurden in die Küche gelegt, und nach einiger Zeit nahm heimlich und unbemerkt ein kleines, zierliches Männchen mit einem viel zu großen grünen Lodenmantel und weißen Wattebart den Weg von der Küche durch den Flur in den Keller.

Als die frühe Dunkelheit hereinbrach, zündeten Vater und Großvater die Lichter am Tannenbaum an. Die Kinder und Frauen wurden hereingerufen. Es waren noch nicht alle im Zimmer, da geschah es: Ein lautes Klopfen ertönte an der Flurtür. Dann war Stille. Niemand traute sich, die Tür zu öffnen. Wieder ein lautes Klopfen. Nach einer Weile lief der kleine Andreas zur Tür und öffnete. Der Schreck fuhr dem kleinen Jungen in die Glieder, und er bekam urplötzlich knallrote Wangen. Der Schreck mischte sich sogleich mit Neugier und mit ein wenig Freude. Er sah das Wesen vor der Tür einen Augenblick von oben bis unten an, dann schlug er die Tür wieder zu und rief: „Der Weih ... der Weih ...“ Er schnappte nach Luft: „Der Weihnachtsmann!“

„Ja, wenn das so ist“, rief der Vater überrascht von drinnen, „laß ihn nur eintreten. Er hatte einen weiten Weg durch den Winterwald. Sicher hat er Geschenke mitgebracht.“

Er nahm den kleinen Andreas auf den Arm und ging mit ihm zur Tür. „Komm nur hinein, guter, alter Mann. Bist sicher ganz durchgefroren und brauchst erst mal einen Schnaps.“

Da erklang erstmals die Stimme des Wesens in dem Lodenmantel. Ein raues Brummen kam durch seinen weißen Bart: „Von tief vom Walde komm ich her, ich muß euch sagen: es weihnachtet sehr. Überall auf den Tannenspitzen sah ich goldene Lichtlein blitzen ..."

Das Männlein hob seine weißen, dicken Augenbrauen und fragte zuerst das kleinste Kind: „Warst du auch immer artig?"

Ängstlich schaute der kleine Andreas auf und nickte stumm. Da strich das Männlein dem Kind über die Stirn und holte aus seinem Sack ein großes Geschenk heraus. Die Augen des kleinen Jungen leuchteten vor Freude, und er bedankte sich artig.

Noch ehe das Weihnachtsmännchen weitere Geschenke austeilen konnte, wurde ihm ein Schnaps gereicht. Der erste Schnaps meines Lebens, dachte das Männchen und freute sich. Neugierig auf den unbekannten Geschmack, setzte es das Glas an den Mund. Aber ach, wie sollte das gehen? Der Wattebart saß über und unter dem Mund! Verdammt, wie sollte es jetzt den Schnaps trinken? Das Männchen legte den Kopf ganz nach hinten und versuchte, den Schnaps hinunterzukippen. Da geschah es: Fast der ganze Schnaps landete im weißen Wattebart! Nur ein winzig kleiner Tropfen rollte die Kehle hinunter, so klein, daß er einen lauten Hustenreiz auslöste. Der Tropfen war in die falsche Kehle gerutscht.

„Der Weihnachtsmann hat sich verschluckt", rief der Vater und klopfte dem Männchen ordentlich auf den Rücken. Während das Männchen vor Husten nicht reden konnte, schlug die Großmutter vor, Weihnachtslieder zu singen.

Schon stimmten sie ein: „Süßer die Glocken nie klingen als zu der Weihnachtszeit. Es ist, als ob Engelein singen, Lieder von Liebe und Freud ..."

Ich kannte das Lied nicht und versuchte, irgendwie reinzukommen. Im Schulchor wurden solche Lieder jedenfalls nicht gesungen. Doch ich hatte schnell die Melodie heraus. Der Großvater indes kannte jede Strophe und sang aus tiefster Seele. Dabei blickte er wie verzaubert zum Lichterbaum, und ihm war, als sei wirklich ein kleiner Engel in einem grünen Lodenmantel in das Zimmer getreten. Dann begann dieser kleine Weihnachtsengelmann, die Geschenke zu verteilen, und dabei strahlte er jeden so freundlich an, daß kein Herz unberührt blieb und bei den Alten längst verschüttete Kindheitserinnerungen wach wurden. Großvater Emil dachte an die Weihnachtsengel seiner Kindheit mit ihren Flügeln und dem langen hellen Engelshaar. Seine Gedanken flogen zum Weihnachtsfest von 1913, dem schönsten Fest, an welches er sich erinnern konnte. Nie hatte sein Vater, Ernst Bresin, einen Tannenbaum schöner geschmückt, nie war das Strahlen in den Augen seines kleinen Bruders Hans beim Anblick des Gabentisches leuchtender, nie seine Mutter Caroline glücklicher als damals, als der Gedanke an die großen Kriege noch fern war.

Auch Paulas Gedanken eilten weit zurück und fanden sich wieder vor langer Zeit, als sie im Kinderkirchenchor an Weihnachten diese Lieder gesungen hatte, in der festlich geschmückten und vollbesetzten St. Jacobikirche von Stettin ...

Eva, die den ganzen Abend in der Küche gewirbelt hatte und auf deren Schoß nun der kleine Andreas kuschelte, dachte an Weihnachten in Berlin. Sie sah sich beim Krippenspiel als Maria in weiße Tücher gehüllt vor der Herberge stehen und um Aufnahme bitten. Wie sehr hatte sie als Kind gehofft, ihr Vater würde zum Weihnachtsgottesdienst mit in die Kirche kommen. Doch die Kirche war nicht das Ding vom Kameramann und Sozialdemokraten Richard Reinecke. So ging sie allein mit der Mutter und den Geschwistern zum Krippenspiel. Dann jedoch, plötzlich und unerwartet, sah sie ihren Vater neben der Mutter in der dritten Reihe sitzen, und sie sah die Tränen der Rührung auf seiner Wange. Wie stolz war ihr Vater damals auf sie gewesen und wie süß klangen seine Lobesworte. Zu gerne hätte Eva ihren Töchtern von dieser Begebenheit erzählt, aber es war Anfang der siebziger Jahre im Osten völlig aus der Mode gekommen, an das Jesuskind und Maria zu glauben.

Bevor der Weihnachtsengelmann das Zimmer wieder verließ, sangen sie gemeinsam: „Stille Nacht, heilige Nacht, alles schläft, einsam wacht nur das traute hochheilige Paar ...“

Der Weihnachtsengelmann kannte die Lieder kaum, sah aber, daß auch der Vater all diese christlichen Lieder laut sang, und daß seine Augen dabei strahlten. Dann verabschiedete sich das Männchen und verließ den Raum.

Nach einer Weile kam Conny in das Zimmer, und sofort hängte sich der kleine Bruder an sie und sprang ihr auf den Arm: „Du, wo warst du nur? Jetzt hast du den Weihnachtsmann verpaßt!“

„Ich war noch schnell bei meiner Freundin und habe ein Geschenk abgegeben. Hat der Weihnachtsmann denn für mich auch ein Geschenk dabei gehabt?“

„Ja, hier!“ rief Andreas und reichte ihr ungelenk ein großes Paket. Conny setzte den Kleinen in den Sessel und begann gespannt, die Schleife zu öffnen. Während sie das Geschenk auswickelte, blickte der Vater neugierig zu ihr hinüber.

Ein großes Lexikon mit einem Weltatlas! Oh, wie der Vater wußte, daß sie neugierig auf die ganze Welt war!

„Du findest dort fast jedes Dorf der Welt", sagte er.

Conny freute sich und rief: „Ich schlage jetzt den Atlas auf, und das Land, welches ich mit dem Finger berühre, werde ich einmal in meinem Leben besuchen!"

Sie schloß die Augen und blätterte im Atlas. Alle sahen gespannt auf sie. Dann öffnete sie die Augen und rief: „Amerika!"

„Welches Amerika, Nord oder Süd?" fragte der Vater.

„Die USA, mein Finger zeigt auf die USA. Genauer gesagt auf New York."

Ich bekam einen Schreck: „Du willst doch damit nicht sagen ..." Ich mußte erst einmal Luft holen.

Der Vater lachte laut und sagte dann zur Mutter: „Reine Illusion! Sie sind noch Kinder und haben vielleicht närrische Träume, wahre Schnapsideen!" Er wollte am Vierundzwanzigsten keine Diskussion über den Klassenfeind beginnen.

Die Mutter schüttelte den Kopf und meinte: „Sucht lieber einmal Havelberg im Lexikon!"

Conny blätterte in dem dicken Wälzer und fand bei H ein Bild von einer Stadt, die an einem Fluß gelegen und von Bergen umgeben war.

„Gib mal her!" rief ich neugierig. Conny rückte ein Stück zur Seite, so daß ich mich zu ihr setzen und wir beide auf das Bild schauen konnten.

„Das ist nicht Havelberg", sagte ich.

Aufmerksam und ernst blickten wir auf das Bild. Eine Brücke aus rotem Gestein schwang sich in Bögen über den Fluß, und ein geheimnisvolles Schloß konnten wir hoch über der Stadt auf einem Berg erkennen. Die geheimnisvolle Stadt lag in einem lieblichen Tal inmitten von Bergen mit bunten Laubwäldern, und ein golden glänzender Fluß schlängelte sich durch dieses romantische Tal. Es sah so aus, als blickten die Berge ehrwürdig auf die alte Stadt mit ihren Kirchen und Gassen herab. Nach einer Weile sagte Conny: „Es ist eine sehr schöne Stadt, und ich habe soeben beschlossen, diese Stadt einmal zu besuchen. Es ist: Heidelberg!"

„Mädchen, du bist ja völlig verrückt! Das ist reine Illusion! Außerdem gibt es da Studentenunruhen und Drogenmißbrauch!" rief der Vater.

„Heidelberg liegt im Westen, und da kommst du in diesem Leben niemals hin“, sagte die Mutter.

„Ach, laßt ihnen doch ihre Träume“, meinte die Großmutter, „sie sind ja noch so jung.“

Großvater Emil blickte gütig zu seinen Enkelmädchen hinüber und sagte gelassen: „Das wahre Leben in der DDR werden sie noch früh genug kennenlernen.“

Am Abend im Bett fragte ich Conny: „Hast du schon mal einen Weihnachtsengel gesehen?“

„Nein, in Wirklichkeit noch nie.“

„Glaubst du, man wird zweimal geboren?“

Conny drehte sich im Bett um und schlug die Augen auf. Sie blickte in die Dunkelheit der Nacht. „Ich weiß nicht.“

„Glaubst du, wir könnten im zweiten Leben beide nach Heidelberg fahren?“

„Großmutter Hildegard sagt, die Seele stirbt nie.“

„Was glaubst du, was ist die Seele?“

„Die Seele? ... Vielleicht waren wir schon immer da, nur eben anders. Nicht als Conny und Kerstin, verstehst du? Komm in mein Bett, von hier aus kannst du die Sterne sehen.“

Ich hüpfte durch das kalte Zimmer und verschwand schnell unter Connys Bettdecke.

Das Bett stand mit dem Kopfende unter dem Fenster, und wir blickten in die sternklare Nacht.

„Weißt du, manche Sterne, die wir erkennen, sind schon lange erloschen, aber wir können immer noch ihr Licht sehen.“

Ich war damals noch zu klein, um ihr folgen zu können.

„So manches können wir heute noch nicht verstehen, Kerstin, weil unser Auge es nicht erfassen kann. Sieh, der Mond ist gewiß immer ganz da oben am Himmel, auch wenn wir ihn nur halb erkennen“, sagte Conny und deckte mich zu.

Ich erinnerte mich an das Lied vom Mond, welches Großmutter Paula uns einmal vorgesungen hatte, und ich begriff, daß unser Auge wirklich nicht reicht, um alles zu sehen, was sich zwischen Himmel und Erde abspielt.

Ich kuschelte mich an meine Schwester und fragte: „Und du meinst, genau so ist das auch mit unserer Seele? Sie war schon immer da, auch wenn wir es nicht verstehen können?“

Mit großen fragenden Augen blickten wir in das Sternenzelt über uns und dachten über das große wunderbare Universum und die Unsterblichkeit der Seele nach.

Als am Silvesterabend die Glocken der St. Jakobikirche zu Stettin das Zwanzigste Jahrhundert einläuteten, wußte Ernst Bresin, daß er sie heiraten würde. Caroline Arndt, die Apothekertochter aus Stettin, in ihrem entzückenden hellgrünen Kleid reichte ihm den Punsch. Sie traten auf die Terrasse hinaus und begrüßten das neue Jahrhundert. Ernst überlegte, ob dies der richtige Augenblick sei, es ihr zu sagen, doch sie sprach zuerst: „Weißt du, was ich glaube? Wir werden im neuen Jahrhundert Veränderungen erleben, wie sie die Welt noch nie gesehen hat. Das erfüllt mich teils mit Freude, teils macht es mir Angst. Die stürmische Entwicklung der Technik verändert die Welt mehr und mehr. Wer weiß, in ein paar Jahren werden wir Menschen uns vielleicht in die Lüfte erheben und auf dem Mond landen. Begrüßen wir das neue Jahrhundert! Möge es ein friedliches Jahrhundert werden! Darauf laß uns anstoßen, Ernst!“

„Liebe, entzückende Caroline“, begann Ernst, „wir können nicht alles vorhersagen, was kommen wird, doch es gibt Dinge, die können wir ganz persönlich entscheiden. Drei Jahre sind es nun schon, daß du mich nach Feierabend von der Vulcan-Werft abholst und wir gemeinsam den Weg an der Oder entlang und dann am Schloß vorbeischlendern. Caroline, du weißt, wie sehr ich dich lieb gewonnen hab, wie ich deine schönen blauen Augen mag, deinen stolzen Gang und wie gern ich dich lachen sehe. Meine Liebste, wenn du einverstanden bist, werde ich in den nächsten Tagen bei deinem Vater vorsprechen, um ihn zu fragen, ob er mir seine Tochter zur Frau geben will.“

Caroline schien diese Frage seit einiger Zeit erwartet zu haben und fiel ihrem Ernst um den Hals.

Die Hochzeit fand im Mai statt, eine Hochzeit, wie sie sich Ernst und Caroline nicht schöner hätten wünschen können. Die Kirche war übervoll, als das Brautpaar eintrat. Carolines Eltern hatten in einem Gartenlokal die Hochzeitsfeier organisiert. Eine kleine Kapelle spielte moderne Rhythmen, und Ernesto tanzte mit dem feurigen andalusischen Blut seiner Mutter Belisa und freute sich darüber, seine junge, schöne Braut so ausgelassen lachen zu sehen. Immer, wenn Caroline lachte, war es etwas Besonderes, denn in ihrer Familie war es üblich, daß die Männer mit preußischem Ernst ihrer Arbeit nachgingen und die Frauen mit treuem Pflichtbewußtsein die Hausarbeit erledigten und dem Manne ein angenehmes Heim bereiteten, sich um die Kinder kümmerten und zu den großen Ereignissen der Weltgeschichte schwiegen. Die Apothekerfamilie Arndt hatte in Stettin eine lange Tradition und einen guten Ruf. Dem auf Tradition bedachten Apotheker gefiel der besondere Stolz des Ernst Bresin, Meister auf der Vulcan-Werft, der durch seine äußerste Sparsamkeit mit seinen einunddreißig Jahren schon ein kleines Vermögen angespart hatte. Es betrübte ihn allerdings, daß sein Schwiegersohn ein Waisenkind war, und er somit keinen gleichaltrigen Partner für eine gepflegte Konversation über Politik, Wirtschaft und für seine Schachabende gewinnen konnte. Zu gerne hätte er Ernsts Eltern kennengelernt, die schöne Spanierin Belisa und den fleißigen Fischer Karl Bresin. Er beobachtete das Paar beim Tanzen und fragte sich, woher Ernst diesen stolzen Tanzschritt nahm. Für das Feuer in Ernestos Augen hatte der pommersche Apotheker keine Antenne. Ernesto legte seine ganze Seele in den Tanz, sein Herz brannte in diesem Augenblick für Caroline, und sein Herz weinte um Marie, die neben ihm mit ihrem jungen Mann tanzte. Er freute sich einerseits über seine Schwester und über ihr Glück mit dem jüdischen Kaufmann Peter Lilienthal, einem Getreidehändler aus Stettin. Nur freute er sich nicht darüber, daß dieser Lilienthal seine Schwester schon sehr bald mit nach Argentinien nehmen wollte, um dort eine neue Getreidegroßhandlung aufzumachen. Ernesto hatte zu seiner Schwester Marie ein sehr inniges Verhältnis, und oft lachten sie noch über die alten Geschichten im Haus der Malchows, wo sie als Kinder eine Zeitlang lebten, nachdem ihnen die Mutter viel zu früh gestorben war. Nie würde Marie vergessen, daß der Bruder ihr damals Mutter und Vater ersetzte, sie mit Geschichten verwöhnte und tröstete. Marie krümmte sich vor Lachen, wenn Ernst Hermine, die Heulsuse, und Wilhelm, den bockigen Cousin, nachahmte. Die entbehrungsreiche und an Liebe arme Zeit bei den Malchows hatte die Geschwister nur noch enger zusammengeschmiedet. Wie froh waren sie, als sie eines Tages das Haus der Malchows endlich verlassen konnten, und sich ihr Onkel Hans aus Stettin für sie einsetzte. Hans Bresin hatte mit seiner Frau nicht das Glück, eigene Kinder zu bekommen, und so beschlossen sie, Marie und Ernesto in ihrem Haus in Stettin aufzunehmen und groß zu ziehen. Hans Bresin war Seidenhändler und hatte es durch einen guten Geschäftssinn dazu gebracht, ein kleines Vermögen anzuhäufen. Ihm und seiner Frau fehlten zum großen Eheglück nur die Kinder, und sie gaben Marie und Ernst ein warmes Zuhause, ließen es ihnen an Nichts fehlen und sorgten für eine gute Ausbildung des Jungen

... Für die beiden Kinder war es wie in jenen Märchen, die Ernesto von seiner Großmutter Anna gehört hatte und die er jeden Abend in der Kammer bei den Malchows den Kindern weitererzählte: Die Hexe war im Ofen, die Kinder erlöst und reich; Aschenputtel war glücklich mit dem Prinzen; Schneewittchen wurde gerettet und der böse Zauber ward von Brüderchen und Schwesterchen genommen.

Ernesto legte an seinem Hochzeitsabend all seine Gefühle in den Tanz, sein Herz brannte vor Glück und leidenschaftlicher Liebe zu Caroline mit den glasklaren blauen Augen, und sein Herz zerbrach wegen des Abschieds von seiner Schwester Marie, die jene nordische Stärke und Kraft besaß, die er so bewunderte. Sie wird ihren Weg gehen, dachte er, wie lang und steinig er auch sein mag, sie wird ihn bis zu Ende gehen, beharrlich und geduldig, wie es der Art der Pommern entsprach.

Gut zwei Jahre später wurde in Stettin unser Großvater Emil Bresin geboren mit den Augen seiner Großmutter Belisa, so dunkel wie schwarze Oliven, doch mit dem ernsten Blick der Pommern. Er wuchs heran und lernte schon frühzeitig von seinem Vater, wie man angelt und den Fisch an Land zieht. Gemeinsam hielten sie die lange Angelrute, zogen kurz und kräftig, wenn die Pose sich bewegte und drehten dann an der Kurbel. Das Auswerfen der Angel besorgte Ernst zuerst noch für seinen Jungen. Emil beobachtete den Vater genau, und es dauerte nicht lange, da bewies ihm Emil, daß echtes Fischerblut in ihm steckte, und er wurde bald einer der besten Angler am Stettiner Haff. Er kannte die Geheimnisse des Fisches und wußte genau, wann sie am besten beißen, und zwar wenn die Abenddämmerung beginnt und bei Nieselregen. Bald fing er so viele Fische, daß die Tafel der Bresins überquoll und die Mutter ihm riet, auf den Markt zu gehen. Mit zwölf Jahren verkaufte er seine ersten Fische auf dem Fischmarkt von Stettin. Er beobachtete die wortgewaltigen Fischersfrauen, wenn sie ihre zappelnde Ware anpriesen. Die eine rief: „Holt Aal, holt Flunnern!“ Eine andere brüllte: „Frett Fisch, de Tüften sind to düer!“ Emil überlegte, welchen Werbefeldzug er für seine Fische unternehmen sollte. Vielleicht wie der Händler dort drüben? Der schwenkte seinen lebendigen Aal durch die Luft und schrie: „Komm’n se her, komm’n se ran, hier werden se jenau so beschissen, wie nebenan!“ Plötzlich schaute der aalschwenkende Fischhändler den jungen Emil an und winkte ihn zu sich: „Na Jungchen, komm rüber, zeig mal her deine Fische. Ick heiße Paul. Da, wo ick herkomme, nämlich aus de Jegend um Berlin, da läßt man son Jungchen wie dich nich eenfach hängen. Ick will sehen, wat ick für dir tun kann. Na, datt sind ja wahre Prachtexemplare, die verkoofen wa hier mit links! Haste schon nen Spruch?"

„Ne, mir fällt einfach nichts ein."

„Wie heeste denn?"

„Emil."

„Mußt nen Spruch haben, Emil, sonst lööft dat Jeschäft nicht! Gefällt dir der: Barsch und Plötze – keener hätt se, kooft bei Paul, da iß nix faul!"

„Klingt doof! Kein Mensch kauft in Stettin einen toten Fisch."

„Dann rufst de eben: Barsch und Plötze – keener hätt se, kooft bei Emil den Fisch – hier isser immer frisch!"

„Klingt schon besser!"

Mit diesem Werbespruch wurde Emil seine ersten Fische schnell los, und als er gehen wollte, hielt ihn Paul fest: „Emil, bleib noch'n halbes Stündchen, die Hausfrauen von Stettin koofen lieber bei einem hübschen Jungchen, als bei eenem ollen Mann. Weeste, die Stettiner sind een janz besonderer Schlach. Ick lebe nun schon so lange an de Waterkant, aber schlau bin ick aus den Küstenbütteln noch nich jeworden."

Emil blieb noch so lange, bis er auch die letzten Fische des Berliners verkauft hatte.

Emil wuchs heran und Stettin wuchs auch. Die neue schöne Hakenterrasse entstand, von der aus man einen wunderbaren Blick auf die Oder, das weit gedehnte Land und die weißen Schiffe genießen konnte. Hier legten die Bäderschiffe an, die ihre Passagiere nach Schwinemünde auf Usedom, nach Misdroy auf Wollin und zu den Bädern Rügens brachten. Immer mehr Berliner konnten es sich leisten, ihren Sommerurlaub an der Ostsee zu verbringen. Die Bresins gönnten es sich von Zeit zu Zeit, mit ihren beiden Söhnen einen Sonntagsausflug nach Misdroy zu machen. Hier tummelten die Kinder sich in den Wellen, und einige mutige junge Leute planschten im Wasser in lustigen langen Badeanzügen, die auf der nassen Haut klebten. Ernst brachte viel Geduld auf, er wollte seine Caroline davon überzeugen, ein Bad in den Wellen des Meeres zu nehmen. Es war jedoch vergeblich. Sie fand es nicht schick, in so einen Badeanzug zu steigen, der nachher naß am Körper kleben würde, wenn sie aus dem Wasser käme. Und außerdem, was sollte mit ihrer Frisur werden, für die sie jeden Morgen so viel Zeit aufwendete? Caroline gehörte damit zu der Mehrzahl der Frauen, die sich zierten, ins Wasser zu gehen. Um so mehr genoß sie die Fahrt mit dem Dampfer, das Söhnchen Emil saß dabei auf ihrem Schoß.

Gern ließ sich Emil von seinem Vater den Hochseehafen zeigen und bewunderte die riesigen Schiffe aus aller Herren Länder. Ernst erzählte ihm dann von seiner Arbeit als Meister auf der Werft, von der Größe der neuesten Schiffe und begeisterte ihn für die moderne Technik. Mittags kam sein Vater immer nach Hause, und die Mutter hatte pünktlich das Essen auf dem Tisch. Wenn dann an einem besonderen Tag um Punkt zwölf Uhr die Sirenen heulten, pflegte sein Vater zu sagen: „Heut ist Mittwoch, heut wird die Woche geteilt."

In seinem späteren Leben wird sich Emil Bresin immer wieder an seine unbeschwerte Kindheit und frühe Jugendzeit in Stettin erinnern, an den Glanz in den Augen der Menschen, wenn sie an den Sonntagen festlich gekleidet und stolz durch die Straßen Stettins spazierten und oft an den vielen prächtigen Brunnen verweilten. Unvergessen sind die herrlichen Feste des Radfahrvereins, dem sein Vater angehörte und der Festumzug des Liederkranzes, dem seine Mutter angehörte. Nie war sein Gabentisch so voll wie an Weihnachten 1913, nie ein Tannenbaum prächtiger geschmückt, nie sang er die Weihnachtslieder in der Kirche leidenschaftlicher mit, nie gelang einer Stettiner Köchin ein gebackener Karpfen auf Gemüserost besser als seiner Mutter an jenem Weihnachtsabend und nie war seine Familie glücklicher.

Es sollte das letzte Weihnachtsfest sein, an dem die Familie beisammen war. Ein dreiviertel Jahr später wurde Ernst Bresin eingezogen und an der Front stationiert. Der Erste Weltkrieg brachte ein nie da gewesenes Völkergemetzel mit sich, in dem alles unterging, was Emil an Werten in seiner Kindheit gelernt und stolz mit sich herumgetragen hatte.

Mitunter erwachte Eva Bresin des Nachts mit Schweißtropfen auf der Stirn, und einige Male stöhnte sie laut. Konrad beruhigte sie dann sanft, weil er wußte, daß die Berliner Bombennächte ihr im Traum erschienen waren. Den Kindern erzählten sie etwas von Magenkrämpfen, und wenn sie nach Mutters Kinderzeit in Berlin fragten, so erzählte Eva ausführlich nur die guten, fröhlichen und lustigen Erlebnisse; den Krieg erwähnte sie nur kurz.

Eines Tages kam ein Brief von Tante Elli aus Westberlin, in welchem stand, daß sie uns in Havelberg besuchen wolle. Mutters Freude war so groß, daß sie, nichts Böses ahnend, dem Vater sofort davon erzählte.

„Das fehlte noch", schrie Konrad Bresin, „daß vor unserem Haus ein Westauto steht! Dann bin ich in der ganzen Stadt durch! Als Kreisarzt und

Parteimitglied kann ich mir das nicht erlauben. Was glaubst du eigentlich, wer wir sind? Eva, ich hätte ein bißchen mehr Verstand von dir erwartet. So etwas kannst du dir gleich aus dem Kopf schlagen!“

Eva schaute traurig zu Boden und setzte ihre Hausarbeit fort.

Conny, die gerade an der Küche vorbei durch den Flur lief, schnappte einige Wortfetzen auf und begriff. Schade, dachte sie, es wäre so schön gewesen, wenn Tante Elli kommen würde, dann gäbe es vielleicht doch noch eine Chance für bunte Filzstifte. Außerdem würde sie die Tante nur zu gerne einmal kennenlernen. Wütend schnappte sie sich ihre Rollschuhe und rannte raus.

Auf der Lindenstraße traf sie Hannes. Fast hätte sie ihn nicht erkannt. Es war schon einige Zeit her gewesen, daß sie im Garten „Blumenkinder“ und „Krieg und Frieden“ gespielt hatten oder gemeinsam Rollschuh liefen. Hannes hatte sich verändert. Seine ungezwungene Redensart jedoch hatte er behalten. Sie kamen schnell ins Gespräch. Als sich dann herausstellte, daß sie sich beide gleichermaßen für alte Geschichten interessierten, sagte Hannes:

„Komm mit, ich will dir etwas zeigen.“

„Zu dir nach Hause? Das geht nicht, Hannes. Meine Eltern würden niemals erlauben, daß ich mit zu einem Jungen nach Hause gehe.“

„Sie müssen es ja nicht erfahren. Meine Eltern sehen das locker und werden schon nicht petzten. Sollten deine Eltern es doch spitzkriegen, sagst du einfach, du wollest etwas in Mathe wissen. Das verstehen deine Eltern bestimmt. Du weißt doch, meine Mutter ist Mathelehrerin.“

Hannes ging mit Conny über eine schmale Treppe auf den Boden und kramte in einer alten Truhe. Es war ein wundersamer Boden, geteilt nur durch einige Balken. Eine geheime Tür führte zu einer Kammer, an deren Wand eine Leiter stand, die auf den Oberboden führte.

„Verdammt noch mal, wo ist er nur?“ rief Hannes.

Dann holte er einen großen rostigen Schlüssel aus der Truhe.

„Ah, endlich. Und jetzt halte dich fest, Conny. Was du jetzt zu sehen bekommst, wird dich in Staunen versetzten.“

Conny fand es toll, wie er mit ihr sprach. Dann öffnete er die Kammertür, und eine fremde geheimnisvolle Welt bot sich ihren Augen dar. Sie sah alte Möbel mit gedrechselten Füßen, ein Fahrrad ohne Kette mit einem ganz hohen und einem kleinen Rad, Zinngeschirr, Filmapparate, Lampen mit gläsernem Gehänge und jede Menge Bilder. Das Schönste jedoch waren die Photographien. Sie zeigten Menschen aus einer fernen

Zeit. Ein Mann mit Spazierstock und Hut und ein anderer in Uniform. Die Frauen trugen alle lange Röcke. Aber es war etwas anderes, was Conny besonders auffiel: Alle Menschen auf den Photographien hatten sehr, sehr ernste Gesichter. Niemand lachte oder lächelte auch nur ein wenig. Am ernstesten blickten die Konfirmandinnen und Konfirmanden in ihren schwarzen Kleidern in die Kamera. Sie sahen unwahrscheinlich alt aus, dachte Conny, jedenfalls nicht wie vierzehn Jahre.

„Hier, schau her", rief Hannes. „Du hast mir doch erzählt, daß dein Großvater Kameramann bei der UFA gewesen sei. Ich habe hier Zeitungen aus dem Berlin der zwanziger und dreißiger Jahre, und ein Buch über die Filmerei. Vielleicht finden wir etwas über deinen Großvater heraus."

Lange standen sie an der alten Kommode und blätterten Seite für Seite die Zeitschriften durch, fanden jedoch den Namen des Großvaters nicht. Dann kramte Hannes in der Kommode und holte ein grünes, abgegriffenes Heft heraus.

„Hier, das hast du noch nicht gesehen: dreidimensionale Bilder. Du mußt dir diese Brille aufsetzten!"

Er reichte ihr eine Papierbrille und schlug die erste Seite des Heftes auf: Plastische Weltbilder von Max Skladanowsky - eine Bilderfahrt durch Süddeutschland - Preis 1 Mark.

Conny las laut die Gebrauchsanweisung für den Plastograph, wie man die Brille nannte: „Man halte den Plastograph mit der einen Hand an die Augen, und zwar so, daß das linke Auge durch das grüne Okular und das rechte Auge durch das rote Okular sieht, und betrachte die gut belichteten Bilder in angemessener Entfernung, bis man die stereoskopische Plastik derselben scharf und deutlich erkennt."

Was sie zu sehen bekam, war umwerfend! Das erste Bild zeigte den Schloßhof in Heidelberg, das zweite das Karlstor in München.

„Das ist wirklich irre. Hier, sieh mal, als ob du mitten in dem Bild drin bist." Sie reichte Hannes die Papierbrille, und dabei berührten sich ihre Hände sanft.

„Hier, der Fischmarkt mit der Brücke in Straßburg sieht ganz toll aus", rief Hannes und reichte ihr wieder den Plastographen. Sie besah sich das Bild lange und blätterte dann um.

„Nein, das gibt es doch nicht! Sieh mal, die Menschen und Kutschen auf diesem Bild scheinen sich wirklich zu bewegen. Das Wasser im Brunnen scheint wirklich zu spritzen. So etwas Tolles habe ich noch nie gesehen."

„Es ist der Kaiserplatz in Frankfurt am Main. Conny, was siehst du noch? Ich meine, was fällt dir auf, wenn du diese Bilder betrachtest?“

Conny sah Häuser mit verzierten Fenstern und bemalten Fassaden, Straßen, auf denen nur wenige Kutschen unterwegs waren, schöne Brunnen und Kirchen, und alles paßte irgendwie zusammen, fügte sich zu einem harmonischen Ganzen. Sie sah Menschen, die es nicht eilig zu haben schienen. Es war, als tat sich vor ihren Augen eine geheimnisvolle und heile Welt auf, über die sie mehr wissen wollte. Was dachten die Menschen damals, wie lebten sie?

„Es ist schwer zu beschreiben, Hannes. Ich glaube, so sah die Welt vor den beiden Weltkriegen aus.“

Als sie ihm den Plastographen reichte, sagte er etwas, was sie nicht verstand. Seine Worte vernahm sie zwar, fügte sie jedoch in ihrem Kopf nicht zu einem Satz zusammen. Sie sah seine Hände, sein glänzendes rotblondes Haar. Er schien zu spüren, daß ihr Blick auf ihm ruhte und drehte sich langsam um. Seine Augen suchten die Erwiderung ihres Blickes, und dann küßte er sie scheu und kurz auf den Mund. Als sie die Treppe herunterstiegen, bat sie ihn: „Bitte versprich mir, daß es immer unser Geheimnis bleiben wird.“

„Versprochen“, sagte er und drückte ihre Hand.

Von nun an gingen sie jeden Tag gemeinsam zur Schule. Am Morgen wartete er an der Ecke, bis sie kam, nach der Schule stand er an der Fliedertreppe oder am alten Friedhof und kickte mit einer Kastanie so lange, bis Conny endlich um die Ecke bog. Es machte ihm nichts aus, auch mal eine ganze Stunde auf sie zu warten. Schwierig wurde es nur, wenn er mich zuerst traf. Er konnte mir unmöglich sagen, daß er auf Conny warten würde. Also beschloß er, sich hinter den Bäumen zu verstecken. Einmal wurde er dabei von kleineren Kindern beobachtet, wie er aus der Hecke hervorgeschossen kam, als Conny um die Ecke bog. Schnell wurde es Schulgespräch bei den Kleineren, daß Conny mit Hannes ging. So geschah es, daß eine Gruppe von Kindern ihnen auflauerte und mit einer Sonnenblume auf das Pärchen zukam. Ein Knirps machte einen Kniefall: „Hier, die Blume für das Hochzeitspaar!“ Die Kleinen kicherten. Conny und Hannes wurden wie auf Kommando gemeinsam rot und verlegen. Dann sagte er: „He, ihr kleinen Arschkekse, wo bleibt das Hochzeitsständchen? Glaubt ihr, wir lassen uns allein mit diesem gelbgrünen Kraut abspeisen?“ Die Biester kicherten, begannen irgendetwas zu singen, kicherten wieder und verzogen sich dann.

Conny und Hannes trafen sich von nun an jeden freien Nachmittag auf dem geheimen Dachboden, den sie in meiner Gegenwart bedeutungsvoll SK nannten. Sie haben geglaubt, daß ich nicht wüßte, was das heißt. Aber mir war sofort klar: SK steht für Schatzkammer.

Conny überkam der Forscherdrang. „Ich habe etwas über Max Skladanowski herausgefunden: Er war der erste deutsche Filmvorführer im Berliner Wintergarten. Das war 1895, als er seine selbstgedrehten Kurzfilme mit selbstgebauten Vorführgeräten laufen ließ."

Hannes wurde neugierig, und sie erzählte ihm die ganze Geschichte von ihrem Kameramanngroßvater, von Murnau, Paul Wegener und von dem Olympiafilm. Sie blätterten in alten Büchern, sahen sich gemeinsam alte Photographien an und philosophierten über das Leben von früher. Beim Betrachten der Bilder und Gegenstände, versuchten sie es so einzurichten, daß sich ihre Hände berührten, und hin und wieder küßten sie sich flüchtig. An einem dieser Tage sagte Hannes zu Conny: „Du, meine kleine Prinzessin, mir ist, als würden wir uns schon immer kennen." Beide spürten, daß noch viele geheimnisvolle Gefühle in ihnen schlummerten. Sie warteten still und doch begierig darauf, diese zum Leben zu erwecken.

Einige Tage später gab es Krach im Haus Bresin. Der Vater war gerade dabei, einen Kirschbaum zu pflanzen, und Conny stand ihm dabei zur Seite. Er sagte: „Es gibt drei Dinge, die ein Mann in seinem Leben tun muß: Ein Haus bauen, ein Kind zeugen und einen Baum pflanzen." Dabei grub er mit dem Spaten ein tiefes Loch in den Erdboden.

Der Schweiß stand ihm auf der Stirn, als die Mutter hinzutrat: „Stell dir vor, aus dem Treffen mit Elli in Potsdam wird auch nichts!" Die Mutter war ganz außer sich vor Zorn und Enttäuschung. Tante Elli hatte vorgehabt, mit einer Reisegruppe nach Potsdam zu fahren, sich dann für eine Stunde aus dem Staub zu machen und mit der Mutter in ein Kaffee zu gehen, um sich dort ungestört mit ihr unterhalten zu können. Elli schrieb, es sei nicht gestattet, sich von der Reisegruppe zu entfernen. Nun schienen Mutters Hoffnungen auf ein Wiedersehen mit ihrer Lieblingstante endgültig zerschlagen. Es war das erste Mal, daß Conny und ich Tränen in den Augen der Mutter sahen.

„Mein Gott, wie lange habe ich Elli nicht gesehen. Sie hing so sehr an mir, weil sie doch keine eigenen Kinder bekommen konnte. Nach dem Krieg hatte sie uns geholfen zu überleben. Sie teilte ihre Ration an Kartoffeln, Zucker, Mehl und Fleisch mit mir. Was haben wir alles miteinander durchgemacht und erlebt? Und jetzt das! Sie muß sich an das Transitabkommen halten. Kein Halt des Busses außerhalb der ausgewiesenen Parkplätze, kein Entfernen der Reisenden von der Gruppe!"

Der Vater ließ den Spaten im Erdboden stecken und sagte: „Es wird endlich Zeit, Eva, daß du dich an unsere Zeit gewöhnst! Der Mensch ist ein Gewohnheitstier, sonst hätte er nicht überlebt. Hör auf mit deiner Milchmädchenrechnung! Du lebst hier im Osten und sie dort im Westen, dazwischen ist die unumstößliche Grenze! Schluß, aus und basta!"

Diese Worte waren so ungeheuerlich, daß Conny noch eine Weile darüber nachdenken mußte. Sie wollte jetzt irgendetwas tun, irgendwie helfen.

„Eva, mach dich lieber nützlich, und bring schon mal die Leiter in den Keller!" rief der Vater dann.

Als Conny sah, daß die Mutter tief enttäuscht und sprachlos war, schnappte sie sich selbst die Leiter. Sie nahm sie über die Schulter, so wie sie es beim Vater oft gesehen hatte, und lief damit in Richtung Kellertreppe. Es war die erste lange Leiter ihres Lebens, die sie auf der Schulter trug, und sie hatte noch kein Gefühl für deren Länge. Sie drehte sich vor dem Kirschbaum, und da passierte es: Das lange Stück der Leiter hinter ihrem Rücken drehte sich mit, und plötzlich war die Krone des Kischbaumes ab. Ratzfatz hatte die Leiter die Kischbaumkrone abgesäbelt!

Der Vater tobte, und Conny überkam wieder dieses würgende Gefühl, was sie aus früheren Zeiten kannte, und ein ängstlicher Gedanke trieb sein Unwesen in ihrer Seele: Jetzt ist alles zu spät! Jetzt werde ich untergehen!

Der Vater verpaßte ihr jedoch keine Tracht Prügel, dafür aber eine Woche Stubenarrest. Ein Donnerwetter prasselte auf sie herab. Er rief, sie sei ein gänzlich ungeschicktes Wesen, zu nichts zu gebrauchen, dumm und zu blöd für die Gartenarbeit. Es half kein Bitten und kein Betteln, und auch Connys Tränen konnten den Vater nicht dazu erweichen, sein Verbot zurückzunehmen. So mußte Hannes vergebens in der geheimen Schatzkammer auf sie warten.

Ich ging am Abend in ihr Zimmer, um sie zu trösten: „Sei nicht traurig, Madam Schwarzkoksnase!"

„Ach, du weißt gar nichts! Unser SK ist das Genialste, Wahnsinnigste und einfach das Tollste, was ich je gesehen habe; eine Kammer voller Schätze eben."

„Nimmst du mich mal mit?"

„Das geht nicht, ist ganz geheim."

„Schade! Kannst du mir wenigstens für eine Stunde dein kleines rotes Radio ausleihen?"

„Wenn es unbedingt sein muß, Prinzessin Triangelhose. Hier, fang!"

Sie warf mir das kleine Radio zu, und ehe ich es fangen konnte, landete es an meinem Kopf und fiel dann aufs Bett. Dem Radio war nichts passiert, dafür aber mir. Die Wunde blutete, und ich schrie vor Schmerz. Noch ehe ich mich zusammenreißen konnte, stand der Vater im Zimmer, gefolgt von der Mutter. Sie rissen mich von Conny fort, und die Mutter fluchte: „Was für eine Hinterhältigkeit, Conny! Wenn du auch Stubenarrest hast, brauchst du deinen Unmut doch nicht an deiner Schwester auslassen!"

„Erst säbelst du den Kirschbaum ab, und dann schlägst du auch noch deine Schwester blutig", schimpfte der Vater. „Ihr werdet euch fortan eine Woche lang nicht mehr sehen! Auch nicht beim Essen oder im Bad, dafür wird eure Mutter sorgen!"

Mir blieb die Sprache weg, doch der Schmerz betäubte meine Zunge, und ich konnte einfach nichts zu Connys Verteidigung sagen. Ich wurde in die Küche geführt und verarztet. Als ich endlich in der Lage war, zu reden, glaubte mir keiner. Eine Woche lang wurde dafür gesorgt, daß Conny erst zum Essen kam, wenn ich schon fertig war. Ich mußte das Zimmer verlassen, wenn sie eintrat. Mein Zimmer durfte sie nicht betreten und ich ihr Zimmer nicht. Wir sahen uns nur von weitem auf dem Flur, während Mutter oder Vater uns in die Küche zerrten oder Conny in ihrem Zimmer einschlossen. Ich spürte nach zwei Tagen, wie sehr mir meine Schwester fehlte. Von Ferne rief ich: „Schwarzkoksnäschen!"

„Warte nur, heute abend, Triangelhöschen", flüsterte Conny aus dem Bad, ehe die Mutter mich in die Küche zerren konnte.

Ich war schon kurz vor dem Einschlafen, als ich etwas unter meinem Fenster rascheln hörte.

Plötzlich traute ich meinen Augen nicht: Conny kletterte über das Schuppendach in mein Fenster hinein und schlüpfte in mein Bett. Wir hatten uns so viel zu erzählen, und das ging fast die ganze Nacht lang, bis Conny im Morgengrauen heimlich wieder über das Schuppendach verschwand.

Am Lingekopf stand die Mittagssonne am Himmel, als der Frontberichterstatter Richard Reinecke seine Kamera aufstellte. Die Frontlinie verlief entlang des Bergkamms der Vogesen. Die deutsche Einheit hatte ein breites Netz von Schützengräben angelegt. Soldat Reinecke war bereit zur Aufnahme. Seine Kamera fing Soldatengesichter ein: völlig erschöpfte Gesichter zerschundener Menschen. Über dem zermürbenden Stellungskrieg schwebte die Spannung des Ungewissen. War es mitunter einen halben Tag lang ruhig, konnte plötzlich ein feindliches Geschoß einschlagen oder ein Trommelfeuer beginnen. Reinecke konnte sich ducken, aber niemals konnte er wissen, ob nicht die nächste feindliche Kugel ihm gehörte. Mit der Kamera in der Hand sah er sich um, und er sah das Grauen. Ein Verletzter wurde in die notdürftig eingerichtete unterirdische Sanitätsstation getragen. Ihm fehlte die rechte Hand, und aus der abgebundenen Wunde quoll das Blut. Reinecke wollte eine Gefechtspause für seine Aufnahmen nutzen. Als nächstes richtete er sein Objektiv auf den Kameraden neben ihm, der gerade seine Waffe putzte und das Bajonett aufsteckte. Als Frontberichterstatter hatte Reinecke den Befehl, möglichst realistische Bilder von tapfer kämpfenden deutschen Soldaten einzufangen, die nicht müde wurden, sich dem Gegner mutig zu stellen. Plötzlich begann ein erneutes Trommelfeuer. Eine Granate schlug dicht neben Reinecke ein, ein Splitter traf ihn am Bein, das Stativ fiel mit der Kamera zu Boden. Dem Kameraden neben ihm, auf den er gerade seine Kamera gerichtet hatte, quoll das Gehirn aus der offenen Schädeldecke. In Todesangst griff Reinecke zu seinem Gewehr und schoß blindlings in die Richtung des Gegners. Unvorhergesehen bekam er plötzlich einen starken Asthmaanfall und schnappte verzweifelt nach Luft. Minutenlang rang er mit dem Tode und war unfähig, sich im Falle, der Gegner würde ihn direkt angreifen, zu verteidigen. Jeder Soldat im Schützengraben war mit der Rettung seines eigenen Lebens beschäftigt. Erst irgendwann, nach einer halben Stunde etwa, griff ein Kamerad Reinecke am Arm und zerrte ihn in die unterirdische Sanitätsstation. Die Wunde am Bein war halb so schlimm, aber einen nach Luft ringenden, asthmakranken Kameramann konnte die deutsche Einheit im Stellungskampf nicht gebrauchen, zumal Reineckes lautes Husten beim weiteren Vormarsch die Stellungen verraten könnte. Während die Kämpfe in den Vogesen weitertobten und Tausende Franzosen und Deutsche ihr Leben ließen, suchte die Deutsche Lichtspielgesellschaft gemeinsam mit der Obersten Heeresleitung nach einer anderen Verwendung für den Frontsoldaten und Kameramann Reinecke. Der Prozeß der Ausnutzung des Filmes für politische und militärische Ziele hatte begonnen. Für den ersten Generalquartiermeister Ludendorf wurde die Propaganda zum ureigenen Anliegen, wobei er dem Film eine besondere Bedeutung beimaß. Es war beschlossene Sache: Ein Mann wie Reinecke sollte unter allen Umständen Frontaufnahmen für die deutschen Wochenschauen filmen!

Als es Reinecke wieder besser ging, setzte er sich seinen Kneifer auf, humpelte aus der Sanitätsstation und suchte seine Kamera. Er fand sie zerschlagen am Boden liegend. Sein Blick schweifte durch die Schützengräben. Dann kroch Reinecke nach oben. Beim Anblick so vieler stöhnender und sterbender Soldaten, bei dem Geruch von verwestem Fleisch, der über den Vogesen lag, begann Richard Reinecke, an seinem Auftrag zu zweifeln. Wenn seine Aufnahmen etwas geworden sind, hatte er dann nicht eine der ersten kinematographischen Urkunden eines grausigen Völkergemetzels geschaffen? Er dachte, der Film wird doch nichts anders als ein politisches und militärisches Beeinflussungsmittel der Soldaten in den Frontkinos und der Zivilisten in der Heimat werden. Er fühlte sich benutzt, fühlte sich als Zahnrad in einer Maschinerie, deren Fortlaufen er nicht aufhalten konnte, wollte ausbrechen und konnte doch nicht. Er spürte eine Kreissäge, die, mitten durch seinen Magen und durch die Gedärme hindurch, ihn in zwei Teile zersägte. Er fühlte sich zerrissen und bekam urplötzlich Magenschmerzen. Da rief ihn der Offizier zu sich und übergab ihm den Befehl, nach Konstanza ans Schwarze Meer zu fahren, um dort im besiegten Rumänien zu filmen. Reinecke atmete auf, denn er hoffte, daß ihn in Rumänien kein Stellungskrieg erwarten würde.

Ernst Bresin kämpfte zur gleichen Zeit als Soldat in der Hölle von Verdun, in einer der schrecklichsten Materialschlachten der Kriegsgeschichte. 1916 schrieb er an seinen Sohn:

„Mein lieber Emil! Dein Vater möchte Dir in diesem Weihnachtsbrief aus dem Schützengraben nicht nur vom Tode erzählen, nein, ich will Dir zeigen, daß es auch unmittelbar an der Linie, an welcher der Tod Wache hält, gar mancherlei gibt, was an den Frieden erinnert. Drüben beim Franzmann hört man abends das Schifferklavier spielen, und manchmal kommt ein Hase aus dem feindlichen Graben zu uns herüber. Für ihn gibt es die magische Linie nicht, welche die menschliche Willkür zog. Wir Menschen aber liegen diesseits und jenseits der Linie einander feindlich und drohend gegenüber und fürchten uns vor dem Morgen. Es ist gut zu wissen, daß es noch eine andere Welt gibt: heimatlich erleuchtete Fenster, freundliche Gespräche unter dem Weihnachtsbaum, unbefangenes Lachen und das gute Essen Deiner Mutter. Wir haben hier einen kleinen Weihnachtsbaum, behängt mit kupfernen Ringen aus Gewehrgeschossen, und am dritten Advent haben wir gemeinsam Weihnachtslieder gesungen. Da brach die Sehnsucht nach diesem greifbaren Glück des Friedens wieder in uns hervor. Alles redete von Heimat, Familie und von der Zukunft ..."

Wenige Wochen später fiel Ernst Bresin durch einen Bauchschuß im Trommelfeuer bei Verdun. Er starb einen langen und qualvollen Tod. Mehr als eine halbe Million deutscher und französischer Soldaten waren dem Inferno von Verdun zum Opfer gefallen. Die Bilanz des Ersten Weltkrieges: fünfzehn Millionen Tote (darunter 6 Millionen Zivilisten) und zwanzig Millionen Verwundete. Gräber von Soldaten aus aller Welt, von Vätern, Söhnen, Brüdern, Kindern in Frankreich, Rußland, Italien, Deutschland ... Soldatenfriedhöfe überall.

Die schöne junge Caroline Bresin hüllte sich in schwarze Kleider. Verbittert und vergrämt verlernte sie zu reden. Sie erzog ihre beiden Söhne wortkarg, jedoch mit gehöriger Härte zur Disziplin. Dann fing Emil seine Lehre im Kohlekraftwerk von Stettin an und mußte bald für die Familie dazu verdienen. So vergingen einige Jahre. Erst als sein Bruder Hans eine Lehrstelle in der Vulca-Werft in der Tasche hatte, begann Emil, auf Bälle und auf Brautschau zu gehen.

„So ein Mist!" Schon wieder war alles zusammengekracht. Was sie auch anstellten, es wollte den „Mardern" nicht gelingen. Die dürren Äste brachen, die Nägel hielten nicht. Außerdem hatten sie überhaupt eine unüberwindliche Abneigung gegen Schützengräben und militärische Stellungen. Im Gelände war es kalt. Nieselregen fiel zwischen den lichten Baumkronen herab. Der Waldboden war aufgeweicht, und die Zweige an den Bäumen waren glitschig. Es war kaum noch Zeit, und der Feind rückte näher. Lustlos hatten sie ein Loch in den Erdboden gegraben und ungeschickt die dürren Äste darüber gelegt. Mit Karte und Kompaß waren sie gut, aber im Stellungsbau waren sie Nieten. Und jetzt? Was sie erwarten würde, war die Gefangennahme. Conny, Angela und Ute beschlossen, aufzugeben. Es wunderte Conny eigentlich, daß auch Ute sich zum Aufgeben entschlossen hatte, weil sie sonst zuverlässig und pünktlich alle Aufgaben erfüllte, die man ihr stellte. Ihre Gruppe trug den Namen „Marder". Es zeigte sich allerdings, daß sie keinesfalls die Zähigkeit eines Marders besaßen.

„Achtung, die Kommission kommt!" rief Conny plötzlich.

Pionierleiter und Freundschaftsratsvorsitzende kamen zur Abnahme der Stellungen im Manöver „Schneeflocke".

„Für Frieden und Sozialismus seid bereit!“ rief der Pionierleiter und führte die gestreckte Hand auf den Kopf zum Pioniergruß.

„Immer bereit!“ riefen die Mädchen der Gruppe „Marder“.

Barbara, die Freundschaftsratsvorsitzende, prüfte den Schützengraben. Sie hob die Tannenzweige, die darüber lagen, auf und lugte in das Versteck. Angela, die mit Barbara befreundet war, zwinkerte ihr zu, was so viel bedeuten sollte wie: Sei nicht so streng mit uns, wir gehen immerhin in dieselbe Klasse, auch wenn du Freundschaftsratsvorsitzende bist!

„Was soll das?“ fragte Barbara mit strengem Blick. „In diesem Schützengraben haben niemals drei Kämpfer Platz, und eure Bank scheint mir auch nicht stabil genug zu sein.“

„Wir, wir ...“ Angela sprach mit gesengtem Blick.

„Mädels, hier geht es nicht nach dem Prinzip: Hannemann, geh du voran!“ sagte der Pionierleiter. „Hier muß jeder für die Gruppe kämpfen. Die feindlichen Truppen werden euch vernichten oder zumindest gefangennehmen, wenn sie eure Stellung so vorfinden. Was ihr jetzt lernt, wird später für eure Ausbildung in der Zivilverteidigung sehr wichtig sein. Es geht um die Verteidigung unseres Vaterlandes gegen den imperialistischen Klassenfeind!“

„Wir geben euch eine letzte Chance. Baut eure Stellung ordentlich aus. Wir werden erst die anderen Stellungen prüfen und zum Schluß noch einmal zu euch kommen“, sagte Barbara und fügte hinzu: „Ich war schließlich im vergangenen Sommer in der Pionierrepublik Wilhelm Pieck am Werbelinsee bei Berlin, und dort haben wir gelernt, wie wichtig es ist, dem Klassenfeind gut gerüstet und kampfstark gegenüberzutreten. Haltet euch immer die Bilder des amerikanischen Aggressionskrieges in Indochina vor Augen! Wir müssen gemeinsam mit der Sowjetunion eine starke Front bilden!“

„Gut, Barbara, eine kluge Entscheidung und eine gute Argumentation“, sagte der Pionierleiter und fügte hinzu: „Ein guter Thälmann-Pionier zu sein, ist eine wichtige Basis für die FDJ, in die ihr ja bald aufgenommen werden wollt.“

„Aber wir haben doch zum Glück Frieden“, sagte Angela.

„Ja, aber warum trägt der Igel seine Stacheln?“ fragte der Pionierleiter und ohne Angela ausreden zu lassen, fügte er hinzu: „Gerade der Friede will bewaffnet sein!“

Conny, die die ganze Szene stumm beobachtet hatte, dachte: Man spürt, daß Pionierleiter sein sein Job ist. Statt uns zu helfen, wie es sich für einen Mann um die dreißig gehört, labert er herum und agitiert.

Fort waren sie und wandten sich schon den Jungs in der Nachbarstellung zu. Conny vernahm, wie sie den Dicken lobten, den sie nicht ausstehen konnte, weil er fortwährend mit Dreckworten um sich schmiß oder den Mädchen ein Bein stellte. Dann sah sie etwas, was sie noch mehr ärgerte: Auch das noch, dachte sie! Das Bleichgesicht vom Nußberg bekam ein Lob, und das alles wurde im Buch des Pionierleiters vermerkt.

„Blödmann!“ rief Conny.

Ute, die sich gerade auf den Spaten stützte, schaute Conny an: „Los, Mädels! Wir versuchen es noch einmal. Conny, du besorgst kräftigere Zweige. Hier hast du die Axt. Angela und ich heben ein größeres Loch für den Schützengraben aus.“

Angela murrte: „Wäre ich bei der Verlosung in die Aufklärergruppe gekommen, dann müßte ich diesen Mist nicht machen.“

„So ist das nun einmal“, sagte Conny. „Siehst ja, der Dicke ist auch nicht an seiner geliebten Gulaschkanone, wo er doch für sein Leben gern futtert.“

„Hast du was gesagt?“ rief es plötzlich hinter ihr. Der Dicke packte sie und drehte ihr mit kräftigem Druck den Arm um. Gleich darauf krümmte sich Conny vor Schmerz. Dann lockerte sich die Wut in ihrem Bauch. Zäh wie eine Wölfin wand sie sich aus seinem Griff, gab ihm einen kräftigen Tritt mit dem Fuß und rannte davon. Sie lief und lief und lief. Als sie endlich keinen Verfolger mehr hinter sich spürte und stehenblieb, wurde ihr erst bewußt, daß sie eine Axt in den Händen hielt. Nicht im Traum wäre ihr eingefallen, diese Axt im Zweikampf zu benutzen. Nun ja, es war eine sehr kleine Axt, mehr so ein kleines Beil, mit dem man nicht einmal einen starken Ast abhauen konnte. Conny hob das Beil und versuchte, einen armdicken Ast an einer Fichte abzuhauen. Sie hieb auf den Ast ein, hieb und hieb mit ganzer Kraft. Allein, er wollte sich nicht vom Stamm lösen. Es begann zu schneien, und ein kräftiger Wind ging durch die Baumkronen. Conny standen die Schweißperlen auf der Stirn.

„Gib mal her“, sagte plötzlich eine Stimme hinter ihr.

„Gott sei Dank, Hannes, du bist meine Rettung!“

Hannes nahm das Beil, holte aus und hieb mit ganzer Kraft auf den Ast ein, der gleich darauf zu Boden fiel.

„Mein lieber Scholli, das hast du aber sauber hingekriegt", staunte Conny und dachte daran, was die Großmutter zu sagen pflegte: „Der Hannes, der kann es!"

Während der Arbeit sagte er: „Ich würde gern als Ornithologe nach Kanada gehen. Es muß ein unglaublich schönes Land sein. Oder lieber noch ginge ich nach Ecuador, in den tropischen Regenwald. Ein Forschungsprojekt der Naturwissenschaft, Biologie oder Ornithologie; das wäre urst toll. Mein Vater hat mir davon erzählt. Was willst du eigentlich mal werden?"

Conny sah Hannes bei der Arbeit zu und bewunderte seinen starken Körper, der schlank und doch muskulös und kräftig war.

„Ich weiß nicht, am liebsten wäre ich Auslandskorrespondentin", sagte sie und dachte: in Ecuador, dann würde ich über dich berichten und über dein Forschungsprojekt.

„Glaubst du, daß die Grenze sich eines Tages öffnen wird, und wir nach Kanada oder Ecuador gehen können?" fragte sie ihn und fuhr dann fort: „Glaubst du, der Kalte Krieg wird irgendwann einmal zu Ende sein?"

Er hielt inne und sah Conny dann ganz tief in die Augen.

Oh Hannes, dachte sie, wenn du wüßtest, wie laut mein Herz jetzt schlägt! Hoffentlich kannst du es nicht hören, das wäre mir zu peinlich!

„Der ganze Kalte Krieg, glaube ich, ist nur ein Werbefeldzug für die Rüstungsindustrie", sagte Hannes. „Waffenhandel bringt viel Geld. Nur leider, es ist so traurig, müssen Tausende Menschen daran krepieren."

„Glaubst du, der Krieg kommt eines Tages auch zu uns?" fragte Conny wie ein kleines Mädchen und sprach aus, wovor sich viele ihrer Freundinnen in den verborgenen Tiefen ihrer Seelen fürchteten. Manchmal hatte sie mit Angela, Kerstin, Ute und mir darüber gesprochen, wenn die Bilder von Vietnam sie nicht losließen.

Da sagte Hannes diesen bedeutenden Satz, den sich Conny tief einprägte: „Sie wollen jetzt Atomsprengköpfe hier stationieren, und die Pershing sind auf der anderen Seite. NATO kontra Warschauer Pakt. Du weißt ja, bei uns, genau zwischen Ost- und Westdeutschland, würde sich der Krieg der zwei Weltmächte abspielen. Glaub mir, wenn es jemals soweit kommen würde, hätten wir alle keine Chance. Aus und vorbei! Keine Chance!"

Conny sah Hannes fragend an: „Aber warum dann dieses Manöver?"

Hannes zuckte mit den Achseln, dann sagte er: „Komm heute nachmittag zu mir, ich werde dir etwas zeigen."

Eine Weile standen sie schweigend nebeneinander, der Regen tropfte ihnen auf die Schultern, dann hob Conny die abgeschlagenen Äste auf und sagte: „Danke Hannes, ich muß zurück zu meiner Gruppe.“

Sie nahm das Beil, und dabei berührten sich ihre Hände für Sekunden. Es tat gut. Sie dachte: Mit Hannes kann man wunderbar reden, er ist eben nicht mehr so kindisch, wie die Jungs aus meiner Klasse.

Als Conny zurück zum Schützengraben kam, war alles zu spät. Sie sah den Dicken aus seinem Schützengraben klettern.

„Gewonnen!“ rief er. „Ha, ha, uns konnten sie nicht finden, aber die Weiber haben sie gefangengenommen!“

Da ertönte vom Stützpunkt aus das Signal zur Beendigung des Manövers. Conny trottete mit den anderen zum Stützpunkt.

Barbara stand schon vor den Reihen der Thälmann-Pioniere und FDJler und rief: „Stillgestanden! Richtet euch! Die Augen geradeaus!“

Wie im Sportunterricht, dachte Conny, und sie haßte Sport und dieses militärische Ritual vor jeder Sportstunde. Schnell nahm sie ihren Platz ein.

„Für Frieden und Sozialismus seid bereit!“ rief Barbara.

„Immer bereit!“ salutierte der Zug und hob die Hand zum Pioniergruß auf den Kopf.

„Freundschaft!“ rief der Pionierleiter den FDJlern zu.

„Freundschaft!“ grüßten diese zurück.

Jetzt drehte sich Barbara kerzengerade zum Pionierleiter und sprach: „Genosse Zugführer, ich melde, die Übung wurde planmäßig beendet, die Agenten wurden festgenommen, und das Feindmaterial sichergestellt. Das Ausbildungsziel des Manövers ‚Schneeflocke‘ wurde erreicht.“

Es folgten die Auszeichnungen. Conny traute ihren Augen nicht. Unter den Ausgezeichneten waren auch das Bleichgesicht vom Nußberg und der Dicke.

Nach der ganzen Prozedur gab es endlich Erbsensuppe aus der Gulaschkanone. Conny ging mit ihrem Kochgeschirr zu Angela und Ute, die sofort von ihrer Festnahme berichten.

„So ein Mist, die dicksten Äste hatte ich für unseren Schützengraben. Nichts wäre wieder zusammengekracht. Alles wäre niet- und nagelfest gewesen!“ rief Conny.

„Ärgere dich nicht“, sagte Angela. „So wichtig ist das Manöver nun auch wieder nicht. Es ist doch nur, damit die faulen und blöden Jungs sich in den Winterferien austoben können!“

„Ein Gutes hat das Manöver denn doch“, sagte Ute. „Es gibt hier die beste Erbsensuppe der Welt aus der Gulaschkanone“, und dabei löffelte sie genüßlich die wohlschmeckende, gut nach Majoran duftende Suppe, nach welcher der gesamte Wald bei Havelberg duftete. Vergessen war der Kalte Krieg.

Gleich nach dem Manöver lief Conny zu Hannes. Gemeinsam stiegen sie auf den Boden und schlossen sich in der geheimen Schatzkammer ein. Er schaltete seinen Kassettenrecorder ein und sagte: „Hör erst mal zu. Hier kommt: ‚Eve of destruction‘!“

Berry McGuire sang mit rauchiger Stimme:

„The eastern world
It is exploded
Violence flaring
Bullets loading
You’re old enough to kill but not for voting
You don’t believe in war
What’s that gun you’re toting ...“
und er sang „Think of all the hate there’s in Red China ...“

Diesen Satz verstand sie nicht gleich. Dann gab Hannes Conny den Zettel mit der Übersetzung. Sie las:

„Vorabend der Zerstörung:
Die östliche Welt ist am Explodieren
Gewalt bricht aus
Gewehrkugeln geladen
Du bist alt genug zum Töten, aber nicht fürs Wählen
Du glaubst nicht an den Krieg
Was ist das für eine Schußwaffe, auf die du zählst ...“

Conny war erschrocken. „Hannes, das hast du doch nicht alles selbst übersetzt?“

„Versprich mir, daß du schweigen kannst! Es muß immer unser Geheimnis bleiben!“

„Du weißt doch, mit mir kannst du viele Geheimnisse haben, ich werde keines verraten“, sagte Conny.

„Also hör zu“, sprach Hannes: „Meine Mutter ist nicht nur Mathe- sondern auch Englischlehrerin. Sie hat mir bei der Übersetzung geholfen.“

Einige Tage später redete die ganze Schule über Hannes. Er soll subversive Flugblätter an seine Mitschüler verteilt haben. Außerdem trug er an seinem Parker, für alle sichtbar, das westliche Peace-Zeichen, und er hatte lange Haare, zu lange Haare für die Schulleitung. Die Lehrer werteten sein Verhalten als Zeichen imperialistischer Dekadenz und meinten, das Westfernsehen hätte sein Gehirn vernebelt. Der Klassenlehrer sollte ihn aus dem Unterricht geschmissen haben. „Das wird Folgen haben“, sollte er geschrien haben. „Du bist der Sohn einer Lehrerin und trotzdem verbreitest die übelsten Pamphlete des Klassenfeindes an unserer Schule, schädigst somit die sozialistische Ordnung! Mit deiner Mutter werde ich ein Hühnchen rupfen!“

Als Conny diese Geschichten in der Schule hörte, lief sie am Nachmittag gleich zu Hannes. „Ich hatte den Songtext von ‚Eve of Destruction‘ meinen drei Freunden gegeben, und die Lehrerschaft hat ihn als subversives Flugblatt gewertet und einkassiert.“

„Und deine Mutter?“

„Um Himmels willen! Ich will nicht, daß sie in die ganze Sache mit hineingezogen wird. Ich konnte ja nicht ahnen, daß die Schule so einen Aufstand, wegen eines einzigen Liedes, veranstalten würde. Niemals habe ich an ein Flugblatt gedacht, als ich den läppischen handgeschriebenen Zettel meinen Freunden gab. Wir wollten es singen, das ist alles! Aber ich stehe dazu und zu dem Peace-Zeichen an meinem Parker! Ich bin ein überzeugter Pazifist. Verstehst du das?“

„Ich verstehe alles, hörst du, alles!“ sagte Conny.

„Ich bin ein absoluter Gegner der Klassenkampftheorie und verurteile den Haß auf den Westen“, fügte Hannes hinzu.

Für Conny waren diese Gedanken so verschieden von allem, was sie bisher gehört hatte. Sie grübelte und fand schließlich, daß Hannes ein ganz besonderer Mensch sei, einer, der in ihr einen bisher nicht gekannten Denkprozeß in Gang setzten konnte.

Als Conny an jenem Abend zum Essen nach Hause kam, wartete der Vater schon in der Küche auf sie. Die Mutter war auf dem Boden und hängte die Wäsche auf, und so waren Vater und Tochter eine Weile alleine.

„Constanze, was ist das?“ rief der Vater und hielt ihr einen Zettel entgegen. Plötzlich schrie er: „Soll ich dir sagen, was das ist? Das ist ein subversives Flugblatt gegen unsere sozialistische Weltordnung! Jawohl! Grinse nicht so dämlich. Wie siehst du überhaupt aus, die langen Haare offen, wie ein westlicher Drogenhippie! Mach dir sofort die Haare zusammen!“

Constanze suchte in ihrer Hosentasche ein Haargummi und versuchte den Vater zu beruhigen: „Das ist doch nur die Übersetzung des Liedes ‚Eve of destruction.'"

„Schweig gefälligst, wenn ich mit dir rede! Diesen Zettel hat mir mein Parteifreund, der Kreisschulrat, zugespielt. Und du weißt hoffentlich auch, von wem dieses subversive Flugblatt ist? Von deinem Hippiefreund Hannes! Jawohl, von diesem Antikommunisten mit den langen roten Haaren! Der wird noch mal im Gefängnis landen! Und mit so einem Subjekt treibt sich meine Tochter rum! Ich verbiete dir solche Kontakte ein für allemal, damit das klar ist. Haben wir uns verstanden?"

„Aber das ist doch ..."

„Halt deinen Mund! Auch wenn du in der Schule nur Einsen schreibst, die sozialistische Gesinnung will ich sehen, will sie lesen in deinen Augen. Aber du hast keine sozialistische Gesinnung, das sieht man dir doch an. Grinse nicht so dämlich, du Milchmädchen! Du wirst noch einmal im Jugendwerkhof oder im Gefängnis landen, wenn du dich weiter mit solchen Subjekten herumtreibst! Dir werd ich Beine machen. Das Lachen wird dir schon noch vergehen!!!"

Er holte den Hunderiemen aus dem Flur und schrie: „Wie oft habe ich dir gesagt, du sollst nicht zu diesem Jungen nach Hause gehen? Ich verbiete dir den Umgang mit diesem Hannes, ein für allemal! Solange du deine Füße noch unter unseren Tisch stellst, wirst du machen, was ich sage! Ich will diesen Hannes nie wieder bei uns sehen! Los, Gesicht auf den Tisch, und mach den Rücken frei! Na, wird's bald!"

Dann schlug er mit dem ledernen Hunderiemen auf Conny ein, schlug ihr den Rücken blutig, schlug, bis ihr die Tränen aus den Augen schossen. Conny biß sich auf die Lippe, wimmerte und versuchte, tapfer zu sein. Das bittere Gefühl in ihrer Kehle war wieder da und drohte, ihr die Luft zum Atmen zu rauben. Der Schmerz grub sich in ihren Rücken, aber noch größer war der Schmerz in ihrer Seele.

Zum Jahreswechsel 1918/19 gingen Kino und Revolution eine seltsame Symbiose ein. Was wirklich geschah, daran erinnerte sich der Kameramann Richard Reinecke noch, als er schon Großvater war und mich, seine Enkelin Kerstin, auf dem Schoß hatte. Ich war zwar noch zu klein, um seine Erzählungen in einen historischen Kontext zu stellen, spürte aber schon die gewichtige Bedeutung der Ereignisse. Später erweiterte ich mein Wissen. In allen Vierteln Berlins lieferten sich Regierungstruppen und Spartakisten blutige Maschinengewehrgefechte; harmlose Passanten fielen verirrten Gewehrkugeln zum Opfer. Trotz dringender Bitten, die Straßen nicht zu betreten, trotz der Streiks der Straßenbahner und Stadtbahner, trotz schrecklicher Gerüchte, die Bolschewisten würden das Elektrizitätswerk sprengen, strömten die Menschen in die Kinos, vergaßen für einige Zeit Hunger, Kälte, Krieg und Not. Sie gaben sich der großen Friedenssehnsucht, den revolutionären Ideen und Vorstellungen einer globalen Verbrüderung hin. „Die Waffen nieder!" war einer der Filme, der sich im Chaos der Zeit seine freie Bahn suchte, denn keine politischen und militärischen Interessen konnten dem Film nunmehr Grenzen setzen, sondern rein geschäftliche Ambitionen waren ausschlaggebend. Mein Großvater filmte für die neu gegründete UFA. Ich war noch zu klein, um mir alle Namen der Filme zu merken, an denen mein Großvater beteiligt war. Ich weiß nur, daß er mit Friedrich Wilhelm Murnau und Hans Albers drehte, und daß er ergriffen war, vom Geist des neuen Films, von den Demokraten, Kosmopoliten und Juden, die den kreativen Kern der deutschen Filmindustrie bildeten. Von der Nervosität der Großstadt und den technischen Möglichkeiten geprägt, spiegelte sich die Hektik der jungen Weimarer Republik auch in den Filmen wieder. Der Moloch Berlin mit seinen technischen Neuerungen, Kinos, Theatern, abendlich erleuchteten Schaufenstern, mit seinen Künstlern und Intellektuellen übte eine mächtige Sogwirkung auf die Menschen der umliegenden Provinzen aus. Es war die Zeit, als unsere damals gerade neunzehnjährige Großmutter Hildegard von Greifswald an die Spree zog, um in einer Buchdruckerei den Beruf der Schriftsetzerin zu lernen. In ihrer freien Zeit genoß sie das Großstadtleben des Berlins der zwanziger Jahre. Sie lernte unseren Großvater, während der Dreharbeiten zu irgendeinem Film kennen, als er gerade mitten in Berlin seine Kamera auf den lila Hut einer Dame fixierte. Erst bei der Scharfstellung bemerkte er, daß er den falschen Hut vor der Kamera hatte. Hildegard hob den Kopf, blickte in die Kamera, dann zu ihrer Schwester und fing herzhaft zu lachen an. Einmal Star sein auf der Leinwand, welche junge Frau träumte nicht davon. Hildegard Vaegler und ihre Schwester Elli hatten sich mit dem Kameramann, der so intensiv mit der Technik beschäftigt war, einen Spaß erlaubt.

Richard Reinecke, der seine Entzückung bei Hildegards Anblick kaum verbergen konnte, rief: „Sie sind eine entzückende Schauspielerin!" Hildegards Augenaufschlag war umwerfend: „Ach, iwo, das bin ich nicht", sagte sie bescheiden.

Plötzlich drang Lärm aus der Garderobe. Sogleich wendeten sich alle Blicke am Drehort herum. Eine Schauspielerin eilte wutentbrannt aus der Garderobe und schrie „Wo ist die Putzmacherin?"

Anscheinend war sie mit dem Schleier an ihrem Hut nicht zufrieden. Nach wenigen Minuten kam schon die Putzmacherin aus der Garderobe und rief so laut, daß alle es hören konnten: „Daran ist nur der Reinecke schuld! Läßt sie bei diesem Wind so lange warten, Gnädigste."

Richard Reinecke machte sich nichts daraus, war er doch erst vor wenigen Tagen von seiner ersten Frau, eben dieser Putzmacherin, geschieden worden. Ihr waren das freie Großstadtleben, der alltägliche Umgang mit den berühmten Künstlern, für die sie nähte und diese phantastischen Hüte fertigte, so außerordentlich wichtig, daß sie Richard unmißverständlich zu verstehen gab, sie dächte niemals im Traum daran, je Kinder zu haben, und dann dafür ihr Atelier und all das hier aufzugeben. Nachdem Richard drei Jahre hindurch gehofft hatte, sie umstimmen zu können, denn er wünschte sich nichts sehnlicher als eine Familie mit vielen Kindern, gab er schließlich auf. Die Putzmacherin entließ den Kameramann aus der Ehe mit den Worten: „Ich wünsche dir eine Frau, die weder Nähen noch Strikken kann, und ich wünsche dir mindestens fünf Kinder mit ihr!"

Und genau so sollte sich das Schicksal meines Großvaters erfüllen. Er verliebte sich auf der Stelle in die Hildegard mit dem umwerfenden Augenaufschlag, die Schönheit aus Greifswald mit den kurzen dunklen Haaren unter dem modischen lila Hut. Beide zusammen entwickelten vom ersten Tag an einen durchdringenden Humor, der sie ihr ganzes Leben lang begleitete, und der den besonderen Zauber ihrer Ehe ausmachte. Meine Großmutter schenkte ihm ein Baby nach dem anderen. Drei Jungens, die sie Bernie, Fredi und Siggi nannten, und Richard liebte und herzte jedes der kleinen Geschöpfe mit der gleichen Freude, badete sie allabendlich und erzählte ihnen, als sie größer wurden, von seinem abenteuerlichen Leben, vom alten und modernen Berlin, das er wie seine Westentasche kannte, von den Anfängen des Films, von den großen Weltläufen, von den berühmten Künstlern mit ihren Ideen und von den kleinen Leuten mit ihren Sorgen. Er konnte wunderbar fabulieren, spannend, ernst und humorvoll, und immer hatten seine Geschichten eine würzige Pointe. Die Künstler gingen bei den Reineckes ein und aus. Mal kam Hans Albers zum Kaffee und freute sich über den norddeutschen Dialekt von Reineckes Frau Hildegard, mal hüpften die Kinder bei Heinz Rühmann auf dem Schoß herum. Hildegard schickte dann immer den Ältesten, Bernie, zum

Laden um die Ecke: „Min Jung, hol mal schnell ein paar Pfanne- oder Schürzkuchen und bring noch ein Pfund Zucker mit. Sag aber bitte, von dem besonders süßen!“

„Kannst du dir das auch schon merken?“ fragte Hans Albers dann und blickte verschmitzt aus seinen stechend blauen Augen.

„Zucker von dem schönen süßen“ wiederholte Bernie.

In der kleinen Wohnung der Reineckes fand sich für jeden Gast immer ein Plätzchen. Flugs wurden Stühle herbeigezaubert, ein Tisch gerichtet, und Wasser für den Kaffee war auch immer da. Hatte Hildegard keinen Bohnenkaffee, gab es eben Muckefuck.

Von April bis Oktober startete die Familie jeden Sonntag mit einem großen Paket Stullen und Äpfeln im Gepäck zum Ausflug. Sie besuchten den Tiergarten, den Zoo, den Wannsee, den Grunewald oder Potsdam; es gab keinen Flecken, den Richard Reinecke nicht kannte. „Mein Berlin, wie bist de scheen!“ sagte er oft und konnte sich keinen Ort der Welt ausdenken, an dem er glücklicher hätte sein können.

Der Beruf machte es bald erforderlich, daß Richard zu Sportfilmaufnahmen nach Spanien und dann nach Ungarn reiste. Als er wieder daheim in der Swinemünder Straße in Berlin war, sagte er zu seiner Hilde: „Schick mir keene getrocknete Rose und nicht den Zucker, den besonders süßen, wenn ick noch eenmal in die Ferne muß, schick mir nur eene Priese von der besonderen Berliner Luft und fang die Stimmen der Kinder auf dem Hof mit ein. Berliner Herz und Schnauze eben! Verstehste? Ach Hilde, wie hat mir dat alles jefehlt. Komm, jehn wir ans Fenster, laß mich die Jungens rufen! Bernie, Fredi, Siggi, kommt futtern! Nirgends schmeckt es besser als bei Muttern!“ Hilde stellte duftende Kohlrübensuppe auf den Tisch, dazu gab es leckere Schmalzstullen. Obwohl sie jeden Pfennig dreimal umdrehte, war es in jenen Zeiten nicht leicht, zu wirtschaften. Ein Pfund Mehl kostete eintausend Mark, ein Liter Milch 490 Mark und für ein Pfund Fleisch mußte sie sogar viertausend Mark auf den Ladentisch legen, Butter war unerschwinglich. Das war 1923.

Es kamen die Tage, an denen Hildegard aufgeregt jeden Spätnachmittag auf Richard wartete, um dann mit dem Wäschekorb voller Geld, den er mitbrachte, sofort zum Laden zu rennen und die nötigsten Lebensmittel wie Brot und Milch einzukaufen, denn am nächsten Tag würde sein Tageslohn schon nicht einmal mehr die Hälfte Wert sein.

Mitte der zwanziger Jahre bahnte sich eine neue Erfindung im Filmwesen ihren Weg zum Erfolg: die Filmvertonung. Sie war noch mitten in ihrer Entwicklung, als sich Richard Reinecke dafür zu interessieren begann und zur Firma Lorenz wechselte, die sich damit beschäftigte. Einer inneren Bestimmung folgend, mußte Richard einfach bei allem Neuen dabei sein. Aber die Zeiten änderten sich. Die Periode der eigenwilligen Experimente und des expressionistischen Films war bald vorbei. Vorbei waren auch die Zeiten, als er mit Friedrich Wilhelm Murnau, einem der erfolgreichsten Regisseure, arbeitete und bei der Entstehung der Filme „Nosferatu" und „Der letzte Mann" beteiligt war, als Filme wie „Dr. Mabuse, der Spieler" von Fritz Lang und „Das Cabinett des Dr. Caligari" von Robert Wiene die Kinos füllten. Wirtschaftskrise und Arbeitslosigkeit hielten die Menschen davon ab, sich auch noch im Kino mit Problemen und Horror zu beschäftigen. Was lag näher, als das Publikum mit Unterhaltung zu locken. Außerdem war die neue Tonkamera ein ziemliches Monstrum, was die Arbeit im Freien erschwerte, und so wurde verstärkt wieder in Studios gefilmt. Die Tonfilmoperette feierte ihren Sieg. Viele Klamotten und Schnulzen entstanden, bis 1930 der unvergeßliche „Blaue Engel" mit Marlene Dietrich gedreht wurde.

Bald kam jenes Frühjahr, das im Zeichen dröhnender Paraden, Aufmärsche und Massendemonstrationen unter einem Meer von Hakenkreuzfahnen stand. 1933 feierten die Nationalsozialisten ihre Siege, und die lauten Parolen drangen in die Schlafstube der Reineckes am Berliner Gesundbrunnen und weckten das Neugeborene, welches kurz vor Hitlers Machtergreifung das Licht der Welt erblickt hatte. „Die kleine Eva weiß schon ganz genau, wogegen sie protestieren muß", sagte Richard und wurde sofort von seiner Hilde gebremst: „Ich bitte dich, ab jetzt mußt du aufpassen, was du sagst!"

Drei Jahre später hatten Zensur und Gleichschaltung der neuen Machthaber auch den deutschen Film im Griff. Mit der Reichsfilmkammer war eine neue Zwangsorganisation geschaffen worden, die ganz auf die totalitären Visionen des Reichspropagandaministers zugeschnitten war. Einige Größen, mit denen Richard Reinecke früher gefilmt hatte, fühlten sich jetzt zu den braunen Horden hingezogen. Reinecke jedoch wollte nicht zwangsorganisiert werden und wechselte zu einer Firma, die sich mit der Produktion von Radios beschäftigte. Aber so sehr er es versuchte, er konnte der Zeit nicht davonlaufen. Die neuen Volksempfänger brachten den einfachen Menschen die Politik ins Haus, die Reden von Göbbels und Hitler dröhnten aus ihren Lautsprechern, und im Sommer 1936 wurde nach allen ehemaligen Kameramännern regelrecht gefahndet. Auch Richard Reinecke wurde ausfindig gemacht. Er erhielt den Auftrag, Filmaufnahmen von der Olympiade in Berlin anzufertigen und bekam einen Ausweis der Olympia-Film GmbH. Es entstanden Leni Riefenstahls berühmte Filme „Fest der Völker“ und „Fest der Schönheit“.

Wenig später, im Februar 1937, wurde Richard Reinecke genötigt, der Reichsfilmkammer beizutreten, was seiner politischen Anschauung grundsätzlich widersprach. Auf dem Paßphoto seines Reichsfilmkammerausweises meine ich, ihm seine Zweifel ansehen zu können. Wie er es geschafft hatte, trotzdem keinen einzigen Film mehr zu drehen, konnte uns unsere Großmutter Hildegard noch genau erzählen: Immer, wenn es brenzlich wurde, hatte Großvater, wie auch schon im Ersten Weltkrieg, sein Asthma vorgeschoben. Das war eine heikle Angelegenheit, und er durfte seine wahren Absichten und politischen Ansichten unter keinen Umständen verraten. Zu Hause hatte er uns später seinen Husten vorgemacht und die mitleidigen Gesichter der Herren von der Behörde nachgeahmt. Worüber wir am heimischen Herd herzhaft lachen konnten, hätte in der Wirklichkeit grausam enden können. Ob Schauspieler, Regisseur oder Komparse: Andersdenkende und Juden bekamen die Willkür des Systems zu spüren.

Richard Reinecke erhielt noch zwei Angebote, an Propagandafilmen für die Nazis mitzuwirken, unter anderem für den grausam verlogenen Film „Der Führer baut den Juden eine Stadt“. Er hätte eine sagenhafte Gage erhalten. Unsere Großmutter Hildegard unterstützte ihren Mann damals mit den Worten: „Gespräche über das geliehene Pfund führt der Ewige nicht mit Staaten und Nationen, sondern unter vier Augen, mit dir ganz allein. Es gibt am Ende nur Gott und die Seele. Lebe jeden deiner Tage so, als würdest du schon am Abend vor deinem obersten Richter stehen!“

Richard lehnte alle Filmangebote ab, und er fand bald eine neue Arbeit am Flughafen Tegel. Der Photographie jedoch ist unser Großvater sein Leben lang treu geblieben. Er hatte sich daheim eine Dunkelkammer eingerichtet und verdiente mit Hochzeitsphotos nebenbei etwas dazu.

Es war an einem dieser Vorfrühlingstage, an denen die Sonne ihre wärmenden Strahlen als Vorboten der schönsten Jahreszeit zur Erde hinabschickte. Im Garten der Bresins, in der Havelberger Lindenstraße, blühten blau die Zilla und weiß die Schneeglöckchen.

Constanze hatte ihren Wintermantel gegen den leichten hellblauen Anorak eingetauscht und wollte sich gerade auf den Weg zu Ute machen, da rollten die Panzer in die Lindenstraße ein, olivgrüne Panzer, so weit das

Auge sehen konnte. Schrill und quietschend schoben sich ihre Ketten über den Asphalt. Es war unmöglich, die Fahrbahn zu überqueren. Constanze wartete und sie wartete sehr lange. Ein russischer Offizier sprang von einem der Fahrzeuge und bezog Stellung an der Kreuzung. Er wies die Panzer zum Halten an. Endlich konnte Constanze die Fahrbahn überqueren. Sie rannte die Straße entlang, an unzähligen Panzern und russischen Soldaten vorbei, bog dann in die Domstraße ein, klingelte bei Ute, und nachdem die Haustür sich geöffnet hatte, eilte sie völlig außer Atem die Treppe hoch.

Sie traf Ute beim Flötespielen an.

„Mensch, wo bleibst du denn?" rief Ute und schimpfte: „ Wir wollten doch noch für den nächsten Chorauftritt üben. Jetzt wird es zu spät!"

Eigentlich hieß es ja nicht mehr Chor, sondern Volkskunstensemble. Aber das war zu lang, und so sagten alle einfach weiter Chor.

„Ute, entschuldige, die ganze Lindenstraße ... Es war kein Durchkommen", stammelte Constanze.

„Mensch Conny, es wird ja höchste Zeit. Barbara wird schon auf uns warten."

Barbara war Klavierspielerin und sollte Constanze und Ute beim Gesang begleiten. Vor dem Auftritt wollten die Mädchen ihre Soloeinlagen noch einmal gemeinsam durchgehen.

„Kannst du dein Gedicht? Laß mal hören", sagte Ute und packte ihre Flöte ein.

Constanze konzentrierte sich und begann mit gedämpfter Stimme:

„Konstantin Simonow: Wart auf mich
Wart auf mich, ich komm zurück
aber warte sehr.
Warte wenn der Regen rinnt
grau und trüb und schwer.
Warte wenn die andern längst,
längst des Wartens müd ...
Wart auf mich, ich komm zurück,
ja zum Trotz dem Tod,
der mich hunderttausendfach
Tag und Nacht bedroht ..."

Hier brach Constanze ab. „Ich bin ein wenig durcheinander", sagte sie. „Die Panzer, unsere ganze Straße ist voller sowjetischer Panzer."

„Vielleicht findet wieder einmal ein Manöver in der Nähe statt“, sagte Ute und schnappte ihre Jacke.

„Ja, vielleicht. Es erinnert mich nur so sehr an die Erzählungen meiner Mutter aus dem Krieg.“

„Mann, Conny, das ist lange her, komm jetzt!“ rief Ute und knallte die Haustür zu.

An der Ecke trafen sie auf Late, den Spaßvogel der Klasse. Er blinzelte die Mädchen an, und da sie einen kurzen Weg gemeinsam hatten, überlegte er, was er sagen könnte: „He, ihr beiden, was macht ihr, wenn ein Amerikaner vor eurer Haustür liegt?“

Conny und Ute sahen sich an. „Soll das ein neuer Witz sein?“ fragte Conny.

Ute hatte sofort eine Antwort parat: „Die Polizei rufen!“

Da lachte Late laut los und sagte, außer sich vor Prusten: „Die Polizei holen, das sagen alle. Ha, ha ha ... Manche wollen gleich die Sowjetarmee einmarschieren lassen. Ha, ha, ha! Wißt ihr, was ich mache: Ich esse ihn auf, egal, ob es ein schwarzer oder weißer Amerikaner ist.“

Das war wieder mal klar, denn Late war Bäckerssohn, und in seiner Backstube wurden Amerikaner gebacken, schwarze mit Schokoladenguß und weiße mit Zuckerguß.

„Ach so!“ Nun mußte auch Ute kichern.

Jedoch Constanze war nicht zum Lachen zumute. Die Sowjetarmee einmarschieren lassen, dachte sie, die steht doch schon in der Lindenstraße. Sie befanden sich mitten im Frieden, doch die vielen gepanzerten Fahrzeuge, die uniformierten Soldaten mit ihren staubigen Gesichtern und dem lauten Befehlston flößten ihr Angst ein. Am Abend beim Chorauftritt würden sie wieder dieses Lied singen, das Constanze sehr bewegte: „Es lagen junge Soldaten an der Wolokolamsker Chaussee, und manch einer hat da gezittert, nicht nur von der Kälte im Schnee. Der Feind rückte näher und näher, es war ihre erste Schlacht. Der Kommandeur ging von einem zum andern und hat ihnen Mut gemacht ...“

Constanze schwieg auf dem ganzen Weg zu Barbara. Sie hatte nicht einmal bemerkt, daß Late plötzlich fort war. Sie fand erst wieder in die Wirklichkeit zurück, als sie vor Barbaras Haus standen. Ein großes blaues Auto parkte vor dem Eingang, ein Auto mit einem Blau, welches Constanze noch nie bei einem Fahrzeug gesehen hatte. Ein tolles Blau, dachte sie, und dann sagte Ute: „Mensch Conny, das ist ein Mercedes!“

Als sie klingelten, öffnete niemand. Sie beschlossen, durch den Garten zu gehen. Die Tür zur Veranda stand offen, und Barbaras Mutter rief: „Kommt nur rein, Kinder!"

Das darf doch nicht wahr sein, dachte Constanze, Barbara, die stramme Freundschaftsratsvorsitzende, hatte Westbesuch. Schon wollte Constanze auf dem Absatz kehrtmachen, da hörte sie Barbaras Stimme:

„Wo wollt ihr denn hin, kommt endlich rein." Constanze machte einen Knicks, wie es sich gehörte, und blieb in der Tür stehen. Ute sah auf die feinen Gäste am gedeckten Kaffeetisch und stotterte: „Wir wollen nicht stören, wenn ihr jetzt doch Besuch habt ... Das gehört sich nicht, ich meine, daß wir bleiben."

Die Frau in dem schicken Kostüm sagte: „Setzt euch nur, Mädels. Hier bei mir ist noch Platz. Erwin, gib mir doch mal meine Handtasche!"

Dann holte sie zwei Tafeln Schokolade und Kaugummis heraus und schenkte sie Conny und Ute. „Hier, nehmt nur. Ihr habt doch sonst nicht viel. Und was ihr alles ertragen müßt ..."

Constanze konnte sich nicht erklären, was die Frau meinte und wußte nicht gleich, ob sie sich bedanken oder die Schokolade gar nicht annehmen sollte.

Die Schokoladenwessifrau wartete nicht darauf, wie Constanze sich entschied, sondern drehte sich gleich zu Barbaras Mutter um und sagte: „Herta, na, jedenfalls haben wir dir dein Zahngold mitgebracht, auch wenn Erwin an der Grenze fast einen Schock gekriegt hätte. Wir haben doch nicht gewußt, was uns erwarten wird ... Stellt euch vor, er mußte mehr Zoll dafür bezahlen, als das Gold überhaupt Wert ist."

„Ach, das war doch nicht nötig", erwiderte Barbaras Mutter, der es sichtlich peinlich war.

„Ich wollte es ja in meinem Strumpf rüberschmuggeln", entgegnete der Mann, der offensichtlich Erwin, der Wessimann, war. „Aber meine Frau, ihr kennt sie ja."

„Wie war es am Grenzübergang?" wollte Barbaras Vater jetzt genau wissen.

Erwin sah kurz zu seiner Frau hinüber und winkte dann ab. „Ach, reden wir nicht darüber."

„Erwin, du kannst ruhig sagen, wie es wirklich war", meinte die Schokoladenwessifrau. „Sie haben ihre Macht an uns ausgespielt, und wir kamen uns so ausgeliefert vor. Nein, was müßt ihr hier alles ertragen! Erwin haben sie mit in die Zollbaracke genommen, und stellt euch vor ... nein, das kann man gar keinem erzählen ... Er mußte sich ausziehen, bis auf die Unterhose. Es war entwürdigend für ihn. Und den Kassettenrecorder für Barbara haben sie einfach beschlagnahmt, wegen Spionageverdacht, sagte der Zollbeamte. Wir und Spionage? Und die Zeitschriften haben sie auch alle da behalten. Es war einfach entsetzlich, wie sie mit uns umgegangen sind. Gebrüllt haben sie. Wir hatten wirklich Angst. Ach, ihr Armen, daß ihr hier leben müßt! Und dann die vielen Russenpanzer in eurer Stadt. Wie ihr das nur aushaltet?!"

„So, und nun kommt einmal alle mit zum Auto", sagte Erwin, rieb sich die Hände und schmunzelte.

Als er die Kofferraumhaube öffnete, konnten es alle sehen: Ein riesiger Berg mit Maggi-Suppentüten lag im Kofferraum.

Was soll denn das, dachte Constanze. Wir sind doch hier nicht am Verhungern!

Da legte Erwin los: „Was immer ihr auch jetzt denken mögt, das dachte der Zöllner am Grenzübergang auch. Er schüttelte den Kopf und fragte, was das soll. Wir entgegneten, daß wir die geborenen Suppenesser sind, und außerdem unseren Gastgebern nicht zur Last fallen wollen, wo das Rindfleisch doch momentan so knapp in der DDR sei. Dann schlug der Zöllner die Kofferraumhaube zu und ließ uns passieren."

Barbaras Mutter sah ihren Mann verständnislos an.

Erwin, der Wessimann, blickte verschmitzt aus seinen kleinen blauen Augen und sagte dann: „Nun greift mal alle zu, und nehmt euch eine Suppentüte! Die Kinder auch!"

Barbara war die erste, die eine Tüte an sich riß. Auch Conny wurde aufgefordert, sich eine Tüte mit Rindfleischsuppe zu nehmen. Ute griff nach der französischen Zwiebelsuppe, und irgendwie schien unter den Suppentüten etwas Komisches hervorzulugen. Es war bahama-beige und glänzte. Als sich auch die Mutter eine Suppentüte griff, konnte man es deutlicher sehen. Es sah so aus wie eine riesengroße Schüssel.

„Was für eine Schüssel!" rief der Vater.

„Nein, das darf doch nicht wahr sein!" schrie Barbaras Mutter ganz verzückt. „Ihr habt doch wirklich ... Nein, ich glaub es nicht! Ihr seid ja richtige Schmuggler!"

Conny begriff gar nichts. Barbara rief: „Die hat Mama sich so sehr gewünscht: eine Kloschüssel in bahama-beige!"

„Wir haben sie einfach mit Maggi-Suppentüten vollgeklebt, so daß der Zöllner sie nicht erkennen konnte", sagte Erwin. „Der wollte uns am liebsten festnehmen, wegen Suppenschmuggel, aber dafür gab es keinen Paragraphen. Ha, ha, ha!“

Die Erwachsenen lachten laut und ausgelassen und umarmten sich. Alles wegen einer einzigen Kloschüssel!

„Wenn ihr uns wenigstens nur einmal besuchen könntet“, sagte Erwin dann, „wir würden euch so gerne Hamburg zeigen. Wie kann man euch nur so einsperren?“

Constanze war fertig. Das war nun ihre erste Begegnung mit den Wessis, sozusagen mit dem Klassenfeind, und sie war nicht einmal dazu in der Lage, die Schokolade zurückzuweisen. Derart nett und freundlich war sie noch nie aufgefordert worden, irgendwo zu bleiben, und dann dieser Freudentaumel.

Barbaras Mutter stellte Teller mit Käsekuchen für die Mädchen auf den Tisch. Constanze bekam Bauchschmerzen. Ihr war, als ob eine Kreissäge sich mitten durch ihren Bauch schob. Es tat sehr weh. Niemals im Leben fühlte sie sich so zerrissen.

Sie ging erst in die siebte Klasse, und ihr politisches Bewußtsein war noch nicht vollständig erwacht. All die Dinge, die sich an jenem Frühlingstag vor ihren Augen abspielten, konnte sie noch nicht zu einem einheitlichen Ganzen zusammenfügen. Wo waren die fehlenden Bausteine, fragte sie sich. Nur eins war ihr klar, daß sich dieser Tag ganz fest in ihrem Gedächtnis einprägen würde. Vielleicht würde es ihr im späteren Verlauf des Lebens gelingen, die fehlenden Bausteine zu finden.

Die Käsetorte war wirklich lecker, und trotzdem blieben Constanze die ersten Bissen im Halse stecken. Dann brachte sie einfach nichts mehr runter. Nach einer Weile gab sie auf, obwohl ihr klar war, daß es sich nicht gehörte, etwas auf dem Teller liegenzulassen, so war sie schließlich erzogen worden.

Es hätte auch keinen Sinn gemacht, wenn die drei Mädchen jetzt noch für den Auftritt geprobt hätten. Irgendwie brauchten sie sich nicht einmal mehr abzusprechen. Es war einfach klar, daß sie jetzt nicht „Die Wolokolamsker Chaussee“ singen konnten, oder gar „Die Partisanen vom Amur“.

Da fiel Constanze ein, was Barbara noch vor kurzem beim Manöver „Schneeflocke“ gesagt hatte: „Wir müssen dem Klassenfeind gut gerüstet und kampfstark gegenübertreten!“

Constanze wurde schlecht. Vor ihren Augen begann sich alles zu drehen. Dann rannte sie aufs Klo und übergab sich. Hoffentlich hatte niemand etwas bemerkt, dachte sie und torkelte zum Tisch zurück. „Ich ... ich muß jetzt gehen", sagte sie kleinlaut. Die Schokoladenwessifrau warf ihr einen mitleidigen Blick zu und holte aus ihrer Handtasche eine kleine eingewikkelte Packung heraus. „Da, Mädchen, nimm sie mit, du sollst doch auch eine Freude haben." Constanze wickelte das Papier ab, und da kam etwas zum Vorschein, wovon sie jede Nacht heimlich geträumt hatte: Filzstifte!

Ausgerechnet herrlich bunte Filzstifte, dachte sie, und ihr wurde noch übler, so daß sie sich die Hand vor den Mund halten mußte. Sie würgte noch ein „Danke!" heraus und drehte sich um. Zum Glück übernahm Ute die höfliche Verabschiedung, indem sie sagte: „Meiner Freundin ist heute schon den ganzen Tag nicht gut. Recht herzlichen Dank auch für den Kuchen und die Schokolade. Aber wir müssen jetzt los."

Das gefiel Erwin, dem Wessimann, und er holte aus einer Plastiktüte ein Matchboxauto für Ute hervor. „Sicher habt ihr Mädels die auch gern, hier nimm ... für dich."

Ute war überwältigt vor Freude und bedankte sich artig.

Constanze dachte: Ute hat sich besser im Griff als ich. Obwohl sie sich schon seit langer Zeit ein Matchboxauto wünscht, um vor ihrem Bruder anzugeben, gelingt es ihr doch, ihre Freude im Zaum zu halten. Mir hingegen wird schon von ein paar Filzstiften schlecht.

Als sie sich an der Ecke von Ute verabschiedet hatte und in die Lindenstraße einbog, standen die sowjetischen Panzer immer noch da. Auch die ganze Semmelweisstraße und die Birkenallee entlang standen Panzer. Offensichtlich hatte eines der Fahrzeuge eine Panne und wurde notdürftig repariert. Der Verkehr war völlig lahmgelegt. Als ich Constanze erblickte, rannte ich zu ihr und rief: „Conny, die vielen Sowjetsoldaten, sie haben ein Manöver. Du kannst doch schon russisch, bitte sag mir, was heißt: Guten Tag?" Ich war außer Atem und freute mich irgendwie über die Menschen aus der fernen Sowjetunion in unserer Straße. Es war für mich wie ein Abenteuer, weil ich ja noch nie irgendeinen Fremdländer gesehen hatte.

Constanze überlegte, und auch ihr wurde klar, daß es sich um die ersten Ausländer handelte, die wir in unserem Leben zu Gesicht bekamen.

„Sdrawstwutje, sagt man, oder dobrö djen", gab sie mir zur Antwort. Dann sah sie unseren kleinen Bruder Andreas mit einer Hand voller blauer Zilla über die Straße laufen. Ich rannte zu ihm, nahm ihn an die Hand und ging mit ihm zu einem Offizier. Constanze konnte sehen, wie ich etwas sagte, was der Offizier offensichtlich verstand, und sie sah auch das überwältigende Lächeln in seinen Augen, als der kleine Andreas ihm die Hand voll Zilla entgegenstreckte.

„Sbasibo, bolschoje sbasibo!“ rief er lachend und hob den Kleinen auf den Panzer. Dann durfte auch ich auf das Fahrzeug klettern, und wir sangen gemeinsam mein neues Lieblingslied vom Chor: „Katjuscha“. Die Soldaten kamen herbei, klopften sich auf die Stiefel und tanzten Krakowiak, genau so, wie Großmutter Hildegard es beschrieben hatte. Sie tanzten bis der Offizier zum Weiterarbeiten mahnte. „Rabotaitje, nu rabotaitje!“ brüllte er und: „Djeti, spasibo, iti damoi!“

Constanze stand abseits und rieb sich die Augen. Hatte sie eben richtig gesehen? Der kleine Andreas mit den blauen Zilla in der Hand auf dem Arm von dem russischen Offizier. Es ist Frieden, Ömken Hilde, ich weiß, es ist Frieden! Schon wieder spürte sie die Kreissäge in ihrem Bauch. Es war, als würde sie auf sehr schmerzhafte Weise in zwei Teile zerlegt. Sie fühlte sich zerrissen. Die eine Hälfte wollte sich von der anderen abtrennen. Das war einfach zuviel für sie. Kalte Schweißperlen sammelten sich auf ihrer Stirn, der Boden unter ihren Füßen begann zu wanken, und sie brach zusammen.

Als sie wieder zu sich kam, kniete Hannes neben ihr auf der Straße und betupfte ihre Stirn. Er sprach mit ihr und wartete, bis sie wieder bei Kräften war. Dann brachte er sie nach Hause.

Der Vater wollte Hannes an der Tür abwimmeln: „Was machst du denn schon wieder hier?“ fragte er zynisch und fügte hinzu: „Ich dulde keinen Jungenbesuch für meine minderjährigen Töchter!“

Constanze hob die Hand: „Warte, Vater, warte ...“

In diesem Augenblick sah Hannes Conny an und sagte: „Ich wollte mich nur von Ihnen und von den Mädchen verabschieden. Morgen gehe ich mit meinen Eltern nach Rumänien. Mein Vater betreut dort für ein Jahr ein ornithologisches Forschungsprojekt im Donaudelta, Pelikane und so. Ich werde dort zur Schule gehen.“

Augenblicklich schossen Constanze die Tränen in die Augen, und sie konnte nichts mehr sagen. Wie angewurzelt stand sie da und schämte sich ihrer feuchten Augen. „Kannst uns ja mal schreiben!“ bat sie schluchzend.

Als Hannes fort war, ging Constanze ins Bad und wischte sich die Tränen aus den Augen. Der Unterleib schmerzte sehr, und ihr wurde augenblicklich klar, daß sie von nun an kein Kind mehr war. Die Veränderungen in ihrem Körper hatten auch von ihrer Seele Besitz ergriffen. Sie mußte sich dem Gesetz der Natur stellen, ob es ihr nun gefiel oder nicht. Sie verspürte eine große Sehnsucht nach Trost in sich, und ein einziger Gedanke erfüllte sie ganz, nämlich daß für einen kleinen Moment jemand da gewesen ist, der sie auffing: Hannes.

Am 20. April 1939 feierte Adolf Hitler in Berlin mit großem Brimborium seinen fünfzigsten Geburtstag. Eva Reinecke war gerade sechs Jahre alt, und jener Tag prägte sich in ihr Gedächtnis ein, wie eine Gravur in Metall. Unter den Linden mußten die kleinen Schülerinnen neben den BDM-Mädels und dem Deutschen Jungvolk Spalier stehen. Sie war noch zu klein, um die Reden von völkischer Tugendlehre und nationalsozialistischer Weltanschauung zu verstehen. Die unendlich lange Zeit, die sie unter den Linden inmitten der Menschenmenge warten mußten, kam ihr wie eine Ewigkeit vor. Sie war gerade erst eingeschult worden, und das lange Stillsitzen auf der harten Schulbank fiel ihr ohnehin schon schwer genug, und jetzt auch das noch: eingequetscht an der Straße stehen und warten und warten. Sie wollte hüpfen und spielen und drängelte sich neugierig nach vorne. Da endlich: Mit großem Aufgebot kam der Mann vorbeigezogen, auf den sie so lange gewartet hatten. Alles jubelte, und auf einmal blieb das Fahrzeug stehen. Der Mann mit dem Schnauzbart stieg aus und ging auf die Kinder zu. Er brüllte etwas Unverständliches, hob den Arm in die Luft, und die Photoapparate klickten. Dann winkte er den Kindern zu, und seine Adjutanten suchten sich Knirpse für seine Geburtstagsfeier aus. Wieder rannten Photographen herbei, und die Kameras klickten. Plötzlich reichte der Mann, den sie alle photographieren wollten, der kleinen Eva die Hand und lud sie zum großen Baumkuchenadleressen ein. Dem kleinen Mädchen war nicht wohl dabei. Sie mußte mit einer fremden Lehrerin mitgehen, die fortwährend fragte, ob sie sich denn nicht darüber freue, vom Führer persönlich eingeladen worden zu sein. Sie wurde mit all den anderen Mädchen und Jungen in eine überdimensional große Halle gebracht und zu einer riesigen Tafel geführt, an deren Ende ein gewaltiger Baumkuchenadler stand. Dann positionierte sich der Mann mit dem Schnauzbart und begann zu reden: „Ich werde eine neue Jugend erziehen! Als Träger des deutschen Erbgutes werdet ihr stolz sein und geloben, allzeit eure Pflicht zu erfüllen! Mit uns ziehen unsere Ahnen!“ Jetzt hob er die Hände und brüllte: „Ihr werdet treu sein, wie nur Deutsche treu sein können, und ihr werdet neben mir stehen, wenn die Stunde kommen wird, ihr werdet vor mir, seitwärts und hinter mir stehen, und wir werden unseres Zeichens wieder siegen!“ Am Schluß überschlug sich die Stimme des

Mannes, und die Faust, zum Himmel geballt, blieb steif in der Luft stehen, als der Jubel ansetzte und zu tosendem Beifall wurde.

Ein Gefühl von Angst und Heimweh überkam die kleine Eva unter all den vielen fremden Menschen in der riesigen, hohen Halle der Reichskanzlei bei dem brüllenden Ungeheuer. Sie fühlte sich, wie eine klitzekleine Ameise in der großen Arena und wagte nicht, sich zu regen, geschweige denn, etwas zu sagen. Der brüllende Mann mit dem Schnauzbart war ihr so unheimlich, und sie begann sich zu fürchten.

Wenige Tage später spielten Eva und ihre Brüder, wie so oft auf dem Hof mit Rita und Max „Ziehen durch, durch die goldne Brücke ...“, als plötzlich Herr Schmidt aus der ersten Etage auf sie zukam: „Siehst du denn nicht Eva? Die beiden tragen einen gelben Stern. Das sind Judenschweine, mit denen spielt man nicht!“ Eva und ihre Brüder standen da mit großen Augen und fassungslos. Wenige Tage später wurden Rita und Max Rosenstern mit ihren Eltern, während des Mittagessens, abgeholt und auf einen Wagen gebracht. Keiner aus dem Haus hat sie je wiedergesehen. Am Nachmittag sorgte der Nazimann Schmidt dafür, daß all die Möbel der Familie Rosenstern auf die Straße getragen wurden, auch das Geschirr mit den Resten des Mittagessens. Schmidt rief zum Fenster hinauf: „Frau Reinecke, kommen Sie, Sie sind doch kinderreich! Nehmen Sie sich, was Sie wollen! Möbel, Geschirr, Sie können alles haben. Nicht einmal abgewaschen haben die Judenschweine!“

Hildegard Reinecke würgte sich die Tränen herunter: „Nicht ein Stück werde ich davon anrühren!“ Den ganzen Abend lang liefen ihr die Tränen über das Gesicht, und sie wurde fortwährend von ihren Kindern gefragt: „Wohin haben sie Rita und Max gebracht?“ Hildegard ahnte Schreckliches, und ihre Tränen hörten nicht auf zu fließen. Sie wußte, sie mußte schweigen, um ihre Kinder nicht in Gefahr zu bringen, aber ihre wortlosen Tränen haben die Wahrheit gesprochen. Mit quälenden Ahnungen legten sich die Kinder zu Bett und weinten leise in ihre Kissen. Durch die halboffene Tür hörten sie den Vater von seinem Spätdienst am Flughafen Tegel kommen und mit der Mutter flüstern. Dann lief er aufgeregt durch das Zimmer, und schließlich vernahmen sie ein Schluchzen und leises Weinen.

Den Sommer 1939 verbrachte Hildegard Reinecke mit ihren Kindern bei ihren Eltern in Greifswald. Wie in jedem Jahr räumten die Vaeglers ihre Kammer, legten Matratzen für die Kinder aus und hängten die hölzerne Schaukel in den Birnbaum. Während die Kinder im kühlen Wasser in der Zinkwanne, die auf dem Rasen stand, planschten, sprach Hildegard leise mit ihren Eltern über die Lage in Deutschland. Sie flüsterten fast, damit die Kinder sie nicht verstehen konnten. Ratlos nahmen die Erwachsenen wahr, was vor ihren Augen geschah und vermochten nicht zu begreifen, daß ihnen nur die Rolle des stummen Beobachters bleiben sollte. Die friedliche Sommerwelt im Greifswalder Garten der Vaeglers stand im krassen Gegensatz zu den bösen Vorahnungen der Zukunft. Ende August verließ Hildegard mit ihren Kindern Greifswald, denn die größeren mußten am ersten September wieder in Berlin in die Schule.

Am Morgen des ersten September hörte Eva Reinecke beim Malzkaffeetrinken jenen brüllenden Mann, der sie zum großen Baumkuchenadleressen eingeladen hatte, im Radio sprechen: „Seit fünf Uhr fünfundvierzig wird jetzt zurückgeschoßen!" Der Zweite Weltkrieg hatte begonnen.

Richard Reinecke wurde zum polnischen Feldzug eingezogen.

Auf den Dächern Berlins wurden Sirenen angebracht, während Hermann Göring durch alle Rundfunksender verkünden ließ: „Ich will Meier heißen, wenn auch nur eine feindliche Bombe ein Berliner Haus zerstört." Im Humboldthain waren inzwischen unterirdische Bunker eingerichtet worden, und auf großen Betontürmen stationierte man die Flakabwehr. Als der erste Fliegeralarm durch alle Sirenen des Berliner Wedding ausgerufen wurde, befand sich Eva gerade mit der Mutter und ihrem jüngeren Bruder Siegfried in einem Gemüsegeschäft in der Swinemünder Straße. Sie sah, wie Verkäufer und Kunden alles stehen und liegen ließen, und so schnell sie konnten in den Luftschutzkeller rannten. Eva wurde mitgerissen und geschubst und fand sich schließlich neben ihrer Mutter im Luftschutzkeller wieder. Nach einer guten Stunde konnten sie endlich wieder ins Freie treten und stellten fest, daß noch keine Bombe gefallen war. In der Schule wurde dieses Ereignis gründlich ausgewertet, und Eva wurde aufgerufen den unterirdischen Bunker für kinderreiche Familien genauer zu beschreiben. Die Lehrerin sagte anschließend: „Liebe Kinder, daran könnt ihr sehen, wie besorgt doch unser Führer um uns alle ist." Bald gab es nur noch Lehrerinnen an der Schule, denn die Männer waren alle an der Front. Von Evas Lieblingslehrer hing ein Photo im Flur mit der Bildunterschrift: „Auf dem Felde der Ehre für unseren Führer, Volk und Vaterland gefallen."

Bald zerstörte die erste Bombe Berlins ein Haus in der Brunnenstraße, ganz in der Nähe des Mietshauses der Reineckes, und ganz Wedding, Moabit und Kreuzberg war auf den Beinen, um sich den Trümmerhaufen anzusehen. Die Leute kamen aus Charlottenburg, Tempelhof und sogar aus Karlshorst und befragten den Schulkameraden von Eva, der darin gewohnt hatte. Zeitungsphotographen kamen, Rundfunksender interviewten ihn, nun war er „berühmt".

An einem sonnenklaren Tag, Ende Mai, unternahm Evas Klasse einen Schulausflug in die Laubenkolonie am Rande des Berliner Wedding. Wie lange schon hatten sich die Großstadtkinder auf diesen Spaziergang in den bunten Mai gefreut. Auf einer kleinen Wiese zwischen den blühenden Gärten setzten sie sich nieder, und jedes Kind bekam die Aufgabe, ein Frühlingsbild zu malen. Sie lauschten den Stimmen der Vögel und lernten ihre Namen. Eva liebte am meisten die Amseln mit ihrem wohltönenden Gesang, der jedesmal anders klang, und auch der Grünspecht mit seinem lustigen „glückglückglück" hatte es ihr angetan. Sie lief zu einem Gartenzaun und nahm den Duft der rosa Pfingstrosen in sich auf. Noch konnte sie sich nicht entscheiden, welche Blumen sie auf ihrem Bild festhalten wollte. Sie hörte dem Frühlingsgedicht zu, welches ihre Freundin Lieselotte den Mitschülerinnen vortrug und mischte schließlich das herrliche Blau des Rittersporn mit dem leuchtenden Rot des Klatschmohn und dem hellen Gelb eines Zitronenfalters auf ihrem Bild.

In der darauffolgenden Nacht gab es Bombenalarm. Am Morgen danach berichtete die Lehrerin, daß die gesamte Laubenkolonie nun ein einziger rauchender Trümmerhaufen sei. Es gab keine Rittersporne, keinen roten Mohn, keine Amseln und Zitronenfalter mehr. Eva holte ihr Frühlingsbild hervor, begriff nicht, daß das Dasein dieser heiteren Natur inmitten Berlins für immer ausgelöscht war und fragte sich, was diese lebensfrohen Wesen mit dem unsinnigen Krieg der Menschen zu tun hatten.

Richard Reinecke kam auf Fronturlaub aus Polen. Er verbarg sein Entsetzten über diesen Krieg nicht und sagte zu seiner Hilde, daß er diese Schweinerei nicht länger mitmachen werde. Als er wieder an die Front sollte, bekam er so starke Asthmaanfälle, daß er seinen Arzt Dr. Schubert aufsuchen mußte. Dr. Schubert, der jahrelang die Familie betreute, hatte ein Einsehen und schrieb Richard Reinecke frontuntauglich.

An einem warmen Sommerabend spielte Eva mit ihrer Freundin Lieselotte auf der Swinemünder Straße „Vater-Mutter-Kind". Die Mädchen wiegten ihre Puppen in den Armen und waren voller Träume und Zuversicht. In diesen Abendstunden schworen sich die Mädchen, immer beieinander zu bleiben und sich im späteren Leben gegenseitig zu helfen, wenn sie einst Kinder und Ehemann haben würden. Hell erklangen ihre Schlaf- und Trostlieder, als die Abenddämmerung sich über die große Stadt Berlin legte. Winkend verabschiedeten sie sich und verabredeten sich für den nächsten Nachmittag auf einem Hinterhof der Swinemünder Straße. Sie waren schon in den Betten, da ertönte durch den Rundfunk die Durchsage: „Achtung! Schwere angloamerikanische Bomberverbände sind im Anflug auf Berlin, in Richtung Norden der Reichshauptstadt!“ Gleich darauf heulten die Sirenen. Richard und Hildegard Reinecke knipsten überall das Licht aus, holten schnell ihre Kinder aus den Betten, warfen ihnen ein paar Kleidungsstücke über und rannten die Treppe herunter. Rosi, die jüngste, weinte auf des Vaters Arm. Es war furchtbar dunkel im Treppenhaus. Eva hielt ihre Puppe fest an der Hand, als sie von anderen eiligen Hausbewohnern angerempelt wurde und die Puppe fallenließ. Sie konnte die Puppe gerade noch ergreifen, dann sah sie Lieselotte mit ihren Eltern im Luftschutzkeller verschwinden. „Lieselotte!“ rief sie ihr hinterher, als der Vater ihren Arm ergriff und sagte: „Hierhin nicht, Eva! Ich habe eine schreckliche Vorahnung! Wir laufen in den Bunker am Humboldthain!“

Als sie durch die Rügener Straße hetzten, bemerkten sie Bomber über sich, und gleich darauf gab es die ersten Explosionen. Glas- und Holzsplitter flogen an ihnen vorbei, und sie warfen sich alle auf den Kinderwagen, um die kleine Rosi zu schützen, die furchtbar schrie. Bei der nächsten Explosion wurden sie alle zu Boden geschleudert, und eine gewaltige Staubwolke entwickelte sich. Plötzlich spürte Eva, daß die Puppe nicht mehr an ihrer Hand war. „Ich bekomme keine Luft mehr und kann nichts sehen!“ schrie sie. In diesem Moment wurde sie von einer Hand in den Keller eines Hauses gezerrt. An den Stimmen erkannte sie Vater und Mutter. Dann spürte sie eine heftige Druckwelle und Teile der Decke stürzten ein. Angstvoll bangte Eva und dachte: Nun ist alles zu spät, nun werden wir sterben! Dann hörte sie jemanden rufen: „Kinder, kommt schnell!“ Es war der Vater. Sie rannten die Treppen herauf, stolperten über herabfallenden Putz und liefen um ihr Leben. Draußen riefen sie einander bei den Namen, um sicherzugehen, daß alle noch am Leben waren. Sie sahen die Flakabwehr mit ihren hellen Scheinwerfern am Himmel. Wie durch ein Wunder erreichte einer nach dem anderen unverletzt den Bunker im Humboldthain. Ein dumpfes Grollen und Beben war auch im Bunker die ganze Nacht hindurch zu spüren. Verängstigt kauerten sich die Menschen im Bunker aneinander. Manche hielten sich die Augen zu, andere schickten laute Gebete um Verschonung zum Himmel, die kleine Rosi hörte nicht auf zu weinen. Als der Morgen graute, und es draußen still wurde, traute sich niemand, die Bunkertür zu öffnen. Die Angst hatte den Menschen einen Mantel des Schweigens umgelegt. Richard Reinecke faßte sich ein Herz und versuchte, die Tür zu öffnen. Den Augen der Berliner, die jene Bombennacht im Bunker überlebt hatten, bot sich nun eine Flammenhölle, von der Gestank und Hitze ausgingen. Berlin-Gesundbrunnen lag in Schutt und Asche. Auch das Haus in der Rügener Straße, in welchem die Reineckes in der Nacht kurz Zuflucht gesucht hatten, war verschwunden. Richard Reinecke kämpfte sich ein paar Meter vor, und die Kinder konnten sehen, daß er mit einer Frau sprach. Die Frau machte eine eindeutige Geste, und Richard mußte einsehen, daß es nicht möglich war, zur Swinemünder Straße vorzudringen, weil es überall brannte. Er blickte um sich. Von hier aus müßte er das Dach und einen Erker des Hauses sehen können, in dem sie wohnten. Was er jedoch sah, war ein hohes, angsteinflößendes rotgelbes Feuer. Unmißverständlich begriff er, daß alles verloren war. Richard Reinecke brachte seine Frau mit den fünf Kindern zum Bahnhof. Es hätte keinen Sinn gehabt, länger in Berlin zu bleiben. Sie besaßen kein Bett, keinen Schrank, kein Geschirr und keine Schulmappen mehr. Was ihnen geblieben war, waren die Kleider, die sie auf dem Leib trugen und das Wertvollste: das nackte Leben. Richard mußte seinen Verpflichtungen am Flughafen Tegel nachkommen und konnte nicht mitfahren nach Greifswald. Er drückte erst seine Frau ans Herz, und dann jedes seiner fünf Kinder.

Als der Zug sich in Richtung Norden in Bewegung setzte, gab es Fliegeralarm. Der Zug wurde beschossen, und beängstigend schoß es wie Granaten in Evas Sinn: „Nun ist alles vorbei, wir kommen hier nicht mehr raus, nun werde ich sterben!“

All die vielen Kinder schrien furchtbar verängstigt durcheinander, bis der Beschuß schließlich aufhörte. Einem Kind schoß das Blut aus den Armen. Schnell eilten Frauen herbei, um den Jungen zu verbinden. Die Reinecke-Kinder hielten sich bei den Händen, während der Zug durch das brennende Berlin fuhr. Sie weinten laut vor Angst und vor Freude darüber, daß sie alle am Leben geblieben waren. Eva ahnte noch nicht, daß sie ihre liebste Freundin Lieselotte niemals wiedersehen sollte.

Einer der schönsten Tage des Jahres war für uns Kinder immer der erste Juni: der Internationale Kindertag. Es war schulfrei, und für die unteren Schulklassen wurde ein riesiges Schulfest organisiert mit Gesang, Sport, Tombola und vielen Gewinnspielen. In Greifswald durften wir Kinder uns damals verkleiden: Conny war eine Chinesin, und ich war eine Afrikanerin. Wir gedachten der Kinder in der Welt, wurden zur Völkerfreundschaft erzogen, sangen Lieder der verschiedenen Nationen und besonders liebten wir alle das Lied „Kleine weiße Friedenstaube“. Niemand konnte verhindern, daß damals etwas ganz tief in unsere Kinderherzen gelegt wurde: das Fernweh und die Neugierde auf die fremden Länder jenseits des Eisernen Vorhangs.

Ich erinnere mich auch an einen Wandertag am ersten Juni in Havelberg. Wir zogen hinaus ins Grüne und fuhren mit den Fahrrädern an den Deichen entlang zur Schleuse. Dort war unsere Lehrerin, deren Vater Schleusenwärter war, aufgewachsen. Wir erfuhren viel Interessantes über die Auenlandschaft des Urstromtals und über die Flüsse unserer Heimat. Zwischen Havel und Elbe machten wir Rast, und es wurde gesungen, gelacht, gegessen und getobt. Der rote Klatschmohn des beginnenden Juni leuchtete uns entgegen, die Sonne lachte vom Himmel herab, und am liebsten sangen wir „Heut ist ein wunderschöner Tag“.

Ab der fünften Klasse war es dann vorbei mit dem Verkleiden an den Schulfesten und den Radtouren. Da wurde immer am ersten Juni das Sportfest organisiert, was uns zur Disziplin und zur Leistung erziehen sollte. Es wurden die besten Sportler für die Olympiade ausgewählt. Kein Talent sollte den Sportlehrern entgehen, denn die DDR sollte nun endlich auch international siegen.

Jedes Jahr verbrachten Conny und ich drei Wochen des Sommers im Ferienlager: einmal in Auerbach im Vogtland, ein anderes mal in Prerow an der Ostsee oder in Kamern am See. Immer hatten wir viel Spaß bei ausgedehnten Wanderungen, Sport und Spiel. Nur das frühe Aufstehen und der morgendliche Fahnenappell um sieben Uhr machten uns sehr zu schaffen. Wenn die Lagerleitung durch die Lautsprecher rief: „Zum Morgenappell antreten!“ mußten alle Jungen und Mädchen in Trainingsanzügen heraustreten wie beim Militär. Dann hieß es: in Reih und Glied antreten. Die Gruppenleiter mußten Meldung erteilen, und dann wurde ein Lied angestimmt, meist „Im Frühtau zu Berge“. Danach führten die Gruppenleiter ihre Gruppen zum Frühsport. Erst nach dem Frühsport ging es zum Waschen mit kaltem Wasser an die Rinne, und dann hatten wir großen Frühstückshunger. Trotz der morgendlichen Prozedur fuhren Conny und ich gern in ein Ferienlager. Für die drei Wochen zahlten unsere Eltern pro Kind nur ganze dreißig Mark. Das Essen war stets gut und reichhaltig. Vor und nach dem Ferienlager wurden wir Kinder gewogen. Auch wenn wir noch so viel futterten, denn es schmeckte in Gesellschaft immer noch einmal so gut, Conny und ich nahmen nicht an Gewicht zu, dafür tobten wir viel zu viel an der frischen Luft herum.

Mit zwölf rauchten wir in Prerow unsere erste Zigarette auf dem Plumpsklo. Ich erinnere mich, es war Marke Stuyvesand, aus irgendeinem Westpaket unserer Zimmergenossin Karin. Als wir gerade die erste Zigarette rumgehen ließen, und uns schwindlig und kotzübel wurde, klopfte die Ferienhelferin an die Klotür. Vor Schreck schmissen wir die ganze volle Packung Stuyvesand – für uns der Inbegriff des Duftes der großen weiten Welt – in die stinkende Scheiße, aus und vorbei!

Mit dreizehn bekam ich meinen ersten kleinen Liebesbrief. Es war in Kamern nach dem Neptunfest am nächtlichen Lagerfeuer. Wir sangen die alten und neuen Lieder „Wer kann die Lieder der Freiheit verbieten“ oder „Bunte Wimpel im Sommerwind“ und „Unsre Heimat“. Degenhard schieb: „Liebe kleine Kerstin, ich habe dich sehr, sehr gern und möchte dein Beschützer werden.“ Seinen Namen fand ich absolut abenteuerlich, und ich wurde rot, als ich die Zeilen las. Am nächsten Tag wollte sich einer der Jungens mit mir raufen, da trat Degenhard dazwischen und sagte: „Kerstin steht unter meinem persönlichen Schutz.“ Diesen Satz fand ich einfach umwerfend! Ein anderer wollte mich beim Kartenspiel beschummeln, da setzte er sich für mich ein. Nach dem Ferienlager schrieben wir uns noch zwei Briefe, sahen uns aber nie wieder, weil der Weg, von seiner Stadt in meine Stadt, für uns mit unüberwindbaren Hürden verbunden war. Es fuhr kein Zug und kein Bus. Viele Jahre später erfuhr ich aus der Zeitung, daß Degenhard sich als Lehrer einige Verdienste erworben hatte. Seinen Brief habe ich noch immer in der hölzernen Schatulle meiner Kindheit aufbewahrt, gemeinsam mit meinem abgeschnittenen Zopf, dem Pionierabzeichen und ein paar anderen Andenken. Das hölzerne Schmuckkästchen hatte mir meine polnische Brieffreundin Danuta Brozik aus Krakow geschickt. Mit Danuta schrieb ich mir in Englisch, und wir versprachen uns einen Besuch, sobald das Taschengeld ausreichen würde. Ich bedauere heute noch, daß es niemals dazu kam, auch nicht, als wir beide dann Studentinnen waren. Sie hatte langes dunkles Haar und war bildschön. Meine zweite Brieffreundin war Irina Tscheftschenko aus Moskau. Danuta schickte mir extravaganten Modeschmuck und bestickte Tischdeckchen, und Irina ließ es sich nicht nehmen, mir neben Ansichtskarten und Abzeichen auch die besten Moskauer Pralinen zukommen zu lassen, die fast so groß waren wie eine Torte. Mir fiel es ziemlich schwer, mit genau so tollen Geschenken aufzuwarten. Schließlich fand ich beim Stadtbummel in einem Laden am Markt zwei Porzellantassen mit einem kleinen Bild vom Havelberger Dom. Ich füllte diese Tassen mit Halloren-Kugeln, legte dazu Knusperflocken, Handtücher mit chinesischen Motiven und Meißner Seife.

Drei Tage, nachdem wir aus dem Ferienlager in Kamern zurückwaren, zog es unsere Mutter, wie in jedem Sommer auch diesmal wieder, zu ihrer Familie an die Waterkant. Vater Konrad Bresin pflegte derweil daheim Garten, Hühner und Kaninchen, weil es für ihn keine Vertretung gab. Die Zugfahrt war eine mittlere Katastrophe. In Berlin erreichten wir unseren Anschlußzug nicht, das Thermometer kletterte auf 32 Grad, und Conny und ich waren am Verdursten. Am Bahnhofskiosk kauften wir Vita-Cola und Halberstädter Würstchen. Nach drei Stunden Aufenthalt stiegen wir in den überfüllten nächsten Zug in Richtung Greifswald ein. Der Bahnhof roch nach Diesel und Eisen. Wir quetschten uns in die Enge des Ganges zu den anderen stehenden Reisenden und schwitzen uns patschnaß. Kurz vor Greifswald vergaßen wir die Hitze allmählich und gaben uns der Vorfreude auf das Wiedersehen mit unserer Geburtsstadt hin, und die schöne Erinnerung an das Meer, Paradies unserer frühen Kindheit, stieg in uns auf. Schon vom Zug aus glaubte unsere Mutter, das Salz der Meeresluft riechen und schmecken zu können. Auf uns warteten in Greifswald Großmutter Hildegard, Onkel Bernie und Fredi, Tanten, Cousins und Cousinen. Es gab eine riesige Wiedersehensfeier in Großmutters Garten. Sie backte den besten Johannisbeerkuchen und hatte eine so leckere kalte Kirschsuppe für uns Kinder, wie ich nie mehr eine bessere gegessen habe. Das ist der Geschmack des Sommers, dachte ich, und ein Gefühl der Geborgenheit umflutete mein Herz, wenn die Greifswald-Oma sagte: „Min Dern, nun laß es dir gut munden. Hier an der Waterkant bekommst du erst den richtigen Appetit."

Die Großmutter Hildegard wurde von dem Tag an von uns liebevoll „das Ömken von der Waterkant" genannt. Sie rieb sich vor Freude die Hände, wenn sie sagte: „So Kinnings, stärkt euch heute nur, denn morgen in Koserow werden euch die Ostseewellen um die Ohren brausen!" In Ömkens kleinen Garten strahlte die Sonne hinein, und der nördliche Wind trieb die weißen Wolken über den Himmel. Die mit Wachsbohnen umrankte Laube bot Schutz vor Sonne und Wind. Bänke, Stühle und Kissen waren von Mutters Brüdern Bernie und Fredi selbst angefertigt worden. Das hatten sie in der Nachkriegszeit so gelernt, und weggeschmissen wurde sowieso nichts, kein Brett, kein Nagel, kein Stoff und schon gar nicht Speis und Trank. Ömken, hatte für alles eine Verwendung.

„Ach, Kinder, wir waren so froh darüber, die Bombenangriffe in Berlin überlebt zu haben", erzählte Ömken, und man sah ihr noch immer die Anspannung, die sie bei diesen Gedanken überkam, an. Sie sagte: „Möglicherweise hatte der liebe Gott in jenen Feuernächten schützend seine Hand über unsere Familie gehalten. Wißt ihr, Kinder, nachdem wir das brennende Berlin verlassen hatten, wurden wir liebevoll von den Vaegler-Großeltern in der Greifswalder Obstbaumsiedlung aufgenommen. Eiligst machten wir uns damals alle daran, den Keller zu räumen, zu weißen und mehrere Bettgestelle zu zimmern. Aber das Häuschen meiner Eltern war viel zu eng für acht bis neun Personen. Eva kam in die Mädchenschule am Hafen. Sie hatte den weitesten Weg von allen. Oft war sie ganz durchnäßt, und die Zehen bluteten ihr in den viel zu engen Schuhen, wenn sie aus der Schule nach Hause kam."

Die Großmutter konnte so anschaulich erzählen, daß es mir vorkam, als wären all diese Dinge erst vor kurzem geschehen. Sie wußte auch die Geschichte von Mutters Mitschülerin, der Metzgertochter, die jeden Tag mit einem riesigen Stullenpaket in die Schule kam, und Großmutter erzählte: „Ich konnte meiner Eva keine Schulbrote mitgeben, weil wir nichts hatten."

Unsere Mutter berichtete: „Nach vielen hungrigen Vormittagen faßte ich den Mut, die Metzgertochter um eine Stulle zu bitten. Aber die dralle Dern meinte nur: Wenn das meine Mutter wüßte! Die sagt immer: Nur selber essen macht fett!"

„Meine arme Eva, der Hunger grub sich in ihren Bauch und bereitete ihr Schmerzen. Von Tag zu Tag wurde unsere Eva dünner, und als sie sich ihr Bein in einem ungeschickten Moment verletzte, wollte die offene Wunde über Monate hinweg nicht heilen. Die Arme, Beine und Füße wuchsen unaufhörlich weiter, und bald wollte gar kein Schuh mehr passen."

„Ömken hatte damals gute Einfälle", sagte unsere Mutter. „Waren die Schuhe zu eng, schnitt sie vorne einfach ein Loch hinein, damit die Zehen wieder Platz hatten. Aus zwei alten verschlissenen Mänteln trennte sie das Beste heraus und machte eine Jacke für mich."

Am Stadtrand von Greifswald wurden für kinderreiche, ausgebombte Familien kleine, einfache Lehmhäuschen errichtet. Kaum war die eine Hälfte des ersten Häuschens fertig, wurden die Reineckes informiert. Sofort schickte sich Bernie an, die Wände zu weißen und mit Fredi einfache Bänke und Hocker aus alten Brettern zu bauen. Einen Tisch und zwei alte Schränke organisierten sie irgendwoher, und zum Schlafen hatten sie Matratzen auf Bombenschein bekommen. Zwei Zimmer, eines davon unterm Dach, Kammer und Küche, das mußte nun für sieben Personen ausreichen. Der Kochherd war gemauert, und eine einzige Wasserleitung für zwei große Familien gab es im Flur. Das Abwasser wurde in den Garten gekippt, denn einen Anschluß an die Kanalisation gab es nicht. Ein Aborthäuschen mußten sie sich selber im Garten bauen und auch selbst den Abfall entsorgen. Großmutter vergrub ihn im Garten, sozusagen als Dünger. Um Kartoffeln und Äpfel aufzubewahren, benutzen sie eine kleine Grube unter der Küche, die sie Keller nannten. Es war im April 1945, als das Häuschen endlich bezogen werden konnte, und der Acker vor dem Haus bot verlockende Möglichkeiten für die Ernährung der großen Familie. Vor dem Fenster bauten die Jungen die Gartenlaube, und Hildegard ließ rote Puffbohnen daran emporranken, die blühten so herrlich und gaben außerdem viele gute Suppen. In diesem Lehmhäuschen wohnte Großmutter Hildegard bis an ihr Lebensende, und wir Kinder saßen in der Puffbohnenlaube und hörten den alten Geschichten zu.

„Fünf halbwüchsige Kinder durchzubringen, war für dich und Paps nicht leicht“, meinte Fredi, „wir hatten riesigen Hunger, und nicht immer konntet ihr etwas Eßbares für alle auftreiben. Der kleine Garten hier mußte erst einmal bestellt werden, ehe er ein wenig Ertrag abwarf. So zogen wir Jungens im Sommer 1945 los, zum Organisieren, wie wir es nannten. Oft kam Tante Elli und brachte einige Lebensmittelmarken aus Berlin für uns mit.“

„Kennt ihr noch die Geschichte mit den Erbsen?“ fragte Bernie, „Nein, kennt ihr nicht? Paßt auf: Eines Morgens im Sommer 1946 war unser Ömken schon am frühen Morgen erwacht. Plötzlich hörte sie ein Platschen auf der Straße vor dem Garten. Ömken dachte: Woll'n doch mal sehen, was das war. Schnell lief sie hinunter auf die Straße. Stellt euch vor, da hatte doch ein LKW einen Sack voller Erbsen verloren, und der lag nun aufgeplatzt vor Ömkens Füßen.“

„Ein Geschenk des Himmels, dachte ich“, fuhr die Großmutter fort. „Schnell, ehe noch jemand anderes hinzukommen konnte, sammelte ich die Erbsen so viele ich tragen konnte in meine Schürze. Ich sah mich um, ob vielleicht der LKW noch einmal zurückkommen würde. Aber er kam nicht. Da holte ich eine Schüssel und sammelte weiter. Es war, als hätte der liebe Gott Erbsen vom Himmel regnen lassen, damit meine Jungs und Mädels nicht verhungern. Dann aber dachte ich, laß mal noch ein paar Erbsen für die Nachbarn liegen, die haben auch Hunger. Am Mittag dann beim Wäscheaufhängen, rief die Nachbarin über den Gartenzaun: ‚Haben sie heute etwas zu Mittag gehabt? Bei uns gab es Erbsensuppe.‘ Sie gab ziemlich an und meinte: ‚Ja, wer früh aufsteht, dem ist das Glück noch hold. Der kann eine ganze Schürze voll Erbsen einfach so auf der Straße finden.‘ Ich blickte zu der Nachbarin rüber und sagte dann ganz gelassen: ‚Ja, wer noch früher aufsteht, der kann mehr als eine Schürze voll Erbsen auf der Straße finden!‘ Dann begannen wir beide zu lachen. ‚Ich wollte ihnen gerade welche abgeben‘, sagte die Nachbarin. ‚Und ich habe extra noch Erbsen für sie liegen gelassen‘, sagte ich.“

Am Ende dieser kleinen Episode leuchteten Großmutters Augen.

„Es wird kühl in der Gartenlaube“, sagte sie. „Kommt, Kinder, gehen wir in die Stube.“ Das Ömken rieb sich fröhlich die Hände, bevor sie die Gläser abräumte.

Mutters Bruder Bernie stellte in der Stube den Johannisbeersaft auf den Tisch und blieb sehr ernst. Ruhig schenkte er Conny, unseren Cousins und mir ein Glas von dem selbstgemachten Saft ein. Als alle drinnen waren, sagte er: „Ach Kinder, ihr könnt euch nicht vorstellen, was Hunger ist. Einmal im Winter 45/46 hatten Fredi und ich eine Kohlrübe organisiert. Mutter kochte daraus eine Suppe für uns sieben. Vater reichte ihr die Teller, und sie begann aufzufüllen. Wir alle freuten uns so sehr auf diese kleine bescheidene warme Mahlzeit, weil wir seit Tagen nichts mehr zu essen hatten. Mutter trug unsere jüngste, Rosi, auf dem Arm und wollte gerade die erste Kelle Suppe auf einen der Teller füllen, da langte die kleine Rosi an die Petroleumlampe, die über dem Tisch hing. Das gesamte Petroleum kippte in die Suppe, und diese war somit ungenießbar. Ihr könnte euch heute nicht mehr vorstellen, wie wir alle zusammen um den Tisch gesessen und geweint haben. Ja, wir nahmen uns bei den Händen und weinten.“

Während wir den Geschichten in Ömkens Lehmhäuschen lauschten, wagten wir nicht, uns zu bewegen, denn jede Bewegung, so fürchteten wir, könnte dazu führen, daß die Erzählung abrupt beendet werden könnte. Schweigend hörten wir zu und bemerkten, wie sich plötzlich das Erlebte auf den Gesichtern der Erwachsenen widerzuspiegeln begann. Wir tauchten ein in die Zeit vor unserer Geburt, eine Zeit, die von Hoffnung und Entsetzen, von Krieg und Frieden, von Untergang und Neubeginn geprägt war. Ich war tief bewegt, fing alles Gehörte auf, malte mir die Bilder dazu mit meinem geistigen Auge aus und bewahrte alles in meiner Seele.

Es muß an einem jener Tage gewesen sein, als ich beschloß, Geschichtenfänger zu werden. Ich wußte damals noch nicht, wie ich die Geschichten einfangen wollte. Sollte ich sie malen, aufschreiben, konnte man sie im Kopf photographieren oder vielleicht einmal nachspielen? Fortan verlegte ich mich erst einmal aufs genaue Zuhören. Ich schwieg und erfuhr somit jene bewegenden Geschichten, die mir den Atem rauben sollten und mich ein Leben lang nicht mehr loslassen würden.

Des Nachts, wenn Conny und ich in Großvaters Bett in der oberen Kammer schlafen gingen, sprachen wir noch leise über die Geschichten von früher, bis sich der Schlaf unserer bemächtigte, und unsere Phantasie jene Bilder zu den Geschichten in unsere Träume malte. Von weitem hörten wir hin und wieder einen Lastwagen die Anklamer Landstraße entlang fahren. Dann schliefen wir fest ein. Am Morgen schreckte ich auf. Hatte ich ein Platschen auf der Straße gehört? Schnell lief ich auf Zehenspitzen zum Fenster. Lag dort ein Sack Erbsen? Aber nein, das hatte ich nur geträumt. Meine Schwester Conny schlief noch, und ich kroch auch zurück in unser Bett und lauschte dem Morgengesang der Vögel.

Nach dem ausgiebigen Frühstück fuhren wir nach Wieck zum Baden. Wir tummelten uns ausgelassen in den seichten Wellen des Bodens, träumten in den Tag hinein und legten uns nachmittags in Großmutters Hängematte unter dem Kirschbaum. Am Abend verwöhnte uns Großmutter mit feinen Bouletten, Erbsen und Möhrchen aus dem Garten am Haus und mit selbstgemachter roter Grütze aus den Johannisbeeren, die am Gartenzaun wuchsen. Nun war es endlich wieder so weit: Bernie und Fredi kamen von der Arbeit und schauten bei dem Ömken vorbei. Sie fragten uns nach den Erlebnissen des Tages, und als alles besprochen war, begann Fredi, jene Geschichte zu erzählen, die Conny und mich noch lange sehr beschäftigen würde: „Kannst du dich noch an Kolja erinnern, Eva?"

Er blickte unsere Mutter fragend an, um die Zustimmung für diese Geschichte von ihr zu bekommen, ehe er weitersprach. Sie nickte stumm.

„Unser Lehmhäuschen war damals das erste Haus Greifswalds, von Osten her. Wir waren noch beim Weißen der Wände im oberen Schlafstübchen, da klopfte es plötzlich", fuhr er fort. „Als unser Ömken öffnete, stand ein großer pockennarbiger Russe vor ihr, so ein dunkler Typ mit Schlitzaugen aus dem Altai-Gebirge oder aus Kasachstan. Er blickte sich um, musterte das Zimmer und rief: Mjatzka!"

„Ich schrie: Horre nee, Kinnings!" rief Ömken, und dabei ahmte sie jene Geste von damals nach. Sie hielt beide Hände vor die Wangen, und der Mund stand ihr vor Angst weit offen: „Schnell, Kinder, versteckt euch! Kriecht unters Bett und in den Schrank!' Ich dachte, er will ein Messer haben und wird uns die Ohren und Nasen abschneiden ..."

„Stellt euch vor, unser Ömken ging zum Küchenschrank und gab ihm das stumpfste Metz, ich meine Messer, was sie besaß", erzählte Bernie weiter, „aber der Russe nahm das Messer nicht, ging zum Schrank und holte drei Teller heraus. Dann verschwand er."

„Aber Onkel Bernie, warum habt ihr denn solche Angst vor den Russen gehabt", wollte ich wissen. „Sie waren doch unsere Befreier. Das haben wir in der Schule gelernt."

„Im Krieg ist alles möglich", sagte die Großmutter und senkte traurig den Kopf.

„Paßt auf, wie die Geschichte weitergeht", sagte Bernie und fuhr fort: „Kurz darauf kamen drei Offiziere zur Tür herein, blickten sich um und besprachen etwas in russischer Sprache. Dann gaben sie Anweisungen und Handzeichen nach draußen. Zwei Soldaten mit einem Funkgerät und Kabelrollen betraten unser Wohnzimmer. Sie rollten Karten auf unserem Tisch aus, steckten die Stecker in die Steckdose und diskutierten. Dann beugte sich der eine zum Funkgerät herunter. Ömken sagte zu mir upp plattdütsch: ‚Bei dem Kierl doch eins 'n Staul an.', was soviel heißt, wie: ‚Biete dem Mann doch einen Stuhl an.' Was soll ich euch sagen, der Mann in russischer Uniform gab doch in einem klaren Hochdeutsch zur Antwort: ‚Nein danke, ich kann stehen!' Dann begann einer der Offiziere zu funken. Man sah ihnen an, daß sie feine Herren mit guten Manieren waren. Als sie fertig waren mit dem Funken, bedankten sie sich und gingen wieder. Am Abend darauf kam der Russe aus Kasachstan wieder und brachte die drei Teller zurück. Aber die Teller waren nicht leer. Darauf lagen Brot und Speck. ‚Mjatka', sagte er, und dann sprach er etwas in russischer Sprache. Dabei zeigte er auf uns. Ich glaube er meinte: Das ist für die Mutter und ihre Kinder."

„Wahrscheinlich sollte er seine Offiziere bewirten, und zwar von ordentlichen Tellern", sagte Fredi. „Vielleicht funkten sie aus unserer Wohnstube die kampflose Übergabe der Stadt Greifswald durch den Oberst Petershagen. Von all dem erfuhren wir, aber erst viel später."

„Horre ne, Kinnings", sagte die Großmutter und rieb sich die Hände. „Den pockennarbigen Russen nannten wir Kolja. Er kam von nun an jeden

Abend zu uns. Er wollte wissen, wie die Kinder heißen. Dann sagte er: ‚Dlja Ifa' und gab Eva ein Stück Brot. ‚Dlja Rossia' und er meinte Rosi. Er teilte seine ganze Ration mit uns und war so gerne unser Gast. ‚Dawei panimajesch' sagte er immer, wenn einer das Brot weiterreichen sollte. Am meisten mußten wir lachen, wenn er Siegfried und Bernhard sagte: ‚Sichfries i Birinchard'. Er schnitt dabei das Brot und lachte: ‚Dlja Fridi, djla Mama'."

Ömken sah uns an, schwieg eine Weile, und dann sagte sie: „Wißt ihr, ohne Kolja wären wir wahrscheinlich verhungert. Im Winter brachte er Kohlen, und manchmal nahm er seine Freunde mit zu uns. Dann tanzten sie Krakowiak hier in unserer kleinen Stube. Sie schlugen die Hände auf ihre Stiefel und tanzten aus der Hocke, immer ein Bein nach vorne gestreckt, na ihr wißt schon wie ... Als Großvater endlich aus Berlin kam, mußte er sie photographieren. Das einzige, was er aus Berlin gerettet hatte, war seine Photokamera, die Leica. Die nahm er stets mit in den Luftschutzkeller. Kolja kam aus einem Dorf in Kasachstan und kannte bisher nur Photos von Filmstars. Ich weiß noch, wie stolz er war, als er das erste Photo von sich selbst in den Händen hielt. Er schickte es seiner Mutter. Für jedes Photo, welches der Großvater für die Russen machte, bekam er Brot, Speck oder Eier. Und viele Russen wollten Photos, fast die ganze Kompanie. Die Soldaten und Offiziere klopften an die Tür und sagten: ‚Photographirotze!' Der kleine Siggi mit seiner Berliner Schnauze mußte dann immer laut lachen und rief zum Vater: „Papa, sie wollen wieder Rotze!"

Wir Kinder vergaßen die Zeit um uns herum, an jenen Abenden in der Gartenlaube, wir stellten uns vor, wie die Russen in Ömkens Stube tanzten. In der Kammer nebenan, die einst dem Großvater als Photolabor gedient hatte, war noch das Verdunklungsrollo am Fenster. Jetzt kam auch die Erinnerung an den Großvater wieder. Ich hatte auf seinem Schoß gesessen, und er machte lustige Späße mit mir. Die besten Zaubertricks konnte er vorführen, mit Fingern und mit Streichholzschachteln. Einmal holte er seine alte schwarze Filmkamera heraus und filmte uns, seine Enkelkinder. Über das Filmen sprach er viel mit seinen Söhnen. Ich war voll neugieriger Bewunderung, wenn ich ihnen zuhören konnte. Damals verstand ich noch nicht viel von all dem Gesagten, jedoch die Aura des Geheimnisvollen umgab mich auf dem Schoß meines Großvaters. Ich wünschte so sehr, er wäre noch unter den Lebenden, und ich könnte ihm zuhören und in seine Augen schauen.

„Ömken, hast du noch Photos von Großvater und von Kolja? Bitte zeig sie uns", quengelte ich.

„Da muß ich erst einmal suchen", sagte die Großmutter.

„Irgendwann mußte Kolja wieder nach Rußland zurückgehen", erzählte die Mutter. „Könnt ihr euch noch an den Abschied erinnern?"

„Ja, Eva", sagte Fredi. „Er nahm erst dich auf den Arm und dann Rosi. Unser Vater photographierte. Mutter und wir Jungs standen daneben. Dann stieg er auf den LKW, auf dem schon die anderen warteten. Er hat so sehr geweint, der Kolja."

Eine Weile schwiegen sie, dann sagte die Großmutter: „Er wollte uns schreiben und uns die Adresse mitteilen, damit wir ihm das Abschiedsphoto würden zuschicken können. Aber wir haben nie wieder etwas von ihm gehört. Wer weiß, was ihm widerfahren ist."

An einem dieser Tage in Großmutters Garten bemerkte niemand von den Kindern, wie schnell der Abend hereinbrach, und es kühl wurde. Plötzlich war es dunkel, und die alte selbstgebaute Gartenlampe brannte. Auf dem Tisch stand ein Windlicht, und ich spürte, daß ich eine Jacke über der Schulter hatte, eine Jacke von Ömken. Es wurde Zeit, ins Haus zu gehen. Mutters Brüder verabschiedeten sich. An einem solchen Tag war wenig Zeit zum Toben, aber morgen würden wir uns auf dem Schuppendach mit unsern Cousins ein Lager bauen, das nahmen wir uns fest vor. Conny und ich hüpften die Treppen zur Schlafkammer hinauf, und unsere Seelen waren erfüllt von den Geschichten. Während wir uns wuschen und bemüht waren, möglichst leise das Wasser aus der großen Kanne in die Waschschüssel zu gießen, hörten wir, wie die Großmutter zur Mutter sagte: „Stell dir vor, Eva, diese Schlafkammer wird mir demnächst weggenommen. Die Nachbarn mit ihren vielen Kindern haben das Zimmer zugesprochen bekommen. Ich weiß nicht, wie das werden soll, wenn ihr dann einmal auf Besuch kommen wollt. Sie sagen, in einigen Jahren sollen diese Lehmhäuschen aus der Nachkriegszeit abgerissen werden. Richtung Osten wollen sie große Neubauviertel bauen."

Die Mutter deckte uns zu und sagte: „Schlaft gut!"

„Und träumt was schönes", ergänzte die Großmutter. „Ihr beiden, dort in Großvaters Bett."

So lagen Conny und ich wieder gemeinsam in dem großen Bett und flüsterten noch lange. Wir träumten vom Großvater mit dem Photoapparat und von Kolja, der das Brot teilte.

Für uns Kinder waren diese Tage bei der Großmutter immer etwas ganz Besonderes, weil hier die geheimnisvollsten Geschichten aus einer vergangenen Welt auf uns warteten, und wir waren süchtig nach Geschichten. An diesem sozusagen historischen Ort kamen den Erwachsenen die ergreifendsten Erinnerungen in den Sinn. Ömken und ihre Kinder verzauberten uns mit ihren großen und kleinen Abenteuern aus dem alten Berlin und dem Greifswald am Ende des Krieges. Geduldig und neugierig hörten wir zu, und in unserer kindlichen Seele entwarfen wir stimmungsvolle Bilder zu diesen Geschichten.

Ich spürte sie auf, die Wurzeln meines Seins, und begriff erst als erwachsene Frau, daß es vor allem jene Geschichten aus der Greifswalder Gartenlaube waren, die mein späteres Gerechtigkeitsempfinden geprägt haben. Die ganze erschreckende Wahrheit über die Ereignisse kurz nach der Stunde Null sollte ich, jedoch erst mehr als dreißig Jahre später, aus den Tagebüchern meiner Mutter erfahren.

Als die Reineckes im Frühjahr 1945 jenes Lehmhäuschen in der Anklamer Landstraße bezogen, ahnten sie noch nicht, wie verhängnisvoll das werden sollte, denn dieses Lehmhäuschen war das erste Haus, was man sah, wenn man aus Richtung Südosten in die Stadt Greifswald hineinfuhr.

Die Ereignisse überschlugen sich. Es gab Pläne, daß alle Jungen ab sechzehn Jahren, auch Bernie, im Wald von Jeser an der Panzerfaust ausgebildet werden sollten. Bernie hatte Glück, weil Hildegard vorgab, er sei erst fünfzehn und alle Papiere seien beim Bombenangriff auf Berlin verlorengegangen. Man sah Frauen am Ostrand von Greifswald Panzergräben ausheben. Urplötzlich waren Ausbilder, Ortsgruppenleiter und NSDAP-Führer, wie vom Erdboden verschwunden. Nun gab es weder Zeitungen, noch sendeten die Rundfunksender aus Berlin. Es herrschte überall absolute Funkstille. Eine einzige Nachricht drang bis in das Haus der Reineckes: Neun Jungen waren im Wald bei Jeser ums Leben gekommen, bei einer ungeschickten Handhabung einer Panzerfaust. Sie waren Freunde von Bernie und Fredi und gerade erst sechzehn Jahre alt.

In der ersten Nacht in ihrem neuen Haus wurden die Reineckes durch sehr seltsame Geräusche aus dem Schlaf geholt. Ein eigenartiges Geklapper ergoß sich über die Straße, kam näher, wurde lauter und immer unheimlicher. Die Kinder waren die ersten, die zum Fenster liefen. Was sie sahen, waren ganze Kolonien tiefgebeugter Menschen, die sich, von der SS und von Hunden bewacht, in Holzpantoffeln die Straße entlangschleppten. Obwohl es schon dämmerte, sah nun auch Hildegard, die zum Fenster eilte, daß die Menschen gestreifte Kleidung trugen. Was diese armen Frauen und Kinder Schreckliches durchmachten, ahnten weder Hildegard noch die Kinder in jenen Stunden. Später erfuhren sie, daß es die KZ-Häftlinge von Ravensbrück gewesen waren, die damals ausgemergelt und entkräftet am Haus in der Anklamer Landstraße vorbeizogen.

Niemand in der Stadt hatte eine Ahnung vom Verlauf des Krieges, es gab keinerlei Nachrichten, die bis nach Greifswald drangen.

Die Kinder der Reineckes waren in jenen Frühlingstagen 1945 täglich unterwegs auf der Suche nach etwas Eßbarem. Fredi, der damals gerade dreizehn Jahre alt war, hatte irgendwo gehört, daß sich außerhalb der Stadt in Richtung Gützkow ein unterirdisches Verpflegungslager der Wehrmacht befinden sollte. Er nahm seine zwölfjährige Schwester Eva mit, und neugierig marschierten sie beide über die Felder, ohne wirklich an dieses Lager zu glauben. Sie fanden bald einen unterirdischen Gang und trauten ihren Augen nicht: In der Dunkelheit erkannten sie wirklich Büchsen mit Fleisch, Schokolade, Bonbontüten, Kekse und Zigaretten. Sie glaubten, sich im Schlaraffenland zu befinden. Eva nahm ihren Rockzipfel zusammen und packte ein, was sie tragen konnte. Draußen im Licht hörten sie dröhnende Geräusche und lauschten gespannt in alle Richtungen, und dann erblickten sie Panzer, die sich ihnen näherten. Die Geschütze waren auf sie gerichtet. Die Soldaten trugen oliv-braune Uniformen, und ein roter Stern blinkte von ihren Mützen. Plötzlich schoß es den Kindern durch den Kopf: Es sind die Russen!

Als Eva und Fredi gewahr wurden, daß die Maschinengewehre auf sie gerichtet waren, hielten sie sich ganz fest umklammert, und wollten beide zugleich sterben. Ein schrecklicher Gedanke bemächtigte sich ihrer Kinderseelen: Gleich ist alles aus, es gibt keine Umkehr mehr, es sind die letzten Sekunden. Bitte, bitte, lieber Gott, kehre alles um!

Die Russen schossen nicht, und als Eva und Fredi die Augen wieder öffneten, sahen sie das Unmögliche: Die Russen lachten ihnen zu, winkten, und die Panzer wurden immer zahlreicher. So schnell sie konnten rannten die Kinder nach Hause mit den Konserven in Rock und Hosentasche und berichteten, was sie gesehen hatten. Freudig und stolz stellten sie die Beute auf den Tisch. Aber zu Hause wurde die Nachricht vom Einmarsch der Russen mit Entsetzen aufgenommen.

Kurze Zeit darauf zogen die ersten geschlagenen und verwundeten deutschen Soldaten am Haus in der Anklamer Landstraße vorbei. Seit Tagen kamen die Flüchtlinge zu Fuß oder mit ihren Trecks. Abgemagert und elend sahen sie alle aus, und manch eine Frau hatte um Wasser gebeten bei den Reineckes und geweint, weil sie Mutter oder Kind auf dem vereisten Stettiner Haff oder irgendwo auf der weiten Flucht im eisigen Winter verloren hatte. Bald waren überall in den Schulen und Turnhallen Flüchtlinge untergebracht, und Oberst Rudolf Petershagen hat die Stadt kampflos an die Russen übergeben. Sein Gewissen verbot es ihm, das Leben Tausender geschwächter Frauen, Kinder und Greise einem Kampf zu opfern, der ohnehin aussichtslos gewesen wäre.

Keine Bombe fiel auf Greifswald.

Am Morgen nach der kampflosen Übergabe kamen die Russen mit Kabelrollen und Funkgeräten in das Haus in der Anklamer Landstraße. Sie traten in die kleine Wohnstube ein, steckten Stecker in die Steckdosen und begannen zu funken. Auf der Anklamer Landstraße stand ein Funker mit zwei Fähnchen und gab Zeichen, der andere Funker kommunizierte mit ihm aus der kleinen Wohnstube heraus und tippte auf seine Tasten. Hildegard und die Kinder schickten sie auf die Straße und nagelten ein großes Schild aus Pappe an die Türe, darauf stand: ferboden!

Hildegard suchte mit ihren Kindern die Nachbarin auf und blieb bei ihr, bis die russischen Funker wieder abzogen. Die Frauen sorgten allerorten noch allein für ihre Kinder, denn die Männer waren in Kriegsgefangenschaft geraten, gefallen oder irgendwo auf dem Rückzug. Richard Reinecke war noch in Berlin, verdiente das Geld für die Familie und suchte wahrscheinlich nach einer Möglichkeit, mit dem Zug nach Greifswald zu fahren, aber Züge fuhren nicht mehr.

Als die Russen aus der Wohnung weg waren, sah alles ganz verwüstet aus. In der Nacht kamen sie wieder, die Männer in oliv-braunen Uniformen, und nahmen alle männlichen Personen mit. Dann wollten sie Schnaps. Drei Männer griffen nach Hildegard, rissen sie zu Boden und fielen über sie her. Eva versteckte sich ängstlich mit ihrer kleinen vierjährigen Schwester unter der Bettdecke, aber sie mußte miterleben, wie weitere vier Russen ihre Mutter schändeten, sie mit den Gewehrkolben schlugen. Eva war zu Tode erschrocken, als die Männer plötzlich die Bettdecke wegzogen, und auch sie zu Boden rissen. Die zwölfjährige Eva schrie um ihr Leben. Hildegard versuchte, ihre Tochter zu retten, sich zwischen sie und ihre Angreifer zu drängen. Aber sie wurde mit dem Gewehrkolben geschlagen, bis sie fast bewußtlos war. Schließlich haben die Russen die Tochter Eva unversehrt zurückgelassen. Inzwischen war Hildegard wie von Sinnen aus dem niedrigen Fenster geklettert und hatte sich zwischen den Sträuchern versteckt. Sie war zuerst völlig verwirrt, kroch auf allen Vieren über die Felder zu ihren Eltern in der Obstbaumsiedlung. Eva und Rosi irrten durch die Stadt auf der Suche nach ihrer Mutter und ihren Brüdern. Eine beherzte Frau nahm sie von der Straße fort und versteckte sie mehrere Tage lang auf ihrem Dachboden.

Richard Reinecke war in jenen Tagen mit einem alten Fahrrad ohne Bereifung, aber mit ein paar Kochtöpfen am Lenkrad, auf dem Weg von Berlin nach Greifswald, als die Russen ihn im Wald aufspürten. Er riß die Hände über den Kopf, ließ das Rad fallen und rannte davon. In Todesangst lief er tief in den Wald hinein, und als ihn die Kräfte verließen, schmiß er sich zu Boden. Er hatte seit Tagen nichts gegessen, und seine Füße trugen ihn nicht mehr. Sein Kopf war zu keinem Gedanken mehr fähig. Als er erwachte, war es Nacht, und von den Russen war keine Spur mehr zu sehen. Sie hatten sein Fahrrad. Er suchte die Straße, beschloß aber dann, doch lieber durch den Wald zu marschieren.

Als er nach Tagen in Greifswald ankam, fand er seine zerschundene Frau mit Wunden am ganzen Körper und die halb verhungerten Kinder in der Obstbaumsiedlung bei seinen Schwiegereltern. Die Russen lagerten mit ihren Pferden an der Pumpe im Hof. Seinen jüngsten Sohn, den Fredi, erblickte er an der Gulaschkanone mit einer Schüssel in der Hand.

Manchmal beobachtete ich die Großmutter Hildegard, wie sie, am Fenster stehend, betrübt in die Leere starrte. Ich ahnte, daß sie sich womöglich an etwas Schlimmes erinnerte, was ihr widerfahren war. Aber immer, wenn ich sie fragte, gab sie mir nur zur Antwort: „Ach, Kind, ich muß manchmal an den Krieg denken. Krieg ist Perversion und Entmenschlichung. Verstehst du, die Menschen können so furchtbar grausam zueinander sein. Aber du bist ein Kind und sollst davon noch verschont bleiben."

Am Ende der Ferien kam der Vater mit dem Auto nach Greifswald, um uns abzuholen. Doch zuvor nahm er sich noch einen Tag Zeit und fuhr uns mit dem Wartburg auf die Insel Usedom. Es war wie in jenen Tagen, als wir noch in Greifswald wohnten. In Koserow trafen wir uns mit den Cousins und der Wolgaster Cousine Heike zum Schwimmen, zum Faulenzen und Grillen. Nun waren wir mindestens sechs Kinder und noch mehr Erwachsene und suchten uns ein gemeinsames Plätzchen oberhalb der Dünen. Unser Vater pflegte mit seinem pommerschen Humor zu sagen: „Kose sanft, doch kose so, wie du kost in Koserow!"

Onkel Hermann, der Maler aus Wolgast, war auch dabei. Wir beobachteten ihn, wie er mit leichten Pinselstrichen die Ölfarben auf die Leinwand auftrug. Einige Gemälde von der Waterkant standen zum Verkauf neben ihm. Seine Motive waren sehr eindrucksvoll: Schiffe im Sturm, Fischerhütten in den Dünen, Bote und Netze am Strand, die Silhouetten von Greifswald und Wolgast. Und Möwen, immer wieder Möwen! Ich liebte und bewunderte seine Bilder. Gern sah ich ihm zu, wenn er seine Staffelei aufgestellt hatte und die Farben mischte. Er kannte jeden Fischer von Koserow und bestellte bei ihnen seine Aale. Die Männer bauten einen Grill im Sand, entfachten ein Holzfeuer und legten die Aale auf den Rost über den Steinen. Ein wunderbarer Duft von gebackenem Fisch durchzog die Luft. Doch bevor es leckeren Aal gab, sprangen wir Kinder schnell noch einmal in das Wasser. Mit vollem Magen durfte nicht gebadet werden! Der Vater hielt es sehr genau mit seinen Vorschriften, denn er war ein Kinderarzt, der es mit preußischer Genauigkeit und strengen Prinzipien sehr ernst nahm.

War das ein Toben, Spritzen und Wellenhüpfen in der Ostsee! Wir Kinder tauchten und fingen uns und hatten einen Heidenspaß miteinander. Wenn eine große Welle kam, sprangen wir drüber, oder die Mutigen tauchten auch darunter hinweg. Constanze gehörte zu den Mutigen, und sie liebte die Wellen. Sie konnte sich schon gut über Wasser halten und schwamm weit hinaus. Das war Freiheit! Herrlich! Sie spürte das weiche, salzige Wasser, das ihren Körper umgab. „Wenn ich jetzt schwimme und schwimme, dann komme ich in Schweden oder Dänemark an Land“, rief sie mir von Weitem zu. Endlich drehte sie um. Aus dem Wasser gekommen, wurden wir von der Mutter mit Handtüchern abgerubbelt. Wir hatten Salz in den Haaren, Salz auf der Haut und im Mund. Dann der Geschmack des leckeren gegrillten Aales! Unvergleichlich! Wir fühlten: Das ist der Geschmack des Sommers am Meer, das ist der Himmel! Und die Sonne schien unaufhaltsam, Tag für Tag, und der Himmel war blau und weit ...

Der Abschied fiel uns sehr schwer, aber er ließ sich nicht verschieben, denn die Schule fing wieder an. Der Vater hatte dafür wieder einen seiner pommerschen Sprüche parat: „Wenn's am Schönsten ist, soll man aufhören.“ Conny und ich verstanden nicht recht und fragten beide gleichzeitig: „Warum?“

„Weil es schöner nicht werden kann.“

Der Spätsommer brachte die große Apfelernte in unserem Garten, und die Postkarten von der Ostsee schmückten die Wände unserer Kinderzimmer.

Ein Trostpflaster gab es dennoch: Der große Havelberger Pferdemarkt lockte wieder Anfang September mit seinem Rummel, den Karussells und dem Riesenrad. Hier trafen wir uns mit den Freundinnen zu einem Bummel, und alle bekamen ausnahmsweise Ausgang bis Mitternacht.

Ganze vier Jahre mußten vergehen, nachdem Ernesto Bresin an der Front im Ersten Weltkrieg gefallen war, da erst begann Caroline allmählich wieder, ein normales Leben zu führen. Ihr langes Schweigen nahm endlich ein Ende. Zuerst fing sie zaghaft an, mit ihren Söhnen ein paar Worte zu wechseln, dann mit ihrer Mutter, und schließlich legte sie die schwarzen Kleider ab. Apotheker Arndt hatte schon befürchtet, seine Tochter sei psychisch krank geworden, durch den Tod ihres geliebten Mannes. Doch endlich, nach vier langen Jahren, fand Caroline die Sprache wieder. Als Emil achtzehn Jahre alt wurde, erlaubte sie ihm, auf Bälle und auf Brautschau zu gehen. Emil, der wohl dem Äußeren nach seinem Vater mit den dunkelbraunen Augen sehr ähnelte, aber der das ernste und nachdenkliche Gemüt der Arndt-Familie besaß, hatte seiner Mutter in den vier Jahren vieles abgenommen. Er besorgte die Einkäufe und das Heizen, lernte Kochen und Backen genau nach den Rezepten aus dem Hausfrauenbuch seiner Mutter, er konnte Rouladen schmoren und Kirschtorte auf Mürbeteigboden zubereiten, er konnte Einwecken und die Blumen im Fenster pflegen. Es blieb ihm nicht mehr viel Zeit für seine Leidenschaft: das Angeln. Nur an wenigen Sonntagen konnte er seine Angelrute aus dem Keller holen und sich auf den Weg an das Wasser machen. Die Fische, die er dann fing, waren zum eigenen Verzehr bestimmt, und sie wurden auf einem Gemüserost im Ofen gebacken, mit Butterflöckchen und Gewürzen garniert und gereicht, wenn Carolines Eltern zu Besuch kamen. Es wurde erzählt, daß einst die schöne Belisa dieses Rezept aus ihrer andalusischen Heimat mitgebracht hätte. Verwendete man in Andalusien Auberginen, Tomaten, Zucchini, Spargel und Paprika für den Gemüserost, so wurde das Rezept in Pommern auf die dortigen Gemüsesorten umgestellt, und der Fisch auf ein Bett aus frischem Lauch, Sellerie und Möhren gelegt. Gebackener Fisch auf Gemüserost war das Familienrezept Nummer Eins der Bresins und ist es bis heute geblieben.

Zur Walpurgisnacht 1921 verspürte Emil Bresin das erste Mal Lust, auf einen Ball zu gehen. Er war bald neunzehn Jahre alt, und seine Mutter wollte ihn nicht mehr zu Hause halten. „Geh endlich aus, Junge, die Jugend läuft sonst an dir vorbei!"

Den Walzerschritt hatte er von seiner Großmutter gelernt, nachdem der Apotheker seine Frau mit den Worten „Ein ordentlicher Mann muß den Tanzschritt kennen, um seine Dame richtig führen zu können", dazu angehalten hatte. Er lernte einen Walzer tanzen, und mehr konnte er nicht. Einen grauen Anzug gab ihm die Mutter aus dem Schrank. „Hier, der müßte dir jetzt passen, es ist der Hochzeitsanzug von deinem Vater." So ausstaffiert machte er sich auf dem Weg zum Tanzlokal. Zuerst beobachtete er die ganze Gesellschaft, lauschte den albernen Mädchen und den protzenden Halbwüchsigen, schaute den Damen und Herren mittleren Alters zu und kam sich ziemlich verloren vor. Was sollte er mit diesen kichernden weiblichen Geschöpfen anfangen? Plötzlich sah er an der Wand ein junges Mädchen von ungefähr sechzehn Jahren, das nicht kicherte. Sie trug einen langen dicken Zopf, ein hellblaues Ballkleid mit schwarzen Schleifen und unterhielt sich mit ihren Freundinnen. Wenn die Freundinnen zum Tanz gingen, blieb sie stehen und schaute ihnen nach. Emil trat auf sie zu und bat um einen Tanz.

„Ich darf nicht tanzen, weil mein Herz Trauer trägt."

„Darf ich fragen, um wen dein Herz trauert?"

„Es ist erst zwei Jahre her, daß meine Mutter starb. Heute habe ich zum ersten Mal das Trauergewand abgelegt und bin auf Bitten meines Vaters zu diesem Ball gegangen."

Emil reichte ihr die Hand, stellte sich vor und fragte dann: „Wie ist dein Name?"

Sie drückte seine Hand, schaute eine Weile in seine braunen Augen und sagte dann: „Paula."

„Liebe Paula, wenn dein Herz auch trauert, deine Beine trauern nicht. Dein Vater wird nichts dagegen haben, wenn du heute einen Tanz mit mir wagst. Und morgen hole ich dich ab, und wir gehen gemeinsam auf den Friedhof zu deiner Mutter."

Es war, als wüßten sie schon immer, daß sie füreinander bestimmt waren, und sie sollten sich treu bleiben durch alle Stürme des Lebens, im Frieden und im Krieg, in den Zeiten der Trennung und der Flucht, von der frühen Jugend bis ins hohe Alter, in gesunden und in kranken Tagen, sie hielten zueinander ein Leben lang.

Bald wußten sie alles voneinander. Es gefiel Emil, daß seine Paula wunderbar zum Klavierspiel ihres Vaters Paul Winter singen konnte, daß sie in einem Blumengeschäft arbeitete, daß sie die Tische deckte für die festlichen Tafeln der feinen Familien, daß sie Brautsträuße zu binden verstand, Verstorbene bettete und Blumenschmuck in die Kirchen brachte. Und es gefiel Paula, daß Emil im Elektrizitätswerk den Strom für ganz Stettin erzeugen half. Hatte Paula seit ihrer Konfirmation in einer Truhe weiße Bettwäsche, bestickte Tischdecken, behäkelte Taschentücher und silberne Kuchengabeln gesammelt, so hatte Emil schon ein kleines Startvermögen für die Ehe angespart, und er sparte weitere vier Jahre. Dann beschlossen sie zu heiraten. Ein unvorhergesehenes Ereignis durchkreuzte jedoch ihre Pläne: Paulas jüngere Schwester Dora wurde plötzlich schwanger, und die Familie war sich sofort darüber einig, daß Dora geholfen werden mußte. Eiligst organisierten sie eine kleine Hochzeitsfeier, damit das Kind in ordentliche Verhältnisse hineingeboren wurde, und da Dora für ihre Aussteuer noch nicht viel zusammengetragen hatte, gab Paula ihr Bettwäsche, Handtücher und alles, was sie entbehren konnte aus ihrer Aussteuertruhe. Paula begann erneut zu sammeln, zu nähen und zu sticken und auf ihre eigene Hochzeit zu warten. Fünf Jahre gingen so ins Land. Die Inflationszeit kam, und im Handumdrehen war Emils kleines Vermögen minimiert. Mit einem Wäschekorb voller Geld ging er schließlich in ein Porzellangeschäft und kaufte ein Eßservice, brachte es Paula und sagte: „Nun ist genug gewartet, laß uns bald heiraten, ehe auch noch mein letztes Geld nichts mehr Wert sein wird, und wir nicht einmal mehr das Essen für die Hochzeitsgäste bezahlen können.“

Im September 1928 wurden Paula und Emil in der Stettiner St. Jakobuskirche getraut. Emil wartete im Hochzeitsanzug seines Vaters Ernesto Bresin, bis der Hochzeitsmarsch erklang. Erst jetzt bekam er seine Braut in ihrem Hochzeitskleid mit dem weißen langen Schleier zu Gesicht. Sie wirkte groß und bildschön; so ganz in weiß. Caroline dachte an ihre eigene Hochzeit vor vielen Jahren, und die Tränen rollten über ihre Wangen. Als das Brautpaar die Kirche verließ, streuten unzählige Mädchen Blumen aus ihren kleinen Körbchen auf den Weg. Mehr als vierzig Gäste kamen zur anschließenden Familienfeier, und ich sehe sie alle vor mir, wie sie für das Hochzeitsphoto auf der Hakenterrasse Aufstellung nehmen: meine Großmutter Paula mit ihrem langen Schleier, der bis über die Stufen reichte neben ihrem stolzen Bräutigam in der Mitte umringt von der Familie und Freunden. Dieses Photo hat mich in meiner Kinderzeit begleitet und begrüßte mich immer, wenn ich nach Potsdam kam schon im Flur meiner Großeltern. Vor meinem geistigen Auge sehe ich sie alle zum Eröffnungstanz des Brautpaares klatschen, höre meinen Urgroßvater Paul Klavier spielen und Paula mit ihrer klaren Altstimme das Lied „Letzte Rose" singen.

Paula und Emil Bresin hatten einige schöne Jahre miteinander. Im Jahre 1932 wurde ihnen der Sohn Konrad geboren, und als das Kind aus den Windeln war, stiegen sie jeden Sommersonntag in eines der Schiffe an der Hakenterrasse und fuhren zu den Ostseebädern auf Usedom und Wollin. Sie tummelten sich mit dem Kind im Wasser, sangen Wanderlieder auf dem Heimweg und spielten Verstecken. Sie genossen das familiäre Glück, sahen sich die UFA-Revuefilme im Kino an, ließen sich ablenken, suchten die Zerstreuung, um sich nicht jeden Tag um die desolate wirtschaftliche Lage in Deutschland sorgen zu müssen. Aus der Politik hielten sie sich raus und waren dann regelrecht überrascht, als Hitler die Wahlen gewann. Schließlich glaubten sie, sich dem allen fügen und treu zu dem Staat halten zu müssen, wie es seit Friedrich dem Großen in Preußen üblich war. Emil Bresin verstand etwas von Wirtschaft, und er beobachtete die Lage sehr genau. Ihm entging nicht, daß Deutschland am Ende der dreißiger Jahre wirtschaftlich so gut wie bankrott war. Zur Politik jedoch schwieg er am Familientisch aus Furcht, sonst seinen Sohn in der Schule in Schwierigkeiten zu bringen.

Erst als Konrad diese Karte bekam: „Eintritt in die Hitlerjugend am ... Erscheinen Pflicht!" Da begannen die Eltern, konfrontiert durch die auswendig gelernten Lehrsätze ihres Sohnes, sich mit der politischen Lage auseinanderzusetzen. Ihr Sohn sprach ständig vom deutschen Erbgut, vom besseren Menschen und davon, daß Deutschland von einer Welt von Feinden umgeben war. Die Rassentheorie aus dem Schulunterricht hatte schnell im Kopf des Kindes Fuß gefaßt, und Vater Emil war sprachlos. Wie konnte er seinem Sohn das Gegenteil beweisen? Er fand keine Worte. Konrad war ein aufgewecktes, temperamentvolles und sehr begeisterungsfähiges Kind, was sich gerade in jenem Alter befand, wo man alles glaubt, was einem die Lehrer erzählen. Schließlich belehrte das Kind den Vater, und der Vater wollte sein Kind nicht in Konflikte bringen und wußte, daß er wegen der Gefahr der Denunziation zu schweigen hatte. Die Zeit schritt unerbittlich voran. Der Krieg trennte die Familie. Konrad kam zur Kinderlandverschickung nach Mecklenburg auf einen Bauernhof, wo die Großstadtkinder genügend zu essen haben sollten. Beim Bauern mußte

Konrad fleißig mitarbeiten, morgens auf die Felder gehen und Rüben verziehen, die Ernte einbringen, die Rinder und Ziegen versorgen, die Ställe ausmisten und das Hühnerfutter bereiten. Obwohl er viel vom Großbauern lernte, gab es für menschliche Worte kaum Zeit. Wie vermißte er seine Mutter mit ihren abendlichen Liedern, mit ihren Gedichten und wie vermißte er ihr Streicheln über seinen Schopf. Wie oft dachte er, an seinen Vater und die Diskussionen über die Weltwirtschaft. Alle Probleme im Haus der Bresins wurden gewaltfrei gelöst. Beim Großbauern mußte er nun erfahren, was ein Rohrstock ist, und welche bitteren Schmerzen man damit einem anderen Menschen zufügen kann. Konrad versuchte mit allen Mitteln, ein Lob von diesem wortkargen Mann zu erhalten, kümmerte sich besonders fleißig um die Ziegen, stand zeitig in der Frühe auf, versorgte sie mit Futter, pflegte sie bei Krankheit und Geburt, heilte eine Kuh und wartete auf die Anerkennung seiner Arbeit durch den Bauern. Allein, ein Fluchen und Schimpfen war alles, was er von ihm zu hören bekam. Konrad fehlte der Vater mit seinen Ratschlägen und mit seinen Ermutigungen. Wenn er mit den Menschen auch nicht reden konnte, die Tiere verstanden ihn. Er pflegte eine junge Ziege, die der Bauer schon aufgegeben hatte, wieder gesund. Die Tiere wurden dem Jungen die wahren Freunde, und er beschloß während dieser Zeit, Tierarzt zu werden.

In jenen Tagen fielen die ersten Bomben auf Stettin, Emil übte seinen Dienst im Kraftwerk aus und Paula bangte im Luftschutzkeller in der Brüderstraße um ihr Leben. Die Menschen hielten sich bei den Händen und beteten. Dann kam die Detonation, und ein Gefühl des Erstickens ängstige Paula. Durch die enorme Druckwelle, durch herabstürzende Wände und Putz, sowie durch das Einbrechen der Decken entwickelte sich eine gewaltige Staubwolke. Erschütterungen und Druck waren so groß, daß Paula zu Boden geschleudert wurde. Nachdem die Häuserzeilen durch Sprengbomben aufgebrochen waren, folgte die zweite Angriffswelle mit Brandbomben. Paula lag mehrere Stunden ohne Bewußtsein im Luftschutzkeller unter den Trümmern. Als sie wieder zu sich kam, hockte Emil neben ihr: „In unserem Eßtisch steckt eine nichtgezündete Brandbombe. Die Wände sind eingerissen, und das Schlafzimmer ist hin."

Sie starrte ihn mit weit aufgerissenen Augen an und begriff, daß er in jenen schrecklichen Kriegstagen nicht dazu fähig war, ihr ein paar liebe Worte zu sagen.

Paula und Emil flohen zu Paulas Schwester Dora und warteten auf das Ende des grausamen Krieges. Sie hofften jeden Tag darauf und mußten doch erleben, wie ihr wunderbares und geliebtes Stettin in wenigen Bombennächten in Schutt und Asche fiel, wie alles zerstört wurde, was ihnen lieb und teuer war, und eine ungeheure Leere machte sich in ihren Herzen breit. Ihre Fassungslosigkeit war so groß, daß sie sich kein schlimmeres Leid mehr vorstellen konnten. Emils Freunde mahnten ihn, die Stadt zu verlassen, ehe der Russe kommen würde, aber Emil glaubte nicht an solche Märchen, wie er es bezeichnete: „Stettin ist eine wichtige deutsche Hafenstadt, und niemals wird sie vom Kernland abgetrennt werden."

Erst als die Polen in sein Wohnzimmer eindrangen, die Spiegel zerschmetterten und das Geschirr und die Wäsche mitnahmen, bat er seine Frau, Stettin zu verlassen. Das Silberbesteck vergrub er eiligst im Garten unter dem Kirschbaum und packte für Paula einen kleinen Koffer. Dann brachte er sie zum Bahnhof mit den Worten: „Ich komme dich besuchen, sobald ich nicht mehr unabkömmlich bin. Du weißt, daß ich, wegen meiner wichtigen Arbeit im Kraftwerk, nicht an die Front eingezogen wurde. Meine Aufgabe ist es, gerade jetzt für den Strom der großen Stadt Stettin zu sorgen. Geh nach Mecklenburg, versuche Konrad zu finden und schreibe mir. Wenn das hier alles vorbei ist, kommst du mit unserem Sohn wieder nach Stettin."

Paula wartete lange auf einen Güterzug in Richtung Westen, denn Fahrpläne gab es längst nicht mehr. Nach sieben Tagen kam sie endlich in Ribnitz-Dammgarten an, war ausgehungert und fast verdurstet. Im Ziegenstall fand sie einen groß gewachsenen Jungen. Es dauerte eine Weile, ehe sie ihren Sohn erkannte. Groß und hager war er geworden, sein Haar war dunkler als zuvor, und seine braunen Augen leuchteten vor Freude. Er gab ihr Ziegenmilch zu trinken und erzählte, wie er einst das Muttertier gesund gepflegt hatte. Paula setzte sich erschöpft in das Stroh, aber von den Strapazen der Flucht aus dem brennenden Stettin mochte sie nicht berichten. Sie sagte: „Erinnerst du dich daran, was mein Vater, also dein Großvater, der Paul kurz vor seinem Tod gesagt hat: ‚Paula, sorge du dafür, daß Konrad etwas Anständiges wird, er hat gute Anlagen. Kämpfe dafür, daß er Medizin studieren kann!'"

Konrad nickte, denn er konnte sich noch genau an die Worte des Großvaters erinnern, obgleich er damals noch ein kleines Kind war.

„Jetzt ist deine Mutter gekommen, um diesen Schwur, den sie ihrem Vater einst gegeben hat, einzulösen. Laß uns kämpfen!"

Konrad umarmte seine Mutter und brachte sie dann auf sein Zimmer mit den Worten: „Der Großbauer ist gestern in den Westen abgehauen, und in seinem Haus sind unzählige Flüchtlinge aus Ostpreußen und Schlesien untergebracht. Meine Kammer ist sehr klein, und ich will sehen, daß wir gemeinsam ein größeres Zimmer finden. Und nun erzähl mir erstmal von Vater!"

Sie redeten den ganzen Abend bis in die späte Nacht hinein. Nach ein paar Tagen, als Paula sich ausgeruht hatte, schaute sie sich im Haus und auf dem Hof um, und sie erkannte die Not der Flüchtlingskinder, die meist in viel zu kleinen abgefetzten Kleidungsstücken herumliefen. Sie eröffnete kurz entschlossen eine Nähstube und rief alle Frauen, die Nähen und Stricken konnten, zusammen. Gemeinsam sammelten sie alte Kleider, Stoffetzen, Zuckersäcke und Pullover und begannen, all die nicht mehr passenden Sachen aufzutrennen und die noch guten Stoffstücke herauszuschneiden. Danach wurden daraus neue Sachen für die Flüchtlingskinder gefertigt.

Am achten Mai wurde ein Volksempfänger in das Fenster des Bauernhofes gestellt, und plötzlich hielten die Frauen an, ihre Wäsche aufzuhängen und die Jungen ließen die Mistgabeln fallen. Still und gespannt vernahmen sie alle die Nachricht, daß der unglückselige Krieg sein Ende gefunden hatte.

Paula blühte wieder auf. Ihre neue Arbeit brachte ihr zwar kein Geld ein, zündete aber ein helles Licht in ihrer Seele an. Sie war eine schöne Frau in den besten Jahren und wurde von mehreren Männern umschwärmt. Paula jedoch gab allen zu verstehen, daß sie auf ihren Ehemann warte, und wenn es Jahre dauern würde, und auch wenn sie lange kein Lebenszeichen von ihm bekommen hatte! Ihre Liebe zu Emil sei unsterblich, und für einen anderen Mann gäbe es niemals einen Platz in ihrem Herzen.

Kurz darauf hatte der zwölfjährige Konrad ein folgenschweres Schlüsselerlebnis. Als Flüchtlingsjunge im Mecklenburgischen hatte er es nicht leicht, wurde von den anderen Kindern gehänselt und verprügelt. Der Großbauer hatte ihm das Leben schwergemacht, und daß er seinen täglichen Unmut an dem Flüchtlingsjungen ausließ, zehrte noch lange an Konrad. Er suchte schließlich andere Möglichkeiten, seinen Mut zu beweisen. So beim Steinwerfen über den Kirchturm. Erst, als es ihm gelang, den Kieselstein über die Kirchturmspitze zu werfen, wurde er von den Einheimischen akzeptiert. Doch er wollte noch mehr beweisen, was in ihm steckt. An jenem Tag, als die Rote Armee in den Ort kam, trat er allein mit einer weißen Fahne auf die breite Allee des mecklenburgischen Dorfes. Die Kastanienbäume zu beiden Seiten der Straße standen kurz vor der

Blüte, und die Sonne schickte ihre freundlichen Strahlen auf jenen Flecken Erde, als wolle sie diesen Tag ganz besonderes festlich erhellen. Russische Reiter bildeten die Vorhut. Sie ritten langsam in das Dorf ein. Alles war still an jenem Frühlingsmittag. Kein Mensch war auf der Dorfallee zu sehen, kein Hahn krähte, kein Hund bellte. Nur die Tritte der Pferdehufe waren zu hören. Niemand in dem abgelegenen Dorf hatte je vorher einen Russen gesehen.

Da stand der Junge, allein, mit der weißen Fahne und glaubte an den guten Neuanfang. Der Krieg hatte ihm seine Heimat genommen und viel Elend über die Flüchtlinge und überhaupt über alle Menschen gebracht. Des Jungen einzige Hoffnung war jetzt eine Zukunft in Frieden.

An jenem Tag, als er allein auf der Allee stand, besiegte er die Angst und nahm all seinen Mut zusammen. Der russische Kommandant schaute ihn ungläubig an und rief dann von seinem Pferd herab: „Sdrastswui! ... Gitler kaput! ... Sewonja Mir, panimajesch: Mir! Frieden!"

Und dann geschah etwas Unglaubliches. Der russische Kommandant hob den Jungen auf sein Pferd, klopfte ihm auf die Schulter und ritt mit ihm in das Dorf ein. Die Leute schauten erst ungläubig hinter ihren Gardinen vor, dann endlich traten sie zögerlich auf die Straße. Sie verstanden. Es kam mit dem russischen Reiter, der einen deutschen Jungen mit einer weißen Fahne auf seinem Pferd hatte, der Friede in das Dorf.

Solch ein Erlebnis kann einem niemand nehmen. Das prägt einen jungen Menschen ein Leben lang. Seit jenem Tag im Mai glaubte der junge Konrad, an die russische Revolution und später an den Marxismus-Leninismus und an den Kommunismus. Bald lernte er ihre Sprache, die Sprache der Sieger. Mit der Ideologie des Nationalsozialismus hatte er abgeschlossen, denn sie brachte Krieg und Leid über die Menschheit.

In jenem Dorf in Mecklenburg bereitete er sich dann auf sein Abitur vor. Er wurde von Neulehrern unterrichtet, die Blume mit „h" schrieben, aber sie waren stramme Sozialisten, ausgestattet mit dem gesamten ideologischen Rüstzeug, das von der Sowjetunion, zwangsläufig von den Siegern, herüberkam.

In Konrads jugendlichem Herzen vermischten sich schnell preußische Erziehung zu Loyalität, Pflichtbewußtsein, Treue, Fleiß und Disziplin mit den Idealen des Sozialismus und des Kommunismus. Bald war er überzeugt davon, daß mit der Beseitigung der kapitalistischen Produktionsverhältnisse, die letzte antagonistische Form der Gesellschaft aufgehoben würde, und daß mit der Errichtung der kommunistischen Gesellschaftsformation die Menschen die Herrschaft über ihre eigenen gesellschaftlichen Verhältnisse übernehmen, und damit den Sprung aus dem Reich der Notwendigkeit in das Reich der Freiheit vollziehen würden. Er hatte bei Karl Marx gelesen, daß die Herausbildung des Kommunismus auf der ganzen Welt im Prozeß der sozialistischen Revolution eine einzigartige Stellung in der Geschichte einnehme: Sie sei der Abschluß der Vorgeschichte der Menschheit und der Beginn ihrer eigentlichen Geschichte. Das war für Konrad Bresin keine Frage des Glaubens, sondern die einzige wissenschaftliche Weltanschauung überhaupt.

Paula sparte jeden Pfennig, lief zu Fuß in das nächste Dorf, um einzukaufen, sparte das Geld für Bahn und Bus, um ihrem Sohn das Schulgeld zahlen zu können. Von Emil kam nur selten Nachricht, manchmal schickte er ein Paket mit Lebensmitteln, dann kam lange Zeit kein Lebenszeichen.

Fünf Jahre lang mußte Emil in Stettin die polnisch-russische Kriegsgefangenschaft erdulden, um die Polen im städtischen Kraftwerk anzulernen.

Eines Tages stand plötzlich ein ausgemergelter Mann vor Paula, den sie nicht kannte: Vergrämt und derart abgemagert sah der Fremde aus, daß es ihr schauderte, dunkle Bartstoppeln verunstalteten sein Gesicht. Plötzlich, an der Art, wie er ihren Namen aussprach, erkannte Paula ihren Emil. Beide fielen sich in die Arme. Dann suchten sie den Sohn Konrad. Überglücklich darüber, nach all den Strapazen wieder zueinander gefunden zu haben, nahmen sie sich an den Händen und gingen ins Haus. Paula pflegte ihren Mann, der ihr nach all den Jahren so fremd vorkam. Nach zwei Monaten kam er endlich wieder etwas zu Kräften, und allmählich erkannte sie in dem Fremden ihren geliebten Mann Emil Bresin. Es ging ein ganzes Jahr ins Land, und dann endlich fand Emil eine gute Anstellung im Potsdamer Kohlekraftwerk. Er erholte sich insgesamt von den Strapazen der Kriegsgefangenschaft nur langsam, war aber froh über die neue Arbeit. Die Familie bekam eine kleine Wohnung am Potsdamer Bassin-Platz. Nach Stettin, in seine alte Heimatstadt, wollte Emil Bresin Zeit seines Lebens nie mehr reisen.

So nach und nach mußte Emil erfahren, daß sein jugendlicher Sohn sich, während seiner Abwesenheit, zu einem eigenständig denkenden Menschen entwickelt hatte, der eine ganz eigene, für Emil verblüffende Vorstellung vom Leben besaß. Es hätte keinen Sinn gehabt, ihn vom Eintritt in die neu gegründete Sozialistische Einheitspartei Deutschlands abzuhalten, das spürte Emil Bresin bald. Zwölf Jahre war der Junge, als der Krieg zu Ende ging und siebzehn, als Emil ihn wieder sah, und als die

Mutter seinen Aufnahmeantrag in die SED unterschrieb, da er noch nicht volljährig war. In der Zeit dazwischen, die geprägt war von gravierenden Umwälzungen, hatte der Sohn seine eigenen Erfahrungen gemacht und wollte nun das Ringen um antifaschistisch-demokratische Verhältnisse in Deutschland unterstützen.

Konrad bestand das Abitur, und einige Tage später kam ihm sein Vater freudestrahlend in der Potsdamer Geschwister-Scholl-Straße entgegen und rief: „Junge, du hast einen Studienplatz für Medizin in Greifswald!"

Jede Generation wird von den Erfahrungen, die sie in ihrer Kindheit und Jugend gemacht hat, geprägt. Eva Reinecke und Konrad Bresin waren es gewöhnt, einer Idee zu folgen, einem Über-Ich zu gehorchen, das ihnen sagte, wo es lang ging. Nun stellte sich jedoch die eine Idee als falsch heraus, so konnte die entgegengesetzte Idee nur richtig sein. Ein Leben ohne Idee war nicht denkbar. Die Bresins glaubten, im Ostteil Deutschlands in einem besseren und humanen System zu leben, in welchem den Kriegsverbrechern von einst das Handwerk gelegt wurde, in dem die Friedenstaube ein Zuhause hatte und die Völkerfreundschaft gelebt wurde. Sie glaubten in aufrichtiger Weise an die Ziele des Sozialismus und wollten ihre Kinder ganz in diesem Sinne erziehen.

So glich das Kinderleben von Constanze und mir in gewisser Weise dem Leben unter einer Käseglocke, unter welcher wir abgeschirmt von allen Sorgen und Problemen sowie frei von jeglichen Zweifeln aufwachsen sollten, wo es nur gut und böse und kein dazwischen gab, und der Vater pflegte zu sagen: „Wer nicht für uns ist, der ist gegen uns. Und wer für uns ist, steht auf der Seite des gesetzmäßigen Sieges des Sozialismus über der Kapitalismus, wie ihn Lenin, Marx und Engels erkannt und in ihren Werken beschrieben haben, das ist die Wahrheit!"

Jetzt, da ich diese Zeilen für Dich, meine Schwester Constanze, niederschreibe, wird mir folgendes klar: Betrachtet der Mensch die Welt aus einer einzigen Position heraus, erkennt er nur eine einzige Wahrheit. Die Welt jedoch kann man aus ganz verschiedenen Positionen heraus betrachten, und man wird nicht umhin können, ganz verschiedene Wahrheiten in ihr zu erkennen. Der Wahrnehmungssinn der Kinder des Ostens, jedoch war noch nicht geschult für die verschiedenen Blickwinkel beim Betrachten der Welt.

„Und, hast du dich gemeldet?" fragte der Vater in der Küche, als Constanze das Abendbrot vorbereitete.

Constanze druckste herum. Der Vater bohrte weiter: „Na rede schon! Bist du den anderen vorangegangen und hast dich gemeldet? Du weißt doch, daß es von Vorteil ist. Wenn du einmal studieren willst, mußt du in der Schule schon politisch aktiv gewesen sein. Auf den richtigen Klassenstandpunkt kommt es an. Hast du dich also gemeldet und dich zum Agitator eurer Klasse wählen lassen?"

„Vater, ich mache euren Kalten Krieg nicht mit."

Dem Vater blieb die Luft weg: „Was hast du gesagt? Unseren Kalten Krieg?"

„Du hast ja keine Ahnung, wie ..." Weiter kam Constanze nicht, denn der Vater fegte mit einer Handbewegung ihren vollen Kaffeebecher vom Tisch, daß das heiße Naß ihr auf die Hose spritzte. Constanze kochte vor trotziger Wut: „Ich stelle mich doch nicht jeden morgen vor die Klasse und mache mich bei allen unbeliebt. Nein, danke! Jeden Morgen das NEUE DEUTSCHLAND auswerten und Parolen schwingen, das fehlte noch! Außerdem ist der ganze Kalte Krieg doch nur ein Werbefeldzug für die Rüstungsindustrie!"

Der Vater kochte: „Das hast du wohl von deinem langhaarigen Hippie-Freund Hannes? Na, der kommt mir nicht mehr ins Haus! Unseren Kalten Krieg? Ja, bist du blind? Der ist uns ja wohl aufgezwungen worden! Ständig versucht der imperialistische Klassenfeind, die Errungenschaften des Sozialismus zu leugnen und zu sabotieren, andauernd werden die Menschenrechte in der BRD mit Füßen getreten und dann die Einmischung der USA in Vietnam, ein brutaler Eroberungskrieg! Und meine Tochter sagt: unseren Kalten Krieg!"

„Papa, es hat doch keinen Sinn", gab Constanze zur Antwort, „sollte es zu einem Dritten Weltkrieg kommen, haben wir alle keine Chance, der Osten nicht und der Westen auch nicht! Es gibt Napalmbomben und chemische Waffen. Atomsprengköpfe sind sicher ganz in unserer Nähe stationiert. Warum führen wir so lächerliche Manöver durch? Und was wir heute über Zivilverteidigung gelernt haben, ist auch alles Unsinn. Das Wettrüsten muß endlich ein Ende haben! Make love not war! Hast du schon mal etwas von Flower Power gehört?"

„Mach nur so weiter, Constanze!" rief der Vater laut und zornig. „Schiele nur nach den rauschgiftsüchtigen, schlampigen Hippies, und du wirst schon sehen! Aber eins merke dir gut, solange du deine Füße noch unter unseren Tisch stellst, wird gemacht, was wir sagen! Ich will nie wieder etwas davon hören. Du bringst mir sofort dein Kofferradio herunter!

Ich will nicht erleben, daß du noch einmal einen Westsender hörst! Ich werde es nicht mehr zulassen, daß die Feinde des Sozialismus mit Hilfe westlicher Rundfunkstationen versuchen, durch Lüge und Hetze Einfluß auf meine Kinder zu nehmen! Sie bringen dich in große Konflikte und schaden dir in deiner Entwicklung!“

„Was ist denn hier los?“ fragte die Mutter an der Tür. Sie stellte die Einkaufstaschen ab, „diese Schlepperei immer und das lange Anstehen nach Brötchen! Constanze, morgen gehst du Milch und Brot holen!“

„Eva, stell dir vor, sie nennt es: unseren Kalten Krieg! Schreibt fast nur Einsen in der Schule und will sich mit so lächerlichen Ansichten das Studium versauen!“ sagte der Vater, und dann sah er Constanze an und befahl: „Komm mit in mein Arbeitszimmer!“

Constanze kochte vor Wut. Mir mein Radio wegnehmen! So eine Gemeinheit! Was mache ich ohne meine Musik?

Der Vater holte ein NEUES DEUTSCHLAND und eine Broschüre aus dem Schreibtisch. „Hier, das liest du bis morgen, und dann reden wir über den VIII. Parteitag der SED und die Errungenschaften des Sozialismus! Und jetzt bring mir dein Radio!“

Nun bekam es Constanze von allen Seiten: Rotlichtbestrahlung, wie sie es nannte. Rote Lieder im Chor, rote Agitation in der Schule, rote Diskussionen im Pioniernachmittag. Sie sangen: „Verronnen die Nacht und der Morgen erwacht, rote Flotte mit Volldampf voraus ... Voran an Geschütze und Gewehre, auf Schiffen, in Fabriken und im Schacht! Tragt über den Erdball tragt über die Meere die Fahne der Arbeitermacht.“

In der Pionierorganisation ging es jetzt auch anders zu. Vorbei waren die Wanderungen in der Natur, die Altstoffsammelaktionen, die lustigen Klassenfeten mit Flaschendrehen und die Fahrradtouren zur Elbe hin. Jetzt gab es langweilige Betriebsbesichtigungen und Agitationsstunden an den Pioniernachmittagen. Sie bereiteten sich auf den Eintritt in die FDJ vor, und das mit aller roten Konsequenz. Sie besprachen das Kommunistische Manifest und das Leben von Karl Marx und Friedrich Engels. Sie erörterten den Satz: „Die Theorie wurde zur materiellen Gewalt.“ Es gab immer nur eine Meinung, die der Partei! Jeder Pionier hatte diese als seine Meinung zu verinnerlichen! Sie lasen Broschüren, in denen stand: „Wie sollte der Haß auf den imperialistischen Feind häßlich und abstoßend sein, wo er doch geboren ist aus der Liebe zu unserem sozialistischen Vaterland, zum Frieden und zur Gerechtigkeit unseres Kampfes für den Weltkommunismus.“

Es hieß, die besten und linientreusten Pioniere und FDJler sollten dann im nächsten Jahr zum 10. Festival der Jugend und Studenten nach Berlin fahren dürfen.

Constanze wurde in jenen Tagen sehr nachdenklich. Sie bat die Eltern darum, in den nächsten Ferien zu den Großeltern nach Potsdam fahren zu dürfen. Sie war nun dreizehn, und es wurde ihre erste selbständige Zugfahrt, eine umständliche Reise mit mehrmaligem Umsteigen und stundenlangen Wartezeiten auf den Bahnhöfen. Während der Fahrt las sie ein Buch, welches sie mitunter zuklappte, um nachzudenken. Sie überlegte, welches Studium für sie interessant, und aber nicht rot sei. Sie kam zu dem Schluß, daß sie leider nicht Auslandskorrespondentin werden könne, wie sie es gern wollte. Noch vor einem halben Jahr hatte sie sich vor ihrem geistigen Auge mit einem Photoapparat, Stift, Block und Diktiergerät in einem fernen Land gesehen. Diesen Berufswunsch hatte sie für den Unterricht in einer Zeichnung dargestellt. Sie hatte sich vorgestellt, für eine renommierte Zeitung zu arbeiten. Nun wußte sie, für diesen Beruf brauchte man ganz sicher das Parteiabzeichen der SED. Sie überlegte weiter: Lehrerin für Deutsch und Geschichte, das würde ihr liegen, wäre aber ebenfalls von roter Ideologie durchzogen. Dann grübelte sie darüber nach, ob es sinnvoll wäre, einen einfachen Beruf zu ergreifen und auf das Abitur zu verzichten. Sie beobachtete die Schaffnerin im Zug, die Kellnerin im Bahnhofsrestaurant, aber diese Berufe sagten ihr nicht zu. Sie dachte an ihren Vater im weißen Kittel, sah ihn vor sich, wie er einem kranken Kind aufmunternde Worte zusprach, nachdem er das Stethoskop abgesetzt hatte, und sie wußte in diesem Moment, daß er ein Detektiv des Körpers war und die verborgensten Geheimnisse des menschlichen Körpers zu ergründen wußte. Sie fand Gefallen daran, und sie konnte sich vorstellen, Ärztin zu werden.

In Potsdam wurde sie von Großmutter Paula vom Bahnhof abgeholt. Es war eine riesige Wiedersehensfreude. Eingehakt liefen sie zur Straßenbahn. Es gab ja so viel zu erzählen. Endlich konnte Conny wieder Großstadtluft schnuppern und über Mode reden. Und wie sie verwöhnt wurde! Zwei sorgfältig in Seidenpapier eingehüllte und mit Schleifen versehene Geschenke lagen auf dem kleinen Couchtisch. Sie wickelte beide neugierig aus: ein Flatterhemd, wie es ganz modern war und ihr erster BH, weiß mit blauen Blümchen. Sie hüpfte und küßte die Potsdam-Oma voller Freude. Paula war eine sehr modebewußte Frau, die phantastisch häkeln und stricken konnte. Unzählige Pullover, Mützen, Handschuhe und Kleider hatte sie den Enkelmädchen gestrickt, und allmählich lernte auch Constanze von ihr das Stricken und Häkeln.

Der Großvater kochte gerne und hatte das Essen schon angerichtet. Er war ein Preuße durch und durch und bereitete alles genau nach Rezept, wobei er die Mengen jeweils hundertprozentig genau abwog oder im Meßbecher abmaß. Es gab Gulasch mit Rotkohl. Am liebsten jedoch bereite er pommersche Kartoffelsuppe mit viel Petersilie und ein wenig Milch zu oder briet Kartoffelpuffer, die mit Zucker gegessen wurden und dazu gab es kalten Muckefuck.

Ach, bei den Großeltern kamen Constanze so viele Erinnerungen. Vom Balkon aus sah sie auf den Spielplatz mit dem rotweißen Pilzklettergerüst. Wie oft hatte sie da einfach nur mit den Kindern der Straße rumgehangen? Am liebsten aber hörte Constanze den Erzählungen der Großmutter zu. Nach jedem Mittagessen, wenn der Großvater seine Mittagsruhe hielt, setzte sich Paula an ihre Häkelarbeit und erzählte dabei so wunderbar von früher, daß Constanze ganz die Zeit vergaß. An manchen Tagen holte Paula ihr Gedichtbüchlein hervor und trug ihrer Enkelin ihre selbst verfaßten Gedichte vor. Ihr erstes Gedicht hatte dann auch Constanze hier geschrieben mit neun Jahren, und damals kam der große Wunsch in ihr auf, Dichterin zu werden.

Vor allen Dingen freute sie sich auf eine Sache bei den Großeltern besonders: auf das Westfernsehen! Informationen und Filme aus der ganzen Welt! Hier hatte sie damals den Einzug der Panzer in Prag während der Unruhen gesehen. Truppen der Sowjetunion, der DDR, Ungarns, Polens und Bulgariens fielen in die Tschechoslowakei ein und beendeten den Reformkurs Alexander Dubceks, den „Prager Frühling“. Die Kommentare der Westreporter waren so anders als die der Ostreporter. Sprach man in der DDR von „der Preisgabe der Position des Sozialismus zugunsten der Konterrevolution“, so redeten die Westreporter vom „Scheitern des Traumes vom Kommunismus mit menschlichem Antlitz“.

Constanze fand es aufregend, sich eine eigene Meinung bilden zu können. Hier bekam sie etwas mit von der großen weiten Welt und träumte davon, einmal selbst andere Kontinente zu bereisen und Auslandskorrespondentin zu werden. Sie wollte berichten über die Menschen in den fernen Ländern, schreiben über Landschaften und Bräuche der Leute weit ab von dieser, ihrer Welt. Sie wollte ihre Sprachen, ihre Kultur und Religion studieren. Aber das war damals. Jetzt wußte sie, daß sie sich keine eigene Meinung bilden sollte und nicht in die westliche Welt reisen durfte, und daß sie in diesem Land weder Dichterin, noch Journalistin, geschweige denn Auslandskorrespondentin werden könne, denn sonst würde sie sich auf politisches Glatteis begeben und irgendwann einbrechen. Je mehr sie nachdachte, um so mehr wurde ihr klar, daß sie sich weder für eine Kellnerin noch für eine Schaffnerin eignen würde. Was wollte sie überhaupt? Mit Menschen arbeiten, das war schon mal klar, sich in einem guten Team an ein interessantes Thema heranwagen, ein Problem gemeinsam lösen und anderen damit weiterhelfen, das wollte sie.

Der Großvater hatte sich damals mit dem Vater über die Panzer in Prag gestritten. Constanze konnte sich erinnern, daß er sagte: „Nach dem Zweiten Weltkrieg haben die Deutschen geschworen, nie wieder eine Waffe gegen ein anderes Land zu richten, und jetzt marschiert die Nationale Volksarmee in der Tschechoslowakei ein! Wir hätten das verweigern sollen!"

Bei dem Großvater gab es keine Aktuelle Kamera. Hier wurde „Tagesschau" gesehen. Als Constanze noch klein war, kam immer nach der Tagesschau das Zeichen: „Sieh doch mal nach, ob die roten Lichter am großen Schornstein der Molkerei schon leuchten. Dann ist es Zeit, ins Bett zu gehen", sagte die Großmutter. Conny trat auf den Balkon hinaus, sah den Leuchtturm und die Eisenbahnbrücke, und als sich ein Zug über die Brükke schlängelte, fragte sie: „Omi, wann fahren wir einmal mit dem Zug über diese Brücke? Ich möchte so gerne mal euer Haus von der Brücke aus sehen."

Die Großmutter schaute dann traurig und sagte: „Kind, mit diesem Zug können wir niemals fahren."

„Warum denn nicht?"

„Alle Züge, die über diese Brücke fahren, gehen nach West-Berlin."

Conny konnte es, als sie noch klein war, nicht verstehen, daß man einen Zug zwar fahren sehen, aber nicht dort einsteigen konnte.

Sie fand, die Logik der Erwachsenen sei viel zu kompliziert, dabei könnte alles so einfach sein. Als sie klein war, war ihre Welt noch klar und verständlich. Jedoch, je reifer und älter sie wurde, desto undurchsichtiger fand sie die Welt der Erwachsenen. Sie fand, Grenzen, die mit Gewalt verteidigt werden müssen, seien einfach das Abscheulichste und Unlogischste! Sie hielt die Menschen des zwanzigsten Jahrhunderts für so klug und edel, daß sie auch ohne Mauern und Stacheldraht miteinander auskommen müßten. Wohl fremd waren sich einst Germanen und Römer, aber die hatten auch noch kein Radio und keinen Fernseher und brauchten wohl den Limes, um sich abzuschotten. Sie fragte sich manchmal, warum sie eigentlich, wie es die Zeitung und die Lehrer vorgaben, Angst haben sollte vor den Leuten aus dem Westen? Die hatten doch auch Lessing gelesen und Schiller und Goethe, die sangen „Freude schöner Götterfunke", genau wie sie im Chor, und ihre Theater spielten „Nathan der Weise".

Am nächsten Morgen ging Constanze das erste Mal allein im Park von Sanssouci spazieren. Es hatte einer gewissen Überredungskunst bedurft, bis die Großeltern damit einverstanden waren, sie allein gehen zu lassen.

Oh, sie genoß diesen Morgen! Ihr erster Morgenspaziergang in Sanssouci als Frau! Selbständig sich Gedanken machen über diese Welt, allein im Park, herrlich! Es war kurz vor Ostern, und vor dem Schloß Charlottenhof blühten die Tulpen und Narzissen. Sie lauschte dem Gesang der Amseln, bog in den Dichterhain ein, den Lieblingsplatz der Großeltern, ging am Reiterstandbild Friedrich des Großen vorbei und dachte an die Worte des Großvaters über diesen Monarchen, der sich als erster Diener seines Staates sah. Der Großvater sprach stets voller Hochachtung vom Friedrich, lobte seinen preußischen Ordnungssinn, seine Liebe zur Musik und zur Dichtung, erläuterte Constanze die vielen Reformen, so die Abschaffung der Folter im Gerichtswesen, die Einführung der allgemeinen Schulpflicht und erklärte ihr den Grund der Ansiedlung von Glaubensflüchtlingen. Was die Glaubensfragen betraf, sollte der „Alte Fritz" gesagt haben: „So soll jeder nach seiner Fasson selig werden." Das gefiel Constanze. Der Großvater erzählte ihr, daß die Hugenotten den kargen Sandboden um Potsdam und Berlin herum mit besonderem Fleiß bearbeitet hätten, und daß sie es waren, die den Blumenkohl mitbrachten und die Buletten einführten. In des Großvaters Erzählungen kamen immer wieder die Worte Disziplin, Treue und Pflichtbewußtsein vor, so daß Constanze es schon nicht mehr hören konnte. Trotzdem klangen die Geschichten des Großvaters wie aus einer anderen Welt, und Constanze hörte gespannt zu.

Die Großmutter hatte ihr kürzlich eine andere Geschichte unter äußerster Verschwiegenheit erzählt und Constanze gebeten, diese lieber für sich zu behalten und weder beim Vater noch beim Großvater diese Sache anzusprechen. Selbstverständlich wüßten die beiden von der Geschichte, aber es wäre besser, sie niemals zu erwähnen, sonst könnte ein Donnerwetter hereinbrechen, denn Vater und Großvater waren für eine harte und konsequente Erziehung ohne Pardon. Die Geschichte begann so: Es habe sich zugetragen, daß Friedrich der Große, als er noch nicht der Große war, sondern siebzehn Jahre alt, die Nase voll hatte von all dem militärischen Drill und Gehorsam. Da soll er einen Fluchtversuch unternommen haben. Sein treuer Freund Katte soll ihm geholfen haben, seinem gestrengen Vater zu entfliehen und irgendwo in einem kleinen Nest südlich von Heidelberg sei der Fluchtversuch dann vereitelt worden. Sie schliefen in der kleinen Scheune des Bauern Lerch, die Friedrich, wegen der Ähnlichkeit mit einem Vogelnest, „Lerchennest" nannte. Hier in diesem kleinen Steinsfurt, so hieß der Ort, wurden sie gestellt, und am Ende mußte der junge Friedrich mitansehen, wie sein Freund Katte vor seinen eigenen Augen hingerichtet wurde, als Zeichen der Abschreckung und Strafe sozusagen.

Als Constanze mir die Geschichte erzählte, fragte ich mich: Kann und muß Erziehung so hart sein?

Constanze fand das alles total brutal, und sie bekam Angst vor Männern, denen die Worte preußische Treue, preußischer Gehorsam und preußisches Pflichtbewußtsein zu viel bedeuteten.

Großmutter hatte recht, dieses Thema sollte sie bei Vater und Großvater lieber nicht zur Sprache bringen. Manchmal spürte sie den Geist preußischer Erziehung in ihrem Vater und in ihrem Großvater.

Sie dachte: abhauen, einfach abhauen. Sogar der Preußenkönig besaß als junger Mensch einst den Mut dazu. Das machte ihn sympathisch.

Inzwischen war Constanze an den Römischen Bädern angelangt. Herrlich, einfach herrlich, dachte sie. Kein Erwachsener, der einen belehren will. Denken was man will! Endlich allein in Sanssouci! Sie stellte sich vor, wie die Römer einst badeten und sah sich nackt in der marmornen Wanne voll mit duftendem Wasser, auf dem Rosenblätter schwammen. Diener in weißen Tuniken gossen roten Wein in die Kelche und beköstigten sie mit saftigen Trauben. Sie sahen pausbäckig aus, wie die Putten am Bassin, und hatten so eine knackige Figur wie der Faun im Garten. Ein schöner Römer pustete die Rosenblätter auf dem Wasser beiseite und dann ...

Ach, das sind nur Träume einer jungen, erwachenden Teenieseele.

Von Woche zu Woche besah sie ihren Körper vor dem Spiegel und staunte darüber, wie die Fraulichkeit in ihr zu erblühen begann. Sie verglich sich mit einer Blütenknospe, die kurz vor der Prachtentfaltung stand. Gewiß gab es hier und da ein paar Mängel, die Beine waren noch ein wenig zu dünn, jedoch in Anbetracht der schnellen und auffallenden Veränderungen fand sie, daß sich alles ziemlich proportional und zu ihrer Zufriedenheit entwickelte. Ach, wenn man doch an einen Schöpfer glauben dürfte, so wie es die Greifswald-Großmutter tat, dann würde sie ihm danken für ihren schönen Körper und insbesondere für die herrlichen Brüste, die ihr jetzt wuchsen. Oh, wie toll es ist, Brüste zu haben!

Den schönen Römer, der die Rosenblätter beiseite pustete, den traf sie jedoch an diesem Morgen im Park von Sanssouci nicht, auch nicht am Chinesischen Teehäuschen mit seinen vergoldeten Figuren und nicht am Schloß oder der Orangerie und auch nicht an einem der großen Springbrunnen.

Conny nahm für den Rückweg die Straßenbahn und kam gerade pünktlich zum Mittagessen. Die Großeltern sahen, wie immer schon, wartend aus dem Küchenfenster auf die Straße hinunter. Constanze beeilte sich. Als sie am Spielplatz vorbeiging, winkte die Großmutter ihr zu. Ach, der Spielplatz, dachte sie, mit seinem großen rotweißen Pilzklettergerüst. Wie oft hatten sie sich hier getroffen mit den Kindern der Kant-Straße. Die meisten von ihnen waren „Schlüsselkinder", deren Mütter ganztags arbeiten gingen. Deshalb trugen die Kinder den Hausschlüssel an einem Band um den Hals. Bei Regen, Wind und Wetter trafen sie sich alle am Pilz, kletterten nach oben, und der Regen konnte ihnen nichts anhaben. Sie baumelten am Gerüst, hingen einfach nur rum und quatschten miteinander. Ach, das waren noch Zeiten, dachte Constanze. Inzwischen war der Spielplatz leer, und aus den Kindern waren Teenies geworden.

Sie betrat das Treppenhaus, und der Tisch war gedeckt, als Conny bei den Großeltern eintrat. Die Kartoffeln dampften, und der Duft von leckeren Buletten stieg ihr in die Nase. Constanze erinnerte sich, daß es Friedrich der Große war, der einst diese Knollen aus Amerika eingeführt hatte. Außerdem gab es Blumenkohl mit holländischer Sauce. „Die Sauce war wahrscheinlich ein Leibgericht von Friedrichs Großvater, der in den Niederlanden aufwuchs und dort erzogen wurde. Amerikanisch-hugenottisch-holländisch-preußische Gaumenfreude", sagte die Großmutter während sie die Schüsseln herumreichte und lachte.

Während Konrad Bresin am Bahnhof von Glöwen auf seine Tochter Constanze wartete, gingen ihm so manche Gedanken durch den Kopf. Zugegeben, mitunter war er schon richtig stolz auf die Mädchen, seine „Langhaarigen", wie er sie nannte. Constanze hielt er für nachdenklich und ehrlich. Ihre schönen großen braunen Augen blickten ein wenig fragend in die Welt. Es war jedoch kein trauriges Fragen, er glaubte, hinter ihren Augen eher ein philosophisches Ergründen der Welt zu sehen. Sie konnte ernst und nachdenklich sein und dann wieder albern und ausgelassen lachen über jede Kleinigkeit. Sie war fleißig und ausgesprochen kreativ und dachte sich stets neue Geschichten aus, die sie mit den anderen Kindern im Garten spielte.

Kerstin hingegen war die Künstlerische in der Familie. Mit ihrer wunderbaren hellen Solostimme hatte sie schon so manchem Chorauftritt den richtigen Glanz verliehen. Außerdem konnte sie zeichnen wie eine große Malerin. Sie besaß die Fähigkeit des Aquarellierens ebenso wie die der Bleistiftzeichnung, und das Malen von Ölgemälden war ihr so vertraut, wie das Malen mit Temperafarben. Die Wände des Wohnzimmers schmückten ihre Blumenaquarelle. Auf der anderen Seite waren Bilder des Wolgaster Onkels der Mutter, dem Ölbildmaler, aufgehängt. Wahrscheinlich hatte Kerstin auch von diesem Onkel Hermann das Talent. Wie oft hatte sie ihm in Koserow zugesehen, wenn er die Farben auf die Leinwand auftrug und wenn die Gemälde von Ostseewellen, Wind, Sand und Fischerbooten entstanden. Schnell hatte Kerstin die Technik des Malens mit Ölfarben erlernt. Für die Portraitzeichnungen benutzte sie am liebsten einen roten Kopierstift. Ihr berühmtes Lenin-Bildnis für die Schule, das hatte sie jedoch mit Bleistift gezeichnet. Man erkannte ihn sofort und konnte meinen, Kerstin hätte den Führer der russischen Revolution persönlich gekannt, so lebendig sahen seine Augen aus. Außerdem war Kerstin ein Talent im Tanzen und Turnen. Wie grazil sie beim Bodenturnen über die Matte sprang: mit Flickflack und Brücke und tänzerischen Elementen, das war eine Freude, ihr zuzusehen.

Der kleine Andreas mit seinen wachen Augen war ihm besonders ans Herz gewachsen, hatte er sich doch immer einen Sohn gewünscht. Jeden Abend nahm er den Jungen auf den Schoß, nannte ihn „Herzkind“ und beobachtete genau, wie gut er sich entwickelte. Beide hatten sie eines gemeinsam: ihre ausgesprochene Liebe zu den Tieren. Andreas hörte ganz genau zu, wenn er ihm etwas über die Kaninchenzucht erzählte, er herzte und streichelte die Tiere und fütterte sie, wenn der Vater einmal abends später vom Dienst heim kam.

Constanze hingegen wollte so gerne Klavier oder Gitarre spielen lernen. Es stimmte Konrad Bresin traurig, wenn er daran dachte, daß man nirgendwo eine einfache Gitarre oder ein preisgünstiges Klavier auftreiben konnte. Es gab einfach kaum Musikinstrumente zu kaufen, und Gitarren, die gab es schon gar nicht. Einmal hatte er gesehen, wie Constanze und Kerstin sich Klaviertasten auf weiße Blätter malten und sie auf dem Tisch aneinander legten. Dann fingen sie an, nach Noten zu spielen, wie auf einem richtigen Klavier.

Plötzlich wurde er aus seinen Gedanken gerissen. Durch den Lautsprecher ertönte die Durchsage, daß der Zug sich um zwanzig Minuten verspäten würde. Na fein, dachte er, das ist ja wie immer. Er beschloß, noch schnell einen Blick in den Spielzeugladen am Bahnhof zu werfen. Er sah sich um, und da entdeckte er es, das kleine, rote Akkordeon. Freilich, es war mehr so ein Spielzeugakkordeon mit nur acht Bässen, aber Constanze würde sich bestimmt freuen, wenn sie es zum Geburtstag bekäme.

Als er mit dem Akkordeon zum Auto lief, um es zu verstecken, ertönte erneut eine Durchsage: Die Ankunft des Zuges verzögere sich um weitere zwanzig Minuten. Das brachte ihn nun aber wirklich in die Bredouille, denn um acht Uhr abends begann sein Bereitschaftsdienst. In diesem Moment kam ihm ganz kurz der Gedanke, daß es doch ganz gut wäre, wenn seine Frau Eva auch irgendwann den Führerschein gemacht hätte. Ach, das ist Quatsch, sagte ihm schnell seine innere Stimme, welche Frau kann schon Auto fahren? Es war sein Wagen und damit basta! Bekommen hatte er ihn schließlich auf Dringlichkeitsschein als Arzt. Wer in der Lindenstraße besaß schon ein Auto? Man konnte sie an einer Hand abzählen. Das waren der Zahnarzt, der Taxifahrer und der Gynäkologe. Selbst die Lehrer fuhren mit dem Fahrrad in die Schule. Immerhin betrug die Wartezeit auf einen Trabi oder Wartburg dreizehn Jahre.

Dann dachte er wieder an Constanze, dieses dumme Ding. Dabei zählte sie in der Schule zu den besten ihres Jahrgangs. Sie wollte einfach nicht begreifen, worauf es in diesem Land ankam. Wenn einer zum Studium wollte, mußte er schon in frühester Jugend den richtigen Klassenstandpunkt vertreten. Schließlich würde sie bald die ersten Zettel für die Berufswahl ausfüllen und sich zur Erweiterten Oberschule bewerben müssen. Er beschloß, sie in den nächsten Tagen mitzunehmen in die Praxis und sie anschließend durch das Krankenhaus zu führen. Als Kreisarzt hatte er alle Möglichkeiten. Vielleicht würde es ihr helfen, den richtigen Standpunkt zu vertreten, wenn er ihr die Vorzüge des sozialistischen Gesundheitswesens erklärte, die geringe Säuglingssterblichkeit, kostenlose Behandlung und Medikamente für alle, Impfungen in der Schule, Kindergarten- und Krippenuntersuchungen usw. Außerdem führte er neben der Arbeit in der Praxis auch Schulungen für Krippenerzieherinnen in den Fragen von Gesundheitserziehung, Ernährung und Kinderkrankheiten durch. Vielleicht könnte so Constanzes Interesse für den Beruf der Ärztin geweckt werden.

Als der Zug endlich einrollte, war keine Zeit für eine lange Umarmung. Schnell nahm der Vater seiner Tochter das Gepäck ab, rannte damit zum Auto und rief: „Beeil dich, ich habe gleich Bereitschaftsdienst. Stell dir vor, was passieren könnte, würde es einen Herzinfarkt geben, und ich bin nicht da!“

Was für eine Begrüßung, dachte Constanze.

„Knorke und urst fetzig ... Mädels habt ihr die Hitparade gehört?“ rief der Dicke, und dann schmetterte er laut diesen urst fetzigen Song durchs ganze Klassenzimmer: „So make a stand for your man, honey, try to can the can.“ Er bemühte sich, die Stimme von Suzi Quatro möglichst originalgetreu nachzuahmen, jedoch seine englische Aussprache war eine Katastrophe.

„Can the can – ein geiler Song!“ rief das Bleichgesicht vom Nußberg und stimmte in den Gesang mit ein. Constanze fand, es klang wie Katzenjammer, denn sie mochte das Bleichgesicht nicht.

„Mensch Mädels, ditte spielen wir zur Klassenfete“, rief Late, knallte seinen Ranzen auf die Bank und rief zu Conny rüber: „Mascha, wat kiekste denn so. Det is irre fetzig! Haste die Russischhausaufgaben dabei? Reich mal rüber!“

Als „Mascha“ nicht rüberreichte, legte er seinen treuen Hundeblick auf und flehte: „Maschenka, ick bitte dir!“

Mascha, das war Constanzes neuer Spitzname, seit sie Russisch hatten und sie fast immer eine glatte Eins bekam. Die Jungs waren einstimmig der Meinung, daß alle von Maschenkas Fähigkeiten profitieren sollten, und so bekam Conny einen Liebesbrief nach dem anderen. In solchen Briefen stand dann: „Dein Haar duftet so lieblich wie russische Birken“ und „Dein Blick ist so tief wie der Baikalsee“. Constanze nahm das „Geschriebs“ nicht ernst, trieb jedoch gerne ihren Spaß mit den Jungs. Warum sollte sie nicht abschreiben lassen? Nach einem kleinen spitzen Flirt mit Late reichte sie dann die Russischhausaufgaben rüber.

Inzwischen träumte sie davon, einmal nach Odessa oder Leningrad zu reisen. Was sollte sie mit Englisch? Da war sie nicht so gut, denn es gab keine Aussicht, jemals nach London oder gar nach New York fliegen zu können. Und an die Reportage über Hannes als kanadischer Holzfäller, dachte sie auch nicht mehr.

Viel Wasser war seit der Zeit des Rodelns auf dem Nußberg die Havel hinuntergeflossen, und jetzt stand die Jugendweihe vor der Tür. Aus spielenden Kindern waren in Windeseile pubertierende Jugendliche geworden, denen ganz andere Dinge wichtig erschienen. Zum vierzehnten Geburtstag bekam Constanze Post von ihren Großmüttern. Beide bezeichneten sie nun als junge Dame und schrieben, daß sie stolz auf sie seien. In ihren Paketen lagen ein Maniküreköfferchen, eine moderne Handtasche, ein Föhn und ihr zweiter BH. Sie schnitt sich einen Pony und ließ das schulterlange Haar jetzt einfach offen. Wenn sie nun den Kopf drehte, wippte ihre glänzende braune Mähne durch die Luft. Der Dicke war noch dicker geworden und das Bleichgesicht noch bleicher. Angela trug immer noch ihren Pferdeschwanz, der eigentlich gar nicht mehr zu ihrer Figur und ihrem kleinen niedlichen Busen paßte. Manuela hatte den besten und geilsten Po der Klasse bekommen, so einen richtigen Jeanshintern, auf den die Jungs gerne draufklopften (zum großen Ärgernis der Hinternbesitzerin). Ute hatte eine tiefere Stimme bekommen und war schlank und schöner denn je. Schlaghosen waren die große Mode, aber die gab es nicht im Kaufhaus, den Schlag mußte man sich schon selber einnähen, möglichst schön bunt. Die meisten Jungs hatten lange Haare und Pickel, mit Ausnahme von Late. Mit seiner rosigen Haut und den blonden kurzen Haaren hob er sich beachtlich von den anderen ab. Die Lehrer nannten ihn „blonder Semmel", denn sein Vater hatte die beste Bäckerei weit und breit. Bäcker Lademanns Brot und Brötchen waren sehr begehrt und besonders der Zuckerkuchen für fünf Pfennig das Stück.

Einmal brachte Late für Conny ein frisches Brötchen mit, gab es ihr und sagte: „Ick habe aus Liebe für dich was in das Brötchen getan."

„Glaub ich nicht!" rief Conny und konnte sich nicht vorstellen, daß Late in der Backstube die Brötchen formte. Jedoch aus Neugier biß sie hinein. Bei jedem Bissen vermutete sie, auf irgend etwas unangenehm Hartes stoßen zu müssen. Das Brötchen war schon fast vertilgt, da spürte sie etwas zwischen ihren Zähnen. „Ach, wie süß!" Eine Rosine.

Sollte Late wirklich in sie verliebt sein? Ach was, dachte Conny und schob den Gedanken gleich wieder beiseite. Late war ein uriger Spaßvogel, das wußten alle in der Klasse. Conny mußte lachen, und als sie ihren weiten karierten Rock zusammenraufte, um sich zu setzten, rief das Bleichgesicht vom Nußberg: „Na, Maschenka, hast du wieder dein Viermannzelt aufgeschlagen?"

Constanze blieb die Luft weg. Viermannzelt, das war zuviel! Es war ein ganz moderner, karierter Tellerrock, den sie sich nach einem Schnitt aus der neuesten Modezeitung der Potsdam-Oma Paula selbst genäht hatte.

Viermannzelt? Sollte das etwa bedeuten, daß sie einen fetten Hintern hatte? Nein wirklich, die Hüften waren etwas breiter geworden, das hatte sie selbst auch schon bemerkt. Der Vater hatte kürzlich gesagt, sie werde fraulicher und voller in den Hüften. Aber Viermannzelt? Conny war fertig. Nun stand es also fest. Sie hatte einen Fettarsch! Eigentlich gab es doch viele, die um einiges dicker waren als sie. Ach, das ist kein Trost, dachte sie. Ich habe einen Fettarsch!

Als Frau Wolter die Klasse betrat, waren alle augenblicklich still. Diese kleine zarte Lehrerin besaß eine derartige Ausstrahlung, daß selbst alteingesessene Lehrer vor Neid erblaßten, weil in ihrem Unterricht immer außerordentliche Disziplin, Stille und Aufmerksamkeit herrschte. Diszipliniert standen alle Schüler neben ihrer Bank, wenn Frau Wolter die Klasse betrat und warteten auf den Gruß und das Zeichen zum Setzen. Erst nachdem sich Schüler und Lehrer mit dem Gruß der FDJ „Freundschaft!" begrüßt hatten, sagte die Lehrerin: „Setzt euch!" So lief es jetzt vor jeder Unterrichtsstunde ab, und alle waren froh darüber, daß der lange Pioniergruß endlich entfiel, und man nicht immer „Für Frieden und Sozialismus seid bereit! – Immer bereit!" bekunden mußte mit dieser komischen Handbewegung an den Kopf! Auch wurde nicht mehr gemeldet, daß die Klasse zum Unterricht bereit sei, welche Schüler fehlten und dergleichen Zeug. Jetzt ging es doch viel lockerer zu, einfach so mit „Freundschaft!"

Frau Wolter gab Mathematik und war die Klassenlehrerin der 33 Schüler der 8c. Sie war jung, schön und ernst und sie verstand es, jedem einzelnen Schüler die Aufmerksamkeit für das Unterrichtsgeschehen abzuringen. War einer unaufmerksam, bezog sie ihn in einer ihm nicht unangenehmen Weise in das Unterrichtsgeschehen mit ein. Selbst diejenigen, die sonst immer mit anderen Dingen beschäftigt waren und die absoluten Chaoten konnte sie mit ihrer reizenden Art gewinnen. Constanze bewunderte Frau Wolter, die es verstand, selbst aus diesem für sie so eintönigen und uninteressanten Fach noch ein spannendes Abenteuer zu machen. Bei ihr vergaß Constanze das Viermannzelt und konnte sich dem Satz des Thales widmen.

Es war in jenen Tagen, als sie sich in der Schule in eine Liste eintragen und ihren Wunschberuf nennen mußten. Constanze schrieb zwei Berufe in die Liste: Ärztin oder Lehrerin. Sie konnte sich noch nicht entscheiden.

Kürzlich hatte der Vater sie mitgenommen in die Kinderarztpraxis. Er hatte mit ihr lange über seinen Beruf gesprochen, über die Mütterberatungen, Impfungen und über die Kunst, eine richtige Diagnose zu stellen. Sie bewunderte seinen Ehrgeiz und seinen detektivischen Spürsinn, mit dem er hinter alle noch so komplizierten Geheimnisse des Körpers kam. Sie wußte, daß ihr Vater den Ruf hatte, die besten Diagnosen stellen zu können und daß Mütter, die nicht weiter wußten, mit ihren Kindern von weit her in seine Praxis kamen. Er führte Constanze auch durch die verschiedenen Stationen des Krankenhauses, damit sie sich ein umfangreiches Bild vom Arztberuf machen konnte. Sie fand es faszinierend, Menschen helfen zu können, sie zu heilen, Mütter von ihren Babys zu entbinden und den ersten Schrei eines kleinen neuen Erdenmenschen zu begleiten.

Dann sagte ihr Vater etwas, was sie nie mehr vergessen würde: „Weißt du, jeder Mensch sollte sich am Abend die Frage stellen: Was habe ich heute für andere Menschen geleistet? Das wirst du später auch einmal tun, und es kann nicht schaden, wenn du dir diese Frage auch jetzt schon des öfteren stellst. Mir jedenfalls kommen dann manchmal schon gewisse Zweifel. Ich weiß nicht, ob du das verstehst. Ein Bäcker backt seine Brötchen, und die kann man sehen und essen. Meine Arbeit kann man nicht immer sehen, und es kommt auch vor, daß du einem Menschen nicht helfen kannst. Ich meine, dessen mußt du dir bewußt sein, wenn du Ärztin werden willst."

Es beeindruckte Constanze tief, daß der Vater so ehrlich von seinen Zweifeln sprach.

Er redete weiter: „Mir ist einmal ein Säugling mit einem schweren Herzfehler auf dem Transport in die Herzklinik gestorben. Das hat mir schwer zu schaffen gemacht."

Constanze sah ihren Vater an, sah in seine braunen Augen und sie fühlte, wie sehr sie ihm ähnlich war, wie ihre Gedanken, Gefühle und Wünsche sich glichen. In diesem Moment hatte sie noch einmal so viel Vertrauen zu ihm wie nie wieder in ihrem Leben.

Sie konnte sich vorstellen, Ärztin zu werden, später mit dem Vater Erfahrungen auszutauschen und über die medizinischen Probleme zu reden.

Sie konnte sich jedoch ebenso gut vorstellen, Journalistin, Historikerin, Schauspielerin oder Lehrerin zu werden. Da sie inzwischen zu den Besten in ihrer Klasse gehörte, erwartete die FDJ-Leitung der Schule von ihr, daß sie sich gesellschaftspolitisch engagiere. Sie wollte jedoch weder Agitator noch irgendetwas anderes werden, so ließ sie sich als Lerngruppenleiter wählen. Mit der Zeit fand sie sogar Gefallen an ihrem neuen Ehrenamt. Sie mußte die guten und schwachen Schüler in Gruppen zur kostenlosen Nachhilfe zusammenführen. Selbst war es natürlich ihre Pflicht, mit bestem Beispiel bei der Nachhilfe voranzugehen. So gab sie Nachhilfe in Russisch, Deutsch, Biologie, Geometrie und Physik. Der Vater konnte nicht mehr meckern, wenn Jungs zu ihr nach Hause kamen, weil sie für die Schule lernen mußten, und es kam endlich Leben in ihr kleines Zimmer. Sie überlegte sich immer neue Methoden, um Parallelverschiebung, Spiegelung und Drehung zu erklären. Sie dachte die Lösung nur an, ließ sie die anderen zu Ende denken, gab hier und da kleine Stichworte und ermunterte bei jeder richtigen Lösung. Anfangs hatte sie ein wenig Bammel, bevor das Bleichgesicht vom Nußberg zu ihr kam, weil dieser Typ so eine ruppige Art hatte. Aber schnell wußte sie ihn zu beschäftigen und ihm die Lösungen aus der Nase zu ziehen. Sie gab ihm keine Minute, in der er nicht angestrengt überlegen mußte, weil sie Angst hatte, daß er vom Viermannzelt zu reden anfangen würde, obwohl sie natürlich jetzt eine Schlaghose trug. In Russisch entwickelte sie eine spielerische Methode, den anderen Vokabeln gleich mit der Grammatik verknüpft durch Wiederholen einzupauken. Schließlich kam das Bleichgesicht von seiner fünf in Russisch auf eine zwei, und Late kam von der fünf in Geometrie auf eine drei. Auch die anderen in ihrer Lerngruppe verbesserten sich fast alle. Sie spürte, wie viel Freude es ihr bereitete, anderen etwas zu erklären. So konnte sie sich jetzt auch vorstellen, Lehrerin zu werden.

War Conny in den ersten Schuljahren ziemlich faul, weil das spielerische Erkunden der Welt bei ihr im Vordergrund stand, so änderte sich dies bald. Mit der zunehmenden Neugier wuchs auch die Aufmerksamkeit im Unterricht. Constanze hatte eine leichte Auffassungsgabe und gutes Abstraktionsvermögen, und weil sie auf fast jede Frage eine Antwort wußte, wurde sie bald zum Liebling der Lehrer. Nun gehörte sie zur Leistungsspitze der Klasse, was sie bei ihren Mitschülern nicht immer beliebt machte. Constanze verstand es jedoch, die Skepsis der Mitschüler mit einer gehörigen Portion Kooperationsbereitschaft zu kompensieren. Sie ließ abschreiben, wo sie nur konnte und schob den anderen heimlich Spikes zu oder erklärte ihnen in der Pause alles geduldig.

Es kam die Zeit, wo zu Hause fortwährend an ihr herumgenörgelt wurde: tu dies nicht, tu das nicht, bind deine langen Haare zusammen, du läufst herum wie ein Hippie. Putz das Waschbecken richtig, räume dein Zimmer besser auf! Komm pünktlich nach Hause. Wegen jeder Kleinigkeit bekam sie Hausarrest, und nichts konnte sie den Eltern recht machen. So kam es, daß sie besonders in der Schule aufblühte. Da konnte sie zeigen, was in ihr steckte, da wurde sie weder getadelt noch geohrfeigt, und so entwickelte sie einen besonderen Ehrgeiz in fast allen Fächern.

Es war ein heißer Sommer 1973. Constanze schwitzte im Zug nach Berlin. Sie schwitzte nicht nur wegen der unerträglichen Hitze und weil sie im Gang stehen mußte, sondern auch, weil sie fürchtete, ihren Anschlußzug nach Greifswald nicht zu bekommen. Als der Zug in Schönefeld hielt, sprang sie sofort hinaus, hastete über den Bahnsteig, flitze mit ihrem Gepäck stöhnend die Treppen hinauf, rannte über die stets zugige Brücke, die Treppen hinunter und endlich unten angekommen, schaffte sie gerade noch die S-Bahn zum Ostbahnhof. Als sie dort ankam, hörte sie schon das Signal des Schaffners. Sie rannte so schnell sie konnte durch den Tunnel, die Treppen hoch auf den Bahnsteig, und da war der Zug schon so schnell in Bewegung, daß sie nicht mehr aufspringen konnte. Zum Verschnaufen hockte sie sich auf eine Bank, ließ das Gepäck fallen und überlegte. Der nächste Zug fuhr erst in drei Stunden. Dann sah sie irgendwo die bunte Blume der X. Weltfestspiele leuchten. Die Hauptstadt gab sich weltoffen. Constanze dachte, wenn man schon nicht in die Welt reisen kann, so kommt die Welt wenigstens jetzt nach Berlin. Das bißchen Welt, was nun nach Berlin kam, reichte schon, um in der freiheitsliebenden und mit dem Gefühl des Eingesperrtseins aufgewachsenen Jugend den Wunsch zu wekken, dabei sein zu dürfen. Constanze war noch zu jung, um von der Schule aus nach Berlin delegiert zu werden. Plötzlich hatte sie drei Stunden Aufenthalt in der Hauptstadt, und da entschied sie kurzentschlossen, sich dieses Spektakel der X. Weltfestspiele mal etwas näher anzusehen. Sie gab das Gepäck auf, fuhr mit der S-Bahn zum Alex und hoffte, dort ein wenig Weltfestspielatmosphäre schnuppern zu können. Von der S-Bahn aus blickte sie neugierig in die Stadt, aber die bunte Blume der Weltfestspiele war alles, was sie sah: kein Vietnamese im Zug, kein Afrikaner auf der Straße, keine lateinamerikanische Musik auf dem Bahnsteig. Sie spazierte schließlich durch Berlin und traf irgendwo auf eine Menschenmenge in Blauhemden, die sich in eine Richtung bewegte. Diesem Troß schloß sie sich neugierig an. Es wurden Lieder angestimmt, die Constanze aus dem Schulchor kannte. Die meisten FDJler trugen Trompeten bei sich, und sie erzählten ihr, daß sie auf dem Weg zum Stadion der Weltjugend seien, wo sie am späten Nachmittag ihren Auftritt haben sollten. Voller Begeisterung berichteten sie vom gestrigen Abend, vom Fackelzug, von den Turnern, der mitreißenden Musik, von Angela Davis und Dean Reed und immer wieder von der überwältigenden Stimmung, welche die Jugend der Welt zusammenschweißte. Dann traf Constanze auf eine Gruppe chilenischer junger Leute, die wunderbar musizierten, und verweilte bei ihnen. Sie lauschte dem wehmütigen Klang der Panflöte und dann wieder dem fröhlichen Klatschen der Menschen in den bunten Ponchos. Constanze hatte den Eindruck, daß ein großes Gefühl des Zusammengehörens die Massen bewegte und wäre gern noch geblieben. Den nächsten Zug wollte sie jedoch nicht verpassen. In Greifswald, wo kein Verwandter ein Telephon besaß, würde ohnehin schon die Panik ausgebrochen sein, denn Bernie würde vergeblich am Bahnhof gewartet haben. Und schon verließ sie Berlin wieder. Häuser und Menschen zogen an ihr vorbei, und wieder konnte sie außer ein paar FDJlern und der bunten symbolischen Blume nichts von den X. Weltfestspielen erkennen. Berlin war schmutzig und hektisch wie immer. Dann wurde es ruhiger. Die weiten Felder Mecklenburgs, die Seen, die einsame Landschaft, die sanften Hügel, all das liebte Conny, all das war ihr vertraut. Diesmal fuhr sie allein zur Großmutter, während die Eltern später nachkommen würden.

Sie saß im Zug und dachte an die ersten drei Wochen der Sommerferien, die hart gewesen waren. Mit vierzehn Jahren war die Zeit der Ferienlager vorbei, und die der Ferienarbeit war gekommen. Constanze verdiente sich etwas Geld in einem Altenheim. Es war nicht einfach, acht Stunden durchzuarbeiten, zu putzen, das Essen zuzubereiten, die Alten zu waschen und manchmal dem Tod so tief ins Auge blicken zu müssen. Zwei der alten Leute, die sie betreute, starben in jenen heißen Sommertagen 1973. Der alte Mann war am Ende seiner Tage ganz durcheinander. Er torkelte laufend zum Fenster im Flur und rief: „Da kommt sie! Seht nur dort auf dem Ochsenkarren. Und die Kinder? Wo sind sie?“ Dann fing er meistens an zu weinen, und eine der Schwestern brachte ihn in sein Bett zurück. Eine alte dünne Frau hatte Constanze gebeten, sie zu baden. Wahrscheinlich hatte sich schon ein halbes Jahr keine Schwester mehr diese Mühe gemacht. Überglücklich über das Badeerlebnis gab die Alte Constanze nach dem Bad ihr ganzes Vermögen: Fünfhundert Mark. Und als Constanze die Annahme des Geldes verweigerte, steckte sie es ihr immer wieder in die Kitteltasche. Als die alte Frau endlich schlief, legte Constanze das Geld wieder zurück in den Nachttisch. Am nächsten Tag war die alte Frau tot.

Eine andere ältere Frau, eine etwas vornehme Dame, hatte Constanze gebeten, sie möge ihre Bettdecke beiseite ziehen, weil sie ihr etwas zeigen wolle. Was Constanze da zu sehen bekam, erschreckte sie zutiefst: pechschwarze Stummelbeine, ganz dünn, und die Füße zum gehen nicht mehr zu gebrauchen!

„Das sind Raucherbeine, mein Kind. Ich zeig sie dir, damit du niemals mit dem Rauchen anfängst", sagte die alte Frau und gab Constanze ein Päckchen: „Bitte koche mir eine Tasse Jacobs-Kaffee, und du darfst dir auch ein Tässchen genehmigen!"

Der Zug rollte durch die weite Landschaft, und durch die Wolken brach ab und zu die Sonne hindurch. Viel war seit dem letzten Sommer geschehen, und Constanze dachte nach ... Sie hatte einen Traum, ja ein Ziel: Sie wollte studieren! Der Welt ihre Rätsel entlocken, für die Zeitung schreiben, Geschichte oder Literatur studieren, Kinder unterrichten oder Menschen gesund machen, herausfinden, nach welchen Gesetzten unser Körper arbeitet, warum er krank ist und wie man helfen kann. Sie hatte so viele Träume!

Bernie stand wie immer in Greifswald am Zug, umarmte Constanze und fuhr sie mit seinem „Zappelfrosch", so nannten wir sein polnisches Auto, zu Ömken. Ich wartete im Garten, denn ich war schon einige Tage eher, gleich vom dem Ferienlager in Prerow, nach Greifswald gekommen. Wir hatten viel zu erzählen, bis der Abend hereinbrach. Constanze genoß wie ich, die warmen Tage in Ömkens Garten im Kreise der großen Familie. Mit der Cousine Heike unternahmen wir Badeausflüge nach Wieck an den Bodden, und wir waren wieder ein Herz und eine Seele mit ihr, wie damals in Koserow, als wir noch sehr klein waren. Und wie eh und je, war der Himmel an der See aufregend und näher an der Erde als anderswo, die Wolken zogen schneller, und die Luft roch frisch und salzig.

An einem jener sonnigen Tage in Ömkens Garten, ich lag in der Hängematte, Constanze saß auf der Schaukel, und Heike lag einfach im Gras, da erzählte uns Constanze von Berlin, Potsdam und von ihren Berufswünschen, und wir malten uns in den buntesten Farben unsere eigene Zukunft aus. Heike träumte vom eigenen Auto, Familie und Garten, Constanzes Traumwelt war bunt wie eine Sommerwiese, und ich wußte weiter von gar nichts zu träumen als vom Malen und von Geschichten, die ich hören, erleben und einfangen wollte. Conny lachte dann nur, und weil sie und Heike älter waren als ich, fühlte sie sich dazu berufen zu sagen: „Prinzessin Triangelhose, du hast ja noch sooo viel Zeit für realistische Zukunftsträume."

Ich wurde wütend und entgegnete: „Madam Schwarzkoksnase, denken Sie nur nicht, das eine Jahr, was sie älter sind, macht sooo viel aus. Vielleicht werde ich Malerin, ja, Porzellanmalerin in Meißen oder gar eine berühmte Turnerin. Wer hat denn den besten Lenin gezeichnet? Wessen Bilder hängen denn im Schulflur? Und wer kann den besten Flickflack?"

„Gib bloß nicht so an, Triangelhöschen", rief Conny, holte den Gartenschlauch und spritze mich flugs naß.

Ich ergriff im Handumdrehen den Schlauch und rief: „Komm doch her, Schwarzkoksnäschen!" Schon wähnte ich den Sieg auf meiner Seite, während Conny und Heike vor Schreck aufschrien. Ich lachte vor Vergnügen, bis Heike mir den Schlauch abluchste und mich naß spritzte. Das kalte Naß erschreckte mich, fühlte sich aber gleichzeitig auch wohltuend an in der warmen Mittagssonne. War das ein Gaudium! Ömken kam aus dem Haus gerannt, und als sie sah, was vonstatten ging, fing sie herzhaft an zu lachen. Wir lieferten uns die heißeste Wasserschlacht, die Ömkens Garten je gesehen hatte. Die kalten Tropfen fingen sich in unseren Haaren, die Kleider klebten auf unserer Haut, wir tanzten zwischen den Wasserstahlen, fingen das heiße Sonnenlicht ein, welches durch die Blätter des Kirschbaumes blinzelte, und hin und wieder sahen wir Wassertropfen funkeln wie Edelsteine. Völlig erschöpft und durchnäßt ließen wir uns ins weiche Gras fallen und konnten nicht aufhören zu lachen.

Jeden Morgen wurden wir von Sonnenstrahlen geweckt, und eines Tages ging es nach Wolgast zu Großmutters Bruder, zu Herrmann, dem Maler der Ostseebilder. Nach dem Besuch des Ateliers und dem Mittagessen im Restaurant Vierjahreszeiten bekamen wir Lust auf ein Bad in der Ostsee, die an jenem windigen Tag hohe Wellen versprach.

„Laß uns nach Zinnowitz fahren", sagte Heike. Gesagt, getan. Schnell waren die Taschen gepackt, und schon rannten wir zum Zug. Der stand bereits auf dem Bahnsteig, und der Schaffner rief: „In Richtung Ahlbeck, bitte einsteigen! Die Türen schließen ..." In letzter Sekunde sprangen wir in das Abteil und ließen uns schnaufend auf die Sitze fallen. Wir hatten uns wieder so viel zu erzählen und bemerkten es nicht, als der Zug hielt. Conny und ich verließen uns ganz auf unsere ortskundige Cousine. Nach einer Weile rollte der Zug wieder an und fuhr diesmal in die andere Richtung. Sandige, lichte Kiefernwälder zogen an uns vorbei, kein Gehöft, keine Straße. Nach einer geraumen Weile kam der Schaffner in das Abteil und verlangte Ausweise und Sondergenehmigungen.

„Sondergenehmigungen?" fragte Constanze.

„Meine Damen, in wenigen Minuten befahren wir das Sperrgebiet! Und die Damen sitzen hier seelenruhig herum und fragen nach der Sondergenehmigung.“ Der Schaffner zog plötzlich die Notbremse und rief: „Spionageverdacht!“

Ich flog nach vorne und purzelte dem Schaffner genau vor die Füße. Dann stand ich auf und sah Heike und Constanze verständnislos an. Sollte das eine Festnahme werden?

Heike flüsterte: „Seid ganz ruhig, ich erkläre euch das später. Macht alles, was der Schaffner sagt!“

Der uniformierte Schaffner sah uns zornig an und sagte laut: „Mädels, hört gut zu: Ich werde noch einmal gnädig mit euch sein. Wenn ihr einer Festnahme entgehen wollt, dann steigt ihr sofort aus dem Zug und geht entlang der Schienen zurück bis zum Ausgangsbahnhof.“ Dann schüttelte er den Kopf und fügte hinzu: „Habt ihr denn nicht gewußt, daß dieser Zug nach Peenemünde fährt? Der nach Ahlbeck ist abgekoppelt worden. Die Durchsage funktioniert schon lang nicht mehr, die Lautsprecher sind kaputt. Aber eigentlich weiß doch jeder hier Bescheid.“

Peenemünde, ich erinnerte mich. Unsere Mutter hatte erzählt, daß dort im Zweiten Weltkrieg Hitlers Wunderwaffe gebaut werden sollte. Als ich wissen wollte, was sich heute dort befindet, flüsterte Heike nur: „Das ist streng geheim!“

Der Weg zum Bahnhof war sehr weit, und an ein erfrischendes Bad in den Ostseewellen war nicht mehr zu denken. Die Füße begannen uns zu schmerzen, denn der feine Sand scheuerte in den Sandalen. Wir erreichten gerade noch den letzten Zug und mit Sonnenuntergang kamen wir zurück nach Wolgast.

Mit einem „Horre ne aber uck, mine Dern!“ wurden wir von der wartenden Großmutter empfangen, und dann rieb das Ömken sich die Hände vor Freude über die noch einmal entgangene Festnahme ihrer Enkelmädchen. Nun ging kein Zug mehr nach Greifswald, und wir mußten die Nacht in Wolgast bei den Verwandten bleiben.

Am nächsten Abend sollten die Eltern mit dem kleinen Bruder Andreas und den Potsdamer Großeltern nach Greifswald zum Ömken kommen. Da in dem kleinen Häuschen mit seinen zwei winzigen Stübchen aber kein Platz für so viele Leute war, hatten sie sich alle ein Zimmer im Hotel „Utkiek“ reservieren lassen. Sie hatten vor, von Greifswald aus einen Ausflug in die alte Heimat des Vaters und der Großeltern, nach Stettin, zu unternehmen. Natürlich wollten Conny und ich dabei sein. Wir freuten uns darauf wie auf Weihnachten. Wie fast alle unsere Altersgenossen waren wir noch nie in unserem Leben im Ausland gewesen und glaubten, eine völlig neue Welt in Polen kennenlernen zu können. Außerdem hatten Conny und ich uns in den Kopf gesetzt, das vergrabene Familiensilber unter dem Kirschbaum in der Stettiner Brüderstraße zu suchen.

Als der Wartburg über den Sandweg vor Ömkens Häuschen rollte, staunte ich nicht wenig. Die Großeltern waren nicht mitgekommen. Was war geschehen? Waren die Großeltern gar krank?

„Es war nichts zu machen", sagte der Vater gleich nach dem Öffnen der Autotür, noch bevor er ausgestiegen war. „Sie wollen nie mehr in ihrem Leben nach Stettin. Wie kann man nur so dumm sein, jetzt nach der neuen Reiseregelung."

„Konrad, hab Verständnis für sie", bat Ömken Hildegard und reichte ihm die Hand zum Gruß. „Die Erinnerungen an den Krieg und die Vertreibung ..."

„Umsiedlung", berichtigte der Vater. „Hildegard, es heißt Umsiedlung."

„Horre ne, min Dern, ich freu mich so, daß du mitgekommen bist", rief die Großmutter ihrer Tochter Eva zu, und in die Traurigkeit über das verpatzte Wiedersehen mit den Potsdamern, die sie sehr gerne hätte, mischte sich die Freude über die Ankunft der Tochter.

„Andreas", rief ich, „du bist auch mitgekommen, wie schön!"

Andreas hatte viel von seinem ersten Ferienlager zu erzählen, und nach dem Abendessen unternahmen wir drei einen ausgedehnten Spaziergang durch die Straßen von Greifswald. Dabei verschätzten wir uns in der Zeit, die wir für den Rückweg brauchten und kamen nicht wie geplant um acht, sondern erst um halb neun nach Hause. Das nahm der Vater zum Anlaß für eine heftige Zurechtweisung: „Wie kannst du nur so unvernünftig sein, Conny! Du bist schließlich die Älteste und auf dir lastet die Verantwortung! Zur Strafe nehme ich dich morgen nicht mit nach Stettin!"

Das war's denn wohl, dachte Constanze. Aus der Traum von einem spannenden Besuch im Ausland. Vermasselt!

Die Ferien gingen so mit einer gewaltigen Enttäuschung zu Ende.

In Havelberg warteten die Potsdamer Großeltern. Großvater Emil hatte während unserer Abwesenheit den Garten und die Tiere versorgt. Unser Vater frönte mehreren Hobbys, seit wir in Havelberg wohnten: der exakte Gemüsegarten, die leidenschaftliche Zucht von Kaninchen und Hühnern, die Großwildjagd und seine Hundezucht. Der Großvater hatte alles zum Besten versorgt, Tiere und Garten, war nun aber froh darüber, daß jetzt wieder die Ablösung kam. „Ich bin doch kein Maulwurf und grabe fortwährend in der Erde herum", sagte er in einer stillen Stunde zu mir. „Ich bin eine Großstadtpflanze, und wenn ich Blumen sehen will, so gehe ich nach Sanssouci, und frisches Gemüse kann ich auf dem Wochenmarkt am Bassinplatz kaufen. Ich verstehe nicht, woher mein Junge nur diesen bäuerlichen Hang hat?"

Von den Geschenken aus Stettin, der Schokolade, den Zigarren, den Tüchern und all dem Kram nahmen die Großeltern nichts an.

„Konrad, begreif doch: Das ist nicht mehr unser Stettin", sagte Großvater Emil, und Paula fügte hinzu: „Wir brauchen auch keine Postkarte vom neuen Stettin, wir tragen die Bilder der Erinnerung in unseren Herzen. Ein einziges Photo von der Hakenterrasse schmückt unseren Flur."

Paula und Emil blieben bis zum Geburtstag der Großmutter in Havelberg.

Paulas Geburtstag war überschattet von einem furchtbaren Ereignis fernab von Deutschland. Voller Entsetzen vernahmen wir die erschütternden Nachrichten. Es war jener elfte September 1973, der dem Leben eines Mannes auf der anderen Welthalbkugel gewaltsam ein Ende setzte. Mit Salvador Allende starb die Hoffnung auf einen demokratischen Sozialismus in Chile. Dabei war der Arzt und Marxist drei Jahre zuvor aus freien Wahlen als demokratisch legitimierter Präsident hervorgegangen. Mindestens zwanzig Bomben warfen die Anhänger Pinochets auf den Präsidentenpalast. Was dann folgte, war die brutale Herrschaft der Militärjunta, die jeden politischen Gegner in das Stadion von Santiago de Chile sperrte, folterte oder erschoß. Bald richteten sich weltweite Proteste gegen die USA, als maßgebliche Drahtzieher und gegen den CIA, der augenscheinlich mit den Großkonzernen in Chile konspirierte. Vergebens versuchte die Junta, den Tod Allendes als Selbstmord zu deklarieren.

Constanze hatte noch die Bilder von den fröhlich und ausgelassen feiernden Chilenen während der X. Weltfestspiele der Jugend und Studenten in Berlin in Erinnerung und war nun tief berührt vom Sturz Allendes.

Am nächsten Morgen sprachen wir ausführlich im Unterricht über jene Ereignisse vom 11. September. Im Chor planten wir das nächste Solidaritätskonzert zum Thema Chile.

In den folgenden Wochen dachten Constanze und ich viel über die Ereignisse in der Welt nach.

Mit Vierzehn befällt einen von Zeit zu Zeit eine tiefe Traurigkeit. Sie kommt aus dem Inneren und ist einfach da, begleitet sowohl den Tag als auch die Nacht und will nicht weichen. Die Mütter meinen dann, man müsse doch fröhlich sein, schließlich gehe es einem gut und vor allem sei Frieden. Die Väter tun es als pubertäre Marotten ab, und nur die jüngeren Geschwister beobachten einen ganz genau, weil sie ahnen, daß es ihnen bald genauso ergehen wird. Aus der Traurigkeit entspringen die Träume, und aus den Träumen wird die Kraft. Jede Veränderung beginnt in ihrem Ursprung, mit der Traurigkeit. Man muß nur sein Herz dafür öffnen, und die Traurigkeit in die Seele hineinlassen. Mit vierzehn sind die Weichen des Lebens noch nicht gestellt, doch spürt man ganz deutlich, daß der Zug mit erbarmungsloser Schnelligkeit auf die Schnittstellen zurollt. Eine ungeheure Spannung wird über den nächsten Lebensjahren liegen, und man kann nicht ausweichen und kann nicht zurück in das unbekümmerte Land der Kindheit. Da muß man durch. Wenn die Weichen des Lebens erst einmal gestellt sind, werden viele Lebensträume, denen man mit vierzehn noch nachhing, unweigerlich sterben.

An einem dieser nachdenklichen Tage standen Conny und ich am Domberg, dem besten Platz in Havelberg, um hinunterzusehen auf das weite flache Land. Conny traf sich jetzt fast jeden Tag mit einer ihrer Freundinnen, weil sie es allein einfach nicht aushielt. Am liebsten waren ihr Kerstin, Ute und Angela, und heute hatte sie einmal Zeit für mich. Ich glaube, in jenen Tagen entdeckten wir beide etwas Neues und Einmaliges: Wir waren nicht nur Schwestern, sondern auch enge Freundinnen. Unsere Beziehung war in eine neue Dimension geraten. Besonders liebte ich die Gespräche mit Constanze über unsere Zukunft. Ich wußte noch nicht so genau, was ich werden sollte. Manchmal träumte ich davon, Malerin zu sein, ein anderes Mal wollte ich Photographin werden. Constanze wollte Ärztin oder Lehrerin werden, und sie hatte sich, genauso wie Angela, Barbara und Ute, für die Aufnahme in die Erweiterte Oberschule beworben, um das Abitur zu machen. Die Entscheidung darüber, wer zur Oberschule gehen durfte, wurde sehnlichst in den kommenden Tagen erwartet. Wir gingen den Prälatenweg entlang. Hier oben auf dem Berg an der Domtreppe redete Constanze mit mir über ihre Zukunftsträume.

„Kerstin, ich möchte mit dir jetzt einen Blick in die Zukunft werfen können und sehen, was aus uns beiden einmal wird. Wo werden wir wohnen, mit wem werden wir leben, und welchen Beruf werden wir ausüben?" Constanze sah mich mit ihren großen braunen Augen an und fuhr fort: „Wir werden nicht in Havelberg bleiben, Kerstin. Ich glaube es nicht. Die Welt wird sich verändern. Vielleicht werden wir Kinder haben und ihnen einmal von unserer Schulzeit hier erzählen."

Wir sahen auf die Stadtinsel hinunter, unser Blick ging über die Havel und über die Auen weit nach Süden. Plötzlich spürte ich etwas tief in mir drinnen, das Schicksal gab sich mir zu erkennen: Es war wie eine Fata Morgana, weit weg im Süden lag Constanzes Zukunft. Aber meine Zukunft konnte ich nicht sehen. Ich sah nur ein blaues Band am Himmel leuchten, welches mir den Weg in die Ferne wies. Plötzlich begriff ich etwas, was ich erst viele Jahre später in Worte zu kleiden wußte: Wir waren Gefangene! Aber kann diese Gefangenschaft unser ganzes Leben lang dauern? Ich wurde plötzlich unserer angeborenen Sehnsucht nach Freiheit und Veränderung gewahr. Eine Ahnung von der geheimnisvollen Zukunft sagte mir, daß ich vieles von hier nicht mitnehmen würde und daß wir irgendwann sagen würden: Es war einmal. Im nächsten Moment war die Fata Morgana vorbei.

An jenem Tag auf dem Domberg über der Havel erlebten Constanze und ich zum ersten Mal diese Minuten der Erkenntnis. Später nannten wir es eine Art der Bewußtseinserweiterung. Es war ein Zustand wie in Trance. Wir hörten die fernen Stimmen aus dem All zu uns sprechen, in einer Sprache, die anders war, als alle Sprachen der Erdenmenschen.

So schnell wie dieser Augenblick gekommen war, so schnell war er auch wieder verflogen. Leider hatten wir noch nicht alles verstanden, wollten den Augenblick festhalten, doch die irdischen Momente kehrten zu uns zurück, und es waren Momente wie alle anderen auch. Constanze ging mit mir am Dom vorbei, der Wind wehte kräftig und herbstlich um den hohen Turm des mächtigen alten Bauwerks herum und fing sich in den Kastanien. Die Schwalben drehten ihre letzten Runden, wie immer im September. Die dunklen Wolken trieben schnell und tief über den Himmel, und die Sonne hatte es schwer an jenem Septembertag. Für einen kurzen Moment spielten ihre Strahlen mit dem herabfallenden Laub und malten merkwürdige lichte Gebilde auf den Sand, dann legte sich ein großer Schatten über den Domberg. Der Herbst kündigte sich an mit Macht und Veränderung. Auf dem Dom sammelten sich die Schwalben, um dann über das Tal hinweg nach Süden zu fliegen. Wie gern flögen Constanze und ich jetzt mit ihnen in die Freiheit.

„Sieh die Schwalben, Kerstin. Weißt du, ich kann mir einfach nicht vorstellen, daß wir hier für immer und ewig in diesem Käfig aus Mauer und Stacheldraht eingesperrt sein sollen. Allein diese Vorstellung macht mir angst, verstehst du das?“

„Ja, ich weiß, du schickst deine Träume mit den Schwalben in den Süden. Diese Geschöpfe, die keine Grenzen kennen, haben es dir angetan, nicht wahr?“

„Ich meine, auch der Mensch ist für die Freiheit geboren. Die Bonzen glauben, sie können uns ewig im Käfig halten, sie haben uns die Flügel beschnitten, das Rückgrat gebrochen, aber sie können uns nicht auch noch die Augen ausstechen. Kerstin, in meinen Träumen sehe ich mich in ferne Länder fliegen. Ich frage dich, woher kommen diese Träume?“

„Constanze, ich weiß es nicht. Du hast es gemalt, nicht wahr? Ich habe das Bild gesehen. Ihr solltet euren Traumberuf darstellen, und du hast dich gemalt als Auslandskorrespondentin mit Photoapparat in Afrika.“

„Kerstin, woher kommen diese Träume?“

„Ich kann es dir nicht sagen, Constanze. Jedenfalls kann ich mir nicht vorstellen, daß es die Mauer eines Tages nicht mehr geben wird.“

„Und ich kann mir nicht vorstellen, mein ganzes Leben lang in einem Glashaus eingesperrt zu sein.“

In diesem Moment setzte das große Heer der Schwalben zum weiten Flug in den Süden an, drehte noch eine Runde über dem Tal und glitt dann in die Ferne, gefolgt von den sehnsüchtigen Blicken zweier Mädchen aus einem geteilten Land.

„Ich habe es rausgekriegt“, rief Angela und war völlig außer Atem. Sie warf das Rad an die Hauswand und reichte Constanze einen Zettel.

„Komm mit rauf in mein Zimmer!“

„Da, lies!“

Angela war die Beste in Englisch und Stones-Fan. Wenn in der Disco „Angie“ erklang, schrien alle auf und bildeten einen Kreis um sie. Nicht nur, weil sie „Angie“ übersetzt hatte, wurde sie von allen so genannt, der Song paßte ausgezeichnet zu ihr, und wo immer die Havelberger Kids ihn hörten, dachten sie an dieses Mädchen mit langen Pferdeschwanz und den großen braunen traurigen Augen, sahen sie, wie sie ausgeflippt mit den langen Haaren beim Tanzen wirbelte, wie sie sich ihre sinnlichen Lippen schminkte und wie sie so traurig auszusehen imstande war, daß man glaubte, die Angie der Stones leibhaftig vor sich zu haben, und daß man zu ihr sagen wollte:

Angie, Angie, wohin wird es uns führen
Ohne Liebe in den Seelen, ohne Geld in den Taschen ...

Und jetzt hatte Angie „Let's Spend The Night Together" übersetzt. „Lies endlich, du wirst es kaum glauben!" Constanze nahm den Zettel und las:

Ich werde heiß und meine Zunge wird schwer
Bald flippe ich aus, und mein Mund wird trocken
Ich bin high, aber ich will, will, oh my
Laß uns die Nacht zusammensein ...

„Angie, das ist ..."

„Ich weiß, das sind Drogen."

„Was sagst du dazu?"

„Ich möchte auch einmal so richtig ausflippen."

„Und high sein?"

„Ich weiß nicht. Bei uns gibt es keine Drogen, und vielleicht ist es gut so."

„Angie, weißt du was, ich glaube, man kann auch ohne Drogen ausflippen und eine Bewußtseinserweiterung haben. Alles Künstliche ist Humbug! Deine Konzentrationsfähigkeit ist alles!"

„Du spinnst ja! Conny, dann mach mir das mal bitte vor!"

„Das geht nicht auf Kommando, man braucht die Inspiration, den heißen Gedanken oder die geile Musik."

„Dann schalte dein Radio ein, im Rias läuft jetzt was."

Sie hatte Glück, es lief gerade „Paint It Black".

Conny zerwühlte sich ihre Haare, knöpfte die Bluse halb auf, band sich ein Tuch um die Hüften und riß laut kreischend die Arme in die Höhe, wobei sie gleichzeitig die Hüften zu drehen begann. Angie schaute erst völlig verständnislos drein, begann dann mitzugrölen, löste schließlich ihren Pferdeschwanz und ließ das lange Haar auf Schulter, Rücken und die Brüste fallen. Die Mädchen wippten in den Hüften, schwenkten die Arme hoch in der Luft, schlossen die Augen, schmissen die Köpfe vornüber, wirbelten dabei mit den langen Haaren hoch und zu Boden, drehten den Kopf und den Hintern, drehten so lange bis ihnen fast schwindlig wurde und schrien laut:

„I see a red door, and I want it painted black,
No colors anymore, I want them to turn black,
I see the girls walk by ..."

Just in jenem Moment trat der Vater ins Zimmer und riß wütend das Radio aus der Steckdose.

„Aus, aus! Diese Rattenmusik! Ihr seid ja völlig übergeschnappt! Es wird noch schlimm enden mit euch! Eines Tages landet ihr im Jugendwerkhof!"

Er hatte einen richtigen Tobsuchtsanfall und wurde knallrot. Als er sich wieder gefaßt hatte, konnte man sehen, daß es ihm Connys Freundin gegenüber plötzlich peinlich wurde, und er sagte: „Angela, du gehst jetzt nach Hause, Constanze muß noch lernen und der Mutter helfen!"

Die nächsten Tage bekam Constanze Stubenarrest und durfte die Wohnung nur zur Schule und zum Chor verlassen. Das brachte Conny auf eine Idee: Sie gab vor, einen Chorauftritt zu haben, ließ sich von Angie und Barbara abholen, natürlich trugen beide vorsorglich das FDJ-Hemd, um dann zur Spülinsel zu gehen. Der Vater ließ sie nichtsahnend gehen. Gleich hinter dem Haus zogen die drei das FDJ-Hemd aus, schalteten das Kofferradio ein und marschierten hinunter in die Stadt. Während sie so liefen und das Radio dudelte, fuhr eine Kolonne von SPW's (Schützenpanzerwagen) an ihnen vorbei. Die Jungs aus dem Pontonregiment Havelberg sahen verschwitzt und sehr geschafft aus. Ihre Gesichter waren schwarz und die Uniformen dreckig, die Fahrzeuge lehmbeschmiert. Wahrscheinlich kamen sie von einem Manöver. Als die Jungs im SPW die Mädchen erblickten, pfiffen sie vom Wagen, ja, einige blühten richtig auf. Sie johlten und machten gewisse Zeichen. Angie war es, die zurückwinkte, und sie rief: „Hey Boys, habt ihr Lust?"

Conny war erstaunt.

„Nun guck doch nicht so! Die Jungs haben wochenlang im Dreck gelegen und keine Braut im Arm gehabt, vielleicht nicht einmal eine gesehen", sagte Angie und forderte die beiden Freundinnen auf: „Los, winkt wenigstens! Macht ihnen die Freude. Wißt ihr überhaupt, was die alles durchgemacht haben?"

Zaghaft begann Barbara mit dem Winken. Conny sah sich die Jungs genauer an. Angie hatte Recht, die Männer sahen einfach fertig aus. Also, warum sollte man ihnen nicht eine Freude machen? Jetzt pfiff Conny zurück.

Plötzlich geriet die Kolonne ins Stocken und blieb schließlich stehen. Da flirtete Angie mit einem der Soldaten und gab ihm auf Wunsch ihre Adresse. Sein Nachbar zeigte auf Conny und starrte ihr auf die Möpse. Angie blickte kurz rüber und schrieb dem Soldaten erneut etwas in sein Büchlein. Dann fuhr die Kolonne wieder an.

„Angie, du hast doch nicht etwa meine Adresse ...?"

„Ach, iwo!“

Während sie über die Brücke gingen, schalteten sie das Kofferradio wieder ein.

Auf der Spülinsel war es irre romantisch. Die Abendsonne färbte den Himmel über der Havel rot. Schiffe zogen vorbei. Meist war ihre Fahrtroute von Hamburg nach Berlin oder umgekehrt, und es war schon vorgekommen, daß die Leute auf den Lastschiffen Westschokolade ans Ufer geworfen hatten. Jedenfalls winkten die meisten herüber zu den Menschen an Land. Und vielleicht, ja vielleicht ...?

Die Mädchen legten sich ins Gras, blickten in den Himmel und hörten Deutschlandfunk oder Rias. Jedenfalls ein Westsender mußte es sein, wegen der geilen Musik. Nicht, daß sie keine Ostmusik hörten, nein, sie liebten Karat, die Puhdys und natürlich Renft. Aber die hörten sie schon am Nachmittag bei den Hausaufgaben im Jugendsender DT 64.

In Deutsch beschäftigten sie sich in letzter Zeit mit den Dichtern des „Vormärz“, mit den Achtundvierzigern und mit Heinrich Heine, lasen „Deutschland. Ein Wintermärchen“, „Die schlesischen Weber“ und Heines Liebesgedichte. Jeder Schüler konnte sich ein Gedicht auswählen und sollte es in der nächsten Unterrichtsstunde aufsagen. Ute wählte „Das Reden nimmt kein End“ von Georg Herwegh, und Barbara sagte das „Lied vom deutschen Philister“ von Hoffmann von Fallersleben auf. Conny liebte diese Gedichte, besonders das „Lumpensammlerlied“, weil es voller Emotionen, Zorn und Witz war und Zeugnis ablegte von den Träumen und Kämpfen der Menschen aus einer für sie sehr fernen Zeit. Bei den Liebesgedichten kam es vor, daß die Jungen manchmal lachen mußten, aus Peinlichkeit und, wie Conny glaubte, weil sie noch nicht alles verstanden. Jedoch die Neugier auf die Aura der Vergangenheit mit ihren Geheimnissen und mit der bewundernswerten Leidenschaft der Menschen konnten auch die Jungs nicht ganz leugnen.

Dann geschah es: Late kam an die Reihe. Heiter wie ein Spaßvogel trat er nach vorne, lachte verschmitzt und begann mit einem Ausschnitt aus Heines lyrischem Intermezzo:

„Im wunderschönen Monat Mai
Als alle Knospen sprangen,
Da ist in meinem Herzen
Die Liebe aufgegangen.“

Noch bevor er weitersprach, schaute er Conny an, und sein Blick blieb fest auf ihr ruhen, als er weiter deklamierte:

„Im wunderschönen Monat Mai,
Als alle Vögel sangen,
Da hab ich Conny gestanden
Mein Sehnen und Verlangen.“

Die Mitschüler pfiffen, klatschten und johlten, als Late fertig war, und Constanze dachte: Spaßvogel, zieht hier so eine Show ab! Er war für sie nun der Schauspieler, der Clown der Klasse. Ob es ihr imponierte? Sie wehrte sich gegen Gefühle, die ihr jemand entgegenbrachte. Sie glaubte, er sei ein Spieler.

Als die Jugendweihe vor der Tür stand, gingen alle Mädels zuerst zur Schneiderin und dann zum Friseur. Constanze ließ sich ein fliederfarbenes kurzes Kleid nähen. Alle trugen Mini im Jahr 1974, Kleider mit ähnlichem Schnitt und in den Farben hellblau, orange, hellrot oder lindgrün. Die meisten Mädchen waren das erste Mal beim Friseur, ließen sich Locken frisieren, und danach sahen die Vierzehnjährigen wie vierzig aus. Mit den aufgeplusterten Locken, ähnlich wie bei einer Dauerwelle, waren sie kaum mehr zu erkennen. Ziemlich schwierig war es, die passenden Schuhe zu bekommen. In allen Läden gab es nur italienische Schuhe für achtundsiebzig Mark. Die Schuhe waren weiß und schick, aber welcher Vater konnte es sich leisten, so viel Geld für ein Paar Schuhe auszugeben, welches nur ein einziges Mal getragen wurde? Manch ein Mädchen fuhr nach Rathenow oder Wittenberge, aber nirgends gab es andere Schuhe als diese italienischen. Also gaben alle Väter, die nicht auf ein Westpaket hoffen konnten, ihrem Herzen einen Stoß und kauften ihren Mädchen diese teuren italienischen Schuhe. Es war ein lustiger Anblick, als die Klasse so auf der Bühne stand, die Jungen hinten, die Mädchen vorne, all ihre Füße geschmückt vom italienischen Weiß der Schuhe. Constanze sah fabelhaft aus, in ihrem zartfliederfarbenen kurzen Kleid, welches ihre langen, schlanken Beinen betonte, und ihre Füße wirkten in den weißen Absatzschuhen noch zierlicher und fraulicher.

Viele Großmütter waren empört, trug man doch zu ihrer Zeit schwarze lange Kleider beim Kirchgang, wenn man konfirmiert wurde. Außerdem war man ernst an diesem Tag und dachte an die Zehn Gebote Gottes. So war das damals, aber jetzt? Während der Feierstunde im großen Saal des Hauses des Handwerks in Havelberg hörte ich eine Großmutter sagen: „Was soll denn dieser Spruch da hinter unseren Kindern auf der Bühne?“ Ich sah genauer hin und las: „Der Sozialismus ist die Zukunft der Jugend.“

Mein Gott, dachte ich, die ist wohl von vorgestern? Solche Sprüche liest man doch heutzutage überall. An den Käse hat man sich doch längst gewöhnt. Neulich hatten Constanze und ich eine dieser Parolen auf einem Transparent vor einer Weide der LPG (Landwirtschaftliche Produktionsgenossenschaft) gesehen: „Wir sind die Stützen des Sozialismus!" Nur konnte ich hinter dem Transparent keine LPG-Bauern sehen, sondern nur grasende Kühe. „Ach du lieber Scholli", kicherte Constanze. „Sind wir aber heruntergekommen, wenn jetzt nur noch die Kühe die Stützen des Sozialismus sind."

Die Jugendweihefahrt unternahm Connys Klasse nach Frankfurt an der Oder in das neue Jugendtouristikhotel, und anschließend ging es nach Berlin in die Staatsoper. Berlin, das war irre geil! Geil war überhaupt das neueste und explosivste Wort damals, weil es die Alten zur Raserei brachte.

Jedenfalls, sie wollten alle so dicht wie möglich an die Mauer heran und einen Blick in den Westen werfen. Zwischen dem Besuch des Pergamonaltars und dem Abend in der Staatsoper war noch ein wenig Zeit. Einige versuchten es in der Bornholmer Straße, andere in der Friedrichstraße und wieder andere Unter den Linden. Aber auch dort konnte man so gut wie nicht in den Westen gucken. Was man sah, waren nur Häuser und immer wieder die Mauer. Das gute Leben im Westen, die Schaufenster, die Autos, die Menschen waren von Mauern versperrt. Und da hatte der Dicke geflucht und sich betrunken aus Frust und Wut und aus dem Übermut der Jugend heraus. Er war während der Pause im Rigoletto mit Ronny und Eddy abgehauen. Plötzlich hatten die anderen beiden ihn verloren. Frau Wolter geriet in schiere Panik, und die ganze Klasse suchte im nächtlichen Berlin nach dem Dicken. Als Late und Uwe ihn im U-Bahn-Tunnel fanden, soll er nach der Melodie von Gilbert O'Sullivan gelallt haben: „Get down, pull down, pull down!"

Das war nun Berlin.

In den darauffolgenden Tagen vernahm Constanze des öfteren ein sehr lautes Hupen vor ihrem Fenster in der Lindenstraße. Zuerst glaubte sie an einen Zufall, bis sie ihren Vater sagen hörte: „Eva, das ist doch unerhört, hier fährt laufend ein SPW vorbei und hupt ausgerechnet vor unserem Haus. Man sollte eine Eingabe schreiben. Das darf nicht geduldet werden."

Conny schaute durch das Blumenfenster, und plötzlich konnte sie einen der Soldaten winken sehen. Es war der, dem Angie etwas ins Notizbuch geschrieben hatte. Dieses Biest, dachte Conny, hat sie dem doch meine Adresse gegeben.

An einem dieser Tage gab Late Conny dann den Brief mit der Rose. Es war ein richtiger Liebesbrief, geschrieben wie ein Song aus der Hitparade, und immerhin mit dieser Rose. Conny wollte seine Hoffnungen nicht nähren und überhaupt, wie würde das aussehen, wenn sie mit einem aus der Klasse ging? Außerdem war sie die Älteste in der Klasse und wollte unter keinen Umständen einen Freund, der jünger war als sie. Sie mußte schon zugeben, daß Late kein schlechter Kerl war, jedoch lag ihr nichts an ihm. Sie wollte überhaupt keinen aus der Stadt. Das Fernweh trug ihre Gedanken und Träume weit hinaus. Und dann Late, wie er ihr vor einigen Tagen durch den ganzen Speisesaal zugerufen hatte: „Maschenka, mein Sinnbild aller Zeiten!“ Jeder, ja, jeder konnte es hören, die Lehrer, die gesamten Mitschüler, die kleinen wie die großen. Sie wurde rot und fand keine schlagfertige Antwort.

Constanze beschloß, sich mit ihrer Freundin Ute zu beraten. Sie gingen auf die Spülinsel und redeten und redeten. Sie stellte fest, daß man sich mit den Jungs einfach nicht so gut unterhalten konnte. Mit Ute aber war es ein Vergnügen über Bücher zu reden, über Chile und Vietnam, über die Gerechtigkeit in dieser Welt, über Woodstock, die Stones und über die Eltern, über Liebe und Sex; eben über alles. Den Jungs hingegen blieb in Gegenwart der Mädchen immer die Luft weg, und sie dachten offensichtlich nur an eins: Wann kann ich endlich ihre Möpse anfassen?

„Ja, bin ich denn ein Fleischklops nur und von Seele keine Spur?“ reimte Conny. Sie lachten beide und hüpften, später faßten sie sich am kleinen Finger und schlenderten nur so weiter. Dann standen sie plötzlich nebeneinander auf der Brücke, und Ute nahm Connys Hände, streichelte ihre Arme bis zu den Schultern hinauf und sagte: „Conny, denk immer an diese Stunde. Ich muß dir etwas sagen, was ich zum ersten Mal einem Menschen sage: Ich liebe dich!“ Bei der Umarmung spürten sie ein tiefes inneres Band, was sie zueinander hinzog. Sie beschlossen, Late einen Brief zu schreiben, den sie an allen Ecken mit dem Streichholz anbrennen wollten.

Irgendwann gab Conny Late dann diesen angekokelten Brief, und weil sie gerade in Deutsch bei Goethe und Heine waren, schrieb sie darauf:

Für Late
Sterne, die begehrt man nicht,
Man freut sich ihrem Schein ...!
Und sieht in jeder klaren Nacht
Hinauf, sie steh'n allein.
von Maschenka

In den nächsten Tagen war Late nicht in der Schule, und sie bemerkte es kaum. Sie bemerkte es solange nicht, bis Ute ihr dann jene Geschichte erzählte: „Ich war gestern bei Bäcker Lademann, um Brot zu holen. Stell dir vor, Conny, Frau Lademann sah mich sehr traurig an, als sie sagte: ‚Ute, du bist doch mit Constanze befreundet. Vielleicht hast du auch Einfluß auf sie. Bitte, kannst du nicht mal mit ihr reden? Unser Sohn macht mir Sorgen, er ißt seit Tagen nichts mehr und schläft nicht mehr. Der Arzt sagt, es ist der Kummer der Jugend. Ich glaub, er hat Liebeskummer. Er mag doch die Conny so gerne, und sie half ihm einst bei den Russischhausaufgaben. Ich mache mir so viele Gedanken. Er soll doch einmal unseren Bäckerladen übernehmen. Red doch mal mit ihr, ja?'"

Frau Lademann sagte das so schnell, daß Ute gar nicht widersprechen konnte.

„Soll ich euch für den Sonnabend Brötchen reservieren?" fragte Frau Lademann. Das war ein ganz besonderer Freundschaftsdienst, nur für die allerbesten Kunden sozusagen. Wollte nämlich Otto Normalbürger zum Frühstück frische Brötchen haben, mußte er sehr früh aufstehen und sich in einer langen Schlange anstellen. Ich selbst hatte schon Schreckliches erlebt: Eineinhalb Stunden hatte ich angestanden, und dann waren kurz vor mir um dreiviertel acht die Brötchen ausverkauft. Wenn um sieben Uhr die Bäckerläden öffneten, stand schon immer eine lange Schlange davor, und Brötchen gab es meist nur bis um acht Uhr. Brot bekam der Kunde am frühen Nachmittag, von drei bis vier Uhr, und bis um halb fünf gab es noch Kuchen, danach war alles ausverkauft, der ganze Laden war dann sozusagen leergekauft. Ich habe nie verstanden, warum die Ladentüren dann noch täglich bis um sechs Uhr abends offenstanden.

Der Vater hatte mir erklärt, warum das so war: Im Sozialismus durfte ein Bäcker und überhaupt fast jeder Handwerker keine zu hohen Umsätze machen, dann drohte die Steuerfalle. Man wollte schließlich keine kapitalistischen Verhältnisse, keine privaten Großbetriebe! So hatten sich die Menschen an die langen Schlangen vor den Läden gewöhnt.

Als Ute Conny von Frau Lademann erzählte, grub sich ein tiefes Loch in Connys Magengrube. Sie fühlte sich noch am nächsten Tag ziemlich schlecht, fand es absolut überheblich und borniert, was sie an Late geschrieben hatte und wollte alles am liebsten ungeschehen machen.

Und dann auch noch das Umsetzen in der Klasse! Der Lehrer hatte eine neue Sitzordnung befohlen, und die Schüler mußten sich wie immer fügen. Als Connys Nachbar bestimmt wurde, tobte die ganze Klasse: Late! Er wurde in seiner Abwesenheit neben Conny plaziert. Das war's denn wohl!

Am nächsten Morgen kam Late wieder in die Schule und war dann die ersten Tage sehr nervös, zappelte laufend mit den Füßen hin und her. Später legte sich das, und sie kamen ganz gut miteinander aus.

Einige Wochen später wurden sie in Biologie aufgeklärt. Ja, wirklich. Fast die ganze Klasse wußte natürlich schon Bescheid, und die Einzige, die sich einen abstrampeln mußte, war die Lehrerin. Sie stellte sich dabei nicht ungeschickt an. Ähnlich wie sie damals versuchte, die Klasse vom Rauchen fernzuhalten, nämlich mit dem Probezug an einer Filterzigarette durch ein Taschentuch, damit jeder sehen konnte, wie viel Nikotin und Teer trotzdem noch in die Lunge gelangen, so machte sie es auch mit der Aufklärung. Peinlich genau sprach sie über die Hygiene vor dem Geschlechtsakt, und alle spitzten die Ohren. Dann meldete sich Late wie besessen.

„Ich habe eine Frage!"

„Gehört das auch zum Thema?"

„Ja, ganz speziell."

„Dann schieß los!"

„Wenn man sich doch, wie Sie sagen, davor, ich meine vor dem ... ganz peinlich sauber halten soll, wäre es da nicht angebracht, sein ... mit der Zahnbürste zu säubern, ich meine wegen der Hygiene?"

Bamm! Er hatte es wieder einmal geschafft, die Klasse in ausgelassenes Gelächter fallen zu lassen, ja, die Jungs tobten gar!

Nachdem das Gelächter abgeflaut war, sagte die Lehrerin: „Wenn du das aushältst. Du kannst es ja mal daheim versuchen und uns in der nächsten Unterrichtsstunde davon berichten."

„He Conny, kommst du heute Nachmittag zu mir? Ich habe die neuesten Hits von John Lennon auf dem Kassettenrecorder aufgenommen", sagte Angie und schob ihr Staatsbürgerkundebuch in den Ranzen. Sie hatten gerade im Kommunistischen Manifest gelesen und über das Ziel der klassenlosen Gesellschaft diskutiert. Angie konnte noch nicht so ganz abschalten und sprach beim Hinausgehen zu Conny: „Weißt du, mein Vater sagt auch immer, wir Arbeiter sind doch die Neger der Nation. Guck dir an, wie wir behandelt werden, sagt er. Wir produzieren den Reichtum, und die anderen studieren auf unsere Kosten und leben dann auch noch besser als wir. Es wird Zeit, daß sich das ändert. Karl Marx hat Recht, die klassenlose Gesellschaft bedeutet Gerechtigkeit und Wohlstand für alle."

Constanze fehlten die Worte. Sie mußte erst einmal Luft holen. Stakkatoartig preßte sie die Worte aus sich heraus: „Willst ... du ... sagen ..."

„Nein, nein, ich meine doch nicht euch", sagte Angie und fuhr fort: „Obwohl du als Arzttochter eigentlich ... Nein, ich meine, ich will doch auch einmal studieren. Wir haben den Arbeiter- und Bauernstaat, und jetzt sind wir an der Reihe, sagt mein Vater."

Constanze überlegte eine Weile, ob sie überhaupt noch mit Angie gehen sollte. Ihr die Freundschaft kündigen! Jetzt in diesem Augenblick! Aber war Angie nicht selbst nur ein Opfer der Propaganda? Sie würde ihre Einstellung schon ändern, wenn sie beide erst auf der Erweiterten Oberschule wären und das Abitur machten.

Schweigend gingen sie über den Schulhof und zum Eichenwäldchen. „He, Conny, was ist los, du sagst ja gar nichts?"

„Angie, ach Angie, was soll aus uns werden ...?"

„... ohne Liebe im Herzen, ohne Geld in den Taschen ... Weißt du was, du kommst gleich mit zu mir, ich spiel dir schnell John Lennon und Yoko Ono vor: „Woman Is The Nigger Of The World". Ich hab auch ein Poster. Hat mir meine Tante aus Kanada geschickt. Ich finde die beiden urst geil!"

Bis zum Ende des Eichenwäldchens diskutierten sie, über John Lennons Alleingang mit Yoko Ono und über Johns Ausstellung von erotischen Lithographien in New York und Paris, von der sie gehört hatten. Plötzlich wurden sie von einem Jungen angerempelt, der gerade von einem der freiliegenden dicken Rohre der Fernheizung hüpfte: „He, paß doch auf, du Arschkeks!" rief Angie. „Conny, weißt du eigentlich, daß das Wort Arschkeks von mir stammt? Ja, ich habe es erfunden, und nun sagt es jeder. Ist das nicht irre geil?"

„Angie, meinst du nicht, daß du jetzt übertreibst?" sagte Constanze beim Überqueren der Fahrbahn. Als sie in das Neubauviertel einbogen, dachte Conny: Irgendwie hat Angie es doch gut, die meisten ihrer Freundinnen wohnen ganz in ihrer Nähe, in diesen Wohnblocks hier. Ihr Schulweg war viel kürzer, und außerdem mußte Angie niemals Kohlen schippen, denn sie besaßen Fernheizung. Sie stiegen die engen Treppen hinauf in den zweiten Stock und wollten die Tür öffnen. Aber sie ließ sich nicht öffnen. „Warte, Conny. Heut ist Freitag, da hat meine Mutter immer große Wäsche, und die versperrt wahrscheinlich mal wieder die Tür. Ja, bei fünf Kindern, da sammelt sich was an. Ich bewundere meine Mutter, wie sie das alles so schafft. Du kannst dir vorstellen, wie ich zu Hause ran muß, als Älteste. Aber ich beklage mich nicht, sondern bin so froh, daß wir noch unser kleines süßes René-Baby haben."

Die Mutter öffnete die Tür, und Angie stieg über einen der Wäscheberge. „Komm rein!" ermunterte sie ihre Freundin einzutreten. Während Conny vorsichtig über den ersten Wäscheberg stieg, stellte die Mutter die laut ratternde Wäscheschleuder aus und rief: „Angela, stell dir vor, der Brief ist da! Du bist angenommen zur Erweiterten Oberschule für Sprachen in Tangerhütte!"

„Angenommen!" schrie Angie in ihrer spontanen Art, und sofort umarmte sie Conny, küßte sie ab und sprang dann über die anderen Wäscheberge zu ihrer Mutter, um sie zu drücken. Dabei kreischte sie: „Das ist so geil, ich werde das Abitur machen! Ich bin die erste in der Familie, die das Abitur machen wird! Mama, ich werde Dolmetscherin! Die halbe Welt steht mir offen!"

Da hielt es Constanze nicht länger aus: „Angie, ich muß sofort nach Hause. Ich bin so gespannt, was sie mir geschrieben haben. Ich gratuliere dir! Mach's gut!"

Sie knallte die Tür zu und rannte die Treppen runter hinaus ins Freie. Erwartungsfroh und voller Neugier eilte sie nach Hause. Der Weg schien nicht enden zu wollen. Endlich war sie in der Lindenstraße. Sie ließ die Gartentür offen und huschte ins Haus.

„Mama, ist Post für mich da?" rief sie schon im Flur.

Die Mutter kam ihr aus der Küche entgegen: „Ja Kind, setzt dich erst einmal."

„Mama, gib mir schon den Brief!"

In diesem Moment eilte der Vater ins Haus und betrat noch im Mantel die Küche.

„Kind, laß dir erklären ..."

„Was wollt ihr mir erklären? Was schaut ihr denn so? Woher weißt du ...?" brachen die Worte aus Constanze heraus.

„Mutti hat mich angerufen," meinte der Vater.

„Nun sagt schon! Was ist?“ stammelte Constanze und sah dabei ihre Eltern mit flehenden großen Augen an.

„Du bist abgelehnt“, sagten Vater und Mutter gleichzeitig.

Mit zitternden Händen nahm sie den Brief aus Mutters Hand und versuchte ihn zu lesen. Die Buchstaben verschwammen vor ihren Augen:

„Die Aufnahmekommission hat nach sorgfältiger Beratung ... der Aufnahme Ihrer Tochter ... in die Vorbereitungsklasse der Erweiterten Oberschule ... nicht zugestimmt.

Es war leider nicht möglich, Ihre Tochter ... zu delegieren, obwohl sie auf Grund ihrer Leistungen und ihres Verhaltens dafür in Frage käme.

Da wir entsprechend der Bevölkerungsstruktur eine gesellschaftlich notwendige soziale und geschlechtliche Zusammensetzung der ... sichern müssen, mußten wir so entscheiden.

Gegen diese Entscheidung ... innerhalb von 10 Tagen das Recht des Einspruchs ...

Mit sozialistischem Gruß ...“

Constanze brachte kein Wort heraus und war wie versteinert. Ihr starrer Blick ging ins Leere, als sie den Brief auf den Boden fallen ließ.

Der Vater redete auf sie ein, die Mutter versuchte zu trösten. Conny vernahm Worte, ohne sie zu verstehen. Plötzlich rannte sie aus der Küche, die Treppe hinauf in ihr Zimmer und schmiß sich aufs Bett.

Die Welt schien einzustürzen. Die Erde bebte unter ihren Füßen, und Bitterkeit schnürte ihre Kehle zu. Wo war die Luft, die sie zum Atmen brauchte? Ein beklemmendes Gefühl krachte, wie ein Mühlstein auf ihre Brust und schien sie zu erdrücken.

Sie hatte verloren!

Dieses Papier sollte ihr Schicksal bestimmen. Sie war wie erschlagen. Kein Wort, kein Gedanke, keine Regung eines Gefühls. Sie war tot!

Nach einer langen Weile kamen einzelne Gedanken in ihren Kopf. Niemals hätte sie auch nur im entferntesten damit gerechnet, nicht zum Abitur zugelassen zu werden. In ihrem Leben war bisher alles glatt gegangen, und sie gehörte zu den Besten ihres Jahrgangs. Wofür also sollte sie so hart bestraft werden? Dafür, daß ihr Vater Arzt war und sie im Klassenbuch hinter ihrem Namen kein A für Arbeiter und kein B für Bauer stehen hatte, sondern ein einfaches I für Intelligenz? Sollte ihr wirklich nur dieses einfache I das ganze weitere Leben versauen? Worin lag der Sinn? Ihr fielen die Worte von Otto von Bismarck ein, die sie einmal ihren Literaturlehrer Ferelli sagen hörte: „Wehe dem Arbeiter, der vom Arbeiter regiert wird!"

Sie fühlte ohnmächtige Wut in ihrem Bauch, und sie schwieg.

Bald erfuhr sie, daß alle Jungen ihrer Klasse, egal was für Schulnoten sie auch hatten, ob eine zwei vor dem Komma oder eine drei, zum Abitur zugelassen wurden, denn sie hatten bei ihren Berufswünschen angegeben, einmal Offizier im Pionierregiment in Havelberg werden zu wollen. Offensichtlich brauchte der Staat Offiziere dringlicher als Ärztinnen oder Lehrerinnen.

Vater Bresin setzte sich sofort an die Schreibmaschine und verfaßte eine Eingabe an den Bezirksschulrat. Voller Hoffnung erwarteten sie eine Antwort.

Mehr und mehr erwachte in jenen Tagen Constanzes politisches Bewußtsein. Scharfsinnig beobachte sie, die Ereignisse des Weltgeschehens und sprach mit ihren Freundinnen darüber. Sie registrierte, daß die Hoffnung auf einen Neubeginn der Menschheit, die sie während ihrer Kindheit so sehr gespürt hatte, in den Liedern der Blumenkinder, in der Friedensbewegung, in den Kinofilmen, in den Erzählungen der Eltern und in jenen Liedern, die sie im Chor sangen, immer härter an die grausame Realität stieß. Das nukleare Wettrüsten der Weltmächte nahm ungeahnte Formen an, und mit dem Schüren der Feindbilder wuchs die Gefahr der Gefährdung des Weltfriedens. Gab es sie überhaupt noch, die Hoffnung auf eine friedliche Weltordnung?

In der Schule durften sie das Wort Hoffnung nicht sagen, da hieß es: der gesetzmäßige Sieg des Sozialismus/Kommunismus. Im Staatsbürgerkundeheft stand etwas von Treue zur Partei der Arbeiterklasse und vom Haß gegen die Feinde des Volkes und des Sozialismus, Haß gegen den imperialistischen Klassenfeind!

Je mehr die Hoffnung auf eine mehrheitlich sozialistische Welt schwand, desto mehr Haß wurde gegen den Imperialismus geschürt. Der Haß war nie Constanzes Ding gewesen, und so wuchs ihre innere Zerrissenheit zwischen dem Glauben an das Experiment Sozialismus mit seinen hohen Idealen, und der Ablehnung des permanenten Feindbildes, welches ihr jeden Tag in Presse, Rundfunk und Fernsehen entgegengeschleudert wurde.

Die Art und Weise, wie roh nun mit ihrem eigenen Schicksal umgegangen wurde, paßte nicht zu ihrer Hoffnung von der Gleichberechtigung aller Menschen in einer angeblich demokratischen sozialistischen Gesellschaft. Ihr Leben wurde ihr mit jenem Brief diktiert, ihr etwas auferlegt, was nicht zu ihr passen wollte. Wie Schuppen fiel es ihr von den Augen: Sie lebte in einer Diktatur! Der Diktatur des Proletariats!

Schließlich fiel in diesen schwarzen Tag hinein doch noch ein Sonnenstrahl: Hannes kam zurück.

Sie begegnete ihm überraschend bei ihrem Irrlauf auf der Straße. Fast hätte sie ihn nicht erkannt, so verändert sah er aus mit seinem Bart und mit den langen nunmehr braunen Locken. Sein Gesicht war ernster denn je zuvor, als sie ihn verlegen ansah. Fast schon wollte sie weitergehen, dann hielt er sie am Arm fest: „Conny, was ist los? Ich bin erst seit gestern zurück. Wie geht es dir?“

„Ach, Hannes. Es ist so viel geschehen, seit du fort warst.“

„Was ist geschehen?“

Er sah sie an, blickte dann zu Boden und sagte: „Constanze, wir sind keine Kinder mehr, aber deswegen müssen wir uns doch nicht aus dem Weg gehen. Ich habe viel an dich denken müssen.“

„So? Du hast mir nie geschrieben“, sagte sie trocken.

„Conny, laß uns zum Dom gehen.“

Eine Weile gingen sie stumm und verlegen nebeneinander her, dann fragte er: „Willst du damit sagen, du hast meine Briefe nie bekommen?“

„Was für Briefe?“

„Ich habe zweimal geschrieben und es dann aufgegeben.“

„Ehrlich? Vielleicht hat die Stasi sie aufgefangen, oder sie sind aus sonst irgendeinem Grund nie bei mir gelandet.“

Zwei Briefe, dachte sie und wußte, daß er nicht lügen konnte. Sie sah in seine warmen Augen. Da war es wieder, jenes Vertrauen, was sie einst zu ihm gehabt hatte, als sie beide in der geheimen Schatzkammer stöberten und damals, als er sie auffing an jenem Tag, als die Panzer in der Lindenstraße standen.

Schließlich taute sie auf, und dann sprudelte es aus ihr heraus. Beide sprangen von einem Thema zum anderen. Sie erzählte ihm, was sich alles in Havelberg zugetragen hatte. Er erzählte ihr, von dem Projekt in Rumänien, von der Schule dort, von den Menschen und von ihrer traurigen Armut.

„Und wie sieht es bei dir persönlich aus, Conny?“ wollte er wissen. „Sicher gehst du bald zur Erweiterten Oberschule?“

Constanze konnte ihn nicht anschauen, als sie ihm von jenem Brief erzählte, der ihr das eigene Leben auf so drastische Weise diktieren sollte.

Plötzlich blieb er stehen, nahm ihre Hände und sagte: „Weißt du, was ich glaube? Wir sind hier doch alle Adler ohne Schwingen." Dann küßte er ihre traurigen Augen, strich ihr durch das vom Wind zerzauste Haar und sagte: „Solange noch ein Hauch Leben in dir ist, mußt du für dich kämpfen."

Sie standen oben auf der Domtreppe und sahen hinunter auf die weite Landschaft, die Havel und die Dächer der Altstadtinsel. Conny sah einen Bussard durch die Lüfte schweben. Wie gern durchbräche sie die Ketten und flöge mit ihm. In diesem Moment sagte Hannes: „Komm, flieg mit mir!" Dann hob er sie auf die Mauer, breitete ihre Arme weit aus und setzte sich neben sie. „Spürst du den Wind durch deine Finger gleiten? Und spürst du den Wind in deinen Haaren? Gleich wirst du fliegen zu deinen Träumen hin, weit nach Süden ..."

Sie sah in den wolkigen Windhimmel und spürte ein tiefes Gefühl von Veränderung, Bewegung, Dahingleiten und Schwerelosigkeit. Sie wehrte sich nicht, gab sich den Gefühlen hin und ließ sich einfach treiben.

Nach einer Weite nahm Hannes ihre Hände, und seine Augen suchten die Erwiderung ihres Blickes. Als sich ihre Augen trafen, glaubte Conny, wirklich zu schweben. Die Wärme seiner Hände übertrug sich auf sie und breitete sich erst über ihre Arme und dann auf ihren ganzen Körper aus. Sie spürte ein eigenartiges Kribbeln im Bauch, hielt diesen Augenblick jedoch für so ungewohnt und gefährlich, daß sie sich der Situation zu entziehen versuchte, indem sie ihre Hände zurückriß und sich umdrehte. Was war das plötzlich? Sie kannte Hannes doch schon so lange, und in der geheimen Schatzkammer hatten sich oft ihre Hände berührt, aber niemals hatte sie dieses Glückskribbeln im Bauch verspürt: Schmetterlinge, die sie auf eine eigenartige Weise von innen zu kitzeln versuchten. Diese Erfahrung mußte sie erst einmal verarbeiten, und sie bat Hannes, zu gehen.

Zum Jahresende 1974 erschütterten neue Nachrichten aus Vietnam die Welt. Etliche Monate nach dem Waffenstillstandsabkommen zwischen den USA und Vietnam startete der Vietkong eine erneute kommunistische Offensive gegen Südvietnam. Hunderttausende von Beamten und Offizieren flohen im totalen Chaos mit ihren Familien nach Süden, aus Angst vor Repressalien, Zwangsverschickung und Umerziehungslagern. Bilder von Menschen, die sich mit brutaler Waffengewalt Platz in völlig überfüllten Schiffen und Flugzeugen zu verschaffen suchten, gingen um die Welt.

Vor diesem Hintergrund schien der Brief an ein fünfzehnjähriges Mädchen, in welchem sie erneut für die Aufnahme zur Erweiterten Oberschule und somit zum Abitur abgelehnt wurde, nicht mal eine Episode am Rande. Der Bezirksschulrat begründete seine Entscheidung „mit der Herstellung richtiger Relationen zwischen der Anzahl der Abiturienten und den Studienplätzen und dem Artikel 26/1 des Verfassungsgrundsatzes, der besagt, daß der Staat den Übergang zur nächsthöheren Bildungsstufe entsprechend dem Leistungsprinzip, den gesellschaftlichen Erfordernissen und unter Berücksichtigung der sozialen Struktur der Bevölkerung sichert."

Die Vögel der Traurigkeit begannen, sich Nester in Constanzes Seele zu bauen. Sie fühlte sich als Teil einer Welt, die sie immer weniger verstand. Die rosarote Brille, die sie vorher getragen hatte, verlor ihre Kraft, die Welt in gut und böse zu färben. Constanze begriff, die Welt ihrer Kindheit existierte nicht mehr, und die Brille gehörte längst in den Müll. Von nun an versuchte sie, die Welt so zu sehen, wie sie war. Aber das fade Einheitsgrau der DDR und die wilde Farbigkeit der übrigen Welt, die ja doch zu ihr hereindrang, irritierten sie und sie fand sich nicht mehr zurecht.

Sie ließ sich nicht mehr vom Vater verbieten, zu Hannes zu gehen.

„Hannes, warum gibt es in Vietnam keinen Frieden, wo doch die US-Truppen abgezogen sind?"

„Constanze, du hast einen richtigen DDR-Horizont. Man merkt, daß ihr kein Westfernsehen habt. Komm mit zu mir, und wir sehen uns die Nachrichten an!"

Hannes hatte ein ganz anderes Vokabular als sie. Er sprach vom Dominoprinzip und von der Angst der USA vor kommunistisch inspirierten Guerillabanden.

Sie schrie ihn an: „Und warum trägst du immer noch das Peace-Zeichen am Parker?"

Sie verstand ihn nicht mehr. Sie verstand überhaupt nichts mehr.

„Weil jener Krieg zu eine Apokalypse gegen die Zivilbevölkerung, zu einer Perversion geworden ist!"

Sie riß sich los und rannte davon. Eine Weile verkroch sie sich in ihr Schneckenhaus.

Im Mai ging sie wieder zu Hannes und sah sich die Sendungen „Tagesschau" und „heute" an. Sie kam dann oft und war bei seinen Eltern immer willkommen. Hannes Mutter hatte Constanze schon lange in ihr Herz geschlossen und verwöhnte sie mit Schokolade, die sie jedesmal, wenn Constanzes Besuch angekündigt war, auf das Fensterbrett legte. Manchmal gingen sie und Hannes auf den Boden in ihre Schatzkammer und kramten wieder in den alten Sachen, redeten über dies und das. Irgendwann begannen sie dann, zu Photographieren und die Photos selber zu entwickeln. Sie hatten viel Freude an ihrem neuen Hobby, der kritischen Photographie, wie sie es nannten.

Hannes Mutter arbeitete seit geraumer Zeit nicht mehr als Lehrerin, aus gesundheitlichen Gründen, sagte Hannes. Sie war nun Putzfrau im Kindergarten. Erst viel später erfuhren wir, daß ihr aus politischen Gründen die Ausübung ihres Berufes als Lehrerin verboten wurde. Wir konnten es nicht glauben. Hatten etwa die Parteibonzen die Übersetzung von „Eve of destruction“ wirklich für ein subversives Flugblatt gegen die sozialistische Weltordnung gehalten?

Im Sommer fuhr Constanze nach Greifswald.

Der Nachmittag in Großmutters Garten war nicht mehr so heiter wie früher, obwohl zu Connys Begrüßung Bernie und Fredi sofort nach Feierabend zu Ömkens Häuschen eilten. Alle versuchten, Conny aufzumuntern mit Geschichten von früher und mit Begebenheiten aus dem Leben. Fredi erzählte, wie viel Geduld er brauchte, bis sich endlich sein Lebenstraum, Arzt zu werden, erfüllte. Zunächst wurde er nach dem Krieg Krankenpfleger. Die Familie mit fünf Kindern besaß damals einfach nicht das Geld, um einen ihrer Söhne studieren zu lassen. Auf der Abendschule legte er das Abitur ab, und durch die Vermittlung eines gütigen Professors bekam er die Möglichkeit zum Abendstudium. In der Mitte seines Lebens machte er seinen Doktor. Es war einer der ganz seltenen Fälle: vom Krankenpfleger zum Arzt. Er sagte: „Conny, wir können uns die Zeit nicht aussuchen, in die wir hineingeboren werden. Uns bleibt nur die Möglichkeit, das Beste daraus zu machen.“

Conny entgegnete: „Vor allen Dingen können wir uns das Land nicht aussuchen, in welchem wir geboren werden!“

„Nikita Chruschtschow“, sagte Fredi zu seinem Bruder Bernie, „kannst du dich erinnern? Er hatte versucht, die Verbrechen aus der Stalinzeit aufzudecken. Unter Stalin wurden Hunderte von Offizieren und Intellektuelle liquidiert. Stalin duldete keine Intellektuellen in höheren Positionen. Dein Schicksal, Conny, erinnert mich ein wenig daran.“

Ömken kam und stellte die Pellkartoffeln auf den Gartentisch. Dann strich sie Conny über das Haar und sagte: „Der liebe Gott hat mit jedem von uns seinen Plan, auch mit dir. Wen er am meisten liebt, dem gibt er die größten Prüfungen auf. Er wird einen Platz für dich bestimmt haben, an welchem du den Menschen am besten dienen kannst. Vielleicht ist es dir heute noch nicht möglich, das zu verstehen. Aber glaub mir, in deinem späteren Leben wirst du vielleicht an meine Worte denken."

Bernie brachte die Salzheringe in die Laube: „Dein Ostseeleibgericht, Conny. Das bekommst du nirgends so gut, wie hier an der Waterkant." Er setzte sich, sah Connys traurige Augen und fuhr fort: „Jeder von uns hat sein Schicksal, und das liegt in Gottes Hand. Euch haben sie vielleicht in der Schule etwas anderes beigebracht, sie haben euch gelehrt, daß sich hier im Sozialismus jeder aus dem großen Topf Glück bedienen kann, wie er will. Das ist atheistisch und macht es euch schwer, miteinander umzugehen, weil das Glück des einen vom Geschick eines anderen abhängen kann. Derjenige, der dir das Abitur verweigern will, dieser Kreisschulrat mit seinen Verordnungen und Papieren, hat mit einem einzigen Handstrich dem natürlichen Lauf deines Lebens ein Ende bereitet. Er hat kein Verantwortungsbewußtsein. Conny, doch am Ende wirst du dich durchsetzten mit deinen Fähigkeiten, die Gott dir geschenkt hat. Das Leben ist Schicksal, aber das Leben ist auch Kampf!"

Conny umarmte ihren Onkel: „Ich bin ja so froh, bei euch zu sein. Aber ich kann es trotzdem nicht verstehen."

„Dann kämpfe für dich, Conny!" rief Bernie. Fredi sah die Großmutter an, dann Conny und fügte hinzu: „Wer kämpft, kann verlieren, wer nicht kämpft, hat schon verloren!"

„Ich will es versuchen. Ich werde nach dem Abschluß der zehnten Klasse noch einmal einen Antrag für die Aufnahme in die Abiturklasse stellen." Noch lebte die Hoffnung in ihr und der Glaube daran, daß sie es doch noch schaffen könnte.

Am nächsten Tag suchte sie Stätten ihrer frühen Kindheit auf: ging in die Straße, in der sie ihre ersten Schritte gemacht hatte, die Steinstraße. Das alte Straßenpflaster, die Gründerzeithäuser, die Kohleluken, die Keller und Höfe weckten so viele Erinnerungen in ihr. Plötzlich tauchten Wortfetzen auf, die sie jemand sagen hörte. Sie war noch sehr klein und lief an der Hand ihrer Mutter, wollte lieber hüpfen und springen als brav gehen. Mutters Einkaufstasche wippte hin und her, aber die Mutter war an jenem Tag nicht zum Spaßen aufgelegt. Beim Bäcker waren die Leute bestürzt, und sie hörte immer einen Namen: Kennedy. Sie fühlte, daß etwas Furchtbares passiert sein mußte. Später, viel später erzählte ihr die Mutter, daß sie gerade ihren fünften Hochzeitstag vorbereiten wollte und für die Gäste, die sie am Abend erwartete, einkaufen ging. Es war der 22. November 1963. Am Abend sprachen dann alle Gäste vom schrecklichen Attentat auf den amerikanischen Präsidenten. Conny war gerade vier Jahre alt und ohne die Zusammenhänge zu begreifen, erschien ihr die Welt der Erwachsenen an jenem Tag besonders ernst und sorgenvoll. Es entstand ein so tiefer Eindruck in ihr, daß sie sich viele Jahre später, wenn der Name Kennedy fiel, immer wieder an die erschrockenen Augen ihrer Mutter, die entsetzten Gesichter der Menschen im Laden, die sorgenvollen Gesten der Großmutter und der abendlichen Gäste erinnerte.

Dann öffnete sie die Haustür, ging in den Flur, hörte die Hündin Perli, ihre liebste Spielgefährtin, an die Wohnungstür kratzen und vor Freude winseln. Das kleine Mädchen, welches gerade die Treppe herunterlief und mit dem Gummiband für den Gummitwist wedelte, war das nicht ihre Freundin Birgit? Aber nein, das waren nicht Perli und Birgit. Es war alles lange her, sehr lange. Und der Flur war auch viel kleiner als in ihrer Erinnerung, viel, viel kleiner.

Sie öffnete die Hoftür und erwartete den großen Spielplatz, den riesigen Garten mit Blumen und Schmetterlingen, das Laubenhäuschen und die hohe Teppichstange, an welcher sie um die Wette hochgesprungen waren. Sie erinnerte sich daran, wie stolz sie damals war, als sie endlich zu den Großen zählte, weil sie an die Teppichstange springen konnte, um daran zu turnen.

Aber was zeigte sich ihren Augen? Der Hof war ein kleiner schmutziger Wäscheplatz, der Garten bestand aus einer winzigen Rasenfläche mit einem Miniatursandkasten und drei Blumenstauden, die Teppichstange reichte ihr gerade bis zur Brust, und das Laubenhäuschen gab es nicht mehr. Wo war das glückliche Bild der Kindheit, in welches man zeitlebens hineinschlüpfen möchte?

Sie bemühte sich, hier in der Steinstraße von Greifswald, ihre Wurzeln zu erkennen, glaubte sie doch, sich erinnern zu können, daß ihre frühe Kinderzeit noch geprägt war von ihrer urtümlichen und eigenen Individualität. Damals ließ sie sich noch nicht in eine Schablone pressen. Sie hüpfte, sprang, redete und fühlte gerade so, wie es ihrem tiefsten Inneren entsprang. Ach, könnte sie die Zeit zurückdrehen und sich fühlen wie einst. Die eigene Urquelle ihrer Kinderseele sprudelte damals ohne Kraftanstrengung aus ihr heraus, und die Leichtigkeit des Seins war ihr Begleiter.

Wo war sie jetzt? Am Beginn ihrer Jugend, wo wollte das Leben mit ihr hin? Wer sollte sie werden? Sie fühlte sich zerrissen und in ein Korsett gepreßt, daß nicht zu ihr passen wollte. Weder zu Hause noch in der Schule durften sie sagen, was sie dachten. Alles war vorgegeben, vom Staat, von den Lehrern, den Eltern. Wo war das Recht auf die eigene Individualität?

Sie verließ den Hof und das Haus, trat auf die Straße. Greifswald war für sie die kleine Oase. Hier in der Steinstraße erinnerte sie sich daran, wer sie einst gewesen war, am Morgen ihrer Kindheit.

Sie überquerte die Steinstraße, und am Haus gegenüber erkannte sie eine Tafel, die ihr einst, als sie noch nicht lesen konnte, der Großvater Richard erklärte. Die Tafel erinnerte an den großen Dichter Hans Fallada, der in der Greifswalder Steinstraße geboren wurde.

Plötzlich war sie wieder da, die Erinnerung an den Großvater, den Kameramann. Sie erinnerte sich an seine gütigen blauen Augen, seine runde Hornbrille und an seine Stimme. Es war ihr auf einmal, als könne sie Kontakt mit ihm im Jenseits aufnehmen, und als spräche er ihr Mut zu. Da waren sie wieder, die Minuten der Erkenntnis. Wie in Trance stand sie in der Steinstraße und hörte die Stimmen aus dem All. Sie sprachen in einer anderen Sprache zu ihr, und sie verstand, was sie ihr sagen wollten. Es ließ sich nicht genau in irdische Worte kleiden. Es war wie eine Bewußtseinserweiterung, und die Stimmen wollten ihr sagen, daß sich ihr Schicksal erfüllen werde.

So schnell, wie diese Minuten der Erkenntnis gekommen waren, so schnell verließen sie Conny auch wieder. Als eine ältere Frau sie nach der Uhrzeit fragte, kehrte sie zurück in die Realität.

Mit der Großmutter und den beiden Onkels konnte sie über alles reden, fand Gehör und Verständnis.

Sehr nachdenklich und doch mit einem Gefühl von Wärme verließ sie Greifswald, die Stadt ihrer frühen Kindheit.

Hannes hatte, trotz seiner sehr guten Noten nach dem Abitur, keinen Studienplatz bekommen. So arbeite er vorerst bei der örtlichen Zeitung als Volontär. Er versuchte es immer so einzurichten, daß er dabei war, wenn Constanze bei einem Auftritt des Volkskunstensembles auf der Bühne stand, um davon zu berichten. Inzwischen sang sie nur noch wenig im Chor. Die Chorleiterin hatte ihr vertrauensvoll die Aufgabe der Rezitatorin und Ansagerin übertragen, wobei sie froh war, daß Constanze die Texte für die Ansagen selbst verfaßte. Jede Veranstaltung war damals politisch, und Constanze fiel es leicht, über die Demokratisierung Portugals unter General António de Spinola und die „Nelkenrevolution“ zu reden. Sie wußte über die amerikanische Bürgerrechtlerin Angela Davis genau so Bescheid, wie über den chilenischen Sänger Victor Jara. Eindrucksvoll rief sie zur Solidarität mit Chile auf. Ihre Appelle lebten von dem Glauben an eine gerechtere und friedliche Welt, und fast niemand bemerkte, daß ihnen gänzlich der Haß auf den imperialistischen Klassenfeind fehlte.

In der Schule gab sie sich nun wenig Mühe, ließ sich einfach hängen. Sie war trotzig wegen der Ablehnung zum Abitur. In Mathe hörte sie nicht zu, in Physik dachte sie an ihre Zukunft, und in Chemie schrieb sie Briefe, ohne daß der Lehrer es merkte. Aber das alles trieb sie nur noch stärker in die Krise hinein. Eines Tages entdeckte sie ihre Freude beim Schreiben von Aufsätzen. Sie schrieb über Friedrich Wolfs „Professor Mamlock“, über Nikolai Ostrowskis „Wie der Stahl gehärtet wurde“, über Bertolt Brecht und Arnold Zweig. Sie schrieb, um zu vergessen, las, um zu vergessen, folgte dem Literaturunterricht konzentriert nur, um zu vergessen. Lehrer Ferelli war beeindruckt von ihren Aufsätzen und ermunterte sie, fest an sich zu glauben. Er hatte jedoch keinen Erfolg. Constanze war zerrissen von Selbstzweifeln, fühlte sich wertlos. Sie hatte verloren, ohne Aussicht auf eine faire Chance. Sie war das unwichtigste Geschöpf auf dieser Erde und begann, sich zu verachten. Trotzdem schrieb sie nicht das, was die Lehrer lesen wollten, schrieb nicht, wie dieser oder jener Dichter zum Proletariat gefunden hatte. Sie glaubte nicht an das Proletariat, und ihr Glaube an die moralische Überlegenheit des Sozialismus war zerbrochen an der Realität. Sie war zerrissen zwischen den Weltsystemen. Verzweifelt eine Antwort suchend, drohte die Flut sie zu verschlingen. Beim Schreiben blühte sie auf und entdeckte viele neue Sichtweisen auf die Welt und das Leben.

Sie begann, Gedichte zu schreiben, schrieb über Prometheus und darüber, was er zu dem Verhalten der Menschen von 1974 sagen würde, er, der den Menschen einst das Feuer geschenkt hatte und sie, die Menschen, die achtlos mit den Gaben der Natur umgingen, skrupellos alles verschleuderten, die Natur verachteten, die Flüsse verschmutzten und sich bekriegten. Sie meinte, es dürfe nicht heißen „Die Erde sei euch Untertan“, sondern „Die Erde sei euch anvertraut“! Sie schickte ihre Gedichte an die Zeitung „Junge Welt“ und hoffte, daß sie abgedruckt werden würden. Jede Woche las sie dort die Gedichte von jungen Leuten und wartete gespannt darauf, ihre eigenen schwarz auf weiß in der „Jungen Welt“ zu sehen. Nach drei Wochen kam ein Brief von Hanjo Wirth, dem Redakteur. Er schrieb, daß ihre Gedichte zu elegisch seien und daß das niemand lesen wolle. Er schrieb ihr: „Wir brauchen nicht den Zweifel, sondern nur das kämpferische Vorwärts!“

Durch jenen Brief wurde ihr bewußt, daß in ihrem Land niemand an der Wahrheit interessiert war. Wie sollte kritische Dichtung so überhaupt eine Chance haben?

Wieder fühlte sie sich wertlos, mundtot und eingesperrt in einen Glaskasten, aus dem es kein Entkommen gab. Sie begriff: In diesem Land konnte sie nicht einmal Dichterin werden!

Daheim ging es der Mutter immer schlechter, und bald mußte sie sich einer Nierenoperation unterziehen. Während dieser Wochen, da die Mutter im Krankenhaus lag, blieb Constanze nichts anderes übrig, als den gesamten Haushalt zu führen und den Vater und uns jüngere Schwestern zu versorgen. Schwer fiel ihr das frühe Aufstehen und Heizen, das Putzen, Einkaufen und Wäschewaschen mit der alten Maschine, das Wäschespülen mit der Hand, das Schleudern mit der Rattermaschine, die man sehr fest halten mußte, damit sie nicht durch das ganze Badezimmer flog. Am meisten haßte sie das Aufhängen der nassen Wäsche auf dem kalten Boden in den späten Abendstunden. Gewiß, ich half ihr gelegentlich beim Einkaufen und Kochen, aber ich war jünger und noch nicht so umsichtig wie sie. Was sollte sie machen, wenn der Vater ein neues Hemd brauchte und Andreas seine Hose vermißte, die noch in der Wäsche lag, und wenn die Handtücher sich türmten? Sie konnte unmöglich warten, bis die Mutter zurück war. Also stellte sie die Waschmaschine an, spülte die Wäsche mit der Hand, hängte sie auf. Zwischen Bügelbrett und Wäscheleine machte sie in der Nacht ihre Hausaufgaben und schaffte nicht immer alles bis zum nächsten Tag. Der Vater war sehr in seine Arbeit vertieft und bemerkte nicht, wie sich seine Tochter abrackerte. Ach, wenn sie doch nur einmal ein anerkennendes Wort von ihm bekäme. Den kleinen Andreas nahm er auf den Schoß, mich fragte er nach meinem neuen Hobby, dem Geräteturnen. Sie aber fauchte er an, wenn sie vergessen hatte, irgendetwas einzukaufen. Er schimpfte, wenn sie sich mit Hannes traf und nannte ihn einen „verkommenen Hippie“ und „langhaarigen Gammler“, der sie nur von ihren häuslichen und schulischen Pflichten abhielt. Daß sie den gesamten

Haushalt schmiß, hielt er für selbstverständlich, war sie doch schon fünfzehn.

Einmal fielen ihr beim Knöpfe annähen in der Nacht die Augen zu, und sie schlief auf dem Sofa ein. Sie erwachte am Morgen, ohne die Mathehausaufgaben erledigt zu haben. Sie wollte es allen recht machen und hielt sich am Ende doch für eine Versagerin.

Bei der Hausaufgabenkontrolle sagte die Lehrerin Frau Wolters: „Constanze, du kommst nach dem Unterricht zu mir!“ Nun fühlte sich Constanze völlig ausgebrannt. Sollte sie für ihre Abrackerei auch noch bestraft werden? Sie war den Tränen nahe, und die Bitterkeit schnürte ihr die Kehle zu. Die gesamte Unterrichtsstunde lang konnte ihr unerfahrenes jugendliches Herz nichts anderes fühlen als Schmerz und Bitterkeit. Die Mathelehrerin, die sie während der Stunde beobachtete, hatte schließlich ein Einsehen mit ihr, ja, sie äußerte nach der Stunde sogar ihre Anerkennung, vor der Leistung einer Fünfzehnjährigen, die dazu imstande war, einer vierköpfigen Familie ein Zuhause zu geben, die Geschwister zu versorgen und den gesamten Haushalt zu führen. Sie sagte: „Constanze, du siehst ausgezehrt aus und sollst dich am Wochenende erst mal erholen. Die Mathehausaufgaben holst du bitte in der nächsten Woche nach, ja?“

In dieser schweren Zeit war es immer wieder Hannes, der ihr Trost und Halt gab. Deshalb war es sehr bitter, daß sie Hannes nur heimlich treffen konnte. Der Vater war nun, da die Beziehung schon einige Monate andauerte und ernsthafter zu sein schien, als er anfangs glaubte, absolut gegen „dieses Verhältnis“, wie er es nannte. Meistens schimpfte er ihn einen Antikommunisten, was in der Sprache der Parteifunktionäre so viel bedeutete wie, ein Verbrecher. Außerdem konnte sich der Vater noch erinnern, daß Hannes als Kind rote Haare gehabt hatte, und einmal herrschte er seine Tochter an: „Du wirst Kinder mit roten Haaren gebären, aber glaub ja nicht, daß ich diese als meine Enkel akzeptieren werde!“

Konrad Bresin meinte von sich, ein treusorgender Hausherr für seine drei „Langhaarigen“, wie er seine Frau und die Töchter nannte, zu sein. Er hatte Freude daran, den Kindern etwas akribisch zu erklären, sie zu Höchstleistungen in der Schule und im Sport zu bringen, notfalls zu tadeln und hart zu strafen. Stetig verfolgte er sein Ziel, sie nach seinen Vorstellungen hinzubiegen, um in ihnen einmal sein eigenes Abbild erkennen zu können. Er kannte sich aus in der Darwinschen Abstammungs- und in der Vererbungslehre und meinte, seine Kinder hätten genügend positive Gene von ihm mitbekommen. Er war überzeugt davon, mit dem nötigen preußischen Drill aus ihnen gehorsame und leistungsstarke Menschen zu züchten. Mit Constanze bekam er nun zunehmend Schwierigkeiten. Nie und nimmer konnte er ihre eigene Urteilskraft akzeptieren und geriet fast jeden Abend mit ihr in politische Streitigkeiten. Dieses junge Ding, das alles infrage stellte, vieles anzweifelte, sogar die Demokratie in der DDR, die Notwendigkeit der Mauer. Sie und ihr Hippiefreund waren gegen Zivilverteidigung und gegen Krieg überhaupt und brachten ihn somit mehrfach zu Wutausbrüchen. Einmal schrie er sie an: „Wer nicht für uns ist, ist gegen uns!“ Sie wußte, was er meinte: Zweifel hatte es im Sozialismus nicht zu geben, nur das kämpferische Vorwärts! Er meinte es doch nur gut mit ihr, wie er immer betonte, wollte, daß sie aus seinen Erfahrungen lernen solle, aus den Erfahrungen von Demagogie, Krieg und Not, von Kriegsverbrechern und Befreiern, von Freunden und Klassenfeinden.

Sie aber, Constanze, war jung und machte ihre eigenen Erfahrungen mit der Welt um sie herum, und sie reagierte mit der zweifelnden Ursprünglichkeit ihrer Jugend auf das Jetzt und Heute. Die Gedanken der Jugend entspringen dem Urvertrauen in das Leben. Sie sind immer frisch und kritisch und entbehren nicht der Konstruktivität, denn sie sind unmittelbar und fähig, der Hoffnung ein neues Zuhause zu geben.

So verging die Zeit. Constanze dachte manchmal daran, wie lange es doch her war, daß sie und der Vater gemeinsam an der Biegung der Havel standen und Aale aus dem Wasser zogen. Sie hatte ihren Vater einst sehr bewundert. Nun, da sie fünfzehn war, konnte sie ihm gar nicht mehr das alte Vertrauen entgegenbringen. Sie konnte seine starre Haltung überhaupt nicht akzeptieren.

Bevor die Mutter zurückkam, backte ich einen Apfelkuchen und Conny schmorte die ersten Rouladen ihres Lebens, dazu gab es Rotkohl und Kartoffeln. Es wurde ein richtiges Festessen, und endlich bekam Constanze ein Lob von der Mutter zu hören. An jenem Tag zeigte sich auch der Vater großzügig mit Lobesworten. Ich bewunderte meine Schwester, ihren unerschütterlichen Kämpfergeist, ihren Fleiß und ihre Geduld und sagte zu ihr: „Conny, weißt du, ich muß dir etwas gestehen: Du bist mein heimliches Vorbild.“

Unsere Mutter war nach ihrer Nierenoperation noch nicht wieder voll belastbar, und daher erledigten Conny und ich alle Einkäufe und die Putzarbeiten im Haus.

So verging der Winter, und das Frühjahr brach herein. Hannes wurde nach Tangermünde in die dortige Redaktion geschickt, und Conny konnte ihn nur an den Wochenenden sehen. Sie begannen, sich lange Briefe zu schreiben. Ich mochte Hannes immer noch sehr gerne, aber es tat schon lange nicht mehr weh, daß Conny mit ihm ging. Ich schwärmte inzwischen für einen anderen Jungen. In den Sommerferien ging Conny nicht nach Greifswald und bat die Großmutter dafür um Verständnis. Das Ömken von der Waterkant verstand, daß sie die Zeit natürlich mit ihrem „Schatz“, wie sie Hannes nun nannte, verbringen wolle. Sie ließ Hannes grüßen und lud die beiden das nächste Jahr zu sich nach Greifswald ein, allerdings nur, falls es ihrem Schatz nicht zu primitiv sei, in dem einfachen Lehmhäuschen aus der Nachkriegszeit ohne Toilette. Sie schrieb, „es sei kein Geld in der Stadtkasse für den Abriß dieser Kriegsnotunterkünfte, und irgendwie habe ich mich jetzt auch schon daran gewöhnt, den Nachttopf unter dem Bett stehen zu haben, das Wasser aus dem Flur zu holen und die Kartoffeln im Erdloch haltbar zu lagern. Ich bin froh, den kleinen Garten behalten zu dürfen und nicht in einen Plattenneubau gepfercht zu werden. Der Garten bringt so viel Freude und hält mich auf Trab. Die Schaukel hängt noch am Mirabellenbaum und wartet auf euch.“

Conny kostete den Sommer mit Hannes so richtig aus, wollte die reale sozialistische Welt um sie herum vergessen, und sie ließ sich von ihrem Vater nicht verbieten, mit Hannes zum kleinen See zu fahren. Hannes besaß inzwischen ein Motorrad, eine rote 250er MZ. Zugegeben, er träumte von einer Yamaha, wenn es schon keine Harley-Davidson sein konnte. Er taufte seine Maschine Esmeralda.

Es muß an einem dieser Sommertage gewesen sein, als sie sich am kleinen See zum ersten Mal so richtig innig geküßt haben. Ich habe Conny sofort angesehen, daß etwas Ungewöhnliches mit ihr geschehen sein mußte. Sie schwebte an jenem Abend wie ein Engel ins Haus, und über ihrem Gesicht lag dieses verzauberte Strahlen. Das Leuchten in ihren Augen war so hell, wie das Licht des Polarsterns am Nachthimmel. So sehr sich Conny auch bemühte, sich zu verstellen, es gelang ihr nicht. Ich versuchte, sie auszufragen, sie aber sagte nicht viel. Ich konnte ihr nur ein kleines Bekenntnis ablocken: „Kerstin, ich sage dir, ein Kuß ist ein Zauber, der deinen ganzen Körper erfaßt und der die Schmetterlinge in deinem Bauch tanzen läßt, daß du meinst, du könntest fliegen.“ Dann sprach sie noch von einem gewissen „Glückskribbeln“, aber mehr verriet sie mir nicht.

Als die Ferien zu Ende waren, holte Hannes Conny jeden Samstag von der Schule ab.

Sie wußte, daß er im Oktober für anderthalb Jahre zur Armee eingezogen werden würde und hoffte mit ihm, daß er danach den gewünschten Studienplatz für Biologie bekommen würde.

Hannes war sich darüber im klaren, daß es mit dem Studium schwierig werden könnte, weil er sich weigerte, drei Jahre zur Armee zu gehen. Der Hannes mit dem Peace-Zeichen am Parker, dem schon schlecht wurde, wenn er nur daran dachte, seine anderthalbjährigen Grundwehrdienst abzuleisten, dieser Hannes sollte drei Jahre zur Armee? Ein Unding! Allerdings: Alle „Anderthalbjährigen" besaßen wenig Chancen, zum Studium zugelassen zu werden, oder sie mußten sich erst „drei Jahre in der Produktion bewähren", bevor sie irgendwo immatrikuliert wurden. Aber Hannes haderte nicht mit sich. Allein schon sein Gewissen ließ es nicht zu, drei Jahre zur Fahne zu gehen. Seit wir Hannes kannten, trug er das Peace-Zeichen am Parka und wurde einmal deswegen von der Schule verwiesen. Seitdem trug er das Zeichen nicht mehr am Ärmel, sondern in der Innenseite des Parkas. Ich lasse mich nicht verbiegen, hatte er damals gesagt. Der Fall wurde zum Thema in der gesamten Schule. In jeder Klasse mußten die Lehrer dann über die westlichen Symbole der Dekadenz mit den Schülern reden und ihnen klarmachen, daß so etwas an der Pestalozzi-Schule nicht geduldet wurde. Manche Lehrer agitierten voller Überzeugung, und der Haß auf die „staatsfeindlichen Elemente" quoll ihnen nur so aus den Augen, andere erfüllten mit einem kurzen Satz über diesen „Vorfall" nur einfach ihre lästige Pflicht.

An einem der darauffolgenden Tage, Constanze hatte gerade die letzte Stunde Deutsch bei Ferelli, dem Lehrer mit dem rätselhaften italienischen Namen, begonnen, und sie besprachen „Kabale und Liebe", da sollte Late wegen der schlechten Luft das Fenster öffnen. Just in jenem Moment war ein Motorradgeräusch von draußen zu hören. Late blicke zu Conny hinüber und machte eine Handbewegung, wie wenn er auf dem Motorrad Gas geben würde: „Ks, ks, Maschenka. Brum, brum, er ist schon da!"

Conny wurde augenblicklich rot und versuchte, das Glückskribbeln in ihrem Bauch zu unterdrücken.

Ferelli blieb nicht verborgen, was Late da geflüstert hatte, und er fragte, was das solle. Dann ging er selbst zum Fenster, schaute hinunter, blickte wieder in die Klasse und sagte: „So ja so, das ist er also, Constanzes neuer Freund."

Verlegen wurde sie und wie verlegen! Aus war es mit der heimlichen Liebe von der niemand etwas wußte.

Über Late wunderte sie sich, nahm er ihr doch nichts übel und schien sich sogar noch mit ihr zu freuen, dieser Spaßvogel! Vielleicht hatte er auch schon eine heimliche Freundin? Mit seiner unkomplizierten Art beschämte er sie. Was um alles in der Welt hatte sie einstmals dazu bewogen, ihm jene häßlichen Zeilen zu schicken?

„Die Sterne, die begehrt man nicht
Man freut sich ihrem Schein ..."

War es ihre jungfräuliche Freude an Versen, die Zeilen einfach hinzukritzeln, jene Zeilen, um einen Jungen zu treffen, der sie mochte? Es war ihre Überheblichkeit, die sie dazu trieb, unüberlegt und einfach nur Wirkung zu erzielen, um jeden Preis! Es gab Stunden, da glaubte sie, nun bestraft zu werden mit jenem ablehnenden Schicksalsbrief. Das Leben ist ein Kreis, dachte sie, und eine höhere Macht sorgt dafür, daß die Niederen erhöht, die Überheblichen jedoch bestraft werden.

Oh, sie war eine Versagerin! Daran dachte sie, während Hannes vor der Schule auf sie wartete, und Ferelli über Ferdinand und Luise Millerin sprach, und ihr fiel die Erdbeergeschichte ein, jene Geschichte aus der ganz frühen Zeit ihrer Kindheit. Eigentlich war es die älteste Geschichte überhaupt, an die sie sich erinnern konnte. Der Vater hatte sie so oft wiederholt, daß sich die Bilder dazu ganz tief in ihrem Gedächtnis einprägten. Sie war erst zwei oder gerade drei Jahre alt, als der Vater sie mitnahm, auf eine Geburtstagsfeier seiner einstigen Wirtin aus der Studentenzeit. Inzwischen war er zweifacher Vater, und die Mutter zog es vor, mit dem Baby zu Hause zu bleiben. So fuhr der Vater allein mit seiner kleinen Conny durch die Stadt. Er war sehr ehrgeizig mit seinem Töchterchen und stolz auf sie. Im Auto ging er noch ein paar Fragen mit ihr durch: Wo wachsen die Pflaumen? Am Baum. Wo wachsen die Erdbeeren? Auf der Erde ... Schnell hatte das kleine Mädchen die richtigen Antworten parat.

Sie betraten die Wohnung der Wirtin, und Conny erblickte die vielen fremden Leute. Auf Vaters Arm fühlte sie sich ganz wohl, aber dann wurde sie abgesetzt, einfach auf den Fußboden gestellt! Wie sollte sie sich nun zurechtfinden zwischen all den Beinen? Sie sah nur Schuhe, Schuhe, aus denen Hosen nach oben ragten oder Schuhe mit nackten Beinen, und sie sah Tisch- und Stuhlbeine. Als sie gefragt wurde, ob sie ein Stück Erdbeertorte möchte, zögerte sie eine Weile. Was soll sie möchten? Erdbeertorte? Was ist das denn? Scheint auf dem Tisch zu stehen. Sie aber sah keine Erdbeertorte, sondern nur Beine, bedrohliche Beine, die nicht aufpaßten, wo sie hintraten. Unter dem Tisch, da waren keine Beine. Schnell flüchtete sich das kleine Mädchen unter den Tisch. Dann wurde der Vater aufmerksam: Erdbeertorte, das war sein Stichwort. Endlich konnte er seine kleine Prinzessin stolz präsentieren. Er holte sie unter dem Tisch hervor und nahm sie auf den Arm: „Na, sag uns doch mal, wo die Erdbeeren wachsen!“

Auch das noch, alle fremden Blicke waren plötzlich auf sie gerichtet, und alle Augen schauten das kleine Mädchen an wie Kinderfresser. Oh, sie wünschte sich, wieder unter den Tisch kriechen zu können!

„Na, du weißt es doch schon, am Baum, am Strauch oder an der Erde?“

Was glotzt ihr mich so komisch an? Ich sag euch was, und dann laßt mich in Ruhe wieder unter den Tisch kriechen: „Am Baum!“

Was verzieht ihr denn eure Visagen zu so einem abscheulichen Grinsen? Was lacht ihr so spöttisch, ihr fremden Herren? Was grinst ihr so mitleidig, ihr unbekannten Frauen? War das etwa nicht richtig? Oh, ich will wieder unter den Tisch! Oder in den Erdboden versinken! Bei Papa verkriechen, meinen Kopf gegen seine Schulter pressen, meine Augen schließen, daß niemand mich sieht! Oh Papa, ist das immer so ein Gefühl, wenn man sich blamiert?

Sie war eine Versagerin!

Endlich läutete es und aus war die Stunde, vergessen die Erinnerung, und sie schmiß ihre Bücher in den Ranzen und flitzte die Treppen hinunter.

Sie küßte Hannes, setzte sich dann den Helm auf und schwang sich auf Esmeralda. Hannes fuhr zuerst zur Bank am Domberg. Von dort hatte man die beste Aussicht hinunter auf die Stadt. Sie brauchten einfach erst einmal ein Plätzchen zum Reden.

Als sie Hannes die Erdbeergeschichte erzählte, meinte er: „Das hat doch jeder schon einmal erlebt, deshalb bist du doch keine Versagerin! Weißt du denn nicht mehr, wie du damals auf der Bühne unserer großen Aula das vietnamesische Laternenlied gesungen hast? Alle haben dich bewundert.“

„Das interessiert jetzt keinen Menschen mehr. Ich bin abgelehnt! So sieht das aus!“

„Bist du denn die einzige, die sie nicht genommen haben?“

„Nein, Ute haben sie auch nicht genommen, weil ihr Vater Lehrer ist. Sie hat sogar einen Durchschnitt von 1,2 und ich nur 1,3. Stell dir vor, das Bleichgesicht vom Nußberg haben sie genommen mit 2,8, und die anderen Jungs sind auch nicht besser, nur haben sie einen Vorzug: ihre Väter sind

Offiziere im Pionierregiment fünf in Havelberg, und das Bleichgesicht und die anderen Arschkekse wollen dort ebenfalls hin."

„Constanze, sieh mich an: Vielleicht bist du ein Opfer der militärischen Aufrüstung in Zeiten des Kalten Krieges, aber du bist doch deshalb keine Versagerin. Für mich bist du der wichtigste Mensch auf der ganzen Welt, und ich habe dich sehr, sehr lieb, mein Engel, mein Stern, mein ein und alles!" Als er sie ganz fest in den Arm nahm, und seine Hände zärtlich über ihren Rücken strichen, spürte sie, wie allmählich die vielen Steine, die sie unnützerweise mit sich herumschleppte, aus ihrem Rucksack fielen. Leichter und immer leichter fühlte sie sich, und sie begann langsam wieder an sich zu glauben.

Sein langer, inniger Kuß erwärmte ihr Herz, und plötzlich war es wieder da, jenes Glückskribbeln im Bauch.

Dann setzten sie sich die Helme auf und schwangen sich aufs Motorrad. Sie hielt sich an Hannes ganz fest. Gemeinsam legten sie sich in die Kurven und schwebten durch die herbstlichen Wälder, flogen über die Felder und zogen mit den Schwalben nach Süden. Am kleinen einsamen See machten sie Rast, schmissen sich ins Gras, küßten sich, wälzten sich im Laub. Dann nahm er sie auf seine Schultern und lief mit ihr unter den Birken entlang. Das gelbe Laub fiel auf sie nieder, und sie streckte die Arme aus, fing einige Blätter ein und lachte und lachte. Die Sonne stand wie ein heller Edelstein am Himmel und funkelte golden durch das Blätterdach hindurch. Oh, sie waren trunken vor Glück und sangen: „All You Need Is Love ..." Conny dachte ununterbrochen: Er liebt mich, er liebt mich! Es klingt verrückt, aber sie wußte nicht, war sie mehr in Hannes oder in die Liebe verliebt? Einfach irre toll, dieses Gefühl, geliebt zu werden und zu lieben. Himmel, welch ein Glück!

Hannes beugte sich vor, so daß sie von seinen Schultern springen konnte. Dann nahm er sie bei der Hand und führte sie zu einer kleinen Lichtung mitten im Wald. Das Blätterwerk war noch ziemlich dicht, so daß sie sich sicher fühlten. Er nahm sie zärtlich in den Arm, und seine Lippen suchten ihren Mund. Sie schmiegte sich an seinen Körper, und ihre Hände glitten über seinen Rücken. Das Spiel ihrer Lippen und Zungen erwärmte sie, und diese Wärme durchzog bald ihren ganzen Körper. Sie fühlte ein Kribbeln im Bauch, das immer stärker wurde. Diesmal versuchte sie nicht mehr, sich dagegen zu wehren. Es war das erste Mal im Leben, daß sie überwältigt war von dem Gefühl, solch heiße Lust empfinden zu können, und sie ließ es geschehen. Als sie Pullover und Büstenhalter ins

Gras fallen lies, glühten die Brustwarzen wie rote, pralle Kirschen auf ihrer Haut. Er schien zu ahnen, was sie sich wünschte und liebkoste die Kirschen sogleich mit seiner Zunge. Als sie zu stöhnen anfing, fragte er: „Soll ich aufhören?"

„Nein, nein, bitte, es fühlt sich so gut an."

Dann rissen sie sich gegenseitig die Hosen vom Körper und küßten sich auf Hals, Schultern, Brust und Bauchnabel. Plötzlich hielt er inne, und wie er sie so nackt in der Lichtung stehen sah und die Sonne durch das Laub auf ihrem Körper tanzte, war er fassungslos und sagte: „Wie wunderbar, Conny, wie schön du bist!"

Sie umarmten sich erneut und waren überglücklich und beseelt von den Berührungen des anderen. Die ganze Wärme des geliebten anderen Körpers zu spüren, die Berührung der Haut, es war einmalig! Sie preßten ihre Körper aneinander, und als sich ihre Lippen fanden, gerieten sie gemeinsam in wunderbare Schwingungen. Das Kribbeln im Bauch schien nie enden zu wollen. Als sie sich vereinten, spürte sie den bittersüßen Schmerz kaum. Sie sah den weiten blauen Himmel durch das Blätterdach schimmern, dann schloß sie die Augen und gab sich den wogenden himmlischen Gefühlen der Vereinigung hin. Der Himmel, die Sonne, der Wind, die Bäume, alles war Teil ihres erotischen Fluges. Sie fühlte sich schwerelos und hatte völlig aufgehört zu spüren, wo ihr Körper aufhörte und sein Körper anfing. Sie schien mit ihm durch Raum und Zeit zu schweben, erfüllt von einem tiefen Gefühl des Miteinanderverschmelzens. Beide waren sie nur ein Bruchteil des großen Universums, aber in diesem Augenblick fügten sich ihre Seelen mit dem Universum zu einem einzigen Ganzen zusammen. Es war überwältigend! Es war der Himmel auf Erden. Irgendwann nahm sie Sonne, Wind und Blätterdach nicht mehr wahr, ja, nicht einmal die Zeit existierte noch für sie. So wie die Grenzen von Raum und Zeit verschwanden, so verschwanden auch die Grenzen zwischen ihren Körpern. Sie waren ganz verschmolzen mit allem und gaben sich überglücklich dem tiefen Gefühl des Einsseins hin.

Als sie erschöpft auseinander sanken, und allmählich aus dem Himmel in die Wirklichkeit zurückglitten, konnten sie immer noch nicht aufhören, sich innig zu küssen und zu liebkosen. Sie lagen noch eine ganze Zeit ineinander verschlungen im Gras unter dem rauschenden Blätterdach und ließen den leichten, warmen Wind über die nackte Haut gleiten, bevor sie ihre Kleider zusammensuchten.

„Nein, warte noch“, sagte er. „Ich bin überwältigt von deiner Anmut und Schönheit. Jetzt möchte ich ein Maler sein und dich zeichnen. Deine schmale Taille, deine vollen Brüste und die runden Hüften, alles fügt sich wie eine Vollendung zusammen, alles hat weiche runde Linien. Ich dagegen muß dir simpel und kantig erscheinen.“

„Ach was, du siehst aus wie der David von Michelangelo.“

„So, meinst du? Das glaub ich nicht. Ich stell mich gern daneben, damit du es genau beurteilen kannst“, sagte er lachend.

„Du Schlingel weißt genau, daß er in Florenz steht und wir niemals dorthin reisen können.“

„Wetten, daß? Irgendwann können wir reisen, und dann stelle ich mich nackt neben ihn.“

Sie hielt sich den Bauch vor Lachen: „Wenn du fünfundsechzig bist, ob du dich dann noch mit ihm vergleichen kannst?“

„Ach Conny, Liebste, ich kann mich einfach nicht damit abfinden, daß wir, wenn überhaupt, erst als Rentner nach Italien reisen dürfen.“

Als sie auf Esmeralda zurückflogen, preßte sie ihren Körper fest an den Seinen und legte sich mit ihm in die Kurven. Sie dachte an nichts als an die Liebe, von der sie ganz beseelt war.

Von diesem Tag an fühlten sie sich wie ein Ganzes in zwei Körpern. Sie fühlten den Gleichklang ihrer Seelen, und niemals wäre der eine fähig gewesen, den anderen traurig zu machen. Sie hatte errechnet, daß an jenem Tag nichts passieren konnte, und doch beschlich sie ein leichtes Gefühl der Angst. Sie hatte ihm versichern müssen, bald zum Arzt zu gehen und sich die Pille verschreiben zu lassen. Plötzlich fing sie fröhlich an zu singen: „Auf einem Stock irgendwo hing ihr Rock, irgendwo auf dem Stein, muß ihr Hemdchen sein ...“

Konrad Bresin war von seiner Rechtschaffenheit zutiefst überzeugt. Er glaubte an die gesetzmäßige Überlegenheit des Sozialismus nach der Theorie von Karl Marx, und all sein Handeln und Reden war darauf ausgerichtet, seine Mitmenschen, vor allen Dingen seine Töchter, vom Marxismus/Leninismus zu überzeugen. Mit preußischer Genauigkeit und asketischer Disziplin führte er seinen Beruf als Kinderarzt aus. Als Mitglied der SED und als Kreisarzt hatte er eine gewisse Machtstellung in der Region. Bresin war von frühster Jugend an darauf bedacht, Karriere zu machen. Erfolg war für ihn das Zauberwort schlechthin. Durch seinen Fleiß und seine medizinische Genauigkeit, hatte er sich bald im Städtchen und im gesamten Kreis ein gewisses Ansehen verschafft. Mit absoluter Präzision stellte er Diagnosen. Einige Mütter aus den Nachbarkreisen, die mit ihren Kindern schon vergeblich mehrere Ärzte aufgesucht hatten, ohne einen Behandlungserfolg verzeichnen zu können, die kamen von Rathenow, Tangermünde oder Stendal zu Doktor Bresin. Der fand schließlich immer eine für alle überraschende Ursache der Krankheit und eine Heilmethode, die schließlich Erfolg hatte. Die Mütter verehrten Doktor Bresin nicht nur wegen der präzisen Diagnosen, die er stellte, sondern auch wegen seiner ruhigen Art, mit Kindern umzugehen, wegen seiner Ernsthaftigkeit und wegen seiner warmen Stimme.

Bresin war es gewohnt, von allen bewundert und von niemandem kritisiert zu werden. Allein seine Tochter Constanze wagte es mitunter, sich mit ihm in Grundsatzdiskussionen einzulassen und ihm zu widersprechen. Er fühlte sich berufen, dem entgegenzusteuern, und mit Vehemenz unternahm er jede Anstrengung, sie auf den richtigen Weg zu bringen. Sein Grundsatz war: Nur mit Ehrgeiz, Pünktlichkeit und Selbstdisziplin erreicht man etwas im Leben. Wie oft hatte er ihr seine Lebensweisheit gepredigt: Die größte Kunst ist Selbstbezwingen – in guten wie in schlechten Dingen!

Doktor Bresin hielt seine Tochter Constanze für sehr begabt, und er wollte sie zu absoluten Höchstleistungen bringen, um einmal stolz auf sie sein zu können. Allerdings, so glaubte er, würde es ihr nie gelingen, an ihn heranzureichen, sie würde immer unter ihm stehen, in allem. Er betrachtete sie immer noch als sein Produkt und gestand ihr keine Individualität zu. Aus diesem Grunde hielt er es für wichtig, sie mit der nötigen Härte auf das Leben vorzubereiten. Er hielt es für seine Pflicht, sie von allem fernzuhalten, was sie von ihrer Karriere abbringen könnte: von übermäßigen Treffen mit ihren Freundinnen und unnötiger Quasselei, von Partys und natürlich von Jungs. Er sagte ihr, wer immer nur rede, lerne nie dazu. Sie solle lieber ein Buch zur Hand nehmen. Gelegentlich schickte er die Freundinnen kurzerhand nach Hause, wenn er meinte, daß sie genug geredet hatten. Manche Mädchen hatten deshalb schon Angst, wenn sie nur seine Schuhe in der Diele stehen sahen und suchten das Weite, sobald sie annehmen mußten, Doktor Bresin sei daheim.

Konrad Bresin fackelte nicht lange, wenn ihm etwas gegen seinen preußischen Strich ging. Weil seine Tochter Constanze von einem Ausflug auf der Spülinsel zu einem Fest am Lagerfeuer, bei welchem offenbar auch Jungs anwesend waren, nicht pünktlich um zehn Uhr zu Hause war, sondern erst zehn nach zehn, hielt er es für angebracht, seiner Sechzehnjährigen eine gezielte Ohrfeige zu verpassen, bei der ihr Kopf unglücklicherweise gegen die Wand flog. Was sein muß, muß sein, dachte Konrad Bresin, diese Kerle werden mein Kind nicht für die Wissenschaft verderben! Wenn nun sie, Constanze, erst mit Jungs rummachen würde, in diesem Alter, dann sei alles zu spät, meinte er. Sie wird unweigerlich scheitern an ihrer Biologie, wird frühzeitig Kinder bekommen und nicht die Karriere machen, die er sich für sie erhoffte. Er war überzeugt davon, daß sie nach der zehnten Klasse doch noch zum Abitur zugelassen werden würde, bei ihren guten Noten. Und diesem Hippie Hannes hatte er ohnehin schon Hausverbot erteilt. „Woll'n doch mal sehen, was ich noch aus dir machen werde", rief er, als seine Tochter wieder zu sich kam, sich die Wange hielt und ihn wütend anblickte.

In letzter Zeit war es zwischen Doktor Bresin und dem Kreisschulrat zu einigen parteipolitischen Spannungen gekommen. Bresin war nicht bereit, einen Schritt zurückzugehen, und der Kreisschulrat beharrte ebenfalls auf seinem Standpunkt. Die beiden Duzfreunde entzweiten sich für einige Zeit. Als Doktor Bresin meinte, es würde sich schon wieder einrenken, kam seine Tochter auf die unglückliche Idee, ihren Hippiefreund mit zum Abschlußball der zehnten Klasse zu nehmen und sich dazu auch noch ein rückenfreies Kleid nähen zu lassen. Er schrie sie an: „Was sollen die Männer sagen, die mit dir tanzen wollen? Sollen sie etwa ihre Hände auf deinen nackten Rücken legen? Was denkst du dir eigentlich? Ich gehe jedenfalls nicht mit so einer Schlampe zum Abschlußball! Und ich lasse mich nicht vorführen, neben deinem Hippie!"

Hundertmal hatte er ihr gepredigt: „Hör auf deinen Verstand und nicht auf dein Gefühl, sonst wirst du untergehen! Der Verstand ist höher entwickelt und dazu da, die Menschen von der Unvernunft abzuhalten!"

Er hatte sich zum Ziel gesetzt, Constanze und diesen Hippie Hannes auseinanderzubringen, koste es, was es wolle. Rothaarige Hippiezwerge konnte er sich als Enkel einfach nicht vorstellen.

Das Jahr 1976 verging wie im Flug, und Conny traf Hannes heimlich, wann immer sie Zeit hatte. Die unermüdliche Ablehnung des Freundes durch ihren Vater führte die Liebenden nur noch enger zueinander.

In der Schule kämpfte Conny wie eine Löwin, der ein Pascha den Platz bei der mühsam erlegten Beute streitig machen wollte. Sie fauchte, knurrte, büffelte und ackerte. Sie wollte zum Abitur! Unbedingt! Wenn ich heute über sie nachdenke, glaube ich, sie wuchs damals über sich hinaus.

Vielleicht hat dieser Kampf bei ihr eine Ahnung von dem hinterlassen, was alles in ihr steckte, wozu sie im Leben in der Lage sein würde. Am Ende gehörte sie mit einem Durchschnitt von 1,1 zu den drei Besten von über hundert Schülern ihres Jahrgangs. Sie wurde mit der Lessing-Medaille ausgezeichnet. Sogar in Mathe und Geschichte hatte sie in den mündlichen Prüfungen eine Eins bekommen. Beim Geschichtslehrer Kabel wollte das was zu bedeuten haben. Er sah es nämlich überhaupt nicht ein, daß jemals ein Schüler, geschweige denn eine Schülerin, überhaupt so gut sein könnte wie er. Die Klasse glaubte, er empfände es als persönliche Niederlage, einem Schüler eine Eins geben zu müssen. Das jedoch beflügelte erst recht Connys Ehrgeiz. Conny und ihre Freundin Ute waren überhaupt die Einzigen ihres Jahrgangs, bei denen Kabel keine Chance hatte, seinen Prinzipien treu zu bleiben. Er mußte ihnen als Vornote eine Eins geben. Das allein reichte Kabel jedoch nicht. Er holte die beiden Mädchen in die mündliche Prüfung. Als sie in getrennten Sitzungen beide auf alle Fragen eine passende Antwort wußten und es keine Möglichkeit gab, ihnen ihre Mittelmäßigkeit zu beweisen, mußte Kabel passen. Die Eins war ihnen sicher.

Bei der Rückgabe der schriftlichen Prüfungen in Deutsch gab es dann jenen Zwischenfall, der Connys späteres Leben sehr beeinflussen sollte: Lehrer Ferelli gab alle Aufsätze zurück, und Conny wartete und wartete gespannt. Schließlich war der letzte Aufsatz ausgeteilt, und sie allein hatte noch kein Urteil über ihre Arbeit gehört. Sie glaubte, nun als Letzte ihren Aufsatz empfangen zu dürfen. Da sagte Lehrer Ferelli: „Fräulein Bresin, es tut uns leid, wir können Ihnen Ihren Aufsatz über das Thema ‚Die ungebrochene Menschlichkeit Sokolows trotz seines tragischen Schicksals in Scholochows Erzählung: Ein Menschenschicksal‘ nicht zurückgeben."

Conny war zutiefst erschrocken. Nicht zurückgeben? Was hatte sie falsch gemacht? Hatte sie sich gar blamiert? Wie war das möglich? Sie war doch eigentlich mit ihrer Arbeit zufrieden gewesen. Hatte sie etwas übersehen? Tausend Gedanken rasten in Sekundenschnelle durch ihren Kopf. Die Erdbeergeschichte aus der ganz frühen Kindheit fiel ihr ein. Hatte sie sich nun alles vermasselt?

„Fräulein Bresin," sagte Ferelli, „ich bin nun schon so lange Lehrer an der Pestalozzi-Schule, und mein Kollege, der die Korrektur gelesen hat, steht ebenfalls kurz vor der Pensionierung. Wir sind überrascht. Nein, eigentlich haben wir das von ihnen erwartet. Sie haben den besten Aufsatz abgeliefert, der je an dieser Schule geschrieben wurde! Im Namen des Direktors bitte ich sie darum, diesen Aufsatz in der Schule behalten zu dürfen."

Conny fehlten, wie immer in solchen Situationen, die Worte.

Sie spürte, wie sie ganz rot wurde, Freude mischte sich mit Scham. Ganz langsam und unbemerkt wollte sie den Stein von ihrem Herzen purzeln lassen. Und dann geschah doch genau das, was sie befürchtete: Die Klasse klatschte Beifall. Das war peinlich und zugleich schön.

Kurz vor Beginn der Ferien startete Constanze einen erneuten verzweifelten Versuch, zum Abitur zugelassen zu werden. Sie zog sich ihre beste und einzige Wisentjeans an, dazu den blauen ungarischen Pullover, den sie per Zufall bei der Klassenfahrt im Berliner Centrum-Kaufhaus am Alex erstanden hatte, den mit den dezenten weißen Streifen, den Taschen und der Kapuze; ganz modern. Dazu trug sie die helle Jacke mit dem großen Kragen. Sie wollte unbedingt seriös, aber auch studentisch aussehen. Dann ging sie mit ihren sechzehn Jahren zu jenem herbeigesehnten Termin mit dem Kreisschulrat, der ihr nur durch vehementes Drängen gewährt wurde. Als sie eintrat, waren auch der Bezirksschulrat und der Schuldirektor anwesend. So viel Prominenz hatte sie nicht erwartet und glaubte sich schon als Siegerin. Die hohen Herren saßen in ihren Sesseln und warfen kaum einen Blick auf Connys Abschlußzeugnis, welches sie ihnen entgegenhielt. Constanze dachte, es würde den Herren nicht entgangen sein, daß die Presse über die Besten ihres Jahrgangs berichtet hatte. Das Photo in der Zeitung zeigte die vier besten Schulabgänger, der Direktor reichte Constanze die Hand und beglückwünschte sie zur Auszeichnung mit der Lessing-Medaille. Sie hatte gekämpft, wie eine Sportlerin um den Sieg und würde nie vergessen, was der Direktor ihr in jenem Moment leise ins Ohr flüsterte: „Ihr Vater kann so stolz auf sie sein." Nun saß der Direktor ihr gegenüber und blickte sie sehr ernst an.

Plötzlich fing der mächtigste der drei Herren, der Bezirksschulrat, mit seiner Rede an: „Ihre 1,1 in allen Ehren, aber wir haben keinen freien Platz zum Abitur für Sie. Das Kontingent für die Intelligenzkinder ist von Jungen besetzt. Die wollen Berufsoffizier werden, hier im Pionierregiment Fünf in Havelberg, wie ihre Väter. Das ergibt, daß wir nun Mädchen ausschließlich aus der Arbeiter- und Bauernschicht zum Abitur zulassen können."

Constanze glaubte, nicht richtig zu hören: „Ich möchte Germanistin, Lehrerin für Deutsch und Geschichte oder Ärztin werden."

Der Kreisschulrat sah sie aus kalten blauen Augen an: „Sie werden einen anderen Beruf finden."

Der Schuldirektor, der ihr noch vor kurzem so freundlich die Hand gedrückt hatte, blickte traurig zu Boden. Er war der einzige der Herren, der nicht diesen kalten Blick hatte. Nur leider besaß er auch nicht die Macht. Conny dachte: Ich weiß keinen Beruf ohne Abitur, ich weiß keinen! Sie spürte, daß dies ihre letzte Chance war. Sie stand auf und flehte wie um ihr Leben: „Bitte stellen Sie mir einen Stuhl ins Klassenzimmer, ich muß unbedingt das Abitur ablegen!"

Der Kreisschulrat verzog keine Miene: „Junges Fräulein, wie stellen Sie sich das vor? Wir haben unser Kontingent. Da ist es mit einem Stuhl nicht getan. Bei uns bekommt jeder Abiturient einen Studienplatz, und jeder Absolvent eine Anstellung. Das ist anders als in der kapitalistischen Welt. Wir müssen unser Kontingent einhalten, nur so funktioniert die sozialistische Planwirtschaft." Dieser Mann war ganz kühl, wie eine Maschine, die einfach nur funktionierte.

Constanze spürte, daß ihr etwas ganz fest die Kehle zuschnüren wollte, und ein letztes verzweifeltes Flehen schoß aus ihr heraus: „Bitte, warum gerade ich? Haben Sie doch ein Einsehen. Mein ganzes Leben hängt jetzt von ihnen ab!"

Sie hörte nicht mehr, was die Herren sagten, ihre Kehle war zugeschnürt und eine unermeßliche Bitterkeit lähmte jeden ihrer Sinne. Sie hatte verloren, verloren für das ganze lange weitere Leben! In den Gesichtern der Schulräte vernahm sie keine einzige menschliche Regung. Wie Maschinen funktionierten diese Männer nach einem simpel vorgegebenen Plan, in welchem sie die Machtposition einnahmen, und das Mädchen nur ein Objekt darstellte, welches die Herren nach Belieben über die Klinge springen lassen konnten. Aus und vorbei, Problem vom Tisch!

Das Bleichgesicht vom Nußberg, dem sie einst Nachhilfe in Russisch gegeben hatte, damit er nicht sitzenblieb, der durfte Abitur machen! Weil er Soldat werden wollte, und weil sie Soldaten brauchten! Für ihr Wettrüsten! Diese Welt war verrückt!

Constanze verließ den Raum, ohne einen Gruß. Tausend Gedanken schossen ihr gleichzeitig durch den Kopf. Abi an der Abendschule gab es in Havelberg nicht. Das Abi in Potsdam oder Greifswald abzulegen, hatte sie versucht, hatte mit den Großmüttern und mit Fredi und Bernie darüber gesprochen. Es war nicht möglich, das Abi außerhalb der Bezirksgrenze abzulegen, eben wegen der Kontingente. Constanze fühlte sich wie in einem Glaskasten, aus dem sie nicht ausbrechen konnte. So fest sie auch gegen die Wände stieß, keine Macht der Welt würde je ausreichen, um auszubrechen. Ohnmächtige, verzweifelte Wut stieg in ihr hoch.

Sie dachte an Hannes. Er würde wieder sagen, sie sei ein Adler mit gebrochenen Schwingen, wie alle kreativen Leute im Land, die viel mehr bewegen könnten, würde die verdammte Planwirtschaft und Klassenideologie sie nicht hemmen, wie die Ingenieure, deren Konzepte in die Schublade wanderten, weil sie wegen der intensiv erweiterten Reproduktion in den Betrieben keine neuen Maschinen anschaffen konnten, wie die Arbeiter, die Karten spielen müssen, weil die Produktion wegen des Fehlens an Material stockte und wie die Künstler, die an der ideologischen Ausrichtung der Kunst scheitern. Sie aber, Constanze, sie war kein Adler, nein, sie fühlte sich wie eine kleine hilflose Schwalbe, der man die Flügel herausgerissen hatte, um sie daran zu hindern, ihren seit Jahrtausenden vorgezeichneten Weg in den Süden anzutreten.

Das Schuljahr ging zu Ende, und da war niemand, der ihr eine Brücke baute. Sie rannte an jenem kalten Julitag durch den Regen. Am Dom blies der Wind stürmisch. Sie lief zum Rand des Berges und sah hinunter auf das weite Land. Der Vater würde wieder sagen, der Mensch sei ein Gewohnheitstier und hätte all die Jahrtausende nur wegen seiner Anpassungsfähigkeit überlebt. Sie aber wollte sich diesen Verhältnissen nicht anpassen und fand, er sei verständnislos! Unsagbare Trauer umhüllte ihre Seele, und die Kälte floß in ihr Herz. Tränen rannen ihr übers Gesicht. Die Hoffnung zerbrochen, der Schmerz zu groß, das junge Leben sinnlos geworden! Sie wünschte, sie wäre nie geboren, fand sich wertlos, sinnlos auf dieser Erde umherirrend. Ein Blatt, daß der Wind vor sich hertreibt, ein Körnchen Staub war sie, sonst nichts!

Plötzlich hatte sie keine Tränen mehr, sondern verspürte eine ungeheure Müdigkeit und eine große Sehnsucht nach dem Tod. Sie legte sich auf die Bank am Domberg und schloß die Augen. Als sie erwachte, stand der Mond über ihr. Es sah aus, als blicke er sie hart und fest an. Sie lief nach Hause.

Seine Küsse schmeckten bittersüß in jeder Nacht auf dem Campingplatz, bei Loissin am Greifswalder Bodden, wo sie ihr kleines Zelt aufgeschlagen hatten. Hannes hatte einen gütigen Vater, der es ihm gestattete, mit dem Familien-Trabi an die Ostsee zu fahren.

Constanze war es egal, was ihre Eltern sagen würden, sie kannte des Vaters ablehnende Haltung ohnehin. Eines Abends hatte sie einfach die Reisetasche gepackt und von ihrem Konto ein paar hundert Mark des mühsam ersparten Geldes aus den Ferienjobs abgehoben. Als die Eltern der gepackten Reisetasche gewahr wurden und spürten, daß es für ihre Tochter kein Zurück mehr gab, hatten sie schließlich ein Einsehen. Die Mutter legte einen Kochtopf und ein wenig Verpflegung auf die Tasche und wünschte ihrem Kind schöne Ferien. Sobald sie nach Greifswald fahren würde, solle sie die Großmutter grüßen. Und sie fuhr mit Hannes nach Greifswald, so oft sie wollte, suchte Trost in Großmutters weisen Worten und ließ sich das liebevoll zubereitete Essen schmecken. Egal, wann sie auch mit Hannes ankam, das Ömken hatte immer eine gute Suppe oder einen Braten mit Erbsen, Möhren und Kartoffeln aus dem eigenen Garten unter dem Kopfkissen zum Warmhalten bereitgestellt, und an heißen Tagen gab es kalte Kirschsuppe mit Grießklößchen oder selbstgemachte Rote Beerengrütze.

Die Großmutter konzentrierte sich, suchte ihre ganze Lebensweisheit zusammen, kramte in ihren Erinnerungen, in der Kindheit im Kaiserreich, schaute in ihre Jugend während der Weimarer Republik, suchte im Berlin der zwanziger Jahre, dachte an ihre Erfahrungen während der beiden Weltkriege, dachte an Gott, den Schöpfer und fand nach einiger Zeit passende und einfühlsame Worte für ihre Enkelin.

Sie sagte: „Weißt du, was ich herausgefunden habe? Die wichtigsten Entscheidungen im Leben trifft man eigentlich gar nicht selbst, sie werden getroffen durch irgendwelche Umstände. Wer weiß, was das Leben mit dir vorhat, welche Konsequenz du aus dem Geschehen ziehen wirst. Glaub mir, das alles wird dir erst in vielen Jahren bewußt werden, wenn du schon gar nicht mehr an deine Ablehnung zum Abitur denkst. Jedenfalls wirst du nicht aufhören zu kämpfen und deinen Traum leben: dem Wind zu folgen und frei zu sein wie er."

Sie schloß ihre Ausführungen mit einem Spruch des alten Griechen Epiktet, der sagte: „Man darf das Schiff nicht an einen einzigen Anker und das Leben nicht an eine einzige Hoffnung binden."

Das leuchtete Constanze ein, und sie fuhr mit Hannes und mit neuer Hoffnung im Herzen ans Meer zurück. Dann ließen sie den Trabi neben dem Zelt stehen und liefen Hand in Hand durch die Dünen hinunter zum Strand. Der Abend brach herein, und die Badegäste waren alle schon gegangen. Das Meer gehörte ihnen. Sie ließen sich in den Sand fallen, kullerten sich die leichte Böschung hinunter und küßten sich, küßten sich immer wieder. Constanze wußte, daß Hannes Einberufung vor der Tür stand, und sie kostete jeden Tag mit ihm so richtig aus. Sie lebten fast nur von Luft und Liebe und von den bittersüßen Küssen. Constanze wurde bewußt, sie mußte sich einen zweiten Anker suchen, und den hatte sie schon gefunden: Hannes!

Es war ein warmer Sommerabend, und sie saßen noch in den Dünen, als die Sterne schon hoch am Himmel aufgezogen waren. Sie sprachen über das Leben und träumten von einer gemeinsamen Zukunft. Da mischte sich wieder die Bitterkeit in ihr Gespräch. Constanze hatte Hannes nicht verschwiegen, daß ihr Vater des öfteren sagte: „Mädchen, du verkaufst dich unterm Preis!" Hannes ließ sich nicht davon beirren und versuchte, Constanze aufzumuntern, wo er nur konnte. Er glaubte, mit der Zeit würde Doktor Bresin schon Gefallen an ihm finden, wenn er erst mal seinen Wehrdienst abgeleistet hatte und mit dem Studium beginnen würde, dann werde sich seine Meinung ihm gegenüber schon ändern. Im Zelt las Hannes Constanze jeden Abend zum Trost aus Saint-Exupérys „Der Kleine Prinz" vor. Constanze fand die Stelle mit dem Fuchs am schönsten: Mit dem Herzen sehen können, das war das genaue Gegenteil von dem, was der Vater ihr eingepaukt hatte, als er fortwährend zu ihr sagte, sie solle sich nicht von ihren Gefühlen, sondern von ihrem Verstand leiten lassen. Sich von Gefühlen leiten zu lassen, bezeichnete er abfällig als kindisch und weibisch.

Mit Hannes vergingen die warmen Sommersonnentage am Meer viel zu schnell, und beide kehrten nach Havelberg zurück mit bleibenden Erlebnissen, von denen sie anderthalb lange Jahre zehren sollten. Sie spürten, daß die Erinnerung ein Licht sein konnte in der Dunkelheit.

In letzter Minute sozusagen hatte Constanze eine Lehrstelle als Finanzkaufmann/Staatshaushalt beim Rat des Kreises bekommen. All ihre anderen Versuche, auf Umwegen zum Abitur zu gelangen, waren gescheitert an den Kontingenten oder an der Bezirksgrenze. Sie hatte sich für mehrere Berufsausbildungen mit Abitur beworben, aber die Bewerbungstermine waren schon damals abgelaufen, als sie sich für das Abitur an der Oberschule beworben hatte. Sie versuchte auf Umwegen, Lehrerin zu werden, bewarb sich in Schwerin und bestand dort auch die Aufnahmeprüfung. Plötzlich teilte man ihr mit, daß es keine Zugangsberechtigung für Menschen aus dem Bezirk Magdeburg gäbe. Obwohl sie schon die Aufnahmeprüfung mit dem Lob der Prüfenden bestanden hatte, machte man ihr am Schluß diese Offerte. Es sei wegen der Kontingente, und nur so funktioniere schließlich die sozialistische Planwirtschaft, sagte man ihr. Warum wurde sie dann überhaupt zur Aufnahmeprüfung zugelassen, fragte sie sich. Steckte womöglich die Stasi dahinter? Hatte sie sich je aufmüpfig verhalten? War es wegen der Freundschaft zum „Hippie“ Hannes?

Am ersten September fuhr Constanze nun mit dem Zug in ein entlegenes Nest zur Berufsschule. Sie mußte mehrfach umsteigen und war den ganzen schönen Sonntagnachmittag unterwegs. Sie war sauer, denn sie hätte den Tag viel lieber noch mit Hannes verbracht.

Ein langer Barackentrakt war das Internat, und in den Internatszimmern standen vier Doppelstockbetten und zwei Tische für acht Mädchen. Überhaupt lernten hier nur ganze drei Jungen den Beruf des Finanzkaufmanns, dagegen waren sie dreißig Mädchen. Die Kantine war hell, und die vier Mahlzeiten schmeckten nicht schlecht und kosteten wenig.

Am ersten Morgen wurden sie gleich von einem eingefleischten Parteigenossen namens Schuhmann in die Geheimnisse des Staatshaushalts eingeführt. Das Geheimnis bestand vor allen Dingen darin, daß hier alles geheim war, und man ihnen klar machte, welches große Vertrauen der Staat in sie setzen würde. Sie selbst würden bald Geheimnisträger sein, und das koste seinen Preis! Schuhmann faßte es so zusammen: „Wenn klein Doofi mit Plüschohren denkt, er könne noch Schauspieler werden, ist das irrsinnig! Wer einmal, wie ihr jetzt, das Vertrauen des Staates gewonnen hat, der kommt nie mehr aus dem Staatsapparat heraus, merkt euch das für das weitere Leben!“ Dieser Lehrer Schuhmann, der im Krieg ein Bein verloren hatte, redete fortwährend von „klein Doofi mit Plüschohren“, wenn er etwas erklärte, besonders, wenn er von der ökonomischen Überlegenheit des Sozialismus gegenüber dem Kapitalismus sprach. Das klang dann so: „Nur kleine Doofis mit Plüschohren werden sich im Kommunismus noch einen eigenen Schrebergarten anlegen und ihren Kohl selbst anbauen, wie das die Menschen jetzt noch in den kapitalistischen Ländern tun müssen, denn in der entwickelten sozialistischen Gesellschaft, welche die Voraussetzung für den allmählichen Übergang zum Kommunismus darstellt, wird es für alle reichlich Kohl im Konsum geben.“

Da bin ich aber gespannt drauf, dachte Constanze. Sie hörte, wie der Lehrer in fanatischem Ton fortfuhr: „Dann wird die Verteilung nicht mehr nach dem Prinzip geschehen: Jeder nach seinen Fähigkeiten, jedem nach seiner Leistung, sondern dann wird es heißen: Jeder nach seinen Fähigkeiten, jedem nach seinem Bedürfnis."

Das war der Unterricht im Fach Politische Ökonomie. In Mathematik machte Lehrer Moritz gleich in der ersten Stunde ein Mädchen an der Tafel fertig, quälte sie mit komplizierter Potenzrechnung und freute sich auch noch, als ihr nach der Marter die Tränen herunterliefen. Dann schaute er sie mit strengem Blick an und drangsalierte sie weiter: „Petra, sie wohnen doch im Internat. Bekommen sie da die gleiche Kost wie die anderen?"

„Ja", sagte Petra mit tränenerstickter Stimme, ohne zu begreifen, was Lehrer Moritz meinte.

„Ich werde euch beweisen, daß ihr bisher in der Schule gar nichts gelernt habt. Wer bei mir zum Abschluß eine drei hat, der ist nobelpreisverdächtig, das sage ich euch."

Conny war total enttäuscht von den Lehrern, von der Schule und von dem Beruf überhaupt. Dagegen freute sie sich immer, wenn sie die Woche heil überstanden hatte. Bald schwand Ihr Interesse am Lernen. Die Noten waren ihr mittlerweile scheißegal. Sie war glücklich, wenn es nach Hause ging, nicht, weil sie sich etwa nach ihrem Elternhaus sehnte. Nein, Hannes wartete jeden Samstag mit einer Überraschung auf sie, einmal mit Blumen, mit Kinokarten und einmal mit einem Wochenende auf der Datsche seiner Tante am Schlänitzsee. Dort war es auch, wo sie das letzte Wochenende vor seiner Einberufung verbrachten. Sie paddelten mit dem kleinen Faltboot hinaus auf den See, die letzten warmen Sonnenstrahlen des Herbstes genießend, und beobachteten den Fischadler und die seltene Großtrappe. Hannes, der mit seinem Vater oft die Seen des Havellandes besuchte, kannte sich in der Vogelwelt bestens aus. Er wußte, wo das Adlerpärchen seinen Brutplatz hatte und erkannte die flötend-klagenden Rufe der Triele.

Constanze vergaß die reale Welt um sie herum, wenn sie Hannes zuhören konnte. Hier draußen am See war sie eins mit den Adlern und Schwalben, tauchte wie ein Fischreiher in den See und blicke in die blaue Wasserwelt. An einem verregneten Tag blieben sie im Bett und liebten sich, wobei er ihr immer wieder so zärtliche Worte ins Ohr flüsterte, die ihr unheimlich Kraft gaben. „Conny, mein kleines Schwälbchen, du bist der liebste Mensch, der mir auf der Welt begegnet ist. Ich werde auf dich warten, und wenn ich zurückkomme, werden wir zwei die glücklichsten Menschen auf der Welt sein, weil wir beieinander sein können für immer und ewig. Ich werde für dich da sein und dich auf Händen tragen, das verspreche ich dir."

Sie strich durch sein Haar: „Weißt du, wie glücklich du mich machst? Du kannst mir so viel Geborgenheit geben. Ich werde dir alle Liebe zurückgeben, denn du hast sie verdient. Es ist unglaublich schön, bei dir zu sein, dich zu küssen, zu lieben und immer wieder zu lieben."

Einmal fragte er sie: „Wie machst du das nur, daß ich, wenn ich in dein liebes Gesicht sehe, glaube, ich blicke in den Spiegel meiner eigenen Seele?"

„Das ist, weil wir uns so ähnlich sind, Hannes. Das mit uns muß eine ganz tiefe Seelenverwandtschaft sein, die man wahre Liebe nennt."

Und weil alle Worte der Welt nicht ausreichten, diese wunderbare Liebe zu beschreiben, suchten sich ihre Lippen, um sich im Kuß zu vereinen, spielten ihre Hände auf der Haut des anderen, umschlangen sich ihre Glieder, bis sie nicht mehr wußten, wo der eigene Körper aufhörte und der Körper des anderen anfing.

Sie spürten beide, daß eine solche Liebe niemals enden würde, weil der eine seinen ganz festen Platz im Herzen des anderen hatte, und daran würde nicht die Armee und keine noch so lange Trennung etwas ändern.

Am Sonntagabend sollte im Fährhaus an der Havel in Ketzin eine Disco stattfinden, und Conny beschloß, einfach noch einen Tag länger zu bleiben. Sie legte sich keine Ausrede zurecht, die sie dem Vater und dem Lehrer in der Berufsschule sagen würde, nein, sie rief nur zu Hannes: „Meinetwegen, nennt mich eine Schulschwänzerin, es ist mir egal! Mein Liebster muß morgen zur Armee, und heute will ich mit ihm tanzen, die ganze Nacht will ich mit ihm tanzen, bis die Sonne aufgeht." Und sie tanzten die ganze Nacht hindurch, tanzten zu den Puhdys, zu den Stones, zu Karat und zu Veronika Fischer, bis endlich jenes Lied von Merrilee Rush „Angel of the morning" erklang. Es war der letzte Tanz, und während Constanze und Hannes schwerelos durch den Raum schwebten, dachte sie: Nenn mich Engel des Morgens, Angel ...

Es war dieses Lied, welches Constanze immer wieder im Trabi auf der Heimfahrt sang. Tränen der Freude und der Trauer rannen über ihre Wangen, und das Herz wollte zerspringen vor Liebe und Schmerz.

Die Strafarbeit für den versäumten Unterrichtstag und die Rügen der Lehrer machten ihr nichts aus.

Drei Monate, bis nach der Vereidigung, gab es keinen Urlaub für Hannes. Sie schrieben sich fast jeden Tag einen Brief, schrieben sich, was man ohne Angst vor einer Briefkontrolle schreiben durfte. Jeder wußte, daß viele Briefe in der NVA geöffnet und gelesen wurden, und so konnte ihr

Hannes nur wenig über seinen Alltag bei der Armee mitteilen. Also schrieb er so:

„Mein kleines süßes Schwälbchen,

spann Deine Flügel auf, und laß Deine Seele zu mir fliegen. Ich will Dich teilhaben lassen an meinem Leben hier. Du hast einen ganz, ganz festen Platz in meinem Herzen. Ach, meine Conny, ich vermisse Dich ja soooo sehr! Wenn ich auf Urlaub komme, werde ich Dir alles erzählen, wie es hier ist und was alles passiert. Mein Engel, mein Glückssternchen, ich möchte den Bund unserer Liebe mit einem Ring besiegeln. Bitte, werde bald meine Verlobte, meine kleine Schwalbe, ich wünschte so sehr, Du bist einverstanden. Manchmal glaube ich, das Herz zerspringt mir vor Sehnsucht. Ich möchte in jeder Minute zu Dir schauen können, um zu sehen, wie es Dir geht und was Du gerade machst. Ach, laß meine innigen und zärtlichen Küsse Deine Seele erwärmen. Ich gehöre nur Dir ... für immer

Dein Hannes.“

Über den Kasernengang schlitterte ein Stahlhelm. Die Männer im Gang johlten.

„He, Hannes Weber, Helm aufnehmen!“ brüllte Entlassungskandidat Patschke. „Euch Neuen werden wir Beine machen, wir werden euch zeigen, wie man den EKs dient. Na, wird's bald!“

Hannes hatte seine Grundausbildung bei der NVA hinter sich gebracht und war gerade verlegt worden in ein anderes Gebäude der Kaserne.

EK Hinze ließ den zweiten Helm durch den Gang schlittern: „Weber, Helm aufnehmen, du Ohr! Hast wohl Abitur, Weber? Glaub ja nicht, daß es dir hier etwas nützt! Schildkröte wollen wir sehen!“

Die EKs johlten noch lauter als anfangs, und die Neuen, die sie Ohren nannten, standen stumm dabei, ahnten zwar, was jetzt kommen würde, weil sie davon gehört hatten, wußten jedoch kein Mittel, sich dagegen zu wehren, denn dieses Spiel wurde bei der NVA seit Jahrzehnten gespielt. Die Offiziere schauten weg, denn Selbsterziehung der Soldaten sei die beste Erziehung, meinten sie.

Hannes mußte vier Stahlhelme an seinem Körper befestigen, zwei an den Ellenbogengelenken und zwei an den Kniegelenken. Kaum war er damit fertig, bekam er einen Tritt und rutsche auf den Stahlhelmen über den Gang, bis sein Kopf gegen die Wand prallte.

„Los, EKs, gebt's ihm! Zeigt ihm, wer hier das Sagen hat!" zischte Hinze und versetzte ihm einen noch kräftigeren Tritt.

„Euch Abiturschweinen wollen wir Beine machen, daß euch das Wasser im Arsch kocht!" brüllte Patschke.

Hannes schlitterte über den betonierten Gang, daß die Funken sprühten, nahm blitzschnell den Kopf beiseite und prallte voller Wucht mit der Schulter gegen die Wand. Er verbiß sich den Schmerz und zeigte keine Gefühlsregung.

„Der Penner will wohl tapfer sein?" fragte Hinze zynisch. „Jungs, was sagt ihr denn dazu? Da kennen wir doch noch eine andere Methode, das Vögelchen zum Singen zu bringen, was meint ihr?"

„Hey, hey, Musikbox!" brüllten die Soldaten im Chor und schoben Hannes auf die Stube. Dann rissen sie seinen Spind auf und schmissen die Sachen auf den Boden.

„Los, Weber, ab in den Spind! Na, wird's bald! Am Arsch hängt der Hammer! Und ihr feigen Dreckschweine von Ohren, schaut gefälligst genau hin, damit ihr es lernt", rief Patschke mit greller Stimme, schloß die Tür und drehte den Schlüssel um. Dann rieb er sich die Hände und brüllte: „Und jetzt ein Lied, ein Lied woll'n wir hören!"

Hannes versuchte zu singen: „Es lagen die alten Germanen zu beiden Ufern des Rheins ..."

„Aus, aus!" brüllte Patschke. „Das ist ja grausam! So singt doch kein Soldat! Haben sie dir auf der Penne denn nichts Ordentliches beigebracht?"

Hannes versuchte es erneut: „Dreißig Meter im Quadrat, Blumenkohl und Stacheldraht, weißt du, wo ich wohne? In der goldnen Zone!"

„Jetzt reicht es aber", schrie Patschke. „Das ist ja furchtbar, Katzenjammer! Los, Männer! Musikbox umkippen!"

Unter großem Gejohle brachten die EKs den Spind zum Schwanken, ließen ihn minutenlang hin- und hertrudeln und kippten ihn schließlich mit einem lauten Krachen um. Die Neuen standen fassungslos daneben. So grausam hatten sie sich „Musikbox" doch nicht vorgestellt. Unter lautem Gegröle der EKs wurde die „Musikbox" wieder aufgestellt, diesmal verkehrt herum. Hinze zischte zynisch: „Ein neues Lied woll'n wir hören, los, Weber!"

Nachdem Hannes „So viele Tage, so viele Tage, erschieß dich doch ..." gesungen hatte, wurde der Spind endlich aufgeschlossen. Hannes krabbelte kopfüber mit Nasenbluten und Prellungen aus dem Käfig. Hinze züngelte wie eine Schlage: „Na, geht doch, wenn man will, Weber!“

Am anderen Tag befahlen die EKs den Neuen, das Frühstück für sie zu holen und anschließend auf dem Flur die Waffen für sie zu putzen. Hannes wollte sich weigern, für Hinze die Waffe zu putzen, das sollte ihm schlecht bekommen. Die EKs beschlossen, ihn „an den Baum zu setzen“. Das war wohl die grausamste Form der Peinigung bei der NVA. Hannes’ Beine wurden im Schneidersitz um einen nicht allzu dicken Baumstamm geschlungen. „Dir Abischwein will ich zeigen, wo der Hammer hängt, einen EK zu beleidigen, das könnte dir passen!“ brüllte Patschke. Dessen Gebrüll tat Hannes’ Ohren weh, aber Hinzes Zynismus war schlimmer: „Siehst du, Weber, du Abischwein, dir haben sie doch auf der EOS nichts Ordentliches beigebracht! Wir wollen dir zeigen, wie man einen Mann fesselt, ohne Fesseln zu benutzen. Da kommst du nicht mehr los“, sprach Hinze fast sanft, und dann sprang Hinze Hannes ganz plötzlich auf die Knie, so daß dieser vor Schmerzen zu wimmern anfing. Dieses Sadistenschwein, dachte Hannes, eines Tages werde ich mich rächen! Nach einer Weile konnte er nicht mehr denken und hörte nur noch die Engel singen. Unerträgliche Schmerzen bemächtigten sich seiner Glieder, doch er versuchte, hart zu bleiben. Unendlich lange Zeit verging, bis er von Patschke und Hinze aus dieser Folterlage befreit wurde. Er lief ins Klo und ließ den unterdrückten Tränen ihren Lauf. Als er wieder unter die Soldaten trat, war von seinen Tränen nichts mehr zu sehen.

Die Wochen im Internat der Berufsschule wollten für Constanze genau so wenig vergehen wie die Wochen zu Hause, die angefüllt waren mit frühem Aufstehen und Arbeit beim Rat des Kreises. An den Tagen, da sie Lehrunterweisung in Magdeburg hatten, mußte sie kurz nach vier Uhr aufstehen, denn um fünf Uhr dreißig fuhr der Bus. Spät abends kam sie Heim und hatte das Gefühl, fast nichts gelernt zu haben. Vielleicht lag es auch daran, daß sie spürte, daß in dem Beruf des Finanzkaufmanns so wenig passierte. Die Zahlen waren fast jedes Jahr dieselben. Der Staatshaushalt glich eventuelle Defizite aus, oder die Zahlen waren von vorne herein geschönt, damit es unterm Strich hieß: Die Arbeitsproduktivität sei auch in diesem Jahr wieder kontinuierlich gestiegen.

Am Anfang verteidigte sie noch ihren Beruf vor dem Großvater Emil in Potsdam. Bei einem ihrer Besuche hatte Emil sie konkret gefragt: „Wie viel Prozent Nettogewinnabgabe muß ein Betrieb an den Staat denn leisten?“ Constanze überlegte und sagte dann: „Ich glaube, es sind zweiundfünfzig Prozent.“ Der Großvater schüttelte mit dem Kopf und sagte nur: „Kind, was lernst du nur für einen schwachsinnigen Beruf? Das, was übrig bleibt, reicht ja gerade einmal für die Löhne und für das Material. Ein Betrieb jedoch, der nicht in den Fortschritt und in neue Maschinen investieren kann, steuert dem ökonomischen Untergang entgegen! Dieser Staat wird schon bald an seiner falschen Ökonomie zugrundegehen.“

Constanze war erschüttert, tobte und versuchte, dem Großvater die Vorzüge der intensiv erweiterten Reproduktion so zu erklären, wie sie es gelernt hatte. Großvater Emil aber winkte nur ab und sagte voller Gewißheit: „Constanze, ich habe die Inflation und das Nazireich erlebt, ich weiß, wovon ich rede. Du aber wirst eines noch erleben, den ökonomischen Zerfall der DDR!“

An jenem Tag im Herbst 1976 fuhr Constanze mit einem sehr unguten Gefühl von Potsdam fort und grübelte die ganze Zugfahrt lang darüber nach, was der Großvater gesagt hatte. Des Großvaters Frage hatte plötzlich alles bisher von ihr Gelernte über den Haufen geworfen. Eine schreckliche Ahnung machte sich in ihr breit: Was passiert, wenn der Großvater eines Tages recht haben sollte? Der Untergang des Sozialismus?

Von nun an sah Constanze genauer hin. Die Mutter schimpfte oft, daß es dies und jenes nicht mehr zu kaufen gab. Wie Pfirsiche und Bananen aussahen, hatten sie fast schon vergessen. Andreas wußte nicht mehr, was Blutorangen oder Bananen überhaupt waren; der Koks für die Zentralheizung war bröckelig wie Erde und gab kaum noch Wärme ab, nach anständigen Textilien mußte man suchen, einen gescheiten Anorak für den Winter hatten sie in keinem Kaufhaus bekommen können. Deshalb nähte sie sich selbst aus Mutters altem Mantel eine moderne Jacke mit Kapuze. Die Klamotten von der Stange konnte man nicht anziehen, die trug fast jeder in der ganzen DDR! Constanze und ich hatten von unseren Großmüttern das Stricken und das Nähen gelernt und nutzten unsere Fähigkeiten, um uns die Kleidung billig selbst zu fertigen. Der Wohlstand unserer frühen Kindheit in den sechziger Jahren war vorbei, und jetzt dachte auch die Mutter darüber nach, wieder arbeiten zu gehen, um zum Unterhalt der Familie beizutragen. Auf ein Auto mußte man dreizehn Jahre lang warten, und die Modelle änderten sich über einen Zeitraum von Jahren nicht. Die Schlaglöcher in den Straßen wurden schon lange nicht mehr geflickt, und überall mußte man Schlange stehen, sogar in den Gaststätten und besonders beim Fleischer, Milchmann und Bäcker.

Wenn Constanze im Büro saß, Zahlen schrieb und rechnete, geschah es oft, daß ihr Blick ins Leere ging und sie in ein Grübeln verfiel. Die Kollegen sahen sie dann mitleidig an, und Conny glaubte, daß sie ahnen würden, was mit ihr los war. Schnell widmete sie sich wieder den Zahlen und dachte: Ihr spürt es! Ich hasse diesen Beruf! Ich komme nicht los von meinen Träumen. Ich sehe mich in einem Hörsaal der Uni sitzen und studieren. Ich fühle die Stimme des Lebens zu mir rufen: Ich muß der Welt ihre Geheimnisse entlocken, um später etwas bewegen zu können! Hier in der Baracke der Finanzabteilung war es aber wie in einem Sarg.

So sprachen ihre eigenen Gedanken zu ihr, und kein Lichtstrahl drang von Außen in ihre Welt im Glaskasten.

Dann kam Hannes' erster so sehr ersehnter Besuch nach einem Vierteljahr Armeezeit. Constanze spürte sofort, die Armee hatte ihn verändert. Er redete nur noch von Härtetest, Laufschritt, Sturmbahn, Fuchsbau und Marschgepäck. Er erzählte ihr, daß ihm das Schweißwasser in der Gasmaske gestanden hatte und er kaum Luft bekam. „Das war die absolute Härte", sagte er. „Du kannst dir das überhaupt nicht vorstellen, wie wir gekämpft haben. Und dann diese verrückten EKs, die einen fertigmachen, wo es nur geht. Es herrscht eine Rangordnung, sag ich dir, und die EKs, ich meine die Entlassungskandidaten, schikanieren einen, wo sie nur können. Nein, du kannst dir nicht vorstellen, was ‚Schildkröte' ist, ‚an den Baum setzten' und ‚Musikbox', und ich werde es dir auch nicht erzählen."

Er wollte einfach zu Hause nicht mehr über die Armee sprechen, und Constanze konnte ihm kaum ein Wort mehr entlocken. Sie gingen auf sein Zimmer, und er wollte nur noch Liebe, Liebe, die ganze Nacht lang nichts als Liebe.

Der Urlaub war kurz, und der Abschied am Bahnhof kostete beide viel Kraft, um nicht in Tränen auszubrechen. Als der Zug den Bahnhof verließ, kamen sie doch, die Tränen in Constanzes Augen.

Im Internat der Berufschule nervten sie die anderen Mädchen: „Na, war dein Männel von der Fahne da? Hat es ordentlich gerummelt in der Kiste? Erzähl mal!"

„Ihr seid geschmacklos, und ich werde euch nichts erzählen!" fauchte Constanze zurück.

„Ach seht mal, die große Liebe ... Hab dich nicht so, wir erzählen doch alle, wie es gewesen ist", sagte die dicke Bärbel kichernd.

Constanze kroch unter die Bettdecke und schaltete im Schutz der Dekke im Kofferradio einen Westsender ein. Ein Sänger aus dem Osten gab ein Konzert im Westen. Sie hörte ihn gern, denn seine Lieder waren voller Spannung und Kritik. Der Gesang stimmte Conny nachdenklich und begeisterte sie zugleich. Er sprach das an, was viele dachten, sich aber nicht zu sagen getrauten. Sie fand ihn außerordentlich mutig. In seinen Liedern schwangen Wehmut und Traurigkeit mit, und da war jenes Gefühl der Ohnmacht, welches Constanze nur zu gut kannte. Der Sänger hieß Wolf Biermann.

Dann wunderte sie sich, warum sie die meisten dieser kritischen Lieder niemals bei DT64 gehört hatte. Die Lieder gehörten doch in den Osten! Nach einiger Überlegung kam sie darauf. Sie erinnerte sich an den Brief von Hanjo Wirts, dem Redakteur der „Jungen Welt", in welchem er ihr schrieb: „Wir brauchen nicht den Zweifel, nur das kämpferische Vorwärts!"

Wenige Tage später wurde Wolf Biermann aus der DDR ausgebürgert. Constanze konnte es kaum glauben. Ihm wurde einfach die Rückkehr in die DDR verweigert. Nun schrieben alle Zeitungen darüber. Das ND und die „Junge Welt" distanzierten sich von seinen Äußerungen der „staatsfeindlichen Hetze", wie es hieß. Kurze Zeit darauf wurde in der westlichen Zeitung „Die Welt" eine Resolution von sehr bekannten und beliebten Schauspielern und Künstlern der DDR abgedruckt, in welcher sie sich gegen die Ausbürgerung Wolf Biermanns aussprachen. Christa Wolf hatte zuerst unterschrieben.

Constanze grübelte und grübelte. Mitten in ihre Grübelei auf dem Weg zur Baracke des Internats hinein wurde sie von einem der Vietnamesen aus der Nachbarbaracke angesprochen: „Hallo, wir seien neu hier und wollen einladen euch und feiern. Du und andere Mädchen, ihr kommen heute Abend zu unsere Zimmer. Wir euch zeigen alles und mit euch spielen Tischtennis."

Constanze war neugierig und überredete die anderen Mädchen, mitzugehen.

Die Zimmer der jungen vietnamesischen Männer waren aufgeräumt und sauber. Um die Tischtennisplatte im Flur herum herrschte ein reges Treiben. Die meisten trugen T-Shirts mit amerikanischem Aufdruck und kauten Kaugummi. Andere trugen Baseballmützen mit Sternen und Streifen und wieder anderen saßen in der Ecke und strickten Pullover oder lasen amerikanische Comics.

„Wir gut in stricken", sagte der eine zu Constanze. „Du wollen eine Pullover von mir gestrickt?"

„Nein, danke. Ich stricke selbst“, antwortete Constanze lächelnd. Es war das erste Mal, daß ihr ein Mann einen Pullover stricken wollte.

„Wir lernen in DDR Textilarbeiter. Ich möchten hier in diese Land bleiben. Bei uns in Vietnam alles kaputt und Familie tot, Vater und Mutter. Mein Dorf es nicht mehr gibt. Meine Schwester, ich nicht weißen, wo sie seien ... sagt man so?“

„Ich weiß nicht, wo sie ist“, verbesserte Constanze.

„Regierung sagen, wir müssen zurück in Vietnam. Ich möchten bleiben. Du verstehen?“

„Ja, ich kann das verstehen“, sagte Conny. „Aber ich verstehe nicht, warum ihr amerikanische T-Shirts und diese Mützen mit der amerikanischen Flagge drauf tragt?“

„USA, das seien für uns Krieg, aber das seien auch Fortschritt, das seien modern und Technik. Du verstehen? Das seien nicht Chaos, wie jetzt in Vietnam.“

Constanze verstand überhaupt nichts mehr.

Am nächsten Tag wurden sie in der Schule darüber aufgeklärt, daß sie sich nicht mit den Vietnamesen einlassen sollten. Die meisten suchten hier eine Frau, um bleiben zu können. Das jedoch würde von beiden Regierungen nicht gewünscht. Sie sollten in der DDR einen Beruf erlernen, um dann mit ihrer Ausbildung dem Aufbau Vietnams dienen zu können.

Und noch ein großes Thema gab es in der Schule: Der Fall Biermann wurde jetzt die Biermann-Affäre genannt und lange diskutiert. Einige superschlaue FDJlerinnen verfaßten sofort eine Gegenresolution zur Resolution der berühmten Künstler, Schriftsteller und Schauspieler. Die FDJler schrieben: „Enttäuscht distanzieren wir uns von Volker Brauns und Christa Wolfs Äußerungen zum Fall Biermann, der in hinterhältiger Weise dem Ansehen unseres Staates geschadet hat.“

Als schon alle unterschrieben hatten, legten sie das Papier Constanze vor. Sie jedoch sagte entschieden: „Ich unterschreibe nicht!“

„Ja, bist du verrückt?“ fauchte die FDJ-Sekretärin.

Constanze sagte fest und bestimmt: „Ich habe hier wohl als einzige das Konzert gehört, und ich fand es prima. Wenn man hier in der DDR daran gehindert wird, seine Meinung zu sagen, dann muß man es eben woanders tun.“

„Woanders tun? Ausgerechnet beim imperialistischen Klassenfeind? Ja, spinnst du?“ schrie die dicke Bärbel.

Constanze blieb fest und scharfzüngig: „Es ist Deutschland, und wir sprechen nicht nur eine Sprache, sondern haben auch seit Jahrhunderten eine gemeinsame Geschichte und Kultur!“

Nun geriet die FDJ-Sekretärin völlig außer sich: „Eine gemeinsame Kultur? Du drehst jetzt wohl völlig durch? Das ist kapitalistisches Ausland, Mensch! Wie Frankreich oder Italien!“ Die anderen Mädchen nickten. „Constanze, du solltest dir sehr gut überlegen, was du jetzt tust. Ich sage dir nur, es wird Konsequenzen haben.“

Auf einmal war er wieder da, der Großvater, der Kameramann. Er war ihr ganz nahe, und sie dachte daran, daß er sich einst geweigert hatte, Nazipropagandafilme zu drehen. Auf seine ganze Karriere hatte er dabei verzichtet und war lieber ein einfacher Photograph geblieben. Er war aufrecht und reinen Gewissens durch seine schwere Zeit gegangen. Constanze war stolz auf ihn.

„Ich weiß, was ich tue, ich unterschreibe nicht!“ Das waren ihre letzten Worte zum Fall Biermann.

Als Hannes einige Wochen später auf Urlaub kam, berichtete sie ihm sogleich davon. Er hatte das Konzert wegen des großen Manövers bei Klietz nicht hören können, hatte den Fall jedoch in der Presse verfolgt. Er war genau ihrer Meinung. Man konnte einen Menschen doch nicht einfach ausbürgern, nur weil er sich kritisch über den Staat äußerte. Ein Staat, der keine Kritik verträgt, der die Meinungsfreiheit mit Füßen tritt, übt eine Gewalt auf seine Bürger aus, die eines Tages zur Eskalation führen kann.

„Hannes, hör mir zu“, sagte Constanze, „ich weiß nicht, was jetzt folgt. Aber ich habe nicht unterschrieben.“

So richtig zuhören konnte Hannes aber gar nicht. Er war ständig mit den Gedanken bei der Armee, redete von Zielscheiben in den Farben der Bundeswehruniformen und darüber, daß sie auf den Haß zum Klassenfeind gedrillt wurden. Er sagte immer wieder leise: „Wenn es zu einem Krieg kommt, nehme ich meine Knarre und haue ab. Ich schieße nicht auf unsere Brüder im Westen, Constanze, das tue ich nicht!“

Sie spürte seine innere Unruhe und versuchte, ihn zu beruhigen. Sie nahm ihn in den Arm. Doch er befreite sich sogleich aus ihrer Umarmung: „Constanze, du verstehst gar nichts!“ sagte er verzweifelt. „Du kannst dir nicht vorstellen, wie das ist, wenn man mitten in der Nacht rausgeholt wird und dann tagelang im Panzer durch die Gegend fährt. Es gibt riesige Übungsplätze, sag ich dir. Die ganze DDR ist mit Panzerstraßen durchzogen. Wir sind tagelang gefahren und wußten nicht, wo wir uns befinden.

Wir waren völlig übermüdet. Außerdem war es saukalt. Wir hatten mehrere Tage nichts zu Essen, weil der Verpflegungswagen uns nicht gefunden hatte. Wenn du dann einen Schießbefehl erhältst, weißt du nicht, was du tust. Du bist wie eine Marionette, die jeden Befehl nach einem eingespielten Plan ausführt."

„Hannes, laß uns unser Lied wieder hören, ‚Angel of the morning'", sagte Constanze und schaltete das Tonband ein. Irgendwie tat er ihr leid. Sie nahm ihn in den Arm und versuchte ihn mit ihrem innigen Kuß zu trösten. Seine Tränen blieben ihr nicht verborgen, und sie drückte ihn noch fester an sich. O, wie gut sie ihn verstand und mit ihm fühlte. Eine unendlich lange Zeit blieben sie stumm ineinander verschlungen, bis sie endlich spürte, daß die Spannung sich aus seinem Körper löste, sein Tränenfluß versiegte und ein wenig Traurigkeit aus ihren beiden Seelen wich.

Er strich ihr erleichtert übers Haar: „Conny, ich muß dir was sagen: es tut so gut, bei dir weinen zu dürfen."

Sie blickte eine Weile mitleidig zu Boden, bis Hannes sagte: „Meine Eltern möchten deine Eltern noch gerne vor unserer Verlobung einladen. Meinst du, das wird gehen?"

In die Traurigkeit mischte sich Hoffnung, und sie trugen am nächsten Tag ihre Einladung Konrad Bresin vor. Doch der lehnte mit folgenden Worten ab: „Das kommt gar nicht Frage! Ich bin nicht dafür, daß meine Tochter sich schon so früh bindet."

Als Hannes gegangen war, sagte der Vater zu Conny: „Ich kann nicht zustimmen, daß du dich mit einem Antikommunisten verlobst. Hast du dir mal die Eltern genauer angesehen? Weißt du, warum die Mutter nicht mehr im Schuldienst Lehrerin ist und warum Hannes nie einen Studienplatz bekommen wird? Weil sie feindliche Flugblätter an der Schule verteilt haben, ‚Vorabend der Zerstörung' und so weiter! Es ist eine Milchmädchenrechnung, wenn du glaubst, daß du mit so einem Gammler eine Familie wirst ernähren können!"

„Vater, das war doch nur die Übersetzung des Songs ‚Eve of destruction.'

Da war es wieder: das bittere Würgen im Hals. Constanze verließ wie versteinert den Raum, rannte dann die Treppe hoch und schmiß sich in ihrem Zimmer auf das Bett. Sie begann, laut zu weinen. Sie weinte und schluchzte, und der Tränenfluß wollte und wollte nicht enden. Ganz langsam und allmählich begann sich die unsagbare Bitterkeit, die ihr eben noch die Kehle zugeschnürt hatte, mit den Tränen zu lösen. Sie weinte noch, als es schon Mitternacht vorbei war und der Mond kalt und starr in ihr Fenster schien.

Wieviele Gedanken ihr plötzlich durch den Kopf gingen, konnte sie nicht mehr zählen. Ausgeträumt der Traum von der beruflichen Erfüllung und am Zerbrechen der Traum von der Liebe und der Harmonie in der Familie. Zerplatzt wie Seifenblasen waren die farbigen Ziele ihrer hellen, jugendlichen Seele, zerbrochen an der Realität eines Staates, der mit Gewalt über seine Bürger regierte und keinen Raum für die eigene freie Entfaltung ließ. Sie weinte und weinte, bis sie völlig leer war, bis nur noch ein Gedanke sie beherrschte. Und sie sprach ihn aus, den Gedanken, immer wieder leise und verzweifelt kam er über ihre Lippen: Hannes, ich liebe dich, ich liebe dich ja so sehr!

In der folgenden Zeit wollte Constanze kein Essen mehr schmecken. Man konnte zusehen, wie sie abmagerte. Vater Doktor Bresin schickte sie zur Kur, doch ohne Erfolg. Als Constanze zurückkehrte, war sie blasser als je zuvor. Das veranlaßte den Vater, bei seiner Tochter eine gründliche Untersuchung vorzunehmen, Blutwerte und so weiter. An einem dieser Tage bekam Constanze in der Finanzbaracke einen Anruf von der Krankenschwester: „Fräulein Bresin, bekommen sie jetzt bitte keinen Schreck. Wir haben soeben Ihren Befund erhalten. Es geht Ihnen vielleicht jetzt noch ganz gut, und Sie haben keine Schmerzen, aber wir müssen Sie sofort stationär aufnehmen. Es wird gleich ein Krankenwagen vorbeikommen und Sie abholen. Haben Sie keine Angst, wir werden Sie hier ein wenig beobachten. Ihre Leberwerte sind sehr schlecht. Wir müssen herausfinden, woran das liegt. Hallo, sind Sie noch am Apparat?“

„Ja.“

„Na, nun mal nicht so aufgeregt, es wird schon alles gut.“

Im Krankenhaus teilte sich Constanze das Zimmer mit zwei alten Frauen. Den ganzen ersten Tag lang mußte sie irgendwelche Untersuchungen über sich ergehen lassen. Am Abend erzählten die Frauen vom Krieg und von ihren Leiden. In den Nächten weinte Conny und wartete auf den Mond mit seinem kalten Licht. Am Morgen wartete sie auf Post von Hannes. Der schrieb ihr fast jeden Tag von seiner Liebe. Doch leider blieben seine Briefe immer oberflächlich, denn die Wahrheit über die NVA durfte er nicht in einem Brief mitteilen. Manchmal dachte Constanze, sicherlich würden seine Gedanken auch bald genau so oberflächlich wie seine Briefe werden, und er könnte nicht einmal etwas dafür. Wie gerne würde sie ihn manches fragen. Aber sie wußte, daß die Briefe von und für NVA-Angehörige von der Stasi gelesen wurden, und sie konnte nicht erwarten, daß er ihr auf ihre Fragen eine ehrliche Antwort schreiben würde. So blieb ihr nichts anderes übrig, als zu warten, bis er endlich irgendwann auf Urlaub kommen würde.

Constanze wollte im Krankenhaus erst recht kein Essen schmecken. Sie konnte einfach nichts runterschlucken. Es war, als ob die Brocken einfach zu schwer und unverdaulich für sie wären. Sie würgte und würgte und gab es dann auf. Einige Tage lang rührte sie kein Essen mehr an. Schwere und unverdauliche Gedanken bemächtigten sich ihrer. Manchmal hörte sie eine Stimme, die zu ihr sprach: „Es ist dir, Constanze, auferlegt, der Stimme des Lebens zu folgen!“ Sie hörte diese Stimme von weitem fröhlich rufen, doch zwischen ihr und der Stimme war ein tiefer Graben. Nachts bemächtigte sich ihrer immer wieder derselbe Traum: Sie lief und lief, um zum Licht zu gelangen, aber der Widerstand aus Sturm und Brausen war so stark, daß sie immer wieder zurückgedrängt wurde und fast unter der Last zusammenbrach. Sie nahm alle Kräfte zusammen, kämpfte und keuchte, legte sich dem Wind entgegen, aber sie kam keinen Zentimeter vorwärts, so sehr sich auch mühte. Schweißgebadet erwachte sie. Schmerzhaft wurde ihr bewußt, daß man sie ihrer Bestimmung berauben wolle. Ohne die Freiheit der eigenen Entscheidung war sie ein Nichts, nicht fähig, das aus sich herauszuholen, was ihrem Naturell entsprach. In dem Beruf, den sie erlernen mußte, fühlte sie sich wie die Untergangsgehilfin eines sinkenden Schiffes.

Verzweifelt versuchte sie, ihre negativen Gefühle zu verdrängen. Sie sagte sich: Mein eigenes Wünschen und Fühlen ist nichts wert, mein individuelles Empfinden taugt nicht für diese Welt, es ist lästig und unwichtig. Bald nahm sie ihr eigenes Inneres gar nicht mehr wahr und empfand es als tot. Aber es war noch etwas anderes, was gestorben war: Es war das Kind in ihrem Inneren, welches sie in jenen Tagen zu Grabe trug. Mit ihrem inneren Kind starben ihr natürliches Fühlen, ihr Mut zur Kreativität und ihre Freude am Sein. Sie empfand ihr Leben als einen Irrtum der Natur und meinte, ein Mensch wie sie, ausgestattet mit Gaben, welche die Welt nicht haben wollte, besäße auch keine Daseinsberechtigung.

Dann wieder band sie ihre ganze Hoffnung an Hannes und wußte doch: es war eine traurige Liebe ohne Zukunft. Wie konnte sie überhaupt verantworten, daß er ihr treu blieb, ihr, die krank war und deren Vater so sehr gegen diese Verbindung und voller Verachtung für Hannes und dessen Mutter war?

Die Ärzte schüttelten jeden Tag bei der Visite erneut die Köpfe über die Verschlechterung der Leberwerte, und eines Morgens sagte der Chefarzt dann: „Wenn das so weitergeht, muß das Schlimmste befürchtet werden. Die Erkrankung der Leber könnte chronisch werden und tödlich enden. Wissen Sie, Fräulein Bresin, es gibt noch keine Medizin, die den Zerfall der Leberzellen stoppen könnte. Die Heilung muß von innen kommen. Verstehen Sie das?“

„Wenn wir nur die Ursache herausfinden würden“, sagte der andere Arzt. „Aber wir tappen völlig im dunkeln. Die ganzen Untersuchungen haben uns bisher nicht weitergeführt. Es ist keine herkömmliche Hepatitis, bei der die Erreger bekannt sind.“

Eine junge Assistenzärztin gebrauchte das Wort „Pillenhepatitis“, wurde jedoch gleich darauf vom Chefarzt in die Schranken gewiesen.

„Fräulein Bresin, wir haben Sie jetzt vierzehn Tage bei uns auf Station gehabt und sind mit unseren Untersuchungen nicht weiter gekommen,“ sagte der Chefarzt, „wir werden Sie morgen zur Beobachtung entlassen. Sie sind ja bei Ihrem Vater, Doktor Bresin, in guten Händen. Allerdings müssen Sie uns versprechen, daß Sie sich absolut schonen und alle zwei Tage zur Blutuntersuchung kommen werden.“

Sie saß schon im Gang auf ihrem gepackten Köfferchen und wartete darauf, daß ihr Vater sie nach Hause fahren würde, als plötzlich ein weißer Kittel durch den Gang gewedelt kam. Aufgebracht hörte sie ihren Vater sagen: „Das kommt gar nicht in Frage, daß du so ohne weiteres entlassen wirst. Ich habe schon mit dem Chefarzt gesprochen. Heute bleibst du nüchtern, und morgen werden sie deine Gallenblase röntgen. Da hat es schon in vielen Fällen Zusammenhänge gegeben, auch wenn der Internist anderer Meinung ist und meint, du wärest viel zu jung und zu schlank für Gallensteine. Das hätten sie bei einer Patientin deines Alters hier noch nie erlebt. Ich sagte ihm, ich würde darauf bestehen. Du kommst jetzt mit nach Hause, und morgen früh wirst du geröntgt.“

Die Röntgenuntersuchung brachte ein eindeutiges Ergebnis, und als Doktor Bresin seine Tochter wieder nach Hause brachte, war die Mutter gerade beim Fensterputzen auf der Veranda und stand auf der Leiter. Doktor Bresin sah zu seiner Frau hinauf und sagte nüchtern: „Eva, Constanze hat Gallensteine. Am Montag muß sie wieder ins Krankenhaus und wird operiert. Du hattest Nierensteine, und sie hat nun Gallensteine. Wenn ich gewußt hätte, daß du die Veranlagung zur Steinbildung weitervererbst, dann hätte ich dich nicht geheiratet."

Die Mutter schaute ihre Tochter an, schaute den Vater an und brachte kein Wort über die Lippen. Constanze tat ihr unendlich leid in ihrem aussichtslosen Kampf um ihre Bestimmung im Leben, und jetzt auch das noch.

In den Augen der Mutter konnte Constanze etwas sehen, was sie nie mehr vergessen sollte: fassungslose Traurigkeit.

Zwei Tage nach der Operation, sie hatte gerade die Intensivstation verlassen, kam Hannes überraschend auf Urlaub. Conny war außer sich vor Freude und Tränen rannen über ihre Wangen. Er setzte sich an ihr Bett und hielt ihre Hand. Lange saß er einfach nur da und sagte kein Wort, sah sie nur an. Dann fragte Conny: „Hannes, sag mir, wie kann es deine Mutter ertragen, nicht mehr als Lehrerin arbeiten zu dürfen?"

„Conny, das ist doch jetzt ... Werde du erst einmal gesund."

„Hannes, bitte!"

Er neigte sich zu ihr herunter und beobachtete die anderen Gäste und Kranken im Zimmer. Erst, als er gewahr wurde, daß alle mit eigenen Unterredungen beschäftigt waren, sagte er leise: „Conny, das ist politisch. Es war wegen der Übersetzung von ‚Eve of destruction'."

Es war also wahr.

„Bitte versprich mir, es geheim zu halten. Am Ende war es meiner Mutter auch ganz recht, sie hat die politische Bevormundung nicht mehr ausgehalten. Sie konnte es mit ihrem Gewissen nicht vereinbaren, daß sie die Schüler bei jeder politischen Diskussion in eine rote Ecke, wie sie sagte, zwängen mußte. Am Ende jeder Diskussion sollten die Schüler eine einzige vorgefertigte politische Meinung vertreten, das war ihr ‚Klassenauftrag' als Lehrerin. Sie sah ihren Auftrag als Lehrerin jedoch darin, selbständig denkende freie, junge Menschen zu erziehen, mit einem Recht auf eine eigene Meinung."

Conny sah ihn an und sagte: „Dann ist sie ein aufrechter und mutiger Mensch."

Hannes küßte sie auf die Stirn, und sie konnte sehen, daß ihm sehr schwer ums Herz war. Ihnen blieben nur diese kurzen Augenblicke, und in wenigen Minuten würde er schon wieder an den nächsten Brief denken, den er ihr schreiben würde. Ein Brief von der Liebe zwar, aber ohne Tiefe und ohne Wahrheit über sein Leben bei der Armee. Dabei gäbe es so viel zu erzählen, so viel, was einem das Herz schwer machte und worüber er mit dem geliebten Menschen sprechen wollte.

„Hannes, du hast mir noch gar nicht von der Armee erzählt. Wie läuft es so? Wie sind deine Zimmergenossen?“

„Ach Conny, Liebes, mein kleines Schwälbchen, mein Engel ...“, weiter kam er nicht, und Constanze sah Tränen in seinen Augen aufsteigen.

In diesem Moment betrat ich mit den Eltern das Krankenzimmer.

„Ach, der Hannes!“ sagte der Vater kühl. „Ich will Ihnen mal was sagen, wenn Sie nicht mit meiner Tochter in Loissin Zelten gewesen wären, hätte sie sich auch keine Unterkühlung und keine Gallensteine geholt. Außerdem ist sie nach den Besuchen bei Ihnen immer völlig übermüdet und überstrapaziert, was sich bei ihr auf die Leber niederschlägt. Sie wissen ja gar nicht, wie krank Constanze ist.“

Hannes wischte sich die Tränen von der Wange und ging zur Offensive über. „Mit Ihnen, Herr Doktor Bresin, möchte ich gerne draußen sprechen“, sagte er forsch und ergänzte: „Bitte nehmen Sie sich einen Augenblick Zeit!“

Da war Konrad Bresin aber überrascht und ging wirklich mit Hannes nach draußen.

Als sie nach einer Weile wieder eintraten, waren beide blaß und weder Conny noch ich konnten den Inhalt ihres Gespräches erraten. Hannes verabschiedete sich vor unseren Augen von Conny mit einem kurzen Kuß und einem Händedruck und sagte: „Werde bitte bald richtig gesund, versprich es mir, liebe Conny!“

„Ja, schon gut, Hannes, und paß auf dich auf!“

Als er gegangen war, redete der Vater auf sie ein, aber sie war von all den Medikamenten zu müde zum Zuhören.

In der Woche darauf wurde sie nach Hause entlassen, doch sie wollte nicht zu Kräften kommen, wollte nicht aufstehen. Es war, als würde sich ihr ganzer Körper vom Leben zurückziehen, als würde das einst so leidenschaftliche Blut in ihren Adern gefrieren. Am Abend nach der Entlassung bekam sie so starke Schmerzen, daß sie jedem verbot, sie auch nur zu berühren. Ich saß neben ihrem Bett und blickte in ihre trüben Augen, als Vater das Zimmer betrat. Er schimpfte: „Das hast du nun davon, willst ja einfach nicht aufstehen! Deine Lunge muß aber nach der Operation wieder ordentlich arbeiten ... Ich habe den Krankenwagen gerufen!“

Meine Schwester Conny wurde auf eine Trage gehoben, und mir blieb nicht verborgen, wie sehr sie litt. Mutter und ich blieben an ihrer Seite, liefen dem Krankenwagen hinterher, der es nicht weit hatte bis zum Krankenhaus und wir wichen auch nicht, als sie zum Röntgen der Lunge aufrecht hingesetzt wurde und das Bewußtsein verlor. Wir gingen erst nach Hause, als wir sicher waren, daß die Aufnahme der Lunge in Ordnung war.

Am Morgen erhielten wir Constanzes Befund: Bauchfellentzündung! Conny schwebte zwischen Leben und Tod. Alle zwei Stunden bekam sie OTC-Spritzen in die Vene.

Die Februarstürme fegten zwischen Dom und Krankenhaus, bogen die Bäume um, und an unser Fenster peitschte der starke Regen. Die Mutter lief durch das Haus und weinte, der Vater schloß sich in seinem Zimmer ein, und ich nahm Andreas auf den Schoß, denn er verstand das alles noch nicht. Niemand wollte mittags etwas essen. Am Nachmittag rannte ich mit der Mutter zum Krankenhaus. Conny schlief leichenblaß, öffnete ganz kurz die Augen, und ich war mir sicher, daß sie uns anlächelte. Im nächsten Augenblick schloß sie die Augen wieder. Ich verspürte plötzlich das Bedürfnis, ein Gebet für Conny zu sprechen, wußte jedoch nicht, wie ich das machen sollte. Ich hatte noch nie gebetet und das Beten nirgendwo gelernt. Da kamen mir Ömkens Worte in den Sinn: „Wenn dir danach ist, dann geh einfach in eine stille Ecke, falte deine Hände und sprich mit Gott. Sprich so, wie du meinst, daß es richtig ist. Richte deine Bitte an ihn und glaube ganz fest daran, daß er dich erhören wird. Das wird dir helfen."

Während die Mutter an Connys Bett saß, trat ich an das Fenster, faltete meine Hände so, daß es weder die Mutter noch die Ärzte hinter der Scheibe sehen konnten, und sprach im Stillen mit Gott. Als ich mein Gebet zum Himmel richtete, spürte ich, daß sich allmählich der Knoten, der sich um mein Herz gelegt hatte, zu lösen begann. Mit mir passierte in jenem Augenblick etwas Geheimnisvolles: Ich wurde mir immer sicherer darin, daß Conny gerettet werden würde.

Wir blieben noch eine Stunde an ihrem Bett sitzen, bewachten ihren Schlaf und gingen dann wieder. Zu jener Zeit durfte man nur, zu den Besuchszeiten (zwei Stunden am Nachmittag) die Krankenzimmer aufsuchen. Der Vater ging jedoch am Abend zu Conny. Er war Kollege im weißen Kittel und Chef aller Ärzte des Kreises. Er wurde zu jeder Tages- und Nachtzeit zu seiner Tochter gelassen und konnte auch die Krankenakte einsehen.

Die Nacht kam, ohne daß jemand einen Bissen heruntergebracht hatte. Ich schlief die ganze Nacht nicht, hörte die Mutter im Haus umherlaufen, vernahm des Vaters leise Stimme.

Am nächsten Morgen war Constanze über den Berg, dem Tod sozusagen in letzter Sekunde von der Schippe gesprungen! Nach einer Woche kam sie wieder zu uns nach Hause. Unsere Mutter pflegte sie mit Hühnersuppe und Rinderbrühe. Stundenlang saß sie an Connys Bett und erzählte ihr Geschichten aus dem Berlin der Vorkriegszeit, lustige Begebenheiten ihrer Greifswalder Jugendzeit und Geschichten über den Kameramanngroßvater. Ich brachte ihr Bücher aus der Bibliothek, die sie rasch verschlang. Ihre ehemaligen Schulfreundinnen besuchten sie häufig, und ich konnte hören, wie Conny neugierig nach der Literatur aus dem Abiturjahrgang fragte. Sie ließ sich diese Bücher kommen und studierte sie.

Anfang März ging dann das Gerücht durch Havelberg, Hannes' Familie habe sich in den Westen abgesetzt. Ich beschloß, es Conny nicht zu sagen, denn von nun an trennte die Liebenden die Mauer, und an ein Wiedersehen zu denken, war aussichtslos. Obwohl wir in der Familie nie mehr über Hannes sprachen, muß sie doch erfahren haben, daß Hannes' Familie eine Ausreise mit falschen Pässen gelungen war. Eines abends fragte sie mich: „Sag, ist es wahr, was sie erzählen? Hannes' Haus steht leer? Wie hat die ganze Familie es nur geschafft, abzuhauen? Er soll jetzt in Köln Biologie studieren."

Ich schaute Constanze erschrocken an und wollte sie trösten, fand jedoch keine Worte. Sie schien zu ahnen, was in mir vorging und sagte zu meiner Überraschung:

„Ich kann Hannes verstehen, Kerstin. Nur in der Freiheit können wir unser einmaliges Leben entfalten und den wirklichen Sinn unseres Daseins erkennen. Freiheit, gegenseitige Toleranz und Wahrhaftigkeit sind die Säulen, die das Gebäude der menschlichen Zivilisation tragen müssen, sollen dauerhaft Frieden, Gerechtigkeit und Glück gedeihen."

Sie sprach die Worte und sah zu meinem Erstaunen zufrieden aus. Ich fragte sie, wie sie das ertragen kann, die endgültige Trennung von Hannes. Darauf antwortete sie ganz gefaßt:

„Hannes mußte gehen. Und ich? Ich trage seine Liebe in meinem Herzen, ein Leben lang, verstehst Du? Für immer!"

Als endlich das Frühjahr herannahte, kehrten langsam und zögerlich die Lebensgeister zu ihr zurück. Noch jahrelang kämpfte Constanze, gegen eine Anämie und um ihre Bestimmung im Leben. Irgendwann las sie im Studienführer von einem Studium für Kulturpädagogen und bewarb sich. Sie bestand die Aufnahmeprüfung und wurde zugelassen, obwohl sie kein Abitur hatte. Der Prüfer war offenbar von ihrem Schicksal gerührt und sagte: „Ich habe selber eine Tochter in Ihrem Alter. Gar nicht auszudenken, was passiert wäre, hätte man ihr den Zugang zur Abiturstufe verweigert. Fräulein Bresin, Sie sprechen Russisch und Englisch und erfüllen auch sonst alle Voraussetzungen für dieses Studium."

Constanze studierte an einer Fachhochschule, lernte dort ihren späteren Mann Frank kennen, arbeitete anschließend in verschiedenen Museen und wurde schließlich Pressereferentin an einem großen Theater.

Ich lernte Facharbeiter für Mikroelektronik mit Abitur in Frankfurt an der Oder und begann anschließend ein Ingenieurstudium in Wismar. In der Hansestadt an der Ostsee lernte ich meinen Mann Klaus kennen, und hier wurde auch unser erster Sohn geboren. Wir drei teilten uns ein kleines Zimmer im Internat der Hochschule. Der Kleine kam nicht gleich in die Kinderkrippe, die Plätze waren knapp, also wechselten sich Klaus und ich bei der Betreuung des Kleinen ab, gingen abwechselnd zu den Vorlesungen, bis er endlich einen Krippenplatz bekam. Wenn er dann krank war und ich in die Vorlesung mußte, paßte eine andere Mutter auf die Kleinen auf, und wenn sie in der Klausur steckte, oblag mir die Aufgabe des Babysitters. Küche und Waschküche teilten sich vier junge Familien, Mittagessen gab es in der Kantine. In unserem kleinen Zimmer standen ein Doppelstockbett, ein Schreibtisch, ein kleiner Kleiderschrank und das Bettchen von unserem Kleinen. Ich weiß heute nicht mehr, wie ich das Studienjahr durchgehalten habe. Ganze Kolonien von Müttern mit Babys versuchten damals dasselbe wie ich. Sie sprangen von der Vorlesung zur Waschmaschine mit den Babywindeln und von der Klausur zur Kinderkrippe und zur Mütterberatung. Der Streß war uns allen irgendwie egal. Wir hatten eine gemeinsame Liebe: unsere Babys. Sie waren unsere Hoffnung und Zukunft. Für die Kleinen taten wir alles. Wir liefen mitten in der Nacht über die Flure, um eine Freundin nach Tropfen gegen die Ohrenschmerzen unserer Kleinen zu fragen, wir fluchten nicht, wenn es früh um vier bei uns klingelte und uns ein Freund mitteilte, daß seine Prinzessin gerade die ersten drei Schritte gelaufen war und wir uns das unbedingt ansehen sollten.

Unser Söhnchen kostete meine ganze Kraft und schenkte mir so viel Freude, daß er zum Mittelpunkt in meinem Leben wurde. Klaus stand kurz vor seinen Abschlußprüfungen als Ingenieur, und ich hatte noch mehr als anderthalb Jahre vor mir, da gab ich das Studium auf. Ich ging wieder nach Frankfurt, bekam sofort eine Neubauwohnung und Arbeit im Halbleiterwerk, und unser Kleiner besuchte die Kinderkrippe. Nachdem Klaus das Studium beendet hatte, folgte er uns nach Frankfurt und bekam auch Arbeit im Halbleiterwerk. Das Kuriose war, daß ich als Schichtarbeiterin mehr Geld verdiente als er, der Ingenieur.

Unser kleiner Bruder Andreas wuchs heran, legte das Abitur ab, begann ein Pädagogikstudium in Dresden mit den Hauptfächern Mathe und Physik. Er hatte eine leichte Auffassungsgabe und kam sehr gut voran, bis zu dem Tag, als ich ihn einmal besuchte, und er mir anvertraute, daß er die politische Bevormundung an der Pädagogischen Hochschule nicht länger aushalte. Physik sei eben nicht nur Physik, sondern in den Händen des Klassenfeindes ein gefährliches Instrument. Jeder Lehrer mußte Agitator sein und vor Unterrichtsbeginn von den Schülern Stellungnahmen zur aktuellen politischen Situation verlangen. Niemals wurden kontroverse Diskussionen zugelassen. Der Lehrer hatte die Aufgabe, seine Schüler am Schluß zu einer einzigen vorgefertigten Meinung zu führen. Ich war so verwundert über unseren Andreas, der einst in der Schule als Schulagitator ausgezeichnet wurde. Nun eröffnete er mir, daß er das Studium schmeißen würde. Als unser Vater davon erfuhr, gab es heftige Auseinandersetzungen. Die ideologischen Divergenzen innerhalb unserer Familie führten zu heftigen Feindseligkeiten seitens des Vaters Andreas gegenüber. Er verweigerte ihm den Unterhalt. Andreas mußte sein bißchen Geld gerichtlich einklagen. Als ich mit ihm über die Brühlschen Terrassen schlenderte, begriff ich, daß jener hoffnungsvolle Zauber, der unserer Kindheit einst anhaftete, lange erloschen war. Die ideologischen Feindbilder, die von uns eingefordert wurden, hatten zu einem tiefen Riß in eines jeden Seele geführt. Unablässig versuchten wir in Sisyphusarbeit, diesen Riß zu kitten. Es war ein Kampf gegen Windmühlen! Wir wurden hineingeboren in ein geteiltes Land, dessen beide Hälften hoffnungslos den politischen Großmachtinteressen der Supermächte ausgeliefert waren.

Im Herbst 1989 war Constanze Pressereferentin an einem großen Theater. Unweigerlich geriet sie mitten hinein in die Auseinandersetzungen jener Zeit. Sie versuchte, anzukämpfen gegen die politische Repression, die jede Artikulation einer neuen Künstlergeneration im Keim zu ersticken versuchte. Mit dem Gedanken an unseren Kameramanngroßvater, der sich nicht zum Handlanger des Naziregimes machen ließ, kämpfte sie für Meinungs- und Gewissensfreiheit, für Glasnost und Perestroika. Sie setzte sich ein, für einen Regisseur, der in seiner „Romeo und Julia“ Inszenierung für den Abbau von Feindbildern eintrat, und an dessen Schluß sich die verfeindeten Montagues und Capulets als Sinnbilder für Ost und West durch einen eisernen Vorhang die Hände reichten. Der eiserne Vorhang kam erst zur Hauptprobe so richtig zur Geltung, und da erst ging dem Intendanten und der Parteileitung ein Licht auf. Sofort mußte das Bühnenbild am Schluß geändert werden, und der eiserne Vorhang, eine angedeutete hohe Mauer aus Holz und Pappe mit Stacheldrahtrollen davor landete auf dem Müll.

Constanzes Presseartikel über die provokante „Romeo und Julia Inszenierung“ war allerdings als Werbung in Absprache mit dem Regisseur, jedoch in Unkenntnis von Intendanz und Parteileitung, schon am Vortag erschienen. Daraufhin wurde Constanze zu Kadergesprächen zitiert. Es waren regelrechte Verhöre durch Parteileitung, Theaterleitung und Gewerkschaft. Sie hatten Angst vor Constanzes Kontakten zur Presse und verboten ihr, den Kopierer zu benutzen. Fortan mußte sie alle Artikel von der Intendanz und der Parteileitung abzeichnen lassen, bevor sie diese an die Presse weitergab. Doch damit nicht genug, die Angst vor ihrem Engagement und ihrem Geist blieb. Sie wurde in den Kadergesprächen maßgeblich in die Enge getrieben. Man provozierte sie, um irgendeine staatsfeindliche Äußerung von ihr zu hören. Constanze kochte vor Wut, biß sich aber auf die Zunge. Sie dachte an ihre Kinder und daran, daß ihr Mann an der pädagogischen Hochschule im Augenblick ebensolchen Kadergesprächen ausgesetzt war. Sie blockte, sagte der Partei, Intendanz und Gewerkschaft nicht, was diese Unmenschen von ihr hören wollten. Sie war ja nicht in der Partei, und man konnte sie nicht zur Parteidisziplin zwingen. Also provozierte man sie. Es half nichts. Sie machte keine Äußerungen und verriet auch nicht, was sie mit dem Regisseur heimlich besprochen hatte. Als Constanze begriff, daß sie kurz vor der Festnahme stand, beschloß sie, etwas Verbotenes zu tun, doch sie schwieg beharrlich, um nicht sich und eventuelle Mitwisser in Gefahr zu bringen.

Ende September brach Constanze aus dem Glashaus, dem riesigen Gefängnis DDR, aus und flüchtete mit ihrem Sohn in die Prager Botschaft. Frank und Constanze hatten Pässe für Budapest beantragt, das war am 11. September, genau einen Tag, nachdem die Welt erfahren hatte, daß die Ungarn an der Grenze zu Österreich den Schießbefehl aufgehoben hatten und Ostdeutsche ungehindert die Grenze passieren ließen. Für die Staatsführung kam das alles so überraschend, daß in den Ämtern niemand wußte, wie er reagieren sollte. Die Anträge wurden entgegengenommen, man ließ das Ehepaar jedoch warten. Aus Angst vor Repressalien flüchtete Constanze ohne Paß. Frank bekam wenig später die Reiseerlaubnis nach Ungarn. Er wurde an der streng bewachten deutsch-tschechischen Grenze schikaniert.

Sie müssen beide wahnsinnige Ängste ausgestanden haben. Wir erfuhren von Constanzes geglückter Flucht erst nach Tagen, als wir ihre Karte aus Heidelberg im Briefkasten fanden. Jetzt erst begreife ich die Gründe für ihre übereilte Flucht: Sie hatte die Bilder von Freunden vor Augen, die verhaftet wurden, nur weil sie einen Ausreiseantrag gestellt und weil sie sich auf die von der DDR unterzeichnete Schlußakte von Helsinki berufen hatten. Und mit Verhören fing auch bei ihnen alles an. Die Kadergespräche am Theater glichen solchen Verhören, und sie mußte begriffen haben, daß sie kurz vor ihrer Verhaftung stand. In einem Unrechtsstaat, in welchem schon die Theaterkunst zensiert wird, wollte sie nicht mehr leben. Große Angst hatte sie davor, daß man ihre Kinder, im Falle ihrer und ihres Mannes Festnahme, zur Adoption freigeben würde und sie nie erfahren würde, wo die Kinder leben. Da packte es sie: Sie stieß das Tor zur Freiheit auf! Wie Tausende unserer Generation riß sie in jenen bewegten Tagen im Herbst 1989 sozusagen ein Loch in den „Eisernen Vorhang". Aber das alles ist eine andere, eine lange Geschichte ...

Die drei Geschwister von damals gibt es heute nicht mehr. Was einst in uns zart hervorkam, starb an der Roheit der Zeit. Wie ein Schnitter schlug das Leben auf uns ein und raubte uns Ast um Ast. Doch unzerstörbar trieben wir wie drei junge Bäume weiter, trieben immer neue Blätter hervor. Mit unserem zerschnittenen Leben brachen wir nicht. Den Riß in unseren Seelen haben wir allmählich gekittet. Heute scheint es, als haben gerade die entbehrungsreichen und nachdenklichen Jahre unserer Jugend uns hart und fest gemacht. Wie die Jahresringe in einem Baumstamm in den harten Jahren enger aneinanderliegen und ihn mehr festigen, als die Jahresringe der fetten Jahre, die breit sind und weich. So wurde unser Leben durch die Stürme und Erfahrungen der Jugend gehärtet und gefestigt für die ganze weitere Zeit.

Andreas ging noch vor der Wende nach Ost-Berlin, lernte Altgriechisch und Hebräisch und studierte schließlich Theologie. In den letzten Tagen der DDR nahm er mich mit zum Friedensgebet in die Gethsemane-Kirche. Er schrieb Gedichte, traf sich mit Künstlern und entwarf Flugblätter für das Neue Forum. Am 40. Jahrestag der Republik nahm er in Berlin an den Gegendemonstrationen zu den verlogenen Feierlichkeiten teil. Er kämpfte unermüdlich für die demokratische Erneuerung und wurde verhaftet. Man brachte ihn in das Stasigefängnis Berlin-Hohenschönhausen. In der Zeitung stand dann: „In den Abendstunden des 7. Oktober versuchten in Berlin Randalierer, die Volksfeste zum 40. Jahrestag zu stören. Im Zusammenspiel mit westlichen Medien rotteten sie sich am Alexanderplatz zusammen und riefen republikfeindliche Parolen. Der Besonnenheit der Schutz- und Sicherheitsorgane sowie der Teilnehmer an den Volksfesten ist es zu verdanken, daß beabsichtigte Provokationen nicht zur Entfaltung kamen. Die Rädelsführer wurden festgenommen."

Einen Monat später fiel die Berliner Mauer, und die Freiheitsglocken läuteten auch für Andreas. Wie Constanze und viele andere Menschen unserer Generation brauchte auch er Jahre, um sich von den Repressionen, dem Stau der Gefühle und der Unterdrückung seines Selbstwertgefühls zu erholen. Er gründete schließlich eine Familie und ging nach Hamburg.

Heute, Jahre nach dem Fall der Mauer, trennen uns drei Geschwister jeweils zirca siebenhundert Kilometer voneinander.

Constanze arbeitet in einem Museum in einer sehr geschichtsträchtigen Stadt bei Heidelberg. In ihrer Freizeit spielt sie Theater.

Als ich sie kürzlich am Telephon fragte, ob sie noch immer ihrem verlorenen Abitur und den unerfüllten Berufswünschen und Lebenschancen nachtrauern würde, antwortete sie mir:

„Weißt du, Schwesterchen, ich bin eigentlich doch alles geworden, was ich als Kind werden wollte: Historikerin, Lehrerin, Schauspielerin, Photographin, Journalistin und sogar Auslandskorrespondentin, nur eben Ärztin nicht. Hier im Museum habe ich meine geheime Schatzkammer mit all den Photos und Sammlungen aus vergangener Zeit, ähnlich wie früher die Kammer auf Hannes' Boden. Du erinnerst dich? Geschichte lebendig und erlebbar machen, das ist mein Credo, meine Lebensaufgabe. Wenn ich Schulklassen oder Erwachsene durch die Ausstellungen führe, bin ich Lehrerin. Wenn ich mit unserer Theatergruppe auf der Bühne stehe, bin ich Schauspielerin. Gelegentlich schreibe ich für die Zeitung, also bin ich Journalistin. Wenn ich für meinen Bildband photographiere, bin ich Photographin. Es ist alles nur eine Frage der Sichtweise. Weißt du, Kerstin, ein Journalistenfreund sagte neulich scherzend zu mir: ‚Und Auslandskorrespondentin bist du auch: kommst vom hohen Nordosten und schreibst über den wilden Südwesten.'

Ich mag den Humor der Menschen hier im Kraichgau, ich mag ihre Fröhlichkeit und ihren Wein. Meine Kinderträume? Eigentlich wurden sie hier wahr. Ich habe hier etwas Wesentliches über mich gelernt: Nur in der Freiheit kann ich mein wirkliches kreatives Potential ausschöpfen.

Manchmal kommen mir Ömkens weise Worte in den Sinn, und dann glaube ich: Hier ist der Platz, an den Gott mich gestellt hat, und diesen Platz gilt es zu füllen."

Und dann sagte sie etwas, was mir lange durch den Kopf ging: „Weißt du, Kerstin, von allen Modellen gesellschaftlichen Zusammenlebens ist die Demokratie das schwierigste, aber das beste zugleich!"

Die vorerst letzten Worte unserer Familiengeschichte, die noch lange nicht zu Ende ist, schreibe ich heute, dreizehn Jahre nach dem Fall der Mauer, hier am Pazifik, in das Familientagebuch: Für einen kurzen Moment sah es so aus, als würde die Menschheit erwachen, durch das Zeichen der Verbrüderung der sich einst feindlich gesinnten Menschen an der Berliner Mauer. Das Feindbild war ihnen aufoktroyiert worden, es kam nicht von innen. Man kann ein Volk, das seit Jahrhunderten die gleiche Sprache spricht und eine gemeinsame Kultur hat, eben nicht einfach trennen. Das Gemeinsame hat eine viel längere Tradition!

Die Welt aber ist seit dem Mauerfall nicht besser geworden. Der eine lebt in Freiheit und der andere ist arbeitslos, arm oder kriegerische Auseinandersetzungen wüten in seinem Land. Der religiöse Fanatismus ist noch nicht erloschen. Dort, wo er sich breitmacht, regieren Haß und Terror, dabei sind wir Erdenbürger doch alle auf der Welt miteinander verwoben. Ich frage mich, haben wir Menschen nicht alle eine gemeinsame jahrtausendealte Kultur, die uns tragen sollte, zum Leben und zur Nächstenliebe hin?

Das Frankfurter Halbleiterwerk gibt es so schon lange nicht mehr. Ich war eine zeitlang arbeitslos und habe dann nach einer Umschulung einen neuen Beruf gefunden. Klaus ist immer noch ein gefragter Ingenieur für Mikroelektronik. Er fand sofort Arbeit bei der neuen Niederlassung einer amerikanischen Firma in Dresden. Momentan macht er eine einjährige Weiterbildung in San Francisco. Ich habe mich mit den Kindern in den Flieger gesetzt, um das Weihnachtsfest mit ihm gemeinsam am Pazifik zu verbringen. Gestern abend sind wir in der lichtdurchfluteten Metropole gelandet, begleitet von den alten „San Francisco-Songs" aus unserer Jugendzeit. Es war mein erster Flug. Ich werde ihn so schnell nicht vergessen. Ein herrliches Gefühl, über den Wolken zu schweben und immer der untergehenden Sonne entgegenzufliegen!

Als ich das Englisch des Taxifahrers, der uns zum Hotel fuhr, nicht ganz verstand, fing er plötzlich an, Russisch mit mir zu sprechen. Ich war total verblüfft, verstand ihn aber nun sehr gut. Er erkannte sofort, daß ich zum ersten Mal in Amerika war und sagte: „Ich heiße Randy." Auf der Fahrt durch die abendlich erleuchtete City erzählte er mir, daß er einst U-Boot-Aufklärer bei der NAVY war und dort Russisch gelernt hatte. Er sagte: „Es ist verrückt, nicht wahr, der Eiserne Vorhang ist gefallen und nun sind wir Freunde!"

Er erzählte mir, seine Vorfahren kamen vor rund hundertfünfzig Jahren mit dem Schiff von Baden nach Amerika. Auch seine Vorfahren hätten damals für Freiheit und Demokratie gekämpft, und nach der Niederlage der deutschen Demokratiebewegung blieb ihnen nichts anderes übrig, als die Auswanderung in die „Neue Welt", denn sein Urahne wurde steckbrieflich gesucht. Auf ihn wartete die standrechtliche Erschießung, wegen der Teilnahme an dem badischen Aufstand. Dann gab mir Randy seine Karte und sagte, er würde mich mit den Kindern überall abholen, wenn ich mich in San Francisco verlaufen würde, gratis natürlich. Er wollte mein Geld nicht und schlug mir zum Abschied freundschaftlich auf die Schulter.

Jetzt sitze ich mit Klaus und den Kindern beim Picknick auf einem Hügel über der Bay, genieße den traumhaften Ausblick und die warme Luft. Vor uns braust schäumend das Meer, bäumt sich auf und beruhigt sich wieder. Einem geheimnisvollen Rhythmus folgend, rollt es sich an den Strand und wieder hinaus, vom ewigen Wind begleitet. In der Ferne kann ich die Silhouette von San Francisco erkennen und den hügeligen Straßenzug, den ich heute früh mit Klaus und den Kindern rauf und runter fuhr. Als wir über die Golden Gate Bridge brausten, überkam mich ein nie dagewesenes Gefühl von Leichtigkeit und Freiheit. Plötzlich war er wieder da, dieser zauberhafte Moment der Erkenntnis, er traf mich auf der Golden Gate, wie ein Blitz, wie damals am Domberg über der Havel, er traf mich und gab mir die gesuchte Antwort: Hängt nicht alles auf der Welt irgendwie auf eine zauberhafte Weise miteinander zusammen?
Plötzlich kam mir etwas aus weiter Vergangenheit in den Sinn: Connys Traum vom Fliegen.

Ich sehe uns beide als Kinder auf dem Rücksitz des Wartburgs liegen und durch das offene Schiebedach in den Himmel schauen. Im Autoradio schnarrt „If you're going to San Francisco". Der Wagen tuckert über die holprige Kopfsteinpflasterstraße durch das sommerliche Havelland. Als wir plötzlich ein Flugzeug am Himmel erblicken, höre ich Connys Kinderstimme den Vater fragen: „Siehst du das Flugzeug, Papa? Wohin fliegt es?“

„Nach Amerika vielleicht.“

„Papa, ich möchte auch einmal mit dir dorthin fliegen.“

„Conny, das wird niemals gehen ...“

„Warum nicht?“

„Weil dazwischen eine Grenze ist mit Mauer und Stacheldraht.“

„Aber Papa, wenn doch die Menschen heute schon auf den Mond fliegen, dann werden sie doch über so eine Grenze drüber fliegen können?“

„Kind, über diese Grenze kommt niemand rüber! Wer es je versucht, wird erschossen! Du bist noch zu klein, um das zu verstehen. Und jetzt frag mir bitte keine Löcher mehr in den Bauch!“

Manchmal in den hellen Mondnächten träume ich davon, noch einmal an der Biegung der Havel zu stehen mit dem Vater, dem Großvater und Constanze. Ich sehe sie ihre Angel auswerfen nach den Aalen. Die Störche ziehen hoch über der Aue dahin, und der Himmel ist tiefblau und spannt sich weit über das flache Land. Dann höre ich Conny sagen: Komm, Schwesterchen, flieg mit mir, du kannst es, flieg über Berge und Meere und über all die Grenzen der Menschen hinweg ...

Aber das ist lange, lange her.

ENDE

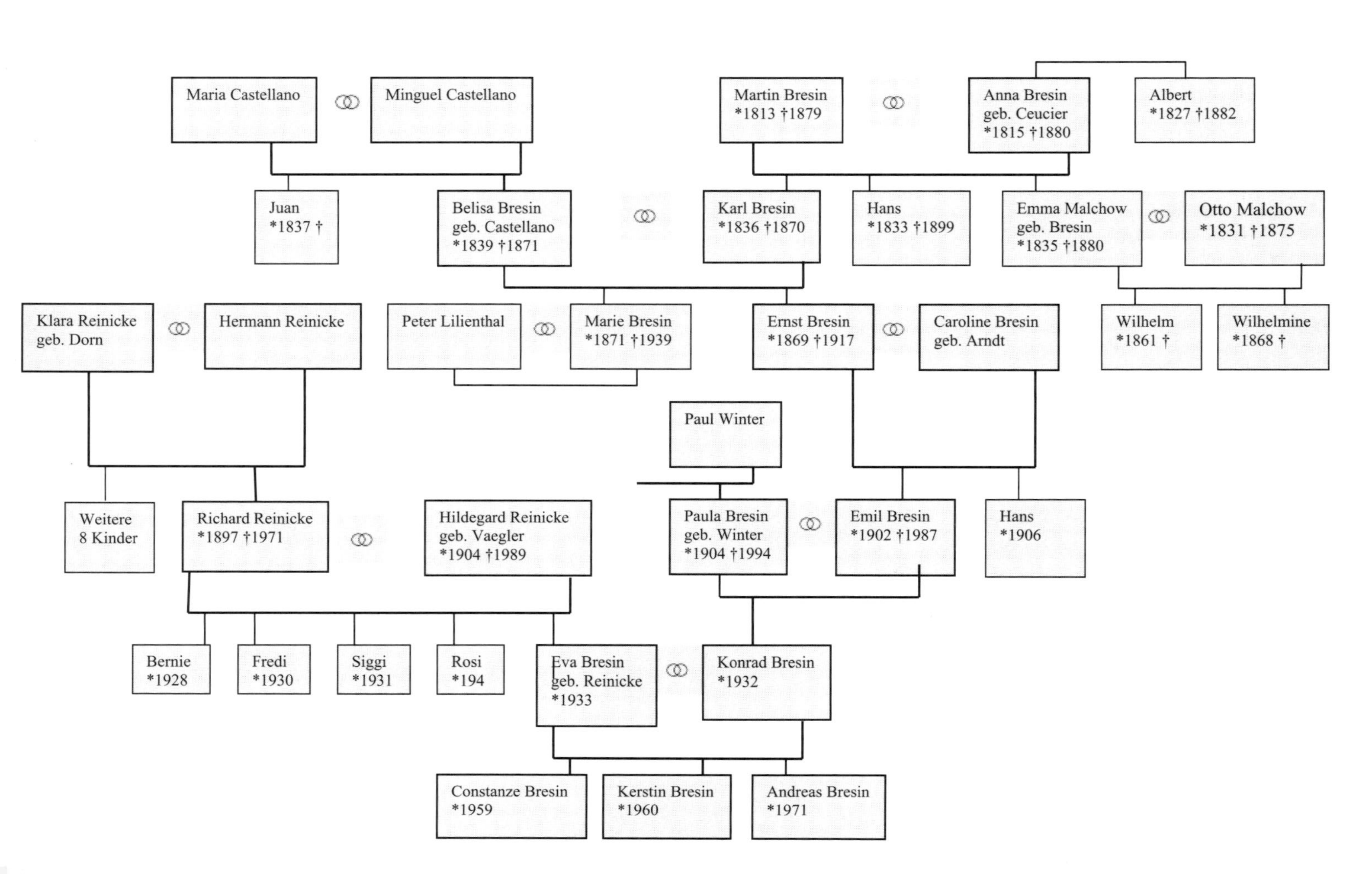

Maria Castellano
Minguel Castellano
Martin Bresin *1813 †1879
Anna Bresin geb. Ceucier *1815 †1880
Albert *1827 †1882
Juan *1837 †
Belisa Bresin geb. Castellano *1839 †1871
Karl Bresin *1836 †1870
Hans *1833 †1899
Emma Malchow geb. Bresin *1835 †1880
Otto Malchow *1831 †1875
Klara Reinicke geb. Dorn
Hermann Reinicke
Peter Lilienthal
Marie Bresin *1871 †1939
Ernst Bresin *1869 †1917
Caroline Bresin geb. Arndt
Wilhelm *1861 †
Wilhelmine *1868 †
Paul Winter
Weitere 8 Kinder
Richard Reinicke *1897 †1971
Hildegard Reinicke geb. Vaegler *1904 †1989
Paula Bresin geb. Winter *1904 †1994
Emil Bresin *1902 †1987
Hans *1906
Bernie *1928
Fredi *1930
Siggi *1931
Rosi *194
Eva Bresin geb. Reinicke *1933
Konrad Bresin *1932
Constanze Bresin *1959
Kerstin Bresin *1960
Andreas Bresin *1971